新潮文庫

風の払暁

満州国演義一

船戸与一著

JN210344

新潮社版

10301

目次

風の払暁

満州国演義一

満州地図
ソビエト連邦
N
0 100 200km
黒龍江省
黒龍江
ハバロフスク
吉林省
チチハル
牡丹江
ハルビン
奉天省
綏芬河
松花江
老頭溝
延吉
敦化
ウラジオストック
長春
吉林
天宝山
満鉄線
長白山
熱河省
奉天
通化
渾河
日本海
錦州
大石橋
営口
平壌
北京
奉
京
関東州
線
旅順
大連
朝鮮
天津
黄海

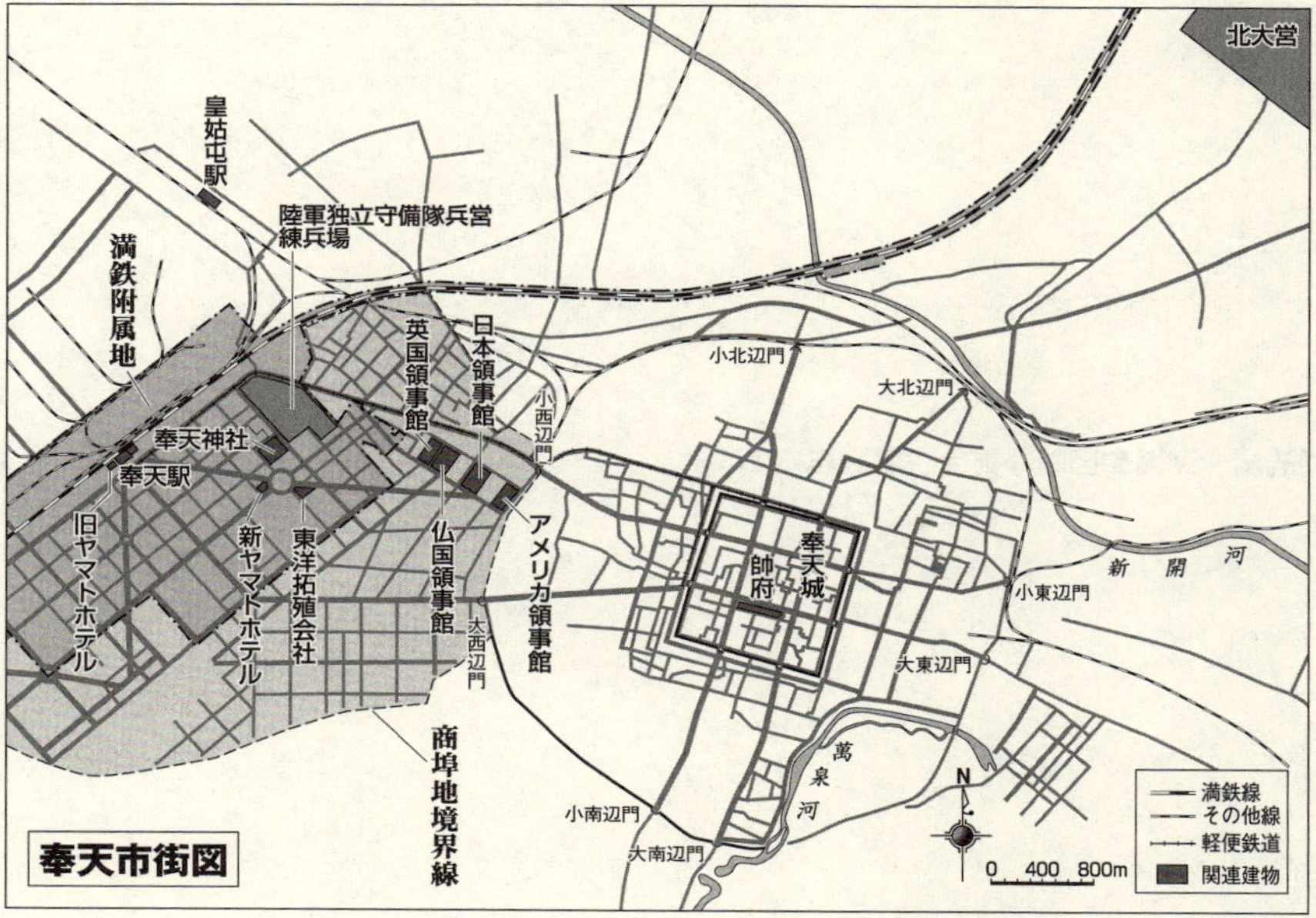
奉天市街図
北大営
皇姑屯駅
陸軍独立守備隊兵営
練兵場
満鉄附属地
奉天神社
奉天駅
旧ヤマトホテル
新ヤマトホテル
東洋拓殖会社
英国領事館
日本領事館
仏国領事館
アメリカ領事館
小西辺門
大西辺門
商埠地境界線
小北辺門
大北辺門
奉天城
帥府
新開河
小東辺門
大東辺門
萬泉河
小南辺門
大南辺門
N
0 400 800m
満鉄線
その他線
軽便鉄道
関連建物

地図製作＝綜合精図研究所　蓮池富雄

慶応四年八月

女はひとりじゃなかった。夫もいたし、子供もいた。実家には父も母も妹もいる。城下には何人もの親戚《しんせき》が住んでいた。だが、はっきりと消息がわかっているのはいま傍らで泣きじゃくっている二歳の息子ひとりきりだ。鶴ヶ城《つるがじょう》に籠城《ろうじょう》中の夫にどんな指示が出されているのか見当もつかない。白虎隊《びゃっこたい》にはいった義弟は飯盛山《いいもりやま》の中腹で自刃《じじん》したという噂《うわさ》も聞いたが、それも定かじゃなかった。妹は娘子隊《じょうしたい》として城下で薙刀《なぎなた》を振るっているらしい。しかし、それもこれもこの眼で確かめたわけじゃない。会津若松はいまだれもが味わったことのない大騒擾《だいそうじょう》のさなかにある。女は床の間を背にして薙刀を手にしていたが、これから何をどうしたらいいのか判断のしようもなかった。

白河《しらかわ》の戦闘で破れてから奥羽越《おううえつ》列藩同盟は崩壊したも同然なのだ。ようやく仙台藩に到着した榎本武揚《えのもとたけあき》の幕府艦隊も会津藩を見棄《みす》てるらしい。

土佐の板垣退助《いたがきたいすけ》率いる薩長《さっちょう》主体の西軍と会津藩では武器に格段の差があった。会津若松の城下のここかしこに携臼砲《けいきゅうほう》が射ち込まれた。火の手があがるなかで薩長軍が怒《ど》濤《とう》のように押し寄せて来た。そして、たがいに競いあって狼藉《ろうぜき》を繰りかえしたのだ。炎流れる城下で、女たちは凌辱《りょうじょく》され、金員《きんいん》だけじゃなく、家具調度品までもが掠奪《りゃくだつ》された。それを買いつけるために江戸から来た骨董《こっとう》商人らが仮店舗を並べる。それだけじゃなかった。薩摩兵たちは会津藩の間諜《かんちょう》の首を切り、その肝《きも》を煮て食いはじめたのだ。とにかく、会津若松の城下ではそういう地獄が繰り広げられていた。

女はもちろんそのことを知っていた。

開け放たれた障子からは燃える城下のけむりがはいり込んで来ている。

小さな空咳《からせき》をしたそのときだった、何かの気配が大地に飛び降りたような気がした。そっちに眼を向けた。庭先に錦《にしき》の肩印をつけた二十三、四歳の男がそこに立っていた。夫とほぼ同い齢《どし》なのだ。女は薙刀を持つ手に力を入れて言った。

「何者《なにもの》じゃ？」

「見りゃわかるだろう？」

女は薙刀をかまえた。

男はまったく意に介さないように土足のまま座敷にはいり込んで来た。

「薩摩か？」

「そう思うか？」

「長州じゃな？」

「薩摩ばかりにいい思いはさせん」

「狼藉は赦《ゆる》しませぬぞ」

男が頬にかすかな笑みを滲《にじ》ませて近づいて来た。

息子の泣きじゃくる声が大きくなっている。

女は思いきり薙刀を振りまわした。

男は腰の刀を抜こうともしなかった。その刃を躱《かわ》して飛び込んで来た。鳩尾《みぞおち》に強烈な一撃が叩《たた》き込まれた。

女はそのまま気を失なった。

体に伸《の》し掛かっている重さに気を取り戻したのはどれぐらい経《た》ってからだかわからない。すべての衣《ころも》が剝《は》ぎ取られている。男はすでにじぶんのなかにはいって動いていた。女はもう抗《あら》がおうとはしなかった。いまさら何をしても無駄だろう。

息子の泣き声が一段と強くなっている。

男の腰の動きがしだいに速まって来ていた。

女は伸し掛かられたままぽっかり口を開けていた。八月の暑さ。耳もとに降り掛かる吐息。そして、男の汗の臭《にお》い。娘子隊にはいった妹なら舌を嚙《か》み切って死ぬだろう。

だが、何がどうなろうと、じぶんは生きる。泣きじゃくる息子のためにも、会津女の恥と蔑《さげす》まれようと生き抜かなきゃならない。女はそう思いながら天井の杉板の染《し》みを眺めつづけた。

「西軍城下に入りしよりすでに数日を過ぎ、城の東北より西北に渡りて数万の敵兵数十の塁壁により日夜銃砲を発して孤城を攻撃す。電光空にひらめき、万雷地に震《ふる》う。郭《かく》内外の邸宅市店は兵火または放火のために一空荒野となり、戦歿《せんぼつ》したる壮士、流弾に斃《たお》れたる婦女は骸《むくろ》をさらし、屍《かばね》を横たえて収むる事を得ず。流血淋漓腥風《りゅうけつりんりせいふう》鼻をうち、その惨状目もあてられず」(『会津戊辰《ぼしん》戦史』)

颪の払暁

西暦一九二八年――
昭和三年――
皇紀二五八八年――
民国一七年――

第一章　燃えあがる大地

I

　南からの風がゆっくりと流れ、陽は西に大きく傾いている。鱗雲《うろこぐも》の底は薄桃色に染まっているが、上空はまだ淡青色を残し、大気は澄みきっていた。蒙古《もうこ》風に煽《あお》られて黄土平原から満州の空を蔽《おお》い尽す黄沙《こうさ》が収まったばかりなのだ。五月下旬にはいってから日々の気温はぐんとあがって来ている。支那《しな》式外套《がいとう》、大掛児《ターコオル》はもちろん必要なかった。それは鞍《くら》に括《くく》りつけてある。肌着の小掛児《シャオコオル》に袖《そで》なしの肩窄児《チェンチアル》を羽織っているだけだが、上半身はかすかに汗ばんでいるのだ。敷島次《しきしまじ》郎《ろう》は十五名の配下とともに馬を敦化《とんか》に向けて進めていた。他の連中の馬はどれもふつうの支那の大馬《ターマー》だが、次郎が乗っているのはコサック龍騎兵《りゅうきへい》が使うコサック馬だった。毛並みは灰色と黒の斑《まだら》模様で、今年四歳になる。大馬よりもはるかに脚が速い。次郎はこのコサック馬に風神《ふうじん》と名づけていた。十九歳で日本を飛びだして以来、何度目の夏を迎えることになるのだろう？　ずっと似たような暮しをつづけているのだ、憶《おも》いだすためには指を折らなきゃならない。

「あと十里ばかりですよ、青龍攬把《せいりゅうらんば》」背後から馬を近づけて来て辛東孫《しんとうそん》が言った。一支里は五百米《メートル》ほどだ。青龍は次郎の支那名で、攬把とは馬賊の頭目を意味する。搬《パン》舵《トゥ》の東孫は四歳年長の三十二歳だが、次郎にたいしては敬語を使う。搬舵は副攬把を意味するが、これらはみな馬賊間だけで通じる特殊用語なのだ。「陽が完全に沈むまえに九師屯《きゅうしとん》にはいれます」

「いつごろぶつかると思う？」

「見当もつきませんよ、あいつら、ふつうの理屈じゃ動かないんだから」

ふいに南からの風が強まった。茶褐色に映える広大な大地からふわっと砂塵《さじん》が湧《わ》きあがった。ここは高粱《コーリャン》畑なのだが、まだ種播《たねま》きも行われていない。それは一週間か十日後になるはずだ。播種《はしゅ》さえ終われば生育は早い。刈り取りまえの八月後半には濃緑色の穂が十四、五尺ほどに伸び、その穂が日本海の荒波のように騒ぎつづける。生育した高粱畑は緑林の徒と呼ばれる馬賊や匪賊《ひぞく》にとって絶好の遁走《とんそう》場所となる。巡警部隊に追われても、高粱畑に飛び込めば、それ以上の追撃を受けることはまずないのだ。一陣の強風が吹き抜けると、広大な大地はふたたびくっきりとした輪郭を取り戻した。

「九師屯の連中、支払いは何でするつもりなんでしょうね？」東孫がふたたび口を開いた。「まさか東三省官銀号を使おうってんじゃないでしょうな、どう思います？」この通貨は奉天省・吉林省・黒龍江省の東三省を束ねる張作霖《ちょうさくりん》が設立した銀行が発券するもので、奉天だけの省札に近く、一般の信頼性がきわめて低い。「やっぱり、横浜正金銀行か朝鮮銀行のものでないと受け取るわけにはいきませんよね」

「九師屯しだいだよ」

「どういう意味です？」

「九師屯の連中がこっちをごまかそうとしないなら、東三省官銀号でもいい。奉天じゃちゃんと使えるんだしな」

前方を歩いていた猪八戒《ちょはっかい》が突然走りだした。野鼠《のねずみ》か何かを見つけたのかも知れない。この犬は三歳になるシェパードで、次郎が大連に出向いたときに関東軍将校からもらい受けた。命名はもちろん西遊記に因《ちな》んでいる。次郎はぴっと口笛を吹いた。猪八戒が走るのをやめた。このシェパードは性格はきわめて柔順で飼主の命令には何でも従うが、いったん戦闘にはいると怯《おび》えることがなかった。軍用犬としては最高の資質を有しているのだ。猪八戒がこっちを振り向いた。

次郎はそのまま歩けというふうに右手を手綱から離し、前方を指差した。猪八戒がふたたび悠然と大地を踏みはじめた。傍らに新たな馬が近づいて来た。体臭で判断できる、糧台《りょうだい》の田月馳《でんげっち》だ。馬賊のあいだでは炊事係はふつう糧台という呼称を持っている。次郎はそっちに視線を向けずに言った。

「何か用か？」

「どんな味がするんでしょうね？」

「何が？」

「あのシェパードですよ。おれはまだ黒い犬を食ったことがない」

「月馳」

「何です？」

「冗談でもそんな口は利《き》くな。もう一度同じ科白《せりふ》を吐いたら、おまえはおれの同盟から追っ払われると思え」

長白山《ちょうはくさん》の麓《ふもと》の谷間にはいったころ大気はすでに真っ赤に染まっていた。次郎は九師屯を訪れるのはこれがはじめてだった。この聚落《しゅうらく》には四十ちょっとの家族が暮すと聞いている。その家影の甍《いらか》が夕陽を浴びて輝いていた。

だが、聚落のなかに人影は見えなかった。猪八戒が高らかな吼《ほ》え声をあげた。それでもあたりは静まりかえったままだった。

「どういうことなんですかねえ？」傍らの東孫が言った。「おれたちが来ることはわかってるだろうに」

「警戒してるんだろうよ」

「招《よ》んでおいて警戒なんてふざけてやがる」

次郎は腰の弾帯に結えつけてある拳銃嚢《けんじゅうのう》からゆっくりとモーゼル拳銃を引き抜いた。安全装置を外し、銃口を上空に向けた。引鉄を引いた。乾いた炸裂音《さくれつおん》が夕焼けのなかで跳ねかえった。

それとともにいくつもの戸口の扉が開き、一斉に人影が飛びだして来た。それに向かって猪八戒が吼え立てた。十五名の配下たちが笑い声をあげた。九師屯の連中はいったん一塊になったが、すぐに痩《や》せた四十半ばの男がこっちに進み出て来て言った。

「わたしが九師屯の郷長・黄文仙《こうぶんせん》です、ようこそお越しを」

「何だ、その言い草は？」東孫が声を荒らげた。「来てくれと頼むからこうやって来たのに、出迎えもちゃんとできんのか？」

「すみません、みんな臆病《おくびょう》なもんで」

「こちらが青龍攬把だ。おれが撤舵の辛東孫。まどろっこしい話は苦手だ、さっさと本題にはいるぞ」

「まず馬からお降りください」

次郎は黙って鞍から腰を浮かせた。大地を踏んで馬の頸《くび》を軽く叩《たた》いた。配下たちも馬から降りた。東孫の話では、ここは清朝・乾隆帝《けんりゅうてい》の時代に宮廷から追放された九人の儒学者の子孫が集まって住んでいるらしい。そのことが九師屯の郷名の由来だろう。次郎は肩窄児の胸の衣嚢《いのう》から煙草《たばこ》を取りだし、それに燐寸《マッチ》で火を点《つ》けた。

　東孫が文仙に向かって言った。

「槍風会《そうふうかい》のやつらはいつ来る？」

「近々だと思います。毎年この時期です、高粱の種を播くまえに」

「おれたち青龍同盟を呼んだ理由は？」

「噂《うわさ》を聞いてます、青龍同盟は残酷で容赦がないと。わたしたちはこれまで槍風会に徹底して搾《しぼ》り取られて来た。もう限界を越えてる。何としてでもあいつらを殺してもらわなきゃならない」

「高いぞ、おれたちは」

「わかってます。しかし、いくら高くても槍風会を潰《つぶ》してくれさえすりゃ、わたしたちは安心して眠れる」

「支払いは東三省官銀号券か？」

「横浜正金銀行の円でお支払いします。手附け金として三百円。槍風会を潰したあとに三千円。それだけ用意しました」

「槍風会は二十名だったな？」

「十九名です」

「ひとりあたりの殺しの値段は百七十円ちょっとという計算だな」東孫はそう言ってちらりとこっちに視線を向けた。次郎は口を挟まなかった。東孫がつづけた。「相場より安いが引き受けることにしよう。塒《ねぐら》は用意してあるか？」

「あの二軒をお使いください、空いてますから」文仙は九師屯の郷の入路に一番近いふたつの家影を指差した。「寝具はありませんけど、この時期ですから大掛児を被《かぶ》りゃどうってことはない」

東孫が無言のまま頷《うなず》いた。

糧台の田月馳が文仙に声を掛けた。

「食い物は何がある？」

「豚を一頭進呈します。あとは高粱と香草だけです。何しろこんなところなんで、そんなものしかありません」

「塩と醤《ジャン》は？」

「わたしたちにとっちゃ貴重品ですが、すこしだけなら提供できます」

次郎は風神を楡《にれ》の樹《き》の幹に繋《つな》ぎ、猪八戒とともに黄文仙から指定された人家のひとつに足を踏み入れた。なかは外見から想像したよりずっと広かった。柱や梁《はり》に使われている木材もかなり新しい。炊事場の竈《かまど》や炕《カン》、朝鮮風に言えば温突《オンドル》の焚付《たきつ》け口の粘土類も古めかしくはない。ここは建てられて三年も経《た》っていないだろう。寝室を兼ねた居間はふたつあり、それぞれ十畳ほどの広さがある。この家がいま空き家になっている理由は見当もつかない。次郎は鞋《くつ》を履いたまま寝床台に横たわり、背すじを大きく伸ばした。

東孫が四人の配下とともにはいって来たのはそれからすぐだった。次郎を含めた六人がここで眠ると振り分けたらしい。そういうことは擲舵の役割なのだ。次郎は半身を起こした。東孫が肩窄児の胸の衣嚢から煙草を取りだしながら言った。

「手附け金の三百円を郷長から受け取りましたよ。横浜正金銀行の十円札の新札三十枚をね。軍需《ぐんじゆ》の高芳通《こうほうつう》に渡してあります」

緑林の徒は匪賊と謂《い》われようと馬賊と呼ばれようと似たような組織形態で構成されている。軍需とは会計係で、金銭の収支や武器弾薬の補塡《ほてん》を担当する。その他に歩哨《ほしよう》責任者の水餉《すいげ》、道案内者を調達する拉線《らせん》、人質の管理を行う票房子《ひようぼうし》、仲間うちの規律違反を監視する稽査《けいさ》、八卦《はつけ》占いの八門《はちもん》などに振り分けられるのだ。それらが攬把の命令どおりに機能するかどうかが、巡警部隊に追われつづける緑林の徒の命運を決定づける。

「田月馳がもうすぐ豚を処理します、晩飯は隣りの家で食うことになる」東孫がそう言って銜《くわ》えている煙草に燐寸で火を点けた。「それにしても妙だとは思いませんか？」

「何がだね？」

「九師屯は高粱を作って細々と食ってるちっちゃな郷だ。ここに辿《たど》り着くまえに見たとおり畑だって広くはない。それなのに、おれたちを傭《やと》い入れた。しかも、支払いは東三省官銀号の元じゃない。横浜正金銀行の新札だ。どうしてここの連中はそんな金《か》銭《ね》を持ってるんですかねえ？　おかしいとは思いませんか？　おれはどうにも納得がいかねえ」

「受け取るものを受け取りゃ、それでいい」

「何かの秘密がありますよ、九師屯には」

「たとえば、どんな？」

「そのうち臭い屁《へ》をするでしょうよ、ここの郷長が」

戸口の扉の蝶番《ちょうつがい》が軋《きし》み音を立てたのはそのときだった。だれかがはいって来た。それは薄暗がりのなかを力なく動いた。老婆《ろうば》だった。年齢はいくつぐらいなのか想像がつかない。だが、足取りの弱々しさは纏足《てんそく》のせいだとすぐにわかった。女児が四、五歳になったころ足の指を長い布で縛りつけるこの風習は清国・康熙帝《こうきてい》の時代にいったん禁止令が出されたが、ほとんど効果がなく、ようやく熄《や》んだのは中華民国の世になってからだ。老婆が低い声で言った。

「暗いだろ、洋灯《ランプ》を持って来たよ」

それがゆっくりと土間のうえに置かれた。

老婆がその硝子《ガラス》の火屋《ほや》を開け、芯《しん》を剝《む》きだした。白酒の匂《にお》いが漂って来る。燃料に高粱酒が使われているのだ。老婆が燐寸を擦って火を点《とも》し、火屋をもとに戻した。あたりがぼんやりと明るくなった。その光に老婆の表情がくっきりと浮かびあがる。額や頬に無数の皺《しわ》が刻み込まれていた。老婆がこっちを眺めながら口を開けて笑った。歯は一本も残っていないらしい。次郎はその眼を見返しながら腕組みをした。老婆が力のない声で言った。

「あんたが攬把なんだってね？　左眼はどうしたんだい？」

「うっかり落っことしたんだよ」

「片眼じゃ不自由だろ、何かと」

「慣れりゃそうでもない」

「日本人なんだろ、あんた？　そんな恰好《かっこう》してて、いくら北京《ペキン》語が達者でもわかるよ。日本人はやっぱりあたしたちとは臭《にお》いがちがう」

「日本人だった時期もある」

「どういう意味だい？」

「おれはいま馬賊の攬把として生きてるだけだ。生まれ育った国がどうなろうと知ったことじゃない」

土間にしゃがみ込んでいた老婆が立ちあがってふたたび笑った。東孫が不快そうにちっと舌打ちをした。踵《きびす》をかえそうとした老婆があらためてこっちに向きなおりながら言った。

「いくつに見える、あたしは？」

「見当もつかんよ」

「八十を越えてるように見えるだろ？　けどね、まだ五十過ぎなんだよ。この一年でこれだけ皺くちゃになり、歯もみんな抜け落ちた。酷《ひど》いもんだよ」

「何が理由だね？」

「聞きたいかい？」

「ぜひともね」

「ことと隣りの家が空き家になってるのは何でだと思う？」

「もったいぶるなよ」

「この家と隣りにはあたしの娘ふたりが住んでた。二十三と二十一でね、両方とも十四歳で許婚《いいなずけ》になったけど、男と一緒に暮しはじめたのは三年ほどまえだよ。両方の亭主は働き者でね、まだ若いのに、こうやって嫁を迎えるにふさわしい家を建てた。その暮しは傍から見ても幸せそのものだったよ」

「で？」

「去年のいまごろ槍風会のやつらがやって来た。あいつらが来ると、九師屯じゃ若い娘を納屋《なや》の藁《わら》のなかに隠したもんだよ。けど、去年だけはちがった。あたしのふたりの娘はもう結婚してたからね。槍風会のやつらはそのふたりに眼をつけた。九師屯から高粱酒の売りあげを持っていくだけじゃ満足しなかった。あたしのふたりの娘の肉体も欲しがったんだよ」

「強姦《ごうかん》されたのかね、娘さんたちが？」

「それならまだ野犬に咬《か》まれたと思やいい。娘ふたりはね、槍風会のやつらに連れ去られたんだよ。山のなかで毎日何人もの男に弄《もてあそ》ばれて襤褸《ぼろ》布《きれ》のようになり、結局は殺されていまごろどこかで白骨になって転がってるだろうよ。ふつうなら身代金《みのしろきん》の要求があるはずなのに、それもなかったんだからね。娘たちの亭主は絶望して家のなかで首を縊《くく》って死んだ。その怨霊《おんりょう》がさまよってる。だから、九師屯じゃ一番新しいふたつの家にだれも住もうとはしないんだよ」

　次郎は何をどう言っていいかわからなかった。

　これまで弱々しかった老婆の声がふいに力強く響き渡った。

「殺しておくれ、殺しておくれ、槍風会のやつらをひとり残らず！　そうでなきゃ、あたしは死んでも死に切れない！」

老婆が出ていくと、東孫が短くなった煙草をぺっと土間に吐き棄《す》てた。それを靴底《くつぞこ》で踏みにじりながら言った。

「気持の悪い婆ぁだ、首を縊ったふたりの怨霊がここと隣りの家をさまよってるだと？　そう言えば、この家はやけに生温かい。どうします、青龍攬把、これから？」

「どうするとはどういうことだ？」

「おれは気が進まなくなった、九師屯の連中の依頼を引き受けるのはね。占わせてみますか、南工雨《なんこうう》に？」この男は青龍同盟で八門を務め、いつも竹を持ち歩いている。

「あいつの八卦はあんまり信用できねえけど、占わせてみる価値はあると思います。おれはどうも厭《いや》な予感がしてならねえ」

「手附け金を受け取ってる」

「返せばいい」

「そんなことをしたら青龍同盟の信用はどうなる？」

東孫がこの言葉に黙り込んだ。

次郎は土間に置かれたままの洋灯の明かりに浮かびあがるその顔を眺めながら肩窄

児の衣嚢から煙草を取りだした。緑林の徒は民衆の複雑な感情の海のなかを泳ぎつづけるしかない。憎悪《ぞうお》と依存。相反するこのふたつを栄養素として生きつづけるのだ。緑林の徒は辛亥《しんがい》革命以前は翡子《フーズ》と呼ばれ、流れ者集団が捐《えん》と称した農作物運搬路の通行料取り立てを生業《なりわい》としていたが、やがてそれが各方面へ手を伸ばす犯罪組織へと成長していった。軍閥混戦時代にはいると、富農の誘拐や白昼の略奪といった歯止めのない暴力性を帯びて来る。同時に、かつての翡子はしだいに系列化され、いくつかの大集団を形成するようになる。こういう翡子の成長は治安を維持する巡警の腐敗に基いている。犯罪は本気で取締られることなく、逆に農民たちは巡警部隊兵士たちによる略奪や強姦の対象となったのだ。農民たちは自衛のために緑林の徒の一部に金銭を払って郷の警護を委託するようになる。緑林の徒が保衛隊の性質を帯び、軍事組織の形態を取りはじめるのはそのころからだ。それとともに緑林の徒は系列化を促進させていった。系列の頂点に立つ頭目は総攬把と呼ばれるに至る。だが、そういう系列のなかにはいらず独立して行動する緑林の徒もまだ数多く存在した。青龍同盟もそのうちのひとつだった。次郎は銜えた煙草に火を点け、そのけむりを大きく吸い込んだ。

「わかりましたよ、しかし仕事を終えたらすぐにここから逃《ず》らかりましょう」東孫がそう言って壁に打ちつけられている五寸釘《くぎ》に洋灯を引っ掛けた。「槍風会のやつらには早く来て欲しい。しかし、あいつら、ふつうの神経じゃねえからな、何を考えてるかはさっぱり読み取れねえ」

槍風会も独立系の緑林の徒だが、天地門と呼ばれる秘密宗教結社の集団で、ふつうの馬賊や匪賊以上にその結束は固いと噂されている。入団にあたっては歃血《そうけつ》の誓約を行ない、ささやかな規律違反も死をもって贖《あがな》わせると聞いた。天地門は明や清の時代にひっきりなしに大規模な農民叛乱《はんらん》を起こした白蓮教《びゃくれんきょう》の流れを汲《く》むとも耳にしている。いずれにせよ、ふつうの緑林の徒じゃないのだ、攻撃や退却も宗教的秘儀の結果決定されるらしい。

「槍風会の連中が来るのは二日後か三日後か見当もつかん。しかし、来たときは確実に全員を殺さなきゃならん」次郎は銜え煙草のまま低い声で言った。「宗教絡《がら》みのやつらはひとりでも生き残ると、あっという間に増殖して組織を建てなおす。再建された槍風会は徹底しておれたち青龍同盟を追って来る」

糧台の田月馳がはいって来たのはそれからすぐだ。右手に庖丁《ほうちょう》を持っている。晩飯が用意できたらしい。

「どこで食うことになる？」東孫が声を掛けた。「隣りの家でか？」

「みんなで食うには狭過ぎる。月明かりのしたで囲んだほうが気分がいいしな。醤が足りないんで料理の出来はよくないが、そいつは勘弁して欲しい。ただ、郷長を脅して高粱酒を二瓶捲《ま》きあげた」

高粱酒を二口だけ飲み、豚肉の香草炒《いた》めと高粱の晩飯を平らげて、次郎は宛《あて》がわれた家の寝床台に仰向けに横たわり胸のうえに大掛児《ターコオル》を掛けた。他の連中も食事を終えて戻って来た。猪八戒も土間に寝そべり、だれかが洋灯を消した。すぐには眠れそうもない。次郎はいったん真っ黒い天鵞絨《ビロード》の眼帯を外し、眼球を失った左の瞼《まぶた》をゆっくりと手の甲で拭《ぬぐ》った。

この眼は十八歳のとき東京新橋の裏通り・三十間堀《さんじっけんぼり》の花街《かがい》で酔っ払い、四人のやくざと喧嘩《けんか》して失った。傘の石突《いしづき》で突かれたのだ。放置すれば腐るだけだと言われた眼球は摘出する以外になかった。

あれ以来、酒は泥酔《でいすい》するほどには飲まないと決めている。ましてや馬賊稼業《かぎょう》に身を投じてからはちょっとしたこころの隙《すき》が命取りになってしまう。

それにしても、腐敗しきっているとは言え巡警部隊に追われる暮しをつづけていると、勘だけは鍛え抜かれて来る。晩飯まえに搬舵《バントウ》の東孫が指摘したとおり、この九師屯はふつうの聚落とは思えない。何しろ東三省官銀号ではなく横浜正金銀行の紙幣を持っているのだ。それはどこから手に入れた？　想像できるのはただひとつ、この九師屯では政治的な何かが動きはじめている。

尿意を覚えたのは寝床台に横たわってから一時間後だった。次郎は立ち上がって寝床台を降りた。あちこちから鼾《いびき》が聴こえて来る。鞋を引っ掛けて戸口から抜けだした。猪八戒が尾《つ》いて来た。

月明かりのなかを歩きだすと大地から湧きあがっていた蛙《かえる》の声がぴたりと熄《や》んだ。次郎は立ち停まって放尿をはじめた。背後から人の気配が近づいて来た。振りかえらなくても、だれだかわかる。稽査《けいさ》の辺毅中《へんきちゆう》だ。緑林の徒は組織の性質上、構成員の入れ替わりが激しい。合流時の誓約を守らせるためにはどうしても仲間うちの動向を監視する稽査が必要なのだ。放尿をつづけながら声を背後に向けた。

「特別な動きでもあるのか？」

「羅陽先《らようせん》のことです」

「どうした？」

「見苦しいほど里ごころがついてる」

陽先は一ヵ月ほどまえに青龍同盟に合流させた。月馳のしたで働いていた副糧台が巡警部隊との戦闘で死亡し、その補充として受け入れたのだ。年齢は二十四で、結婚したばかりだったが、本人のたっての希望で副糧台として庖丁を振うことになった。緑林の徒は妻帯しないか妻帯しても休業時の季節婚や一時婚がふつうなのだ。そうやって結婚した女たちの多くは娼婦《しょうふ》となって夫の帰りを待つ。陽先は青龍同盟にはいるときの誓約で、いったん合流したからには組織から抜けることはできないとわかっているはずだった。

「九師屯での仕事が終わったら、あいつはたぶん脱走しますよ、女房恋しさにね。どうします、陽先を？」

「あいつは合流してからまだ日が浅い。青龍同盟のことを知り抜いてるわけじゃない。殺す必要はないだろう」

「そのまま脱走させるんですか？」

「脱走直後にいったん身柄を拘束しろ」

「で？」

「青龍同盟についてだれかに喋《しゃべ》ったら確実に死が待ってると脅せ。それから、両耳を殺《そ》ぎ落とし、割り当て金を元に女房を呼び寄せてどこかで農夫として暮せと言い含めろ」

猪八戒のかすかな唸《うな》り声に次郎は目を醒《さ》ました。東孫はすでに起きていた。陽はまだあがっていなかったが、窓の向こうの大気は白じらとしている。次郎は黙って鞋を引き寄せ、それを履いてモーゼル拳銃嚢を腰の弾帯に結えつけた。

部屋で横たわっていた他の配下たちも動きはじめた。

猪八戒の唸り声がわずかだが大きくなった。

東孫が声を忍ばせて言った。

「意外に早く来てくれた、ありがてえ」

「明後日《あさって》には敦化《とんか》に着ける」

「ほぼ一カ月ぶりだ、女を抱けるのは」

槍風会は毎年この九師屯に上納金を取りに来ているのだ、道案内は必要ない、まず歩哨責任者の水餉《すいげ》が郷の様子を窺《うかが》いに来る。猪八戒の唸り声はその水餉が徒歩で近づいて来たことを意味していた。特別の危険はないと判断したら本隊の潜んでいる樹々のあいだに戻り、それから馬を連ねてやって来るのがふつうだが、今度は事情がちがう。九師屯の郷の入り口近くに十六頭の馬が繋がれているのだ。水餉はすぐに異常を察知する。

「どうします、槍風会の水餉は？」東孫が鞋の紐《ひも》を結びながら言った。「刀子《とうし》でかたづけましょうか、おれと辺毅中で？」

「おれが始末をつける」

「今度も攬把がひとりだけで？」

次郎は頷いて土間を歩き、戸口の扉を開け朝まだきの大気のなかに足を踏み出した。猪八戒が尾いて来る。馬賊だろうと匪賊だろうと緑林の徒の攬把はふたつの資質を必要とする。まず第一に、行動計画の展望。第二は配下を畏怖《いふ》させる残酷さ。これがなければ組織は維持できない。次郎はコサック馬・風神を繋いだ楡《にれ》の樹のそばにゆっくりと近づいていった。

その幹に背なかを凭《もた》せかけて肩窄児の衣嚢から煙草を取りだした。九師屯の郷長から提供された二軒の家から配下たちがこっちを眺めているのはわかっている。槍風会の水餉の始末には手際《てぎわ》のいいところを見せつけなければならない。そう思いながら燐寸を擦り、銜えている煙草に火を点けた。

猪八戒が足もとに寝そべった。

日昇まであと二十分近くはあるだろう。だが、白い大気のなかで九師屯の光景はすでくっきりとした輪郭を結んでいた。樹々に繋がれた十六頭の馬の動きもちゃんと把握できる。

九師屯の郷の入り口に長身の人影が現われたのは煙草を半分ほど喫ったときだった。痩せたその影はいかにも慎重にあたりを窺いながらこっちに近づいて来る。十六頭の馬のうち二頭が嘶《いなな》いた。三頭がそれにつづいた。男の動きは明らかに狼狽《ろうばい》を感じさせる。九師屯にこれだけの馬が集まっているとは想像もしなかったのだろう。だが、この郷で何が変化したのかを報告するのが水飼の義務なのだ。長身がさらに近づいて来た。額に弁柄《べんがら》色の頭被《とうひ》を巻いていた。その頭被は真空家郷《しんくうかごう》と白く染め抜かれている。これこそが白蓮教系の秘密結社の証《あか》しだと言っていいだろう。長身のその男はこっちが楡の樹の幹に背なかを凭せかけていることには気づいていないようだった。

次郎は拳銃嚢からゆっくりとモーゼル拳銃を引き抜いた。しかし、引鉄を引くつもりはまったくない。銃声はどこかに潜んでいる槍風会の本隊にかならず届くのだ。馬の一頭がまた嘶いた。長身がぎくりとしたようにそっちを向いた。次郎は楡の幹から背なかを離して言った。

「何をそんなに怯えてるんだね？」

長身がはっとなってこっちに眼を向けた。表情はもうはっきりと見て取れる。年齢は三十半ばで、左頬に火傷痕《やけどあと》があった。右手がぎこちなく腰の弾帯に伸びた。長身が拳銃を引き抜こうとした。

次郎はモーゼルの銃口を押しだすようにしてそれを制止した。長身の右手が腰の近くから離れた。火傷痕の頬が大きく歪《ゆが》んでいる。次郎はぴっと口笛を吹いた。

猪八戒が大地を蹴《け》った。真っ黒い毛並みの軍用犬の動きはすさまじかった。跳んだ。猪八戒が長身に巻きつくようにして大地に倒れ込んでいった。

次郎はモーゼルを拳銃嚢に収め、そっちに向かって歩きだした。弾帯に差してある匕首《あいくち》を取りだした。身につけているもので、これだけは日本から持って来た。樫材《かし》の鞘《さや》と握り。刃は備前長船《おさふね》の刀鍛冶《かじ》に作らせたもので、もちろん支那の刀子のように三日月形に反《そ》ってはいない、まっすぐ伸びている。新橋で酔っ払ってやくざと渡りあったときもこの匕首をちらつかせたが、実際に人を殺《あや》めたのは大陸に渡って来てからだ。猪八戒が唸り声を発しながら長身の右肩を啣《くわ》えて大地のうえを引きずりまわしている。次郎はそこに歩み寄って匕首を鞘から引き抜いた。

真空家郷と白く染め抜かれた弁柄色の頭被が波打ちながら大地のうえで左右に動いている。長身の視線はこっちを向いてはいなかった。その余裕さえないのだろう。シェパード種の猪八戒に肩を咬みつかれたまま、ただただ振りまわされつづけている。

次郎はそのそばにしゃがみ込んでぴっと口笛を吹いた。猪八戒が右肩から牙《きば》を離した。長身の視線がようやくこっちを向いた。次郎はそれとともに匕首の刃を肩窄児のはだけた左胸にすっと差し込んだ。

長身の体が小刻みに顫《ふる》えはじめた。

これ以上はもう必要ないだろう。

次郎は匕首を引き抜いた。生温かいものがどっと噴きあがって来た。小掛児《シャオコオル》の袖をその血で濡《ぬ》らしながら立ちあがった。長身の顫えが消え、血液の噴出が熄んだ。次郎は自分の肩窄児に刃を押しつけて血を拭い取り、匕首を樫の鞘に収めた。

郷長の提供した二軒の家からばらばらと配下たちが飛び出して来たのはその直後だった。こういう光景はこれまで何度も見せつけて来たのだ、だれも何も言おうとしなかった。これから何をしなくちゃならないかもわかっているはずだ。稽査の辺殺中が長身の死体の足首を摑《つか》んで引きずりだした。

他の配下たちはそれぞれの馬に向かって歩きはじめた。

次郎も楡の樹に足を向けた。

繋いでいる手綱を外し、鐙《あぶみ》に足を掛け風神に跨《また》がった。喉《のど》が渇くが、あと一時間ばかりは我慢しなきゃならないだろう。大馬《ターマー》に乗った東孫が近づいて来て言った。

「あと十五、六分というところですかねえ？」

「だと思う」

「十分も経ちゃ陽が昇る」

次郎は無言のまま頷いた。偵察として送り込んだ水餉が定刻までに戻って来ない場合、緑林の徒は一気に攻撃を仕掛けて来る。それは経験則でわかっているのだ。おそらく、馬を連ねてどっと九師屯に押し入って来るだろう。次郎は肩窄児の胸の衣嚢に右手を入れた。煙草の箱にはもう膨みがなかった。次郎は東孫に馬を寄せながら言った。

「煙草をくれ」

「残りは十八人ですね、槍風会は」東孫が煙草の箱を差し向けて来た。「三十分もありゃ充分だ」

「無駄にするなとみんなに伝えてくれ」

「何をです？」

「銃弾だよ。こないだみたいにおもしろがってぶっ放すことは絶対に禁じる。おれは弾代を惜しんで言ってるんじゃないぞ。ああいうことが癖になると緊張感を失う。緊張感が消えれば緑林の徒は生き残れない」

陽が昇ったのは青龍同盟のだれもが家影のあいだに馬を乗り入れて待機態勢を整え終えたときだった。樹々の緑や赤茶けた大地、銀鼠《ぎんねず》色の屋根瓦《やねがわら》や黄色い土壁。あらゆる色彩が活《い》き活《い》きと映え渡った。それとともに、どどどどっという音が彼方《かなた》から聴こえて来た。その蹄《ひづめ》の響きがしだいに近づいて来る。あと二分も経たないうちに槍風会の連中は九師屯の郷の入り口に突入して来るだろう。水飾が戻ってこない場合、緑林の徒が採る攻撃法はだいたいそんなところなのだ。次郎は安全装置を外したモーゼル拳銃を握りしめたままそれを待っていた。まだ種播きされていない高粱《コーリヤン》畑の土塊を蹴りあげながら接近して来る馬群が見えた。それは支那のふつうの大馬の群れじゃなかった。かなり小さい。蒙古馬なのだ。蒙古馬は耐久力が抜群で、長距離を走っても疲れない。それを好む緑林の徒も多い。槍風会もそうなのだろう。だれもが弁柄色の頭被を額に巻き、それをなびかせている。さっき殺した水餉と同じく、白蓮教系秘密結社の経典の一節と思われる真空家郷の文字が白く染め抜かれているにちがいない。馬群が九師屯の郷の入り口を越えた。

次郎はその直後に大声で叫んだ。

「銃弾発射!」

馬群の勢いがわずかに衰えた。

次郎は先頭の馬上の人影に銃口を向けた。引鉄を引いた。乾いた炸裂音《さくれつおん》とともにその側頭部から真っ赤なしぶきがあがった。ほぼ同時に家影のあいだから一斉に銃声が跳ねかえった。次郎もたてつづけに引鉄を引いた。

間断なく炸裂音が飛び交い、いくつもの肉塊が馬上から転げ落ちていった。怒声が響いたが、銃声のせいで鼓膜がおかしい、何を言ったかは聞き取れなかった。馬群のなかほどで一頭が嘶きとともに前脚をあげた。そこに乗っているのが槍風会の攬把らしい。退却を命じたのだろう。五、六頭の馬が向きを変えた。

次郎は攬把らしき男の背なかに銃口を向けて引鉄を引いた。その上半身がわずかにのけぞった。しかし、落馬はしなかった。次郎は即座に二弾目を発射した。上半身がゆっくりと傾《かし》ぎ、鞍を離れて赤茶けた大地に転げ落ちていった。向きを変えて九師屯から離れようとした他の五頭に乗った人影も家影のあいだから発射された銃弾に次々と大地に叩きつけられていった。だが、九師屯の郷にはいって来た二頭だけは向きを変えずにまっすぐ進もうとしていた。乗っているふたつの人影はやけに華奢《きゃしゃ》に見える。とにかく、郷を駆け抜けるつもりなのだ。九師屯周辺の地形についてかなりの知識を持っているらしい。次郎は馬の腹を踵《かかと》で蹴って、その背なかを追いはじめた。

背後からもだれかが尾いて来た。蹄の音で二頭だとわかる。逃走するふたつの人影が九師屯の郷を抜けて山間にはいった。弁柄色の頭被の先がひらひらとなびく。体の大きさから考えてまだ子供なのかも知れない。緑林の徒のなかには攬把の護衛として幹児子《カンアルツ》と呼ばれる十二、三歳の少年を置く組織もある。突然、背後で銃声が響いた。前方の人影のひとつが馬上から草叢《くさむら》に叩きつけられた。

次郎は首を後ろにまわした。追って来るのは糧台の月馳と稽査の殺中だった。銃弾がどっちの拳銃から発射されたのかはわからなかった。次郎は怒鳴るように言った。

「撃つな、相手はまだ餓鬼だ！」

ひとつだけになった人影はこっちを振りかえろうともしなかった。その影が白樺《しらかば》の樹々のあいだに飛び込んだ。山間の傾斜は急速にきつくなりつつある。次郎は華奢なその背なかを追った。距離が急速に縮まりつつある。蒙古馬は耐久性に優れていても、脚力はコサック馬とは比較にならない。ふいに白樺の樹々が消え、緩やかな傾斜地が拡《ひろ》がった。

そこには白い花が咲き乱れていた。

華奢な背なかが馬とともにそこにはいり込んだ。それを追った。大地が急に軟らかくなったらしい、前方の蒙古馬が躓《つまず》きかけた。背なかがふらりと揺れるのが見えた。弁柄色の頭被が大きくひらめいた。

次郎は弾みをつけてその肩に両手を伸ばした。そこを摑むと同時に上半身が鞍から離れた。縺《もつ》れあって両方の馬から白い花の咲き乱れる大地に転がり落ちた。うっという呻《うめ》きが聞こえた。声変わりさえしていない。そう思った。次郎はその両肩を大地に押しつけようとした。抗《あらが》いの動きにはっとなった。肩窄児《チエンチアル》のしたに柔らかい膨みを感じたのだ。次郎はその表情を見据えた。

「放せ、放せったら！」女が言った。化粧っけのないその顔は二十一、二だろう。「あたしをいったい何だと思ってるんだ？」

次郎は右手で弁柄色の頭被を女の額から剝《は》ぎ取った。長い黒髪が乱れた。緑林の徒は馬賊だろうと匪賊だろうと誇りだけは妙に高い。舌でも嚙《か》み切られたら情報が得られなくなる。次郎は真空家郷と染め抜かれた頭被を丸めて女の口のなかに捩《ね》じ込んだ。

月馳と敎中が馬から降りて近づいて来たのはそのときだった。次郎は女の右腕を摑んで腰をあげた。月馳が甲高い声で言った。

「女じゃないですか、こいつ！」

「ああ」

「何で女が？」

「わからん」

「どうするつもりです、この女を？」

「九師屯に連れていく。この女は妙に地形に詳しい。何か理由があるのかも知れん。九師屯の郷長に面通しさせる。この女を担《かつ》いで運んでくれ」

月馳が縛り上げた女の腹に肩を入れ、その華奢な体を担ぎあげた。青龍同盟では敵対する緑林の徒に属する女でも強姦だけは禁じている。それは組織内に嫉妬《しっと》の感情を産みだすからだ。月馳が女を肩に載せたまま馬の鐙に左足を掛けた。

「みごとなもんですね、こういう光景はめったに見られない」毅中が咲き乱れる白い芥子《けし》の花を眺めまわしながら言った。「搬舵は九師屯で芥子を栽培してるなんて何も言わなかった」

「東孫も知らなかったんだよ。知っておれに黙ってる理由なんか何もない」

「この芥子がぜんぶ阿片《アヘン》に変わったら、いったいいくらぐらいになるんですかねえ？」

「見当もつかんよ。しかし、九師屯の連中にはこの芥子畑を見たとは洩《も》らすな。おれたち青龍同盟が情報として摑んでいれば、それでいい。あとで何かに使える」

次郎は月駞と毅中とともに女を連れて九師屯の郷に戻った。途中、草叢に転がる死体を見た。それも若い女だった。その死体を放置したまま馬を進め、郷のなかにはいると槍風会の連中の血まみれの肉塊がいくつも転がっていた。搬舵の東孫が近づいて来た。次郎は馬を降りた。

「十八あります。攬把がかたづけた水餉を合わせると十九」そう言って東孫が九師屯の郷の入り口近くを指差した。「あそこに転がってる四十半ばの死体が槍風会の攬把・羅《ら》清白《せいはく》です。さっき郷長の黄文仙に確認させた、まちがいありません」

「何人ぐらいまだ呼吸《いき》があった？」

「十八人中十三人までが。その十三人は刀子で止《とど》めを刺した、銃弾を無駄にしないようにね」

月駞がそのとき担いでいた女を大地に下ろした。

東孫がそれを眺めながら言った。

「何なんです、この女は？」

「九師屯を突っ切って逃げたのはふたりとも女だった。ひとりは殺し、ひとりはこうやって連れて来た。聞いてみたいことがあるんでな」

「呼んできますか、郷長を？」

「そうしてくれ」

東孫が家影のひとつに向かって歩きだした。

次郎は腕組みをしながら郷の中を眺めまわした。動いているのは青龍同盟の男たちだけだった。郷の連中は家のなかに閉じ籠《こ》もったままらしい。まだ殺戮《さつりく》の現場は見たくないのだろう。猪八戒がこっちに近づいて来た。次郎は女に視線を向けた。口のなかにはまだ弁柄色の頭被が押し込まれている。九師屯のなかに横たわるいくつもの死体を眺めるその眼は虚《うつ》ろだった。しかし、どことなくふてぶてしさも感じさせる。舌を嚙み切る恐れなんかなかったのかも知れない。次郎はぼんやりとそう思った。

東孫が郷長の文仙を連れて来た。

文仙が女を見た。その頬がじわじわと歪んで来た。文仙が顫える声で言った。

「どういうことなんだ、青鈴《せいれい》、これは？」

女の頬が緩んだ。頭被を咥《くわ》え込んだまま笑ったのだ。眼に滲《にじ》んでいるのは軽蔑《けいべつ》の感情だった。

次郎はその眼を見やりながら文仙に声を向けた。

「知ってるのか、この女を？」

「李《り》青鈴ですよ。自殺した文国鈞《ぶんこくきん》の女房ですよ。あなた方に宿舎として提供した二軒のうちの一軒に住んでた」

「槍風会に拉致されていった女か？」

「そうです、姉の李《り》黄鈴《こうれい》と一緒に」

「纏足の女の娘か？」

「そのとおりです、雷起順《らいきじゅん》の娘です」

次郎は右手を伸ばして女の口のなかにはいっている頭被を引き抜いた。女がぺっと大地に唾《つば》を吐いた。その目は文仙を見据えたままだ。次郎は青鈴と呼ばれた女に言った。

「拉致されたのに、槍風会に合流したのか？」

「そうだよ」

「何で？」

「あたしは槍風会の搬舵の女となり、姉さんは攬把の女となった。あたしも姉さんも連れていかれてほんとうによかったと思ってるよ」

九師屯の郷の連中が家のなかから出て来たのはそのときだった。女が連行されたという情報が流れたからだろう。そのなかにはあの纏足の女も混じっていた。

「槍風会は白蓮教の流れを汲む天地門を信仰していると聞いたが」

「それがどうしたんだよ？」

「おまえも天地門の教義を信じたのか？」

「毎日経典を読むよ」

雷起順と呼ばれた纏足の女がすぐそばに近づいて来た。ゆるゆると右手を伸ばしながら言った。

「信じられないよ、青鈴、生きてただなんてね。酷いことをされたんだろ、槍風会のやつらに？　黄鈴もまだ生きてるのかい？」

「触らないでちょうだい、穢《けが》らわしい手で！」

「どうしたんだよ、いったい？」

「触るなと言ってるんだよ！」

次郎は無言のままふたりを見《み》較《くら》べた。

文仙が取りなすように青鈴に声を向けた。

「何ということを言うんだ、青鈴、おまえのお袋さんはおまえと黄鈴の身が心配で、このとおり歯がみんな抜け落ちたんだぞ。そんなお袋さんに向かって労《いたわ》りの言葉ひとつもないのか？」

「相変わらずだね、文仙」

「何だと？」

「もう遠慮なんかしやしないよ。みんなにほんとうのことを報《し》らせてやる」青鈴がそう言ってから急に声を強めた。「あたしの父さんが労咳《ろうがい》で死んだのは十三年まえだってことは知ってるよね、みんな！　そのとき、この纏足女は三十八だった。小祥忌《しょうしょうき》も来ないのにこの纏足女は郷長の文仙と関係を結んだ。女ひとりで子供を育てるのは大変だと言ってたけど、実際には男が欲しかっただけなんだろうよ」

「嘘《うそ》だぞ、嘘なんだぞ！」文仙が狼狽《うろた》えきった声でみんなに言った。「この女は槍風会にはいってるんだ、信じるな！」

「どっちが嘘をついてるのかはすぐにわかるよ」青鈴がそう言って笑った。「この纏足女は文仙と寝るたびに高粱やら卵をもらって来た。けどね、四年まえだった、文仙は十七歳だったあたしと十九歳の姉さんの体を差し出せと命じた。あたしたちふたりにはもう許婚《いいなずけ》がいたというのに！　この纏足女は郷長の頼みを断わったら、ここ九師屯じゃ生きてはいけないとあたしたちに言った。あたしたちはそれを聞くしかなかった。文仙は日替わりであたしと姉さんの体を弄んだんだ」

「で、でたらめを！」

「どこがでたらめなんだい？　聞いてよ、みんな！　あたしと姉さんを文国鈞と陸公九に嫁として一緒に暮せと押しつけたのは文仙の女房が気づきそうになったからだよ。何にも知らないあのふたりこそ哀れなもんだった。あたしと姉さんもいつか秘密を知られるんじゃないだろうかとびくびくしながら生きつづけた」

東孫がちらりとこっちを見るのがわかった。青鈴を黙らせるべきかどうかを窺ったのかも知れない。次郎は何も指示を出さなかった。東孫が刀子を鞘から抜いて、その刃で伸びた指の爪《つめ》を切りはじめた。

「どうして歯がみんな抜け落ちたんだよ？」青鈴がその声を母親に向けた。「あたしと姉さんという売り物がなくなったんで、文仙が何もくれなくなったからだろ？　そうだろ？　栄養不足で歯がなくなっちまったんだろ？」

起順は何も言おうとしなかった。ただ頰が歪みきっている。おそらく青鈴が喋ったことは事実なのだ。集まって来た九師屯の連中は黙りこくっている。起順はその静寂に懸命に耐えているようだった。

爪を切り終えた東孫が刀子を鞘に収めてそれを帯のあいだに差し込んだ。

「文国鈞と陸公九は高粱畑を耕すことしか知らない単純な男だったから、文仙は熱《ほとぼり》が冷めたら、かならずあたしと姉さんの体を求めて来る。国鈞と公九が高粱畑で汗を流してるときに、あたしたちに伸《の》し掛かって来る。姉さんとあたしはそれに怯《おび》えながら暮してたんだよ。新婚といってもちっとも楽しくはなかったさ。そんな暮しを完全に変えてくれたのが槍風会だよ。去年のいまごろ嵐のようにやって来て、あたしと姉さんを攫《さら》っていった。みんなはあたしたちが槍風会の十九人に輪姦《まわ》されて最後は繿褸布のように棄てられたと思ってたろ？　そして、いまごろはどこかで死んでるだろうと思ってたろ？　けどね、そうじゃないんだよ。姉さんは攬把に、あたしは搬舵に無理やりに犯された。だけど、他の男たちはあたしたちに指一本触れやしなかった。嘘じゃないよ。あとでわかったんだけどね、槍風会には緑林の徒としてのちゃんとした秩序があるんだよ。あたしは搬舵の、姉さんは攬把の女として他の連中から敬意を持たれるようになった。わかる、敬意というのが？　それはね、あたしたちに手を出したら殺されるってことを意味するんだよ」

次郎は起順の上半身がゆらりと揺らぐのを見た。纏足では突っ立ったまま体重を支えつづけるのが辛《つら》いのかも知れない。その表情にはまったく生気が感じられなかった。

馬賊としてこれまで何度も保衛の仕事を引き受けて来たが、こんな光景に出っ会わすのはこれがはじめてだ。しかし、九師屯での青龍同盟《せいりゅう》の役割はすでに終わっている。口を出す余地はもうない。次郎は黙って青鈴の新たな言葉を待った。

「そりゃあね、あたしも掻《か》っ攫われた直後は怖くてしかたがなかったよ。夜になると、樹々《きぎ》のあいだで搬舵に抱かれながら、これからどうなるのかと不安でいっぱいだった。けどね、槍風会のなかがどうなってるのかがわかって来ると、そんな気持はまったくなくなった。緑林の徒でいられることが楽しくなった。いつも巡警部隊の動きを気にしなきゃならなかったけど、そんなことはどうってことはないんだよ。すぐに馬にも乗れるようになったし、あたしたちは山のなかを動き、高粱畑を走り抜けた」

集まっている九師屯の連中は咳《しわぶ》きひとつしなかった。郷長が何をして来たかだけじゃなく、緑林の徒の内部事情について報らされているのだ、よけいな口を挟む気にもなれないらしい。文仙もいまは反論を諦《あきら》めたらしかった。

「もちろん攬把も搬舵もとくに優しいというわけじゃなかった。姉さんもあたしもよく殴られたよ。料理がまずいとか馬の世話をさぼったとか、そんな理由でね。けど、殴られるときはいつもはっきりした理由があった。それがどういうことだかわかる？　つまりね、槍風会のなかは嘘とかごまかしがないんだよ。緑林の徒の掟《おきて》さえ守れば、だれもごたごた言いやしない。ことは大ちがいだよ。この九師屯の郷は反吐《へど》の出るような嘘とごまかしだけでできあがってる！　この纏足女を見な！　郷長の文仙を見な！　ちまちまと高粱を作って生きてるだけなのに、郷のなかは嘘とごまかしがどろどろと渦巻いてる」

次郎はこの言葉で、青鈴がさっき捕えられた山間の斜面に咲き乱れていた白い花の意味にまるで気づいていないことがわかった。槍風会に拉致された一年まえにはあんなものはなかったのだ。要するに、九師屯での芥子栽培はその後に開始されたと考えていい。それはそのまま青龍同盟にたいして保衛料の支払いを横浜正金銀行の通貨で行うということに関係しているのだろう。次郎は煙草《たばこ》をくれというふうに東孫に右手を向けた。それが燐寸《マッチ》とともに差し出された。一本引き抜いて銜《くわ》え、その煙草に火を点《つ》けた。

「あたしと姉さんはみんなと一緒に鹿《しか》や猪《いのしし》を撃った。米や高粱や玉蜀黍《とうもろこし》は聚落《しゅうらく》を襲って差し出させた。金銭が必要なときは保衛料として巻きあげた。どの聚落もこの九師屯みたいなところさ。ちまちまと高粱や玉蜀黍を作って食ってる郷だよ。けど、あたしにはわかるんだよ。どの郷もここ九師屯と同じように嘘とごまかしでできあがってるってことがね。だから、あたしも姉さんもちっとも同情なんかしなかったさ」

纏足の起順の体の揺れがさらに大きくなっている。

青鈴が一段と声を強めてつづけた。

「実を言うとね、攬把も搬舵もこれまでみたいにこの九師屯を襲うことを躊躇《ためら》ってた。何しろ、あたしたちと一緒に動いてるんだからね、気が退《ひ》けたんだろうよ。けど、姉さんとあたしは九師屯を襲ってくれと熱心に攬把に頼んだ。おまえらがびくつきながら命乞《いのちご》いをするところが見たかったからね」

「槍風会の攬把と搬舵は躊躇ったのに」ようやく文仙が顫える声で言った。「おまえと黄鈴が九師屯を襲えと？」

「できれば、おまえとこの纏足女を殺したくてね」

文仙がごくりと喉《のど》を鳴らすのがわかった。

青鈴の声がこれまでの興奮から冷めたように低くなった。吐きだされた声はじぶん自身に言い聞かせるみたいだった。

「けど、九師屯で保衛のために他の組織を傭《やと》うなんて想像もしてなかった。さっき、姉さんの死体を見たよ。攬把の死体も搬舵の死体も近くに転がってる。他の槍風会の仲間たちの死体も。何もかもが終わったんだ。さあ、文仙、そろそろ手仕舞いにしようよ」

「ど、どういう意味だ？」

「一年まえに槍風会に掻っ攫われて、姉さんとあたしははじめて生きることの楽しさを知ったんだ。自由ってものがどんな味なのかをね。あたしはたった一年で、死んでた二十年間ぶんを取り戻せた。樹々の緑も夕陽の輝きも何もかも愛《いと》しかったよ。それが消えたんだ、未練はないよ。早く取り掛かったらどうなんだい？」

「取り掛かるって何をだ？」

ふいに青鈴が弾《はじ》けるような笑い声を発した。しばらくけたたましく笑いつづけたあと、ふたたび声を強めた。

「あきれたね、やっぱりここは九師屯だ、相変わらず嘘とごまかしだけで生きてる。郷を裏切ったこのあたしさえ殺せないのかい？　そういうことも緑林のこの連中に委《まか》せるしかないのかい？」

起順の体がよろけながら東孫によりかかったのはそのときだった。纏足の体はいまにも崩れ落ちそうだったが、痩《や》せて皺《しわ》だらけの右手が東孫の腰帯に挟まれている刀子に伸びた。三日月形の刃が引き抜かれた。起順はその切先を青鈴に向けながらよろよろと進んでいった。

青鈴はその眼を見据えたまま体を躱《かわ》そうともしなかった。母と娘が重なり合った。

刀子の切先は青鈴の左胸を貫いたはずだ。ふたりが重なり合って大地に沈み込んでいった。次郎は銜え煙草のままそれを眺めていた。真っ赤な液体がじわじわと大地を濡《ぬ》らしていく。青鈴の眼は瞠《みひら》かれたままだった。何を見ているのかは見当もつかない。その眼からすっと生気が消えていった。

「槍風会の連中は十九名という触込みだった、おれたちはその十九名を完全に処理した」東孫が動揺《たじろ》ぎの色を隠そうとしない文仙に声を向けた。「約束どおり報酬を払ってもらうぞ、横浜正金銀行券でな」

2

赤城《あかぎ》神社の境内を通って、敷島四郎《しろう》は東五軒町《ひがしごけんちよう》に向かった。そこに建つ築三十年ばかりのこぢんまりとした二階家に燭光座《しよつこうざ》主宰の木本繁雄《きもとしげお》夫妻が住んでいるのだ。もちろん自宅じゃない、遠戚《えんせき》の家を安く借り受けているらしい。脚本と演出を行う四十三歳の繁雄は関東大震災のときに憲兵大尉《たいい》・甘粕正彦《あまかすまさひこ》に虐殺《ぎやくさつ》された無政府主義者・大杉《おおすぎ》栄《さかえ》の思想に傾倒し、刊行された『文明批評』や『労働運動』といった雑誌を床下に隠し持っている。妻の多恵は二十九歳で女優として舞台に立つ。身長に比べて貌《かお》が大きいが、それが舞台では妙に映える。ふたりのあいだに子供はなかった。劇団・燭光座は役者や大道具、照明係を含めて総勢十七人の小集団だが、程度の差こそあれ、だれもが労働運動に関心を持っている。しかし、ここ一年のあいだはまったく上演活動を行っていなかった。繁雄がいまはあまりにも危険過ぎると言うのだ。きょうは燭光座の主だった連中が七人、木本家に集まって会合を持つことになっている。四郎は杉板の門扉《もんぴ》を開け、紫陽花《あじさい》の植え込みのあいだの敷石を踏んで格子《こうし》の引戸を軽く叩《たた》いた。はいってくれという繁雄の声が聞こえた。引戸を開けた。八畳の居間で卓袱台《ちゃぶだい》を囲んで六人が座っている。四郎は目礼をして玄関の土間から座敷にあがった。

「さぼったのか、授業《ふ》は？」二十四歳の森山宗介《もりやまそうすけ》が言った。ふだんは文選工をしているが、舞台に立つと老け役がよく似合う。「卒業できなくなっちまうぞ」

「べつに卒業してもたいして意味はありませんしね」

「そう言えばそうだよな、東京帝大の法学部を卒業したって就職にゃ四苦八苦するってえ御時勢になったんだ、早稲田の文学部を出たってろくな仕事にはありつけねえよな」

四郎は黙って苦笑いするしかなかった。去年の春の金融恐慌《きょうこう》で地方の中小銀行は休業を余儀なくされ、五大銀行の金融界制覇が進行して中小商工業の倒産と閉鎖が相継いだのだ。その結果、三井・三菱・住友・安田の四大財閥の独占が進んでいく。操業短縮や人員整理が容赦なく行われ、解雇反対の争議が各地で繰り拡げられた。それはそのまま特高警察の公然たる活動を許すことになったのだ。社会は騒然とし、四、五年まえのようなふつうの就職活動は学生のだれもが考えなくなっている。四郎は学生服のボタンを外したままにしていたが、宗介の言葉にそれまで以上の暑さを感じ、学生服を脱いで傍らに置いた。

軽妙な演技を得意とする二十六歳の沢井富士夫《さわいふじお》が卓袱台のうえに拡《ひろ》げられている新聞を指差した。一紙は東京日日新聞で、もう一紙は東京朝日新聞だった。両方とも一面は山東省《さんとうしょう》の済南《さいなん》事件についてだった。四郎は東京朝日新聞のほうは赤坂の霊南坂《れいなんざか》にある自宅を出るまえに眼を通している。それには蔣介石《しょうかいせき》の国民革命軍によるこれ以上の在留邦人殺害を阻止するために名古屋の第三師団が第三次山東出兵を行うと書かれていた。富士夫が二紙を眺めながらぼそりと言った。

「おまえが来るまでこのことを話しあってたんだ。どう思う？」

「どうって何がです？」

「第三次出兵が行われたあとだよ」

「わかりませんよ、ぼくには」

「おそらく殺しまくるぞ、第三師団は支那人《しな》たちをな。国民革命軍に属していようがいまいが、支那人というだけでな」

四郎は何をどう言っていいのかわからなかった。

戸樫栄一《とがしえいいち》がゆっくりと腕組みをした。三十九歳のこの元・旋盤工は金融恐慌で失職し、いまは燭光座の舞台に立つとともに照明係もやっている。殺された大杉栄がベルリンの無政府主義者大会に出席するために密出国したとき、それを手伝ったという噂《うわさ》もあるが、真偽は確かじゃない。栄一が腕を組み替えながら言った。

「数日まえの新聞じゃ国民革命軍に殺された在留邦人は三百以上と発表された。両眼を刳《く》り貫かれたとか凌辱《りょうじょく》されたとか、ともな。事実はどうなのかわからねえが、とにかく済南の支那人は殺されまくる。そしたら、国際世論が騒ぎだす。そうなると、軍部はこれまで以上にぴりぴりし、その鉾先《ほこさき》を国内に向ける。そして、それは具体的にもうはじまってる」

「どういう意味です？」

「この記事は読んでないのか？」

四郎は指差されたその紙面に視線を落とした。第三面の中段に小さく記されたその記事には霊南坂では眼を通していなかった。

そこにはこう書かれている。

思想警察の元締警保局に保安部。特務事務をここで統一。官制の改正決定す。第五十五議会を通過したいわゆる思想警察費約二百万円で警保局および地方警務官、警視、警部等の大増員が行われることになったので内務省警保局はこれにともなう官制の改正をなすため警保局議を開いて大筋の方針を決定した。それによれば警保局内に保安部を設置し勅任事務官をもってその部長となし、現在の保安課の特別高等警察に属する事務をすべて保安部に移管し保安課は単に高等警察に関する事務のみを取り扱うことになる。

「これは具体的には何を意味することになるんです？」

「甘いよな、やっぱり学生は」栄一がそう言ってまた腕を組み替えた。「治安維持法が徹底して強化されるんだよ。三月十五日に千数百人が特高警察に検挙されたのを忘れたか？　左翼狩りがますます本格化していくんだよ。これはそのための改正なんだ、おれたち燭光座も確実に標的にされる」

「狙《ねら》われるんですか、ぼくらも？」

さ」

「当然だろうが。おれたちがこれまでどんなものを上演して来たか考えてみろ。チェーホフとかイプセンとかそんなものばかりじゃねえか。特高の連中は涎《よだれ》を垂らしてるさ」

四郎はこの言葉に黙り込むしかなかった。今年の三月に行われた大量検挙に共産党や労働組合は反撥《はんぱつ》の動きを見せている。政府はそれに備えるために官制を変えたのか？　四郎の鞄《かばん》のなかにはツルゲーネフの『貴族の巣』の訳本がはいっている。これは恋に破れた貴族階級の進歩的知識人が大地を耕すことに喜びを感じながらも自己の階級の破綻《はたん》回避になす術《すべ》もない現実を描いた小説だ。この作品の脚本化を繁雄に提案するつもりだったが、いまはそんな雰囲気じゃなかった。四郎は無言のまま視線をもう一度東京朝日新聞の紙面に落とした。

重苦しい沈黙がしばらくつづいた。

これまで黙っていた里谷春行《さとやはるゆき》が煙草《たばこ》を取りだして燐寸《マッチ》を擦った。神楽坂《かぐらざか》で芸妓《げいぎ》を取次ぐ検番を営む家で育った三十一歳のこの男は定職を持っていない。彫りの深い貌立ちで燭光座の舞台ではたいてい主演で登場する。繁雄の妻・多恵の恋人役が多い。栄一が一度四郎にこう洩《も》らしたことがある。舞台のうえだけじゃなく、ふたりはほんとうにできてるんじゃねえのか？　だが、四郎はふたりの関係を疑ったこともない。春行が煙草のけむりを吐きだして繁雄に声を向けた。

「そろそろ決めてくれませんかね、宙ぶらりんの状態がつづくのはまっぴらでさね」

繁雄が浴衣《ゆかた》の袖《そで》でゆっくりと額を拭《ぬぐ》った。暑さはそれほどでもないのだ、汗をかいているのはでっぷりと太った体のせいか、それともきょうの重苦しい雰囲気のためなのか四郎には見当もつかない。春行がけむりを大きく吸い込んで、ふうっと吐きだした。繁雄が低い声で言った。

「かたちとしては解散することにする」

「もちろん偽装ですね？」

「当然だ、せっかく育てあげた燭光座を失うつもりはない。特高の眼を逸《そ》らすための一時的な処置だ。こんな厭《いや》な時代はそう長くはつづくまい。かならずまた自由な演劇運動が行える日が来る。そのとき燭光座は再結集する」

「他の劇団員には？」

「わたしのほうから連絡する。だれもが理解してくれるはずだ。燭光座はただの芝居好きが集まってるわけじゃない。だれもが社会の動きに特別の関心を持ってる」

「こうやって集まるのもこれが最後？」

「そのとおりだ、再結集するまでこうやって集まることはない」繁雄がそう言って多恵に眼を向けた。「酒を持って来てくれ。摘《つま》みは何でもいい。当分、集まって飲むことはあるまい。きょうは再結集を誓いあってみんなで盃《さかずき》を交わそう」

多恵が立ちあがって台所に向かった。

四郎は腕時計に眼をやった。針は二時四十三分を指している。このスイス製の時計は早稲田に入学したとき母方の祖父から贈られたものだ。四郎は胡座《あぐら》の脚を正座に組み替えて繁雄に言った。

「ぼくはここで失礼します」

「飲んでいけばいいじゃないか」

「他に用もありますし、昼間は酒を飲まないことにしてるんです」

繁雄が不服そうな表情をした。

栄一が取りなすように言った。

「こいつの兄貴のひとりが酒で失敗してるんですよ。酔っ払って新橋でやくざ相手に立ちまわりをやらかし、左眼を失った」

四郎は東五軒町の繁雄の家を出て上野の不忍池《しのばずのいけ》に向かった。約束は四時だ。ゆっくり歩いても充分に間に合う。小石川区から本郷区にはいった。金融恐慌のせいだろう、通りはどこも閑散としていた。梅雨入りにはまだ半月近くあるが、上空はぶ厚い鉛色の雲に覆《おお》われている。樹々《きぎ》の緑や漆喰の白壁、どの色彩も輝きを感じさせない。白山《はくさん》通りにはいったとき、四輛《りょう》の軍用車がかなりのスピードで通過していくのを見た。第三次山東出兵をめぐって帝国陸軍内も相当緊張しているにちがいない。四郎は下谷《したや》区に向かって歩を進めながら、じぶんはどんな存在なのだろうと自問した。二十歳で早稲田の文学部の学生だが、大学にはほとんど通わず、現在は休止中の燭光座の演劇活動に大半の時間を割いて来た。こんなふうになった契機はちゃんと自覚している。十八歳の春に燭光座の舞台を観《み》たのだ。チェーホフの『桜の園』だった。そのときの身《み》顫《ぶる》いするような興奮は忘れることができない。すぐに劇団員にして欲しいと主宰者の繁雄に申し込んだ。それはそのまま無政府主義への傾倒と化していった。繁雄がいま自宅の床下に隠し持っている大杉栄の『文明批評』や『労働運動』を熱心に読んだ。ただ、思想的には過激なものの、じぶんは次兄とちがい暴力を忌《い》み嫌っている。しかし、もしだれかを殺さなければならない状況に追い込まれたら、標的はたったひとりしかいない。元憲兵大尉、甘粕正彦。関東大震災のどさくさに乗じて大杉栄と伊藤野《いとうの》枝《え》を惨殺《ざんさつ》しただけじゃなく、幼児まで手に掛けたと疑われている男。大杉夫妻殺害を告白し軍法会議で懲役十年の有罪判決を受けたのに、三年足らずで刑期を終え軍部の意を受けフランスに渡った男。あの甘粕正彦ならこの手で殺しても何の罪悪感も持たなくて済むだろう。これまで何度もじぶんにそう言い聞かせて来た。だが、この無政府主義への傾倒はまだ無政府主義者として生きていこうという決意にまでは高められていない。突き詰めて考えようとすると頭が痛くなって来る。じぶんはまだ若いのだ、いますぐに今後の生きかたを決める必要はない。四郎は不忍池の畔《ほとり》に辿《たど》り着いた。桜の樹のしたに松平映子《まつだいらえいこ》が立っているのが見えた。淡青色の薄手のワンピースを纏《まと》っていた。直射日光は差していないのに陽傘を手にしている。十九歳になるこの女子美術学校の生徒は徳川家の血筋を引き、父親は四谷で歯科医院を開いていた。

四郎はその桜の樹のそばに歩み寄って言った。

「待たせたかい？」

「ううん、だって約束は四時ですもの」

「食う、アイスクリーム？」

「要らない、べつに暑くないから」映子がそう言って笑った。真っ白い歯が零《こぼ》れるようだった。「歩きましょ、いろいろお話を伺いたいし」

これが逢引《あいび》きと言えるのかどうかわからない。とにかく二週間に一度の割合で映子と逢うが、不忍池のまわりを歩くだけだ。ふたりが知りあったのは一年半ほどまえで、燭光座の上演がきっかけだった。四郎はチェーホフの『かもめ』で役者としての初舞台を踏んだ。映子はそれを観に来ていた。観客席の最前列に座っていたのだ。芝居がはねたあと四郎が映子に声を掛けたのがきっかけだった。しかし、一年半になるのに不忍池のまわりを散歩するだけのつきあいはそれ以上発展しそうもない。

「新聞を読むと、済南で酷《ひど》いことが起きてる」映子が歩きだしてから言った。「支那人ってほんとうに野蛮」

四郎はこの言葉にどう反応していいかわからなかった。映子は女子美術学校で洋画を学んでいるが、どんな作品を描こうとしているのかは聞いたことがない。燭光座の舞台を観ても、役者の演技についての感想は述べるが作品内容には触れようともしなかった。要するに恵まれた素封家の令嬢なのだ。新聞で報じられる事の裏側で何が動いているかは脳裏を掠《かす》めもしない。四郎も燭光座の仲間と交わらなかったら映子とたいして変わりはなかったろう。この二年間でじぶんはずいぶん成長したものだと思う。とくに繁雄の妻・多恵のような女には生まれてはじめて逢った。やりくりが大変なはずなのに、そんな苦労は一切感じさせずに暮しを支えながら舞台に立ち、政治情勢について語るときは燭光座のだれよりもずばりと核心を衝《つ》くのだ。だが、年齢差もあって四郎は多恵に女性を感じることはなかった。魅《ひ》かれるのはやはり映子のような存在だった。世間についてはまるで無知だが、それが穢《けが》れのなさを感じさせる。屈託のなさが健康さを表わしている。しかし、四郎は映子の手さえ握ったこともなかった。

「すぐに名古屋の第三師団を中心として第三次山東出兵するんでしょ？」

「みたいだね」

「支那人は責任を取らなきゃならないと思う、あんな酷いことをしたんだから」

「殺せと言うのかい、国民革命軍を？」

「だって、しょうがないでしょ、日本人の安全を守るためには」

四郎はもうこの話題に触れたくはなかった。つづければ、映子を論破するか嘘《うそ》をついてごまかすしかないのだ。どっちも気が進むわけがない。四郎は黙って池の畔を歩む脚をわずかに速めた。

ふいに映子が立ち停まって言った。

「お話ししなきゃならないことがあります」

「何だい？」

「きょうでお別れです」

「え？」

「お別れなんです、きょうで」

「ど、どういう意味だい？」

「お嫁に行くことになりました、あたし」

四郎は思わず呼吸《いき》を呑《の》んだ。こんな言葉を聞くとは想像もしていなかった。二週間まえ、映子はそういう素ぶりさえ見せなかったのだ。四郎はその表情を見つめながら言った。

「ど、どこに？」

「あたしの母方の従兄《いとこ》。幼な馴染《なじ》みだし」

「いつ決まったんだい？」

「十日まえ。父も母も乗り気だったし、あたしも断わる理由なんかなかった」

「何をしてる男性なんだい？」

「満鉄の技師なんです。あたしより六つ齢上《としうえ》で、いま大連《だいれん》にいる」

「関東州に？」

「いったん東京に戻って来る」

「結婚したら？」

「長春《ちょうしゅん》に向かうことになるらしいわ」

四郎は全身の力が抜けて来るのを感じた。幼な馴染みなら見合いの必要もなかったのだろう。とにかく、映子の口ぶりでは何もかもが決定済みかのようだった。四郎は嗄《しゃが》れる声で言った。

「式はいつ？」

「父も向こうのお義父《とう》さまも九月のなかごろがいいと考えてる」

「なら、もう逢えないね」

映子が無言のまま静かに頷《うなず》いた。

四郎は渇いて来る唇をゆっくりと舐《な》めた。

映子は陽傘のしたからこっちを見あげつづけていた。その頬がかすかに緩んだ。微笑《ほほえ》んだのだ。四郎はその笑いの意味が見当もつかなかった。しばらく沈黙がつづいたあと映子が言った。

「あたし、もう十九だけど、考えてみればまだただの夢みる少女だった。だから、こうして四郎さんとも逢うようになった。舞台のうえの四郎さんは素敵だった。とくに荒々しい役を演《や》るときはね。けど、現実の四郎さんはあたしを力ずくで奪うなんてできそうもない、やさしいだけの男性。あたしはときどき幻滅を感じた。でも、あたしのほうがまちがってることにも同時に気づいてた。演技と生身は当然ちがうんですものね。だから、縁談が持ちあがったとき、あたしは大人《おとな》になることにした。何の未来もない四郎さんとこれ以上、不忍池を散歩してもしょうがないものね」

これまではいつも映子を四谷の歯科医院まで送っていたが、四郎は不忍池で別れて上野駅に向かった。時刻は五時になろうとしている。力ずくで奪うなんてできそうもない、やさしいだけの男性。従兄との結婚話よりも映子のその言葉に打ちのめされていた。言われてみれば、そのとおりなのだ。無政府主義者や社会主義者の奔放な性関係についてはいろいろと噂を聞いている。それへの憧憬《しょうけい》も否定しない。しかし、現実のじぶんはそんなことに縁のない真面目《まじめ》でひ弱なだけの存在だった。それでもそんなことが苦労知らずの十九歳の美術学校の女生徒の口から侮蔑《ぶべつ》の言葉として吐き出されるとは想像もしていなかった。四郎は屈辱感に捉《とら》われながら上野駅から省線に乗った。

電車のなかは混んではいなかった。勤め人たちが帰途に着くまでまだ小一時間はあるのだ。座席は空いている。だが、四郎は座る気にもならなかった。脳裏に浮かぶのは映子のふっくらとした頬と白い歯だ。淡青色のワンピースに包まれた肢体と手にしている花柄の陽傘。そして、別れの言葉のあの屈託のなさ。それらをどう捉えていいのか見当もつかない。突っ立ったまま電車に揺られつづけるしかなかった。

新橋駅で電車を降り、改札口に向かった。じぶんでも足取りに力感のないのがわかる。改札を抜けた。新橋から赤坂区までは歩いてもたいした距離じゃない。駅の構内はそろそろ混みはじめている。そこをとぼとぼと進んだ。構内から抜けようとしたときだった、左肩をぽんと叩かれた。

四郎は背後を振りかえった。

四十過ぎのぶ厚い眼鏡を掛けた男が立っている。小柄だが、がっしりとした体軀《たいく》をしていた。柔道か何かをやっていたのかも知れない。

「どなたです？」

「立ち話も何だから、どこかでゆっくり話そうや、四郎くん、つきあってもらうよ」

「だれなんです、あなたは？」

「憂鬱《ゆううつ》そうな面《つら》をしてるな、松平映子に振られたからってそれが何なんだ？　たかだか女一匹、どうってことないだろ？」

「見張ってたんですか、ぼくを不忍池で？」

「さあな」

「あなたはもしかして」

「閑潰《ひまつぶ》しに早稲田の学生を追っかけるやつはいないよ」

四郎は喉《のど》の奥がぐいと締めつけられたような気がした。眼のまえに立っているのは特高警察の刑事らしい。三時まえに東五軒町で栄一が指摘した言葉を憶《おも》いだした。治安維持法が徹底して強化されるんだよ。そう言ったのだ。四郎は声をうわずらせた。

「何の話があるんですか、ぼくに？」

「立ち話も何だと言ったろう」

「どこで何を話せと言うんです？」

男が冷え冷えとした笑みを浮かべて顎《あご》をしゃくった。

四郎は一緒に歩きだすしかなかった。

連れていかれたのは新橋駅の裏側にある小料理屋だった。女将《おかみ》の挨拶《あいさつ》でそこが男の行きつけの店だとわかった。三畳ほどの小あがりに案内された。男が日本酒と冷《ひ》や奴《やっこ》、それに刺身の盛り合わせを注文した。四郎は正座したまま体を硬くしていた。男はすぐには何も喋《しゃべ》ろうとしなかった。煙草を取りだして火を点《つ》けた。やがて、酒と料理が運ばれて来た。三十五、六の女将は何もかも承知しているらしい、小あがりの襖《ふすま》がぴしりと閉め切られた。

「膝《ひざ》を崩して楽にしなよ」男が銜《くわ》え煙草のままそう言った。「ここの刺身は活《い》きがいい。遠慮なく食え」

「け、結構です」

「そんなに硬くなるなよ、四郎くん、べつに痛めつけようってわけじゃないんだから」男が二合徳利を引き寄せ、手酌で猪口《ちょこ》に燗酒《かんざけ》を注いだ。徳利は三本運ばれて来ている。「さあ、きみも飲んでくれ。いける口だってことはわかってるんだから」

「酔うわけにはいかないんです。家に帰って読まなくちゃならない本がありますから」

「ツルゲーネフをかね？　それとも大杉栄の論稿？　もしかしたら小林多喜二の小説かい？」

四郎はじぶんの体が小刻みに顫えて来るのがわかった。こいつはいったい何をどこまで知っているのだ？　じぶんはいつ特高警察に眼をつけられた？　四郎は男の視線を避けながら渇いて来た唇を静かに舐めた。

「膝を崩せと言ったろう、肚《はら》を割って話したいんだよ」男が唇から煙草を引き抜き、猪口に注がれた酒をぐいと飲み干した。「そうは言っても初対面の人間にはすぐには無理かも知れん。名乗っておくよ。おれの名まえは奥山貞雄《おくやまさだお》、どんな仕事をしてるかはもう想像がついてると思う」

「え、ええ」

「敷島家というのは名門なのかな、それとも成りあがりなのかな？」

「どういう意味です？」

「きみの祖父《じい》さんは長州出身で奇兵隊として維新に貢献し、西南の役でも軍功を立てた。それで明治政府に取り立てられ、鍋島《なべしま》藩の元家老の娘を嫁に迎えた。きみの親父《おやじ》さんは建築学の権威としてあちこちにホテルやら記念館を建てて来た。つまりね、おれにはそういう家系が名門なのか成りあがりなのかわからんのだよ」

四郎は黙りつづけるしかなかった。

奥山貞雄と名乗った男がじぶんの猪口に酒を注ぎ、もうひとつの猪口も酒で充《み》たしてこっちに差し向けた。四郎は無言のままそれを眺めた。貞雄が煙草のけむりを大きく吸い込み、それをふうっと吐きだしてつづけた。

「きみの世代となると、人材はもっと多彩になる。長兄の太郎《たろう》くんは東京帝国大学を卒業して外務省にはいった。ロンドンの大使館で参事官として四年間勤務したあと、いまは奉天《ほうてん》の総領事館にいる。おれみたいな木《こ》っ端《ぱ》役人がいくら齢下《としした》だからと言って太郎くんだなんて呼びかたは失敬だったな、謝るよ」

四郎はその眼を見据えかえした。

貞雄が短くなった煙草を灰皿のなかで押し潰して言葉を継いだ。

「次兄の次郎くんとなると、長兄とはまったく逆の道を突き進んでる。十八歳のときに三十間堀で四人のやくざを相手に立ちまわり、そのうちのひとりを半殺しにした。じぶんも蝙蝠傘《こうもりがさ》の石突《いしづき》で突かれて左眼を失った。それから上海《シャンハイ》に渡り、そのまま霊南坂の敷島家とは連絡が途絶えてる。いまごろは満州あたりで大陸浪人でもやってるのかねえ？」

四郎は眼のまえに差しだされている猪口にゆっくりと右手を向けた。敷島家の内情は特高警察に筒抜けになっているらしい。飲まずにはいられない気分だった。

「三兄の三郎《さぶろう》くんは長兄のような官僚タイプでもなきゃ次兄のような無頼派でもない。糞《くそ》まじめな性格で、陸軍士官学校を出るとすぐに関東軍の配属となった。しかし、陸士じゃ成績抜群というほどじゃなかったし、陸大にはまず進めんね。俗にいう天保銭組にははいれまい」天保銭とは陸軍大学校出身者の別称で、陸大卒のみが軍服につけた徽章《きしよう》が天保銭に似ていたからで、この天保銭組が幕僚となるのだ。陸大にはいるには隊附将校を二年間勤めたあと、連隊長の推薦を受けて入学試験に合格しなければならない。士官学校など陸軍の諸学校は教育総監の所管だが、陸大だけは参謀総長が管《かん》轄《かつ》する。「いま日本は大変だ、支那じゃもうすぐ戦争が起こるだろう。そうなったら、三郎くんは前線に送り込まれる。あれだけ糞まじめな性格なんだ、どんな作戦にも進んで志願するだろう。張りきり過ぎて早死《はやじに》しなきゃいいがね」

四郎は手にしている猪口を一気に空にした。酒はもう微温《ぬる》かった。貞雄が冷ややかな笑みを浮かべて徳利の口を差し向けて来た。四郎はその酒を受けた。

「問題はきみだ、四郎くん、霊南坂の敷島家では末っ子のきみが一番の問題なんだよ」貞雄が鮃《ひらめ》の刺身を小皿に取りながら言った。「霊南坂でなに不自由なく育ち早稲田に入学したというのに燭光座というわけのわからん劇団にはいり、無政府共産だのプロレタリア独裁だのって思想にかぶれてる。ただの一度も働いたことがなく、労働の意味さえわかっていないきみがなぜそんなものに魅かれるんだね？」

四郎は無言のまま猪口に唇を近づけた。今度は一気には飲み干さなかった。ちびちびと酒を舐めた。貞雄の質問にどう応じていいかわからなかった。燭光座の仲間との会合ではこんな話題が出ることもなかったし、眼のまえに座っているのが特高刑事でなくてもその答えは用意していない。もう貞雄の目を見据えていられなくなった。四郎は視線を逸らしながら猪口を座卓のうえに置いた。

「どう思うかね、大杉栄や小林多喜二を?」

これには答える気もなかった。相手は特高刑事なのだ、下手《へた》なことを喋れるわけがない。黙って眼を逸らせつづけた。

「憎んでるのかね、甘粕さんを?」

「べ、べつに」

「隠さなくてもいい。きみたちが熱心に読んでる本を見りゃわかる。しかしな、おれは甘粕さんを尊敬してるよ」

「わずか六歳の子供を殺してもですか?」

「世間ではまだそう思ってる連中もいるらしいが、大杉栄の甥《おい》を殺したのは甘粕さんじゃない。上等兵の鴨志田安五郎《かもしだやすごろう》と本多重雄《ほんだしげお》だ。それは公判で明らかになってる」

四郎はこの言葉を信じはしなかった。結審した裁判でも、ふつうの人間は刑事調書も公判記録も読めはしない。ましてや甘粕正彦は軍法会議で裁かれたのだ。それに、特高警察はどんなことでもでっちあげられる。四郎は座卓に置いていた猪口をふたたび持ちあげた。

「おれたちはな、マルクスやレーニンもみんな読んでるんだよ。もちろん幸徳秋水《こうとくしゅうすい》や大杉栄も。それは仕事のひとつだからな。連中は言う。労働者階級は一握りの資本家に搾取《さくしゅ》されてるとな。それはそうかも知れない。しかし、搾取が行われなかったら、この世のなかはどうなるんだ？　まず資本の集中がなくなる。資本が集中しなかったら、新しい工場は生まれない。新しい製品も産みだされない。それはそのまま道路や橋の建設が必要なくなるってことを意味するんだ。いまさら荷馬車で物を運べと言うのか？　日本人が膨大な量の血を流して日清日露の戦いに勝利し、せっかく一等国の仲間入りをしたというのに近代国家の建設を中止しろとでも？　そんなことが赦《ゆる》されるわけがない。確かに搾取は矛盾だろうよ。しかしな、それは近代国家建設のためには必要なことでもあるんだよ」

四郎は貞雄の言葉を聞きながらその矛盾は社会主義によって解決されるのだと言いたかった。だが、もちろん、そんなことは口にしなかった。黙って猪口に残っている冷めた日本酒を飲み干した。

「それなのに、大杉たちは汗水垂らしたこともないきみのような学生や、日本の将来のことなんか何ひとつ考えたことのない労働者たちを言葉巧みに煽《あお》り立てて来た。考えてもみろ、第一、大杉が一度だってちゃんと働いたことがあるか？　そりゃ荒畑寒《あらはたかん》村《そん》らと『近代思想』とか『平民新聞』とかを発行して来たさ。けどな、おれに言わせりゃそんなものは労働じゃない。ぺてん師のやることだよ。他人の懐《ふところ》から銭を掠《かす》めるぺてん師なら、しょっぴくだけでもいい。しかし、あいつは日本の社会全体をぺてんに掛けようとした。甘粕さんが大杉栄と伊藤野枝をぶち殺したのは日本人としての当然の義務だよ」

「奥山さん」

「何だね？」

「そういう話をするためにぼくを連れて来たんですか、ここに？」

　貞雄がにっと笑った。その笑いはこれまでのように冷え冷えとはしていなかった。頰の緩みには照れすら感じさせた。貞雄が今度は鮪《まぐろ》の刺身を小皿に取りながら言った。

「ついつい青臭い科白《せりふ》を吐いちまったな。おれは大学に行ってないもんでな、きみのような学生を見ると、ときどき説教めいた言葉を口にしたくなるんだよ」

「で、何なんです、ほんとうの御用件は？」

「ほんのお近づきのしるしにと思ってね、酒を奢《おご》りたかっただけだよ」

「どういう意味です、お近づきって？」

「今後もときどき逢ってもらいたいんだよ」

「何のためにです？」

「燭光座がどうなっていくのかに興味があってね」

「お断わりします、ぼくは密犬《いぬ》じゃない」

「べつに情報を提供しろと言うんじゃないんだよ」緩んだその頬にはまた冷え冷えとしたものが滲《にじ》み出てきた。「ただ世間話をしたいだけだ。おれも齢《とし》だ、きみみたいに一途《いちず》に無政府主義を信じようとしている学生の考えを知りたい」

「帰ります」

「待ってくれ、酒がもったいない。もう一杯だけ飲んでいってくれ」

四郎はしかたなく猪口を持ちあげた。徳利の口が差しだされた。酒が注がれた。四郎はその酒を唇に近づけた。

貞雄がぱんぱんと手を叩いて女将を呼んだ。

すぐに襖が引き開けられた。

四郎はぼんやりとそっちを向いた。その一瞬、白い閃光《せんこう》が放たれた。すぐには何が起きたのかわからなかった。眼が慣れるとともに女将が踵《きびす》をかえすのが見えた。カメラを手にしている。フラッシュが焚《た》かれたのだ。特高刑事との会食現場を撮影された！　四郎ははっとなって視線を貞雄に戻した。

貞雄は無表情に鮪の刺身を食っている。

「ひ、卑怯《ひきょう》です、奥山さん！」

「何だと？」はじめて貞雄の眼がぎらりと光った。「もういっぺん言ってみろ」

「卑怯だ、こんなところを撮らせるなんて！」

「おい、ぼうや」

四郎は背なかの筋肉がびりっと顫えるのを感じた。生まれてこのかた、こんなどすの利《き》いた声は聞いたこともなかった。四郎は全身を強《こわ》ばらせてその表情を眺めつづけた。

「甘ったれるんじゃないぞ。おれはさっき言ったはずだ、日本の近代国家建設を妨害するやつは絶対に赦さんとな。おまえはときどきおれの呼びだしに応じて飯を食い、燭光座の連中が何をしてるか喋るんだ。拒否すりゃ、どうなるかわかるな？　さっき撮った写真をばら撒《ま》く。そうすりゃ、おまえたちの言葉で何と言ったかな、そうだ、粛清。おまえは仲間うちから粛清される。今後はおまえはおれの要求には逆らえない。逆らわないことが敷島家のためにもなるんだ。考えてもみろ、次兄の次郎はべつとしても、長兄や三兄はちゃんとした途《みち》を歩いてる。ふたりの兄の出世を邪魔したくはないだろうが？　それにな、無政府主義だ何だと喚《わめ》きゃ、いずれおまえは尾羽《おは》打ち枯らすことになるんだ。おれに協力すりゃ、そういう地獄も避けられる。おまえもおまえ自身を救うことになるんだ、ありがたく思え」

四郎は新橋の駅裏の小料理屋を出て赤坂区に向かった。貞雄はそのまま小あがりに残った。小料理屋を出るとき、店名を確かめた。暖簾《のれん》に千代《ちよ》と書かれていた。女将の名まえがそうなのかも知れない。霊南坂の自宅に着いたのは八時過ぎだった。ここは満蒙《まんもう》独立運動に加わった元大陸浪人の策動で暗殺された外務省政務局長・阿部守太郎《あべもりたろう》の自宅から遠くなかった。玄洋社を起こし右翼の巨頭となった頭山満《とうやまみつる》の家も、大震災で焼け落ちる前までは近くにあった。夜空には月影もなければ、星屑《ほしくず》も輝いていない。上空はぶ厚い雲に覆われたままなのだ。鉄製の門扉《もんぴ》を開けて玄関に向かう甃《いしだたみ》の小径《こみち》に足を踏み入れた。

居間と応接間の窓から明かりが洩れて来ている。

霊南坂の二階建てのこの家は完全な洋館で、和室は一室もない。建築家の父はアメリカのフランク・ロイド・ライトに心酔し、明治の終わりに自宅を建築するにあたって、その様式を模倣したのだと思う。

四郎は玄関の呼び鈴を鳴らした。

いま開けますという真沙子《まさこ》の声が聞こえた。四郎の実母は九年まえに病死した。今年五十八歳になる父の義晴《よしはる》は後添えとして真沙子を娶《めと》った。年齢は二十三ちがう。真沙子は日本橋の乾物商の娘で、どういう理由だか知らないが七年まえに嫁ぎ先の生糸問屋から離縁され、五年まえに父と再婚したのだ。そのとき四郎は十五歳だった。長兄の太郎の嫁は真沙子の末の妹で、敷島家は二代つづいて日本橋の乾物商と姻戚関係を持つに至った。樫《かし》の扉の向こうで開錠の音が響いた。扉が引き開けられ、小袖《こそで》の単衣《ひとえ》を纏《まと》った真沙子が現われた。

「すみません、遅くなって」

「若いんだから、すこしは遊ばなきゃ」

「父さんは」

「まだ起きてらっしゃるわ」

「どうです、具合は？」

「昨日《きのう》と変わらない」

「話をしても平気かな？」

「もちろんよ。退屈してらっしゃるんだし」

父の義晴は半年まえに体調を崩し、虎ノ門《とらのもん》の病院で検査した結果、肺癌《はいがん》と診断された。もう手遅れだという。余命は一年以内だとも。父は入院を頑として拒み、自宅で死ぬことを望んだ。体力の消耗を避けるために二階にあった夫婦の寝室を一階の応接間へと移した。

四郎はあがり框《かまち》で靴を脱いだ。見かけは完全な洋館だが、日本の湿気を考慮して父は床のうえだけは靴を脱ぐように設《しつら》えたのだ。四郎は応接間に向かいながら真沙子に言った。

「ふたりだけで話をさせてください」

「もちろんです、あたし、出しゃばるのは嫌いだから」

四郎は応接間の扉を軽く叩き、それを押し開けた。作務衣《さむえ》に身を包んだ父がタオル地の上掛けで胸を蔽《おお》い、寝台に横たわっている。頬は半年まえとは比較にならないほどげっそりと痩《や》せこけた。あれほど洋風好きだった父は真沙子と再婚してからすっかり趣味が変わったように思う。まず着るものだ。冬は綿入れを引っ掛け、夏は甚平《じんべい》や作務衣を纏うようになった。食事もトーストや牛乳から納豆や味噌《みそ》汁《しる》に変わった。応接間には寝台がふたつ置かれている。ひとつは真沙子が横になる。四郎はそこに腰を下ろして言った。

「どうなんです、気分は？」

「ふつうだよ」

「きょうも来た、野中先生？」

「もちろんだよ、頼んでるんだから」

近くにある野中医院は内科専門で、毎日看護婦を連れて往診に来る。食が細くなっているので、栄養補給のために点滴注射を射つのだ。父の体力は確実に落ちていきつつある。だが、頭の回転はむかしとまったく変わっていないと言っていい。

「どうした、四郎、顔つきがおかしいぞ」

四郎は父にはたいていのことを打ち明けていた。大学にはほとんど通っていないことや、燭光座に属した事実。無政府主義に傾倒しはじめた心情。喋らなかったのは松平映子のことぐらいだ。父は基本的に自由主義者なのだと思う。無政府主義や社会主義にはまったく興味を示さなかったが、どのような思想も信条も、それを理由に排斥されるべきではないという立場を採った。だから、四郎は大学に入学して以来、行動に注文をつけられたことはなかった。

「何かあったのか、きょう？」

「え、ええ」

「喋ってみろ、何があった？」

四郎は新橋駅で特高刑事に声を掛けられ駅裏の小料理屋に連れて行かれたと報告し

た。そこで敷島家の内情調査の実態を明かされ、燭光座についての情報を暗に要求されたと言った。そのための脅しの材料として会食現場を写真撮影されたことも。それを喋り終えて四郎は呻《うめ》くような声を出した。

「どうしたらいいと思います、これにたいして？」

「じぶんで考えろ」

「わからないんですよ、ぼくはこれから何をしていいのか見当もつかない」

「じぶんで播《ま》いた種はじぶんで刈り取るしかないんだぞ」

「それはそうですけど」

「敷島家のことは考慮に入れる必要はない。わたしはもう死んでいるも同然だし、次郎は行方さえ摑《つか》めん。太郎と三郎は何があってもびくともすまい。おまえはじぶんのことだけ考えて、これからどうするかを決めろ。重要なことはただひとつだ。じぶんで決定したことは結果がどうであれ、他人に責任を転嫁《てんか》するな。いまわたしがおまえに言えることはそれしかない」

四郎は頷いて腰をあげ、おやすみなさいと言って応接間を出た。階段をあがりかけたときに背後から真沙子に声を掛けられた。

「お風呂《ふろ》、沸かしてあるわ」

四郎はすみませんと言って一階の突き当たりにある浴室に向かった。父から聞いたことは単なる一般論に過ぎない。しかし、病床に臥《ふ》し社会的なことには一切触れていない父に他に何が言えたろう？　そう思いながら服を脱ぎ、裸になって湯舟に漬かった。湯加減はすこし熱い。四郎は手拭《てぬぐ》いでゆっくりと顔を蔽ったが、湯浴《ゆあ》みの心地よさはまったく感じられなかった。

貞雄は協力しなければ会食現場の写真をばら撒くと通告した。あれは本気なのだろうか？　それとも、ただの脅しなのだろうか？　判断材料は何もなかった。

いずれにせよ、このまま放置できない。

東五軒町の繁雄の家の床下に隠してある雑誌や書籍類が発見されたら、おそらく燭光座の全員が検挙される。そうなったら、待ち受けているのは拷問《ごうもん》だろう。その結果、有罪になるかどうかはべつにして肉体も精神もたぶんぼろぼろにされてしまう。

もし貞雄に嵌《は》められたと報告したら、燭光座の連中は信用してくれるだろうか？　撮影された写真は偽計なのだという説明を信じてくれるだろうか？

四郎はそれを考えながら手拭いで顔を撫《な》でまわしつづけた。

突然、脱衣場から真沙子の声が響いた。

「湯加減はどう？」

「ちょっと熱かったけど、いまはちょうどいいです」

「流したげようか、背なか？」

「け、結構です」

「あら、おかしい、あたしが本気で言ったと思ってるの？」真沙子がそう言って愉快そうに笑った。「冗談に決まってるでしょ、あたしだってまだ三十五なんだから、四郎さんの裸なんか見られない」

3

敦化《とんか》に着いて五日が過ぎた。

時刻は午後五時になろうとしている。

敷島次郎は寝床台に俯《うつぶ》せになり女に背なかを按摩《あんま》させていた。あと一週間はこの地に留まるつもりでいる。九師屯の郷長からは手附け金を含め横浜正金銀行券で三千三百円を受け取った。それを規律に従って青龍《せいりゅう》同盟のみんなに配った。緑林の徒は常にすさまじい緊張を強いられる。特に仕事を終えたあとは充分な休息が必要なのだ。次郎は素っ裸だった。朴美姫《ぼくみき》も。二十三歳になるこの朝鮮人は十四歳のときに羅南《らなん》から敦化に売られて来た。日本が韓国を併合したあとだったが、日本語は喋《しゃべ》れない。しかし、北京語にはもう不自由しない。次郎は背なかの按摩を止めさせ、仰向けになって言った。

「来い」

「また？」

「口を吸え」

美姫が蔽《おお》い被《かぶ》さって来た。ここは按摩屋を兼ねた妓楼《ぎろう》なのだ。次郎は敦化に来るとここ数年の敵娼《あいかた》は美姫だけにしている。乳房の弾力と体のしなりのよさが気に入っていた。唇が合わさった。次郎は両腕をその肉づきの薄い背なかにまわした。胸のうえに乳房を押しつけて来る。美姫が舌を絡《から》ませて来た。

敦化は満州のなかで特別な地域と言っていいだろう。ここでは敵対する馬賊も匪賊《ひぞく》も絶対に騒ぎを起こさないことが不文律となっていた。巡警部隊もその活動を完全に封殺されている。この街は緩衝地帯であり安全区域なのだ。緑林の徒の金銭放《かねばな》れも実にいい。それを当てにして日本人や支那《しな》人の小商人《こあきんど》がここに集まって来ている。妓楼や料亭がずらりと建ち並び、両替えを営む銭荘《せんそう》や雑貨商や剪髪《せんぱつ》師が軒を並べる。日本の商品も溢《あふ》れていた。仁丹や征露丸などの薬品、ヒゲタ醬油《しょうゆ》やニテオ煉歯磨《ねりはみがき》などの日用品が店先に陳列されるのだ。道路こそ舗装されていないが、敦化駅のまわりは大連の裏街に似ている。

股間《こかん》が急速に熱を帯びて来た。

美姫が唇を離し、そこに跨《また》がって熱したものを体内に導き入れた。その腰がゆっくりと浮き沈みしはじめた。薄っぺらな蒲団《ふとん》が敷いてあるだけの寝床台は四つの脚の長さが揃《そろ》っていない。美姫の動きに合わすように板敷の床ががたがたと鳴った。次郎は両手を突き出してその小ぶりな乳房を揉《も》みしだいた。どれぐらい経《た》ったろう、部屋の扉の蝶番《ちょうつがい》が軋《きし》む音がした。美姫が動きを止めようとした。

「つづけろ」

「だって」

「見られたってかまわん」

美姫の腰がふたたび浮き沈みしはじめた。

人の気配が部屋のなかにはいって来た。

次郎は乳房を揉みながら低い声をそっちに投げ掛けた。

「どうした？」

「御命令どおりにしました」稽査《けいさ》の辺緻中《へんきちゆう》の声が戻って来た。「昼過ぎに陽先の両耳を殺《そ》ぎ落としました」

「そのまえに誓ったか、青龍同盟についてはだれにも喋らないと？」

「涙を流して命乞《いのちご》いをしながら誓いました」

「馬は？」

「一頭は見つからないままです」

「新しい馬を一頭買ってくれ。それから、辛東孫に副糧台の補充をと伝えろ」

股間のうえの美姫の動きが速くなって来た。

副糧台の羅陽先は敦化に到着してから娼婦《しょうふ》も買わず酒も控えていたが、きょうの夜明けまえに逐電《ちくてん》した。結婚したばかりの女は牡丹江《ぼたんこう》の妓楼で働いていると聞いたが、毅中の読みどおり、恋しさが募り青龍同盟から脱走したのだ。鉄路を使うといったん長春に赴き、そこからハルビンを経由しなきゃならない。馬でまっすぐ牡丹江に向かった。毅中がそれを三頭の馬を乗り替えながら追った。一頭見つからないとは乗り捨てた二頭のうちの一頭を帰途見失ったという意味だ。いずれにせよ、陽先は昼過ぎに毅中に拘束され刀子で耳を殺ぎ落とされた。

「東孫たちは？」

「励んでると思います、娼妓相手に」

「おまえも疲れを癒《いや》してくれ」

「青龍攬把」

「何だね？」

「海鳥幇《かいちょうバン》が来てます、敦化に」

「いつ来た」

「おれが敦化に戻って来たときに出っくわしました。みんな馬を狗肉酒楼のまえに繋《つな》いでましたよ。これから酒盛りをやるんでしょうよ。日本の女もすごいですね」

　朴美姫を部屋に残して次郎は按摩屋を兼ねた妓楼・寒月梅《かんげつばい》を抜けだした。西の空が黄金色に輝いている。陽が落ちれば、この通りは妓楼や料亭の提灯《ちょうちん》があちこちにぼんやり灯るのだ。支那人の娼妓は赤い灯籠《とうろう》、朝鮮人の娼妓は薄桃色の灯籠を掲げる。それが満州での暗黙の決まりだった。狗肉酒楼は寒月梅から歩いて四分ばかりの距離にある。次郎はゆっくりとそっちに足を向けた。

　前方から十五、六頭の大馬《ターマー》に乗った一群が近づいて来るのが見えた。だれもが弁髪だった。小掛児《シャオコオル》も肩窄児《チエンチアル》も埃《ほこり》まみれで、額の汗が西陽に輝いている。いま敦化に着いたばかりらしい。弁髪馬賊の太祖《たいそ》会《かい》の連中だとすぐにわかった。純粋な満族だけで構成されたこの緑林の徒は、いまも清朝の復活を望んでいる。弁髪をつづけるのはそのためなのだが、誘拐や略奪で得た金品を政治目的に使ったという話は噂《うわさ》にも聞いてはいない。ただ、青龍同盟と対立関係に陥ったことは一度としてありはしなかった。

次郎はその弁髪馬賊の一群と擦れちがって狗肉酒楼のまえに歩み寄った。柵《さく》には八頭の馬が繋がれている。その玄関の引戸を開けた。ここは清津《せいしん》出身の朝鮮人の経営で、白酒だけでなく濁酒も飲ませるのだ。娼妓は置いていない。狗肉料理と酒だけが提供される。鞋《くつ》が三和土《たたき》に並べられているのはこの酒楼が朝鮮式で椅子《いす》が置かれていないからだ。板張りのうえで座卓を囲み、狗肉鍋《なべ》を突《つつ》いている八つの人影が見えた。次郎は鞋を脱いで三和土から床のうえにあがった。

老大《ラオター》の海鳥がこっちを見た。馬賊の女頭目は仲間うちでは攬把とは呼ばれず老大と称されるのだ。次郎は右手をわずかにかざして会釈《えしやく》した。海鳥は支那名で、この女は本名を古賀《こが》静子《しずこ》という。五島列島の福江《ふくえ》の出身で、今年三十八になったはずだ。満州在住の日本人のあいだでは吉林お静と呼ばれている。活動範囲がほぼ吉林省に限られているかららしい。その静子がまず北京語を投げ掛けて来た。

「久しぶりだね、青龍攬把、こっちにおいでよ。一緒に飲もうじゃないか」

次郎は頷《うなず》いてその座卓に歩み寄った。顔を合わすのはほぼ一年ぶりだった。座卓を囲む他の七人の男のうち面識があるのは三人だけだ。海鳥幇はたった八人で構成される独立系の小組織だが、四人が入れ替わっている。おそらく、殺されたので補塡《ほてん》したのだろう。次郎は静子の向かいに腰を落とした。

「紹介しとくよ、青龍同盟の攬把、青龍大人《ターレン》だよ」北京語で静子が声を強めた。「知ってるやつもいるだろうが、青龍大人はあたしと同じで日本人なんだ。だから、これからは日本語で話す。おまえたちはさっさと狗肉を食って娼妓を買いに行きな。ただし、賀宜明《がぎめい》だけは残るんだよ」

傍らの三十過ぎの男が硝子《ガラス》のコップに白酒をなみなみと注いでこっちに差し向けた。次郎はどうもと言ってそれを受け取った。海鳥幇の男たちはだれもが黙って狗肉鍋を突き白酒を飲んだ。

静子だけは濁酒を飲んでいる。白酒は肌が荒れるというのがその理由だった。一年まえよりかなり太ったようだ。小掛児を押しあげている胸の膨みも一段と大きくなったように見える。額には汗を滲《にじ》ませていた。そこにほつれ髪がへばりついている。

次郎は白酒を舐《な》めてから日本語で言った。

「顔ぶれが変わったね、お静さん、四人も殺されたのかい？」

「そうなんだよ、巡警部隊に殺されるならまだしも、歯が抜け落ちるように次々と闇《やみ》討《う》ちされてった。だれの指令かは想像がついてる。葉文光《ようぶんこう》だよ。まずまちがいない」

葉文光は吉林省の十三の緑林の徒を纏《まと》めあげた総攬把《そうらんぱ》で、本人は長春に本拠を構えている。「海鳥幇はあいつの傘下《さんか》にはいるのを断わった。それが理由だよ。だれかが殺されるたびに補充しなきゃならない。骨が折れるよ、まったく。けどね、あたしゃ負けやしないよ」

「お静さんはこだわり過ぎるんだよ、活動範囲を吉林省に。おれみたいに黒龍江省や奉天省も飛びまわってりゃ葉文光に狙《ねら》い撃ちなんかされない」

「だとしても、あたしは吉林省しか知らないんだからしょうがないよ」

「敦化に来るまえにはどんな仕事をこなしたんだい？」

「鏡泊湖《きょうはくこ》のこっち側で山林地主の女房を誘拐して身代金《みのしろきん》をせしめて来た。海鳥幇みたいなちっちゃな組織じゃもうそれぐらいしかできないさ。お菊さんの時代とはちがうものね、保票《ほひょう》を出すわけにもいかないんだし」

次郎は頷きながら白酒を舐めた。満州お菊と呼ばれた日本人女馬賊とはもちろん面識があった。山本菊子《やまもときくこ》という天草出身の女は、靠山《こうざん》と称する馬賊の頭目で、とにかく気まえがよかったのだ。略奪した金品を貯《た》めることなく百人を越える配下たちに即座にばら撒《ま》いた。対立する緑林の徒同士の仲裁も積極的に買って出た。馬賊や匪賊から人望が厚かったのはそういう性格による。そのために満州お菊の発行する保票と呼ばれる通行手形の値段はきわめて高額だった。その保票を持ってさえいれば他の緑林の徒からの襲撃を受けることなく物資を運搬できるからだ。次郎は半分ほど飲み終えた白酒のコップを座卓のうえに置いて言った。

「もう何年になるかな、お菊さんが死んでから？」

「五年よ、五年。シベリアの尼港《にこう》で病死してからもう五年になる」

「お静さんはずいぶんお菊さんにかわいがられてたもんな」

「同じ九州の離島の出身で、漁師の娘だったからね」

「性格も似てるしね」

「おだてないでよ。あたしはお菊さんほど気まえがいいわけじゃないし、世話好きでもないよ。だから、他の馬賊や匪賊から信望がない」

「それはただ時代のせいだよ。時代が時代ならお静さんだって保票ぐらい発行できたろうよ」

「おだてないでったら！」

次郎は苦笑しながら白酒のコップをふたたび持ちあげた。満州お菊と同様、吉林お静も物に執着しない性質だった。略奪できるときに略奪し、その金銭を景気よく配下たちにばら撒く。あぶれたときに備えて貯め込むということがなかった。そこが農民や商人出身の馬賊とは決定的にちがった。海で育った漁師の娘だということが関係しているのだろう。ふたりの境遇もよく似ていた。十五のときに娼妓として満州に売られて来たのだ。妓楼で働いているときに支那の商人《あきんど》に見染められて嫁となる。しかし、亭主の性格と職業には大きな差があった。満州お菊の亭主・孫花《そんか》亭《てい》は恩義に厚く、料亭を経営する傍ら緑林の徒を率いていた。靠山がその馬賊名だ。やがて花亭は馬賊の統率をお菊に委《まか》す。同時に靠山という名まえも引き継がせる。満州お菊はこの組織を急速に拡大していき、ついには百名を越す配下を持つに至る。一方、吉林お静が嫁いだ先は嫉妬《しっと》深い雑貨商で、名まえを孔辞《こうじ》平《へい》といった。新婚当初から客に色目《いろめ》を使ったと難癖をつけ殴る蹴《け》るの暴行を加えたらしい。あまりの悋気《りんき》にお静が刀子の刃を引き抜いたのは七年まえだ。辞平の首をそれで掻《か》っ切って靠山馬賊団に身を投じる。そこでお菊にかわいがられるのだが、その死のあとに海鳥幇という組織を結成して吉林省内を暴れまわるようになる。次郎はその顔を見ながらコップの白酒を飲み干した。

「いつか殺してやるつもりだよ、あたしは」

「だれをだい？」

「葉文光だよ。あいつが生きてるかぎり、あたしは枕《まくら》を高くして眠れないからね」

「長春の警護は相当固いと聞いてるぜ」

「たまには吉林や敦化に出向いて来ることもあるさ。あいつは総攬把なんだからね、他の攬把たちを脅したりすかしたりしなきゃならない。長春を離れるときだってあるよ、きっと。あたしはそのときを狙うよ」

傍らに座っていた男が箸《はし》を置いて立ちあがったのはこのときだった。それを機に他の男たちも床に置いてある大掛児《ターコオル》や拳銃嚢《けんじゅうのう》や弾帯を摑《つか》んで腰をあげた。狗肉鍋で腹いっぱいになったらしい。老大《ラオター》、お先に。男たちは北京語で口々にそう言って三和土のほうに向かった。

だが、ひとりだけ座ったままの男がいた。若い。二十歳《はたち》かそこらだろう。小柄で頬がこけている。この若者がさっき残れと命じられた賀宜明にちがいなかった。

次郎は海鳥老大についての噂を他の馬賊たちから耳にしていた。配下全員と寝るというのだ。それが海鳥幇に属するにあたっての義務のひとつだとも。配下たちは海鳥老大から指名されれば高粱《コーリヤン》畑のなかだろうと岩山のうえだろうと、営みを強制されると聞いている。吉林お静が宜明に、そばに来いと命じた。小柄な体が立ちあがり、その傍らに腰を下ろした。お静が右手を若者の腰にまわして引き寄せた。次郎は空になったコップを弄《もてあそ》びながら声を向けた。

「きょうのお相手はそのぼうやかい？」

「女の体ってふしぎなもんだね」

「何が言いたいんだい？」

「齢《とし》を取るごとに体の火照《ほて》りが強くなるんだよ。その火照りを冷ましてくれなきゃ、ぐっすりとは眠れないんだよ」

「宿はどこだい？」

「あたしだけはここの二階に部屋を取ってある」

そのとき、狗肉酒楼の経営者がはいって来た。窓からの光が相当弱くなっている。壁に掛かっている洋灯に火を点《とも》しに来たのだ。無言のまま燐寸《マッチ》を擦って点灯し、踵《きびす》をかえした。

その明かりで吉林お静の右手が宜明の褌子《クーズ》のなかにはいっているのが見えた。褌子は支那のズボンだ。指が動いている。お静が笑いながら言った。

「こいつはまだ十九なんだよ。銃の腕はからっきしでね、ちゃんとした仕事ができるまでまだ何年も掛かるだろうよ。けどね、こいつがここにつけてる鉄砲はなかなかのもんなんだよ。若いっていいね、連発が利《き》くし。ほら、どんどん硬くなって来てる」

次郎は苦笑いしながら立ちあがった。

お静が宜明の股間をまさぐる指の動きを止めてつづけた。

「妓楼に行くのかい？」

「旅館に戻るんだよ。ここに来るまえに妓楼でもう遊んで来たし」

「どこに泊まってるんだい？」

「敷東旅館。青龍同盟は敦化に来たら、あそこを常宿にしてる」

「ねえ、次郎ちゃん」

「何だい？」

「敦化に着いて、ここの朝鮮人から聞いたんだけどね、済南で何かが起きたってんだよ。何が起きたか知ってる？」

「国民革命軍と日本軍がぶつかったらしい。どんぱちをやらかしたってね。おれが耳にしたのはそれだけだ。詳しいことはまだ何にも知らん」

狗肉酒楼を出た次郎は敷東旅館に向かって歩きだした。ここからは七分ほどの距離だった。陽は完全に落ちていたが、西の空にはまだ残照があった。東の空には月影が浮かんでいたが、まだ輝いてはいない。気温はこれから急速に落ちて来る。五月末の満州の温度差はすさまじい。陽光が消えると、汗をかいたその体が大掛児を欲しがるようになる。通りの両側に並ぶ妓楼や料亭の赤い提灯にはすでに火が点っていた。往《い》き交う人影はなかった。次郎はその通りを敷東旅館に向かってまっすぐ歩きつづけた。青龍同盟の配下たちには娼妓との遊びは勧めても妓楼に泊まることは禁じてある。これまで敦化が緩衝地帯であり安全区域であったことは確かだが、今後ともそうだという保証は何もない。副糧台の羅陽先が抜けたいま、十五人となった青龍同盟が無防備な就寝中に一人でも殺されたら、戦力回復には手間と時間が掛かる。いつにも増して用心に用心を重ねることが肝要なのだ。それが配下たちに敷東旅館での宿泊を義務づける理由だ。前方にその門が見えて来た。風神は中庭に繋いである。猪八戒もそこで放し飼いしている。敷東旅館の門扉《もんぴ》に近づいたとき、西の空の残照は消えていた。いまは月と星の光だけが大地を照らしている。次郎は門扉の把手《とって》に手を掛けようとしてはっとなった。

そのそばの箱柳《はこやなぎ》の樹《き》の陰にだれかが潜んでいるような気がしたからだ。そっちに眼をやった。いた。だれかが太い幹の向こうに立っている。

「だれだ、おまえは？」次郎は北京語を投げ掛けた。「青龍同盟の攬把と知っての待ち伏せか？」

箱柳の幹の向こうから人影が現われた。がっしりした体を支那の民間人の普段着・便衣で包んでいる。貌《かお》つきまでは捉《とら》えられない。その男が低く冷え冷えとした声で言った。吐かれた言葉は日本語だった。

「久しぶりだな、次郎くん、こうやって逢《あ》うのは？」

「間垣《まがき》さん」

「このまえ逢ったのは去年の十一月三日だ。ほぼ七カ月ぶりだね」

「何の用なんです、今度は？」

「わたしを煙たがるなよ、次郎くん、これまできみに迷惑をかけたことはないぞ。男同士で夜の散歩とは不粋だが、歩きながら話そうじゃないか」

次郎は無言のまま頷いた。間垣徳蔵《とくぞう》が関東軍の特務に属していることはわかっている。しかし、階級は知らない。年齢は外貌《がいぼう》から判断するかぎりおそらく四十前だ。軍服姿は見たことがない。いつも便衣を纏い、林浩景《りんこうけい》という支那名を名乗っている。もちろん北京語に不自由はしない。関東軍は日露講和条約追加約款《やっかん》による駐箚《ちゅうさつ》一個師団および独立守備隊四個大隊配置のころから歪《いびつ》な存在だった。伊藤博文《いとうひろぶみ》ら文治派と児玉《こだま》源太郎《げんたろう》ら武断派の反目。軍中央内での参謀本部と陸軍省の対立。これらの妥協の産物として原型が作りだされ、その歪さは満州での日本の権益が拡大するにつれてさらに捩《ね》じ曲がっていったのだ。関東軍のなかでさまざまな陰謀が渦巻くのは当然だろう。徳蔵がはじめて次郎に接触して来たのは六年まえだ。そのころはまだただの大陸浪人のひとりで緑林の徒ではなかった。それ以来、ほぼ半年に一度の割合で逢う。いつも徳蔵が忽然《こつぜん》と現われる、今夜のように。満州に関する微《こま》かな情報が欲しいのだろう。しかし、それには対価もあった。徳蔵は敷島家についての情報を与えてくれるのだ。それによって次郎は霊南坂の家族がいまどうなっているのかも知っている。父の義晴は肺癌《はいがん》に罹《かか》った。兄の太郎は東京帝大法学部を卒業して外務省に入省し、ロンドン勤務を経たあと奉天の総領事館で働いている。弟の三郎は陸軍士官学校を出たあと関東軍の配属となった。末弟の四郎は早稲田の文学部にはいり、燭光座《しょっこうざ》という無政府主義を信奉する劇団に入団している。それらの情報が齎《もたら》されたのだ。次郎は徳蔵と肩を並べて月光を浴びながら言った。

「おれの暮しぶりは何にも変わりませんよ。無頼な連中を集めて満州を駆けまわってるだけなんだから」

「九師屯で仕事を終えたばかりだということはわかってる」

「調べたんですか？」

「引き受けると思ってた、槍風会潰《そうふうかいつぶ》しを」

次郎は思わずその横顔に視線を向けた。

月光を浴びた徳蔵の表情にまったく変化はない。ただ額から左頰にかけて伸びる匕《あい》首《くち》か刀子でできた傷痕《きずあと》が、今夜はやけにくっきりしているように見える。

次郎は肩窄児の胸の衣嚢から煙草《たばこ》を取り出した。

「見たんだろ、九師屯の山間に咲き乱れる白い花を？」

「芥子《けし》の種は関東軍が？」

「支那での騒ぎはこれからますますかまびすしくなる。膨大な戦費が要る。蔣介石の国民革命軍の北伐の金銭はどこから出てる？　麻薬取引で膨んだ組織・青幇《チンパン》の杜月笙《とげつしょう》の懐《ふところ》からだ。戦争ってのはすさまじい消費だ。こっちでの戦争を賄《まかな》う金銭に日本人の血税は使えんよ」

次郎は燐寸を擦って銜《くわ》えている煙草に火を点けた。九師屯の山間の芥子栽培は関東軍の要請によるものなのだ。郷長・黄文仙が支払った横浜正金銀行券三千三百円の出所がこれではっきりした。次郎は吸い込んだけむりをゆっくりと吐き出した。

「済南で何が起きたか知ってるかね？」

「詳しいことは何も」

「最初は北伐のために入城して来た国民革命軍と帝国陸軍の小競《こぜ》りあい程度だった。だが、第二次山東出兵によって死者が出た。日本軍の死者十一名、在留邦人十二名。外務省公電は邦人死者の状況をこう伝えた。腹部内臓全部露出せるもの、女の陰部に割木を挿込みたるもの、顔面上部を切落したるもの、右耳を切落され左頰より右後頭部に貫通突傷あり、全身腐乱し居《お》れるもの各一、陰茎を切落したるもの二。死体を数えたわけじゃないが、支那側の死者は三千五百を越えるだろう。もちろん、国民革命軍だけじゃない、済南に住んでるふつうの支那人を含めてだ。だがな、日本の新聞はどれも軍部の期待以上のことをしてくれる。邦人死者数を三百以上だと報道したんだ。だれもが怒る。支那を膺懲《ようちょう》すべしという声が澎湃《ほうはい》と湧《わ》きあがる。その世論を背景に政府は早々と第三次山東出兵を決定した。新聞というのはありがたいものだよ」

次郎は黙って歩きながら煙草を喫いつづけた。

家影がやがて途切れた。

徳蔵が足を停めて言葉を継いだ。

「支那人は済南惨案と呼んでるが、日本人はこの件を機にみんな支那への膺懲を望んでいると言っていい。日本政府としちゃこの世論を発条《ばね》に大陸での権益の拡大を考える。とくに満州だ。日露戦争で手に入れた関東州と満鉄には莫大《ばくだい》な額を投資して来た。

財政負担は毎年、日本の国家予算の六割近い。支那人がどれほど排日に走ろうと、これまでの投資を無駄にできるわけがない。それに満州は資源の宝庫なんだ、絶対に日本のものにする必要がある」

「その戦費のために芥子栽培を？」

「阿片《アヘン》もモルヒネもヘロインも最小の投資で最大の利潤を齎す」徳蔵がそう言って路傍の箱柳の樹の根もとに腰を落とした。月光に照らされたその横顔には相変わらず何の感情も表われていない。「日本はいま金融恐慌《きようこう》に悶《もだ》え苦しんでる。支那での混乱を拡大せざるをえない状況なんだ、かといってその戦費に日本人の血税を注ぎ込むわけにもいかん。阿片だよ、モルヒネだよ、ヘロインだよ。どんどん芥子を栽培しなきゃならん」

次郎は煙草を唇から引き抜いて、その先に眼をやった。阿片には等級がある。イギリスやフランスの密売業者を通じて支那にはいって来る外国産は値段が張る。白皮土《はくひど》や公班土《こうはんど》に分類されるインド産は六十キロの一箱が仲買い値二万一千元前後、紅土と称されるペルシャ産は九千三百元程度、トルコ土は三千三百元。中国で生産される阿片はずっと安い。雲南土や貴州土、片土《へんど》と呼ばれる満州産は二千四百元程度だ。吸飲するためにはこれらを煙膏《えんこう》という名の小分けした塊《かたまり》にしなきゃならない。次郎はじぶんでは試したことはなかったが、上海の阿片窟《くつ》で支那人がパイプに煙膏を詰め、それを吸飲して恍惚《こうこつ》状態になっている光景を何度も眼にしていた。

「煙膏にして阿片をやると品質の差が歴然とするが、モルヒネやヘロインにしちまえばそれほど差はない。インド産やペルシャ産はイギリスやフランスの利権で手は出せないんだしな。第一、日本の阿片からの抽出技術はヨーロッパと較《くら》べても一歩も退《ひ》けを取らないからな」

「これから満州全土で芥子の栽培を？」

「当然だろう。国民革命軍はおおっぴらにそれで戦費を蓄えてるんだし、共産党の工農紅軍だって阿片に手を出さないともかぎらんのだからな」

「内閣拓殖局の方針なんですか、満州での芥子栽培拡大は？」

「表向きは何も知らんことになってる」

「関東軍とは阿吽《あうん》の呼吸で？」

「好きなように考えてくれ」

「間垣さん」

「何だね？」

「九師屯の郷長に勧めたのは間垣さんですね、槍風会潰しは青龍同盟に委せろと？」

「それも好きなように考えてもらおう」そう言って徳蔵はゆっくりと腕組みをした。

「座ってくれないか、次郎くん、そうやって立ってられると、見下ろされてるようで気分がいいもんじゃない」

その傍らに腰を落とすと、徳蔵が煙草を一本くれないかと言った。次郎はそれを差し向けた。引き抜いて一本銜え、燐寸を擦った。次郎は夜空に浮かぶ月をぼんやりと眺めた。徳蔵が煙草のけむりをふうっと吐き出して言った。

「敦化に着いて弁髪馬賊を見たよ。いまさら清朝の復興を画策するなんて時代錯誤もいいとこだ。しかし、義和団事件以来、支那じゃ馬賊がいつも重要な役割を果して来たことは間違いない。支那全体が燃えあがる時期が迫ってる。それを考えると、馬賊はまたむかしの形態に戻ることになるだろう」

次郎も煙草を引き抜いて銜えた。燐寸を擦ったが、炎がすぐに消える。夜風のせいだ。徳蔵が何を言おうとしているのかは見当がつく。日露戦争の前後、日本もロシアもたがいに緑林の徒を利用した。花大人と満州で呼ばれた花田《はなだ》仲之《なかの》助《すけ》陸軍少佐が玄洋社系の大陸浪人や無職無頼の支那人たちを集めて満州義軍という組織を結成し、鉄道破壊などの後方攪乱《かくらん》を行った。直隷省でも伊藤俊三《いとうしゅんぞう》陸軍大尉《たいい》がこれに呼応して、五班からなる三千名以上の支那人馬賊を率いて内蒙古《もうこ》からロシア軍の右翼背後を襲う。ロシアも金寿山《きんじゅざん》などの緑林の徒を花膀子隊《かぼうしたい》と命名して日本に対抗させる。支那人同士が日露の別動隊としてぶつかりあったのだ。辛亥《しんがい》革命によって中華民国が誕生すると、満蒙独立運動の中心人物・川島浪速《かわしまなにわ》がとりあえず内蒙古の独立を画策する。それには高山公通《たかやまきみみち》陸軍大佐の諒解《りょうかい》があり、天鬼《ティエングイ》と呼ばれていた薄益三《うすきますぞう》が馬賊の総攬把・立憲《りっけん》章《しょう》とともに蜂起《ほうき》する予定だった。この計画は結局水泡に帰すが、政治的使命を帯びていたこのころの緑林の徒は日本軍から謀略馬賊と呼ばれていた。次郎が日本を捨てたのはロシア革命後のソ連に武力干渉する目的で日本が英米仏とともに行ったシベリア出兵のあとだった。そのころはすでに緑林の徒から政治性は掻き消えていたが、伝説的な謀略馬賊の噂はあちこちで耳にしていた。現在でも、日本人馬賊の話は聞かないことがない。尚旭東《しょうきょくとう》という支那名を持つ小日向白朗《こひなたはくろう》。宇和島伊達家の末裔《まつえい》を名乗る伊《だ》達《て》順之助《じゅんのすけ》。そして、さっき逢ったばかりの吉林お静。三本目の燐寸を擦って次郎は銜えている煙草にようやく火を点けた。

「これから、もう一度謀略馬賊の時代がやって来るんだよ。今度は日本軍系の馬賊、国民革命軍系の馬賊、そしてもしかしたら工農紅軍系の馬賊。この三つに分かれて鎬《しのぎ》を削ることになるだろう」

「それが何だと言うんです？」

「青龍同盟攬把のきみにもいろいろ協力してもらうことになる」

「おれはもう日本を捨てたんですよ」

「しかし、日本人だ」

「血だけです」

「日本という国家にたいしては？」

「何とも思いません」

「新橋の花街でやくざを半殺しにし、左眼を失った。だが、日本がきみに何らかの損害を与えたわけじゃない。四郎くんは観念的に無政府主義へと傾倒しているが、きみ自身はそういうこととは無縁に虚無の途を突き進んでいるように見える。観念でもなく情緒でもない、何か根底的なものからくる虚無の途をね。それはいったい何に起因している？」

「柳絮《りゅうじょ》ですよ」

「箱柳《はこやなぎ》とか白楊《どろやなぎ》の実から飛び散る綿毛《わたげ》の、あの白い舞いかね？」

「満州でおれはその柳絮を見たとき結局世のなかはこんなものなんだと直感した。白い綿毛に霞《かす》むあの光景にすべてが虚《むな》しく感じられたんですよ、理想とか信念とか、そんなものがね。そして、柳絮のように風に身を委せていたら、緑林の徒として暮すようになってた。何にも頼らず何も信じず、その日その日をただ生きてる」

「次郎くん」

「何です？」

「何も信じないということは生きていないことと同じだよ」

「すでにおれは死んでると考えていただいて結構です」

徳蔵は微《かす》かに溜息《ためいき》をついた。この関東軍特務の男と会うときはいつも会話はこういうふうに進んでいく。徳蔵は低い声で言った。

「配下の支那人たちも信頼してないのかね？」

「完全に信頼したら寝首を掻かれます。たったふたりを除いて」

「だれだね、それは？」

「猪八戒と風神」

「何だって？」

「猪八戒というのは大連で関東軍の将校からもらい受けた軍用犬ですよ。風神というのは白系ロシア人から買ったコサック龍騎兵の使うコサック馬です。灰色と黒の斑《ぶち》の毛並みのね。完全に信頼してるのはその犬とその馬だけだと言ってもいい」

徳蔵が短くなった煙草を路上に投げ捨てた。箱柳の樹の根もとから立ちあがって、便衣の腰まわりにくっついた土塊を払い落としながら言った。

「ここはまだ日本の領土じゃないし、きみは軍籍にあるわけでもない。だから、何をほざこうとわたしは責めやしないよ。しかしね、日本人の血はどう考えようと消せないんだよ」

「それがどうしたと言うんです？」

「まあいい。わたしはまたふらりときみのまえに現われるだろう。そして、何かを頼む。謀略馬賊として動いてもらうようなことをね。わたしは日本人の義務感でそれをやってもらいたいと言ってるんじゃない。取引だよ。きみが柳絮のような霞《かすみ》の光景のなかに生きてるとしても食うものは食わなきゃならんだろう。攬把として青龍同盟の配下の暮しも支えなきゃならん。それには金銭《かね》がいる。何かを頼むときはその仕事に見合う以上の額をかならず用意する。これからは結構忙しくなると思ってくれ、もちろん緑林の徒として」

4

奉天総領事館の玄関を抜け、参事官・敷島太郎は前庭で待っている公用車フォードの後部座席に身を滑り込ませた。運転席の宋雷雨《そうらいう》が無言のままエンジンを始動させた。二十五歳になるこの支那《しな》人は必要最小限のことしか口にしない。太郎は背広の内ポケットから煙草《たばこ》を取りだし、燐寸《マッチ》を擦った。西の空が赤く焼けている。六月にはいったのだ、夜こそ少々冷えるが、日中は汗ばむほどだ。それに、五月を過ぎると蒙古《もうこ》風が向きを変える。黄土平原から運ばれて来る黄沙《こうさ》がぴたりと熄《や》む。太郎は銜《くわ》え煙草のまネクタイを緩めた。フォードが総領事館の表門から離れた。奉天は満族の故地《ふるさと》で、清朝の太祖ヌルハチが当時瀋陽《しんよう》と呼ばれていたここに明の都たる北京に模した都を建設した。一六四四年、明の滅亡とともに清は万里の長城を越えて北京を制圧し、そこをあらためて清朝の都として支那全体の支配に乗りだす。同時に盛京と改称していたこの地には奉天府と呼ばれる地方機関が置かれ、首都・北京に次ぐ陪都《ばいと》として機能するようになる。その後、鉄道附属地という奇妙な形態を編みだした帝政ロシアは満州支配に乗りだし東清鉄道すなわち現満鉄を建設するが、そのときはここ奉天を重視しなかった。しかし、日露戦争によって鉄道と附属地を獲得した日本はちがう。奉天は地理的に満州の中心地なのだ。その支配権を確立するために、支那側機関を奉天城内に封じ込め、鉄道附属地の道路計画と主要施設の建設に取り掛かった。その結果、奉天城と鉄道附属地のあいだに商埠地《しょうふち》と呼ばれる、外国人の自由な商業活動が保障された地域ができあがる。この商埠地に列強が競って領事館を開設した。日本の総領事館もそこにある。建築家・三橋四郎《みつはししろう》の設計によるもので、チューダー・ゴシック様式の堂々たる威容を誇り、英米独仏伊のどれに較《くら》べてもまったく遜色《そんしょく》はない。フォードはいま商埠地を抜けて附属地にはいろうとしている。奉天総領事館の参事官の私邸は満鉄社員の社宅地のなかにあるのだ。妻の桂子《けいこ》はすでに夕餉《ゆうげ》の仕度を終えているだろう。

太郎は銜え煙草のままウィンドウ越しの風景をぼんやりと眺めつづけた。

弟の三郎から聞いた話だが、軍事史的には日露戦争のときにこの奉天で行なわれた戦いは特別の意味を持つ。奉天の会戦がそれだ。これまで師団単位でぶつかりあう会戦はほとんどが数時間で決着がついた。長くても一日で終わっていたのだ。だが、奉天の会戦では二十四日掛かった。日本軍二十五万、ロシア軍三十一万。この兵力が一カ月近くも戦闘を継続したのだ。この奉天の会戦の経験は先の欧州大戦に受け継がれた。つまり、ここ奉天は戦争の形態を変えた地なのだ。

太郎は腕組みをして煙草を喫《す》いつづけた。

胸の裡《うち》ではかさかさとした焦燥感が渦巻いている。

それが何によるものなのかは自覚できていた。

日本と満州の関係がどうなっていくのかさっぱり読めないのだ。

山東に向けての第三次出兵が行われてからほぼ三週間が経《た》つが、奉天ではほとんど緊張感がない。通り過ぎて来た商埠地には日本人買物客が溢れ、どの表情にも不安らしきものは浮かんでいない。民間人ならそれは当然だろうが、外務省にも情報らしき情報がはいって来てはいないのだ。五月の半ば田中義一《たなかぎいち》首相兼外相は閣議を経て『満州地方の治安維持に関する措置案』を決定して天皇陛下に奏上し、英米仏伊の四カ国大使を外務省に招いて声明書を手交したことはわかっている。しかし、それに関して関東軍がどう動くかはきちんとした検討材料がない。これには『軟弱外交』と論壇で揶揄《やゆ》された幣原喜重郎《しではらきじゅうろう》と軍中央の確執がいまも絡《から》んでいる。奉天総領事は対満積極論者と呼ばれた吉田茂《よしだしげる》に替わり、幣原外交の流れを汲《く》む林久治郎《はやしきゅうじろう》が着任したが、そのことが外務省と軍中央の距離をさらに拡《ひろ》げているのだ。噂《うわさ》では満蒙領有を主張する関東軍司令官・村岡長太郎《むらおかちょうたろう》は天津に司令部を置く北支駐屯軍と連絡を取り、奉天督軍兼省長の張作霖《ちょうさくりん》の暗殺を画策したという。それを阻止したのが関東軍高級参謀・河本大作《こうもとだいさく》らしい。だが、噂は噂であって根拠らしいものさえ奉天総領事館は摑《つか》んでいない。いずれにせよ、関東軍は旅順にある司令部の機能の一部を奉天に移すことまで検討し、いまその主力を集結させている。独立守備隊も四個大隊から近々六個大隊に拡大されるらしい。そして、二日後には北京から張作霖が奉天に戻って来るのだ。今後、満州がどうなっていくのかまったく見当もつかなかった。

　フォードが自宅の門前に着いた。

　太郎は後部座席のドアを開ける雷雨に声を向けた。ロンドン大使館勤務が長かったので英語には不自由がないが、北京語はまだ片言の範囲を出ていない。雷雨は四年間運転手として奉天総領事館に勤めている。太郎は日本語で言った。

「明日はすこし早い。七時半に迎えに来てくれ」

「わかりました」

「絶対に遅れないでくれ」

「承知しております」

　太郎はフォードを降りて自宅の門をくぐった。このあたりは満鉄つまり国策会社・南満州鉄道の幹部社員の住む社宅地で、きちんと区画整理され敷地も広い。帝政ロシア時代の荒寥《こうりよう》とした大地を日本の威信にかけて宅地開発したのだ。子供はいなかったが、居間兼食堂の他に部屋が三つある。便所は水洗方式で、これは霊南坂の生家にもない設備だった。太郎は短くなった煙草を唇から引き抜き、それを靴底で踏み潰《つぶ》して玄関の呼び鈴を鳴らした。

「お帰りなさい」桂子の声がした。「すぐに開けますから」

解錠の音につづき玄関の扉が押し開けられた。

桂子は二十四歳で、太郎とは六つ離れている。見合いとは言えないような見合いで結婚した。父・義晴の後妻の真沙子の末妹なのだ。日本に一時帰国したとき霊南坂に遊びに来たのはただの偶然じゃなかった。あとでわかったことだが、それは真沙子が仕組んだのだ。しかし、そんなことはどうでもよかった。太郎は一眼で気に入った。とくに別嬪《べっぴん》というわけじゃなかったが、とにかく健康感に溢《あふ》れていた。日本橋の乾物商の末娘で、両親や姉や兄にかわいがられたのだろう、性格もおおらかだった。縁談はとんとん拍子に進み、いまこうして一緒に暮している。

「どうなさいます、先にお風呂《ふろ》？　それとも、食事にされます？」

「汗を流して、さっぱりしたい」

「すぐに沸かすわ」

白いタイル張りの浴槽に漬かると厨房《ちゅうぼう》のほうからしゅっしゅっという響きが聴こえて来た。桂子が鼻唄《はなうた》を唄いながら鰹節《かつおぶし》を削っているのだ。太郎は長風呂をする性質じゃなかった。さっと汗を流して浴衣《ゆかた》に着替え、食堂に向かった。

食卓のうえにはすでに料理が並べられていた。白飯と味噌汁《みそしる》、深皿のシチュウと鰹節の振り掛かった菠薐草《ほうれんそう》のお浸し、野菜サラダと沢庵漬《たくあん》。和と洋の折衷、これがロンドン勤務経験のある太郎の好みなのだ。ふたりで食卓を挟み、向かいあって椅子《いす》に腰を下ろした。

桂子が箸《はし》を両手の親指と人差指のあいだに挟み、いただきますと言った。太郎はまず味噌汁を舐《な》めた。下町育ちの割には塩分が濃くないのは三十を越えたこっちの体を慮《おもんぱか》ってのことだ。桂子が白飯の茶碗《ちゃわん》を引き寄せながら言った。

「昼間、お見えになった」

「だれが？」

「三郎さん」

すぐ下の弟・次郎は十年まえから消息不明だが、二番目の弟の三郎は陸軍士官学校卒業後、関東軍の配属となった。二年交代で日本から派遣される駐箚《ちゅうさつ》師団ではなく、満鉄守備を任務とする四個大隊から成る独立守備隊に属していた。現在は奉天にいる。敷島家の四兄弟のなかで三郎はもっとも武骨でまじめな性格だった。ともに奉天在住なのだが、顔を合わせるのはたまにしかない。無口な性質なのだ、逢《あ》っても家族について話題が弾むということもなかった。

「何しに来たんだ、三郎は？」

「ただ近くに立ち寄ったからだって」

「どんな感じだった？」

「ふだんどおり。軍人らしく凛々《りり》しくて」

「次郎についての情報は？」

「そんな話は出なかった」

「四郎のことは？」

「べつに何にも」

「顔を出してすぐに引きあげたのか？　あいつらしい」

「ねえ」

「何だね？」

「そのシチュウ、食べてみて」

太郎は深皿を引き寄せ、大匙《おおさじ》で肉片を掬《すく》って口に運んだ。それを咀嚼《そしやく》し嚥《の》み込んでから言った。

「牛肉じゃないな、鹿《しか》でもないし」

「野兎《のうさぎ》」

「どこで売ってた？」

「持って来てくれたのよ、三郎さんが狩ったばかりの野兎を」

「剝《は》いだのか、桂子が皮を？」

「ううん。三郎さんがぜんぶ捌《さば》いて、肉だけにして渡してくれた。あたしはそれを料理しただけ。おいしい？」

「ああ」

「あなたに食べさせたかったのよ、三郎さんは。口下手だけど、こころはほんとうにやさしい」

電話が鳴ったのはその食事が終わった直後だった。洗いものに取り掛かっていた桂子が厨房から出て来て居間の飾り棚のうえに置かれている電話の受話器を取りあげた。太郎は食後の一服を喫っていた。桂子が左の掌で通話孔を押さえながら、その声をこっちに向けた。

「あなた、隣の堂本《どうもと》さんなんだけど、九時過ぎに伺ってもいいかって」

「待ってると伝えてくれ」

隣家に住む堂本誠二《せいじ》は満鉄炭鉱部総務課に勤務している。奉天から東に四十五、六粁《キロ》離れた場所に拡がる広大な露天掘り炭鉱の管理を行なっているのだ。年齢は太郎と同じく三十歳で、東大卒だが経済学部なので本郷で顔を合わせたことはない。誠二の妻・安江《やすえ》は桂子とふたつしかちがわない二十六歳だった。決定的なちがいは隣家には四歳と二歳の男児がいることだった。誠二は酒好きで週に一度は一緒に飲む。

「それから、明日は少々早い。十二時まえにはわたしは眠らなきゃならんともね」そう言ってから太郎は煙草のけむりを大きく吸い込んだ。それを吐きだしてつづけた。

「酒は何がいいのかも訊《き》いてくれ。ウィスキーなのか日本酒なのかをな」

誠二は九時五分過ぎにやって来た。浴衣姿で紙袋を抱えている。酒の種類について質問したとき、持参すると答えていたのだ。痩身《そうしん》のせいだろう、浴衣は似合わない。その誠二が居間の長椅子に腰を下ろし、卓上に紙袋を置いて言った。

「何だと思う？　ブランデーだよ、コニャック。大連から出張して来た社員が土産《みやげ》にと置いていった」

ブランデーは奉天の商埠地でも売っているが、相当値が張る。購入者がきわめて少ないせいだろう。総領事館にも外交特権で無税の洋酒がはいるが、ほとんどがスコッチ・ウイスキーでブランデーはめったにない。

桂子が硝子《ガラス》コップを盆に載せて厨房から出て来た。

「すみませんねえ、奥さん、いつもこうやって押し掛けて来て。何せ、家じゃ子供がぎゃあぎゃあとうるさくてね」

「大歓迎ですよ、堂本さんなら」そう言って桂子がコップを卓上に置いた。「ブランデーなら要りませんね、氷も水も。摘《つま》みはどんなものになさいます？」

「奥さんの手料理は絶品だからな。けど、おかまいなく」

「御試食なさいます、野兎？」

「どこから仕入れたんです、そんなもの？　奉天城内ですか？」

「義弟《おとうと》が持って来てくれたんです、狩りに行ったとかで」

「三郎くん？」

「ええ」

「似合ってますね、三郎くんは剛直な青年だから、狩りが」

桂子が微笑《ほほえ》みを浮かべて踵《きびす》をかえした。太郎は思うのだ。妻はここの暮しを愉《たの》しんでいる。理由ははっきりしていた。このあたりは満鉄の幹部社員たちばかりが住んでいる。亭主はすべて高学歴の持主で、女房たちも育ちがいい。桂子が生まれ育った下町のような濃密な人情はないが、混み入った関係から発する煩《わずら》わしさも存在しないのだ。太郎のような外務官僚はもちろんだが、満鉄社員には本給の他に外地手当が支給される。その特別待遇でここに住む連中の懐《ふところ》は豊かだった。半数以上が阿媽《あま》と呼ばれる支那人女中を傭《やと》っている。雑用からの解放は女性たちを趣味や教養といった分野に走らせた。話題も自然と豊富になった。そして、桂子は近隣の主婦たちから人気があった。下町育ちは細かなことも気にならない。頼まれれば、ほとんどのことを引き受けるからだ。もし子供が生まれても、それはつづくだろう。桂子がふたたび厨房に向かった。

「何か情報ははいってるかね、関東軍の動きについて？」誠二がブランデーを開栓し、琥珀《こはく》の液をふたつのコップに注いだ。「もちろん国家機密まで聞かせてくれというわけじゃないぜ」

「何にもないよ、総領事館じゃどんな読みもできない状態にある」

誠二がコップをかざしてから、それを唇に近づけた。太郎もブランデーを飲みはじめた。桂子が深皿にはいった野兎のシチュウをひとつだけ運んで来た。体重の増加が畏《こわ》い太郎は、夜は食わないことにしている。誠二が肉片を大匙で掬って食い、こいつはうまいと言った。桂子が笑みを浮かべてまた厨房に向かった。もっと軽い摘みを用意するつもりだろう。誠二がシチュウを平らげて言った。

「大連から来た社員はな、一週間まえに東京を覗《のぞ》いて来たそうだ。金融恐慌の真っ最中に第三次山東出兵。治安維持法はどんどん強化されていくし、国内世論はもうぐちゃぐちゃらしい。日本じゃもうほとんど就職口がないんで、どいつもこいつも満州に眼を向けてるって話だよ」

「それはわたしも聞いてる」

「満鉄は学生どもの憧《あこが》れの的だよ」

太郎は琥珀の液を舐めながら苦笑した。国策会社の満鉄は外務省以上の官僚体質を持ち、出世するかどうかは学歴だけで決まるという噂が流れている。事務系は帝国大学、わけても東京帝大以外が台頭する途はない。満鉄経営の病院は慶應義塾大学医学部卒でなければ受けつけないのだ。そういう意味では誠二が将来炭鉱部次長以上の要職に就くことはまちがいないところだった。太郎はブランデーを半分ほど飲んだところでコップを卓上に置き、煙草を取りだしながら言った。

「ますます強くなるだろうな、関東軍だけじゃなく、軍中央でも」

「何が？」

「満蒙領有論」

「けど、あれは国民党が捏造《ねつぞう》した偽《にせ》文書だったんだろ？」

太郎は頷《うなず》いてから銜えている煙草に燐寸で火を点《つ》けた。誠二が言うのは田中上奏文のことだ。これは去年の六月下旬から七月初旬にかけて行われた満蒙をめぐる東方会議のあと、田中義一首相が天皇に奏上したと噂される文書のことで、それによれば日本の権益が侵害されたり政情不安が大きくなれば武力行使によって満蒙を占領するというものだ。しかし、実際にはそういう上奏文は存在しはしなかった。太郎は煙草のけむりを吐きだして言った。

「あれが偽文書であっても、流れはもう変わりはしないよ。奉天総領事館には無力感だけが漂ってる。どんなに外交努力をしようと無意味なんだ。これは理屈じゃない、世のなかには止められない動きというものがあるだろ？　新聞はそれを煽《あお》り立て、国民はそれを熱狂的に支持する。そうなったら何が待ち受けていようと、行けるところまで突進していく以外にないんだと思うよ」

七時半に雷雨が迎えに来て、太郎は八時十五分まえに奉天総領事館に着いた。警衛を除いて職員はまだだれも来ていなかった。これほど早く出勤したのは昨日の午後の電話にある。明朝八時過ぎに伺いたいと間垣徳蔵から連絡があったのだ。じぶんより十歳近く年長のこの男が関東軍特務機関に属していることだけはわかっている。だが、出身地や妻子の有無はもちろん、階級すら不明だった。太郎は徳蔵の軍服姿を見たことがない。逢うときはいつも支那人の普段着・便衣を纏《まと》っているか、満鉄の幹部社員のような背広を着込んでいるからだ。きょうはどういう用件で総領事館に訪ねて来るのか見当もつかない。ただ、徳蔵の全身からは抗《あらが》えない何かが発散される。この得体の知れないものの実質は何なのか？　じぶんのこころはなぜそれに萎縮《いしゅく》してしまうのか？　太郎は何度も自問を繰りかえしたが、答えが出た例《ため》しがない。いずれにせよ、徳蔵の面会要求を拒否したことはただの一度もなかった。太郎は参事官室にはいり、事務机のまえに腰を下ろした。

八時になって総領事館のまわりがざわついて来た。職員たちが出勤して来たのだ。きょうの十一時には総領事の林久治郎と満鉄社長・山本条太郎《やまもとじょうたろう》が逢うことになっている。張作霖と交わした満鉄の五本の支線に関する建設計画について話しあうためだろう。山本条太郎は日露戦争当時、三井物産上海支店長として東航するバルチック艦隊の情報を蒐集《しゅうしゅう》し帝国海軍に報告した。その後、政友会にはいってその重鎮となった。満鉄社長となったのは一年足らずまえだが、満蒙分離派としての政治活動に熱心だった。満鉄はのちに社長制から総裁制へ変更となるが、いまの呼称は満鉄社長だ。総領事がこの満鉄社長にどう対応するのかわからない。しかし、太郎はこの打ち合わせに臨席するように求められてはいなかった。

徳蔵が参事官室にはいって来たのは八時七、八分過ぎだった。真っ白い背広の上下を着こなし、パナマ帽を被《かぶ》っている。太郎は応接の長椅子を勧めた。徳蔵がそこに座り、パナマ帽を脱いだ。太郎はその向かいに腰を落とした。徳蔵が煙草を取りだしながら言った。

「お久しぶりですね」

「ほぼ四カ月ぶりです」

「満州はどんどん変わっていく」

「茶を持って来させます」

「おかまいなく。いや、やめてもらいたい。わたしがここに来たのは警衛と受付だけにしか知られたくないんでね」

頷いて太郎も煙草を取りだした。パナマ帽を脱いだ徳蔵の額から頰にかけて刻まれている傷痕《きずあと》が窓から差し込む朝の強い光にくっきりと照らしだされている。それが日本の匕首《あいくち》か中国の刀子によってできたものだということは想像できる。しかし、どういう事情でそこを切り裂かれたのかを太郎は質問する気にはなれなかった。

「霊南坂の御家族との連絡は？」

「ここのところ無沙汰《ぶさた》をしてます」

「御父上の御病状は確実に進んでる。しかし、いますぐどうってことではないらしい」

「しかたありませんよ、癌《がん》ですからね」

「むしろ心配されるべきは四郎くんのことだ」

「どうしたんです、四郎が？」

「特高刑事に眼をつけられた、がちがちにね。四郎くんが座員となってる燭光座《しょっこうざ》は早晩潰されますよ。そのとき、四郎くんが妙な抵抗をしなきゃいいんですがね」

太郎は徳蔵の眼を見据えながら銜えている煙草に火を点けた。早稲田の文学部にはいった四郎が何をしているかは知っている。だが、長兄として説教をする気はなかった。だれだって生きたいように生きればいいのだ。太郎は吸い込んだ煙草のけむりをゆっくりと吐きだした。

「心配されるべきと言ったのはわたしの言い過ぎだった。べつにどうってことはない。無政府主義への傾倒なんか若いころにはよくあることだしね。成長するにつれて四郎くんも変わっていきますよ。そう言えば、このあいだ次郎くんに逢ったな」

「何ですって？」

「敦化でばったり逢ったんですよ、次郎くんにね。一週間まえだったな」

「い、生きてたんですか、次郎は？」

「ぴんぴんしてますよ」

「何をしてるんです、次郎は？」

「緑林の徒。馬賊。しかも攬把として青龍《せいりゆう》同盟という組織を率いてる」

「間垣さん」

「何です？」

「むかしから知ってたんですか、次郎を？」

「まあね」

「いつからです、どんなかたちで？」

「わたしは関東軍の特務として支那のあちこちをぶらついてる。どこで次郎くんと出っ会《く》わしたとしても不思議はないでしょう。いつどういうふうにという詳しい話をするつもりはない。それはある意味じゃ軍事機密に触れかねないんでね」

太郎は火を点けたばかりの煙草を卓上の灰皿のなかで押し潰した。十年も音信不通だったすぐ下の弟の消息が齎《もたら》されたのだ。興奮を抑えきれはしない。しかし、太郎はいま何を徳蔵に質問していいのかまったくわからなかった。

「こう言っちゃ何だが、次郎くんはどうしようもないほどの虚無の臭《にお》いを発散させてる。で、こないだ訊いたんですよ。どうしてそういうふうになったんだとね。そしたら、次郎くんはこう答えた。満州で柳絮《りゅうじょ》を見たとき、すべてが虚《むな》しくなった、それが緑林の徒として暮すようになった理由だとね。けどね、わたしは信じてるんですよ」

「な、何をです？」

「次郎くんには日本人の血が流れてる。どれほど虚無の淵《ふち》で生きていようと、最後はかならず日本人の血が甦《よみがえ》る。祖国を見捨てることなんかできやしないんだ、いつの日にか日本のために汗も血も流してくれる」

「具体的には次郎が何をどう？」

「必要なときにわたしが次郎くんと接触します。緑林の徒もこれからは否応《いやおう》なく政治色を帯びざるをえない。そのとき、次郎くんが日本のために必要な役割を演じることになるんですよ。わたしはそれについては確信に近いものを持ってる」

太郎はゆっくりと腕組みをした。徳蔵が何を言いたいのかはもちろんわかっている。次郎が率いる緑林の徒を日露戦争当時のような謀略馬賊として使いたいのだ。次郎はそれに応じるだろうか？　予測など不可能だった。何しろもう十年も消息がなかったのだ。それに新橋三十間堀の花街で四人のやくざと立ちまわりをやり、ひとりを半殺しにしみずからの左眼を失った事情さえよくは知らない。その後の性格がどのように形成されていったのかは想像のしようもない。太郎は徳蔵の眼を無言のまま見つめるしかなかった。

「金融恐慌《きょうこう》でいまの日本は酷《ひど》い状態だ。農村部の疲弊と窮乏もすさまじい。希望は満州にしかないんです」徳蔵がそう言って短くなった煙草を灰皿のなかで揉《も》み消した。「次郎くんは緑林の徒を率いて気儘《きまま》に暮し、四郎くんは無政府主義に狂いかけてる。しかし、霊南坂の四兄弟はみな優秀だ。いざというときには、かならずわが祖国、つまり満蒙を含む大日本帝国のために四人とも働いてくれると信じてる」

太郎は腕組みを解き、新しい煙草を引き抜いて銜えた。徳蔵は、希望は満州にしかないと言った。そのことは満蒙分離策の強硬派も慎重派も一致しているのだ。地政学的には十八年まえから日本領土となった朝鮮半島をソ連から防衛するために、満州をきちんと押さえておく必要がある。経済的な理由は主としてふたつだ。まず満州の大地に眠る膨大な量の地下資源。日本が近代国家として整備されるためにはこれが欠かせない。次に日本で増加の一途を辿《たど》る余剰人口。これをこの広大な大地に投入する必要がある。満蒙分離は日本の国家的要請なのだが、問題はそのやりかたなのだ。強硬派の発想はあまりにも国際情勢というものを知らな過ぎる。太郎は燐寸を擦って銜えている煙草に火を点けた。

「大日本帝国にとって、もう張作霖は必要ない」徳蔵が膝《ひざ》のうえに載せていたパナマ帽を両手で弄《もてあそ》びながら言った。「使い途《みち》がなくなっただけじゃなく、図に乗りはじめてる」

奉天省海城県で五十三年まえに生まれた張作霖は獣医として生計を立てていたが、二十歳のときから緑林の徒として生きるようになる。日露戦争のときはロシア側の諜略馬賊として動いた。しかし、政治的な心情を持ち合わせていたわけではなかったと思う。太郎は二度ほど張作霖と逢ったことがある。通訳を通してだが、すさまじく頭の回転がいいという印象を受けた。喋《しゃべ》り方はもの静かで、とにかく他人の意見をじっくり聞く性質なのだ。ロシア側の謀略馬賊となったのはそれが生き延びる方法だという勘が働いたからだろう。結局、日本軍に捕えられるが、当時満州軍総司令部の作戦参謀だった現首相兼外相の田中義一に命を救われて日本軍に協力するようになった。その使命は反日的な馬賊や匪賊《ひぞく》の帰順工作だった。張作霖は次々とこれに成果をあげていく。

辛亥《しんがい》革命によって清朝が打倒されると、支那は軍閥割拠の時代にはいる。袁世凱《えんせいがい》が組織した北洋軍閥はその死後、安徽《あんき》派、直隷《ちよくれい》派、奉天派の三派に分裂した。この三派は軍閥混戦と呼ばれる激烈な抗争を繰りかえす。張作霖は日本の支援を受けて奉天省の督軍兼省長へと昇りつめていく。これは奉天、吉林、黒龍江の東三省つまり満州全体を支配することを意味した。日本にたいする柔順さをしだいに失っていくのはこのころからだ。東三省官銀号を作り満州の経済的な自立を画策し、東北大学を開設して支那人としての自覚を促すようになる。つまり、傀儡《かいらい》の範囲を逸脱しはじめるのだ。蔣介石による北伐が開始されると、それを阻止するために安国軍大元帥《だいげんすい》として北京に乗り込む。

しかし、張作霖が現実に押さえているのは東三省だけで、北京を中心とする直隷省では大元帥を称することを認めているわけではなかった。それに日本政府は満州地方の治安維持に関する措置案を閣議決定し、北京や天津での武力行使を行わない旨《むね》を発表した。日本の後ろ楯を失った張作霖は国民党北伐軍に対抗する大元帥の肩書を諦《あきら》めざるをえなくなった。

きょうの夕刻に張作霖は北京を発《た》ち、特別列車で明朝、奉天に戻って来る。これはそのまま満州の支配者としてだけの地位に留まることを意味する。

「蔣介石は日本軍と対峙《たいじ》することを諦めた。このあいだの閣議決定が効いた。北伐軍が万里の長城を越えて満州にはいって来ることはない」徳蔵はパナマ帽を弄ぶ手を休めて言った。「問題は張作霖ひとりになった。たかだか馬賊あがりのくせに分際を弁《わきま》えないあいつが大日本帝国にとって煩《わずら》わしくなってる」

「間垣さん」

「何です？」

「関東軍司令官が張作霖暗殺を北支駐屯軍とともに画策したという噂が流れてます。それは事実ですか？」

「村岡司令官の発想には展望がない。北支駐屯軍と一緒になって張作霖を暗殺して何になると言うんだね？　河本高級参謀が必死になって止めたのは当然だよ」

太郎は徳蔵が何を言いたいのかよくわからなくなって来た。張作霖が満蒙領有論にとって邪魔な存在だと決めつけながら、その暗殺は無意味だと言う。このことはいったい何を意味するのだ？　太郎は煙草を喫いながらその眼を見据えつづけた。

「外務省と軍中央はこのところずっとぎくしゃくしっ放しだ。しかし、同じ日本人なんです、国家存亡のときにはたがいに協力しあわなきゃならない」

「何をおっしゃりたいんです？」

「あなたが幣原前外相の路線に共鳴してることはよくわかってます。べつに批難してるわけじゃありませんよ。しかしね、国際協調路線とはつまるところ腰抜け外交です。その点は充分に考慮いただきたい」

「間垣さん」

「何です？」

「まわりくどいですね」

徳蔵がわずかに頬を緩ませた。笑ったのだ。太郎はこんな冷え冷えとした笑みをはじめて見る。徳蔵が膝のうえのパナマ帽をふたたび弄びながら言った。

「あなたは内閣府の特電を担当されてますな？」

「そうですが」

「満州で何かが起きた場合、特電の内容についてはまず何が国益なのかに配慮願いたいんですよ」

「どういう意味です？」

「立憲民政党の連中が重箱の隅をほじくりたくなるような特電は打たないで欲しいんですよ。とくに旧憲政会系の連中を刺戟《しげき》するような特電はね」

「何が起こると言うんです、満州で？」

「わたしは仮定の話をしてる」

「そんな言いかたでごまかさないで欲しい。満州で何が起きるんです？」

「くどいですな、わたしはただの一般論を喋ってる。奉天総領事館はいま日本のもっとも重要な在外公館となった。その参事官たるあなたにはこれまで以上に日本人としての自覚を持ってもらいたい」

太郎は左の指先に熱を感じた。挟んでいる煙草が吸い口近くまで燃えているのだ。それを灰皿のなかに抛《ほう》り込んだ。そこから立ち昇るけむりに太郎はわずかに噎《む》せた。徳蔵が膝のうえのパナマ帽を被って立ちあがった。もう一度冷えきった笑みを浮かべ、低い声で言った。

「関東軍特務として満州の僻地《へきち》をぶらつきまわってると、たまにはあなたのような知的な人間と話をしたくなる。つまらない一般論を喋りまくり、さぞかし退屈だったでしような。そのことをお詫《わ》びして失礼しますよ」

　太郎は身動《みじろ》ぎもせずにその眼を見据えつづけた。

　徳蔵が踵をかえして参事官室の戸口に向かった。途中でその足が止まった。こっちを振りかえった。太郎は長椅子に座ったままだった。徳蔵がさらに声を落として言った。

「奉天の日本人会の連中の噂を耳にしてますよ。あなたの奥さんの名まえは桂子。爽《さわ》やかで気立てがよく、そのうえ世話好きだともっぱらの評判です。一度御眼に掛かりたいもんですな。しかし、満州の情勢は緊迫してる。何が起きるかわかりません。済南では日本の婦人が強姦《ごうかん》されて殺された。その死体の股《また》ぐらには棒っ切れが突っ込まれてた。そういうことが奉天で行われないという保証は何もない。張作霖の奉天軍、密《ひそ》かに潜入して来た国民党の便衣隊、それとわが関東軍が入り乱れて戦うようになったらどうなります？　奉天の日本人の安全確保はそんなに簡単じゃない。それに満州にはまだ俗にいう大陸浪人がごろごろしてる。そのなかには性質の悪い連中も混じってます。支那人の犯行に見せかけて悪さをやらかす酷いやつもいるでしょう。とくに若奥さんは狙《ねら》われやすい。奥さんが強姦され股ぐらに棒っ切れを突っ込まれて死んでいる光景を想像してごらんなさい。耐えられるはずがありません。そういうことも考慮に入れて日本人としての義務を果してもらいたいんですよ」

　徳蔵が出ていって四、五分後に参事官室の扉が叩《たた》かれた。太郎はどうぞと応《こた》えた。はいって来たのは駐在武官、江川清隆《えがわきよたか》だった。陸軍士官学校出身で、今年二十九歳になる。階級は大尉《たいい》だった。奉天総領事館付きの駐在武官はロンドンやパリ、ベルリンやワシントンのそれとはまったく性格を異にしている。他の在外公館の駐在武官が軍事情報の蒐集を主たる任務としているのに較べ、ここは総領事館の監視を目的として駐在しているのだ。清隆が戸口のそばに突っ立ったまま言った。

「何しに来たんです、間垣さんは？」

「日本人としての心得を説いていっただけです」

「それだけですか？」

「お疑いなら本人に直接訊かれたらどうなんです、同じ陸軍将校なんだし」

「それが訊けるくらいなら、ここには来ませんよ」

「大尉」

「何です？」

「そろそろ教えてくれませんか？」

「何を？」

「間垣さんの階級」

「わたくしも知らないんです。関東軍特務が何をやってるのかはもちろん、階級すらわたくしにはわからない」

清隆が引きあげると、入れ替わるように総領事館の雑務をこなす現地雇用職員が新聞各紙を持って来た。東京日日。東京朝日。讀賣。どれも三日遅れだ。大連に空輸され、満鉄で奉天に運ばれて来る。それが事務机のうえに並べられた。

太郎はまず東京日日新聞を拡げた。しかし、眼で活字を追っても内容は頭のなかにはいっては来なかった。脳裏は徳蔵の遺《のこ》した言葉だけで占められている。あれは完全な恫喝《どうかつ》だった。満州で何かが起きても関東軍に不都合な事実は絶対に霞《かすみ》ヶ関《せき》に打電するな。もしそれに反するような真似《まね》をすれば、妻の桂子を支那人の犯行に見せかけ強姦したうえで殺す。そう宣言したに等しい。いったい満州でこれから何が起こるというのか？　張作霖暗殺計画は高級参謀・河本大作によって阻止された。満蒙領有のために関東軍は他に何をしようというのだ？　予測は不可能だった。太郎はそのための材料を何も持っていなかった。

何かが起これば参事官としては当然調査に乗りださなければならない。その結果、蒐集した事実をありのままに外務省に報告したら、その見せしめとして桂子は殺害されるのだろうか？　同じ日本人なのだ、まさかそんなことまでするはずはない。あの科白《せりふ》は単なるこけ威《おど》しなのだ。いくら軍中央と外務省のあいだの亀裂《きれつ》が決定的になっているとは言え、そこまではしないだろう。

太郎は煙草を取りだして火を点けた。吸い込んだけむりを吐きだしたとき、いったん打ち消した不安が急速に膨んでくるのを感じた。最近の関東軍の動きは尋常じゃない。極東ソ連軍南下の危惧《きぐ》を過大に喚《わめ》き立て、満州では何をやっても許されるという風潮が際立《きわだ》ち、支那人の生命財産を徹底して軽んじているのだ。それは満鉄による支那人労働者酷使と一体となって進行している。そういう人命軽視の傾向が在留日本人に向けられないという保証がどこにある？　桂子にたいする強姦殺害が支那人の犯行に見せかけられたら、それを覆《くつがえ》すのはきわめて厄介だと言わなきゃならない。いったい、これから満州で何が起こる？　太郎は火を点けたばかりの煙草を灰皿のなかで押し潰した。

事務机のうえの電話が鳴ったのはそのときだ。

太郎はすぐには手を伸ばさなかった。頭のなかではまだ徳蔵の言葉が飛び跳ねている。呼びだし音がつづいた。太郎はようやく受話器を取りあげ、それを右耳に宛《あて》がった。「猪口《いぐち》さんというかたから参事官にお電話です」交換手の声が響いた。「どうされます、お繋《つな》ぎします？」

「繋いでくれ」

受話器のなかで外線に切り替わるかすかな音が響き、嗄《しやが》れた声が出た。久しぶりに聞く猪口正輝《まさき》のものだ。四十二歳になるこの建築家は一時期父に師事していたことがある。霊南坂にも何度か遊びに来た。正輝がゆっくりした口調で言った。

「元気でやってるかい、太郎くん、しばらく逢えなかったけど」

「どこからです、猪口さん、東京から？」

「奉天に来てるんだよ。ヤマトホテルから掛けてる。どうだね、久しぶりに一緒に昼飯を食わないか」

「もちろん喜んで」

「奉天に来たのははじめてだ。地理に不案内でね。正午にヤマトホテルに来てくれるかい？」

太郎は正午まえに奉天駅に着いた。奉天ヤマトホテルは来年、奉天大広場に建築中の新施設に移るが、いまはまだ奉天駅の駅舎二階で営業しているのだ。ここは日本銀行本店や東京駅の設計者として名高い建築家・辰野《たつの》金吾《きんご》が好んで用いた俗にいう辰野式を模して作られた。太郎はホテルの受付で猪口正輝を呼びだした。

正輝がロビーに現われて、ようっと声を発しながら右手をかざした。ロンドン勤務を終えていったん日本に帰国したとき以来だ。三年ぶりになる。痩《や》せてぶ厚い眼鏡を掛けたその風貌《ふうぼう》はほとんど変わっていない。正輝がこっちに歩み寄って来て言った。

「奉天に来てどれぐらいになる？」

「三年です。霊南坂で御眼に掛かったあと、すぐにここに赴任して来ました」

「結婚したんだってね？」

「え、ええ」

「御父上の体調はあまり芳しくないらしいよ」

「わかってます、癌ですし」

「三郎くんも満州らしいね？」

「関東軍にいます」

「顔を合わせることもあるんだろ？」

「ときどきですが」

「次郎くんの消息は？」

間垣徳蔵から噂を聞いたばかりだったが、それを口にする気はなかった。太郎は声を落として話題を変えた。

「食事はどんなものを？」

「一時半に満鉄の調査部の連中がここにやって来る。外に出るのは面倒だ。このホテルの食堂でいいだろう」

太郎は頷いて正輝と肩を並べ、ロビーから食堂に向かった。満鉄直営の奉天ヤマトホテルは旅客の便だけじゃなく清朝の大官を接待する目的でも作られたのだ。そのため食堂で出される料理はほとんどが洋食だった。ふたりで食卓を挟んで向かいあった。

給仕が注文を取りに来た。たがいにポークソテーを頼んだ。正輝が煙草《たばこ》を取りだした。太郎は燐寸《マッチ》を擦って炎を差し向けた。

「どうなると思うんだい、太郎くんは満蒙《まんもう》領有の可能性を？」吸い込んだけむりを吐きだして正輝が言った。「わたしはね、霊南坂の四兄弟のなかじゃ太郎くんが一番御父上に似てると思うんだよ。だから、ぜひともきみの意見を聞きたいと思ってね」

太郎はじぶんでもそう思う。西南の役で武功のあった長州出身の祖父はがちがちの国粋主義者だったが、父はいわば自由主義者なのだろう。個人がのびのびと能力を発揮できる、そのことこそがもっとも重要だ。ロンドンの大使館勤務時代、イギリスに強く階級制が残っているのを眼《ま》のあたりにして失望した経験は忘れられない。しかし、社会主義や共産主義に魅力を感じたことは一度もなかった。あれは徹底して人間を管理する社会制度でしかない。四郎がいま傾倒しているらしい無政府主義は無意味な絵空事だと太郎は考えている。

「満蒙領有以外に日本が生き延びる途はないとわたしは思ってる。いろいろ問題はあるだろうが、結局軍中央の方針を支持するしかない。わたしはそう思ってる」

「しかし、国際世論も無視はできませんから」

「涎《よだれ》が出るよ」

「え？」

「建築家として涎が出るんだよ、満州はね」

「どういう意味です？」

「この広大な大地には何もない。日本のような古い町並みがないんだ。建築家として自由自在に図面が引けるんだ。こんな魅力的なところはない」

太郎は黙り込むしかなかった。思うに、日清日露の戦いで勝利を収めて世界史の前面に躍り出たとは言え、日本はずっと明治維新前後の相克を背負っている。これからもそうだろう。尊王攘夷《そんのうじょうい》と文明開化。このふたつの潮流がときにはぶつかりあい、ときには手を結びながら発展して来たのだ。尊王攘夷論は日本を盟主とする大アジア主義へと姿を変え、文明開化論は脱亜入欧的な国際協調路線へと向かったのだ。極端に言えば、このふたつは現在、軍中央と外務省の対立として現われている。注文していたポークソテーが運ばれて来た。太郎は無言のままその皿を引き寄せた。

「満蒙が領有されれば、わたしは建築家として大いに腕を振るえる」正輝がそう言って煙草を灰皿のなかで揉み消し、ポークソテーの皿を引き寄せた。「大日本帝国の威厳を支那人たちに見せつけるためなんだ、政府は金銭を吝嗇《けち》ったりはせん。わたしは満州で豪壮な都市建設に寄与できると自負してる」

太郎はこれにも反応しなかった。父・義晴はフランク・ロイド・ライトの有機的建築論に共鳴していたが、父に師事していたとはいえ、正輝はいまや十九世紀後半のイギリスで流行したフリークラシックと呼ばれる建築様式の虜《とりこ》なのだ。それは強力な国家権力の背景なしには考えられない都市建設法と言っていいだろう。かつての正輝は父と同様で軍部の台頭を嫌悪《けんお》していたと思う。しかし、いまは軍中央の満蒙領有論の強烈な支持者なのだ。正輝はそれを変節とはまったく考えていないようだった。太郎は無言のまま口に含んだ豚肉を咀嚼《そしやく》しつづけた。

「今夜はどうしてる？」

「どういう意味です？」

「満鉄の連中との打合わせが済んだら夜は空いてるんだ。もし太郎くんに時間があるなら、一杯飲《や》りたいんだがね」

「今夜はちょっと」

「何か用があるのかね？」

「ええ、まあ」

「だろうね。こんな御時勢なんだ、忙しいに決まってる」


太郎は四時過ぎに自宅に戻った。正輝には多忙のふりをしたが、きょうはもう仕事は何もなかった。総領事館に居残っている必要はない。正輝と奉天ヤマトホテルで別れたあとも間垣徳蔵の言葉が脳裏で跳ねつづけている。参事官室でじっとしているのはたまらなかった。太郎は玄関の呼び鈴を鳴らした。反応が感じられなかった。なかから玄関に近づいて来る足音がない。太郎は玄関扉の把手《とつて》を引いてみた。鍵《かぎ》は掛かっていなかった。三和土に足を踏み入れた。人の気配がない。太郎は大声で言った。

「帰ったぞ、桂子、どこにいる？」

返事は戻って来なかった。

太郎はそそくさと靴を脱ぎ、居間兼食堂に足を向け、続いて台所を覗いた。桂子は昼寝をするような女じゃない。しかし、二階につづく階段を昇った。満鉄幹部職員用に建てられたこの住宅は一階に居間兼食堂と台所、浴室と便所が設置され、二階に三つの部屋がある。一室は六畳の和室で、あとの二室は洋室だった。太郎は洋室のひとつを夫婦の寝室として使い、もうひとつを書斎として使っている。和室は来客用だ。二階のどの部屋にも桂子の姿はなかった。徳蔵の言葉がふいに脳裏で弾《はじ》けた。支那人の犯行に見せかけて悪さをやらかす酷いやつもいるでしょう。そう言ったのだ。奥さんが強姦され股ぐらに棒っ切れを突っ込まれて死んでいる光景を想像してごらんなさい。そうもつけ加えた。胸の裡《うち》をすさまじく乾いた風が吹き抜けた。太郎は二階から一階に駆け降りて怒鳴るような叫び声をあげた。

「どこに行った、桂子、どこだ、おまえは？」

声は相変わらず戻っては来なかった。

太郎はこれまで経験したことのない焦燥感に捉《とら》われた。背すじが強ばりきっている。

胸の鼓動の昂《たか》まりは押さえられない。太郎はふたたび大声をあげた。

「答えてくれ、桂子、どこなんだ？」

玄関口に飛び込んで来る足音がしたのはその直後だ。桂子が居間に飛び込んで来た。普段着のワンピースを纏っている。

太郎は呆然《ぼうぜん》としてその姿を眺めた。

「どうしたんです、あなた？」

太郎は思わずごくりと喉《のど》を鳴らした。

桂子がこっちに歩み寄りながらつづけた。

「こんなに早いお帰りだとは思ってもいなかった。電話で連絡していただけたら、家なんか空けなかったのに」

「ど、どこに行ってた？」

「お隣。堂本さん家《ち》のお子さんたち、ふたりともほんとうにかわいい」

太郎は黙って桂子の背なかに右手をまわし、その体を引き寄せた。このあたりは満鉄幹部職員たちの住宅地なのだ。戦争がはじまっているのならべつとして、白昼に何かが起こるはずがない。それなのに、あの焦燥感は何だったのだ？　じぶんはどうかしている。理性を完全に失っていた。徳蔵の恫喝に狂わされたとしか言いようがない。

太郎は桂子を抱き寄せ、左腕を脚のしたにまわしてその体を抱えあげた。

「ねえ、どうしたんです？」

何も言わずに桂子を抱えあげたまま二階につづく階段を昇りはじめた。寝室の扉は開いたままだ。そこに足を踏み入れて、桂子の体を寝台のうえに横たえた。

「何かあったんですか、きょう？」

「黙ってろ」

「けど、変」

太郎はワンピースを脱がせに掛かった。桂子の気立てのよさ。切れ長の双眸《そうぼう》。頰に刻まれる笑窪《えくぼ》。白い歯。伸びやかな肢体。徳蔵に脅されたからというわけじゃない。ほんとうに、どんなことがあっても失いたくはないのだ。窓から差し込んで来る西に大きく傾いた陽差しを浴びながら、太郎は桂子を裸にした。

「何かあったんですね、総領事館で？」

「べつに何もない」

「でも、いつものあなたじゃない」

太郎はいま桂子とどんな言葉も交わしたくはなかった。唇を近づけてその口を塞《ふさ》いだ。桂子の両腕が首に巻きついて来た。この女だけは絶対に失いたくない。もう一度そうじぶんに言い聞かせながら太郎はその口を吸いつづけた。

5

敷島三郎は奉天城内にある旅籠《はたご》・盛京飯店《せいきょうはんてん》の一室で軍服から支那《しな》人の普段着・便衣に着替えた。時刻は夜九時になろうとしている。盛京は奉天の旧名だ。部屋は完全な支那式で壁際《かべぎわ》にふたつの寝床台が置かれ、そこに蒲団《ふとん》が敷かれている。三郎は脱ぎ棄《す》てた軍服を纏《まと》めて雑嚢《ざつのう》に詰め込んだ。眼のまえには商埠地《しょうふち》で落ち合ったときから便衣姿の間垣徳蔵が立っている。刀傷が額から左頬にかけて長く刻み込まれた関東軍特務機関に属するこの男と逢《あ》うのはこれで三度目だ。階級は確かめていないが、年齢から察するに佐官以上だということはまずまちがいあるまい。北京語はぺらぺらで、支那人たちには林浩景と名乗っているという。徳蔵は長兄の太郎とのつきあいがあるだけじゃない。さっき商埠地で逢ったときに聞いたのだが、十年ものあいだ消息不明になっている次兄・次郎とも接触があるのだ。三郎には衝撃だった。次郎はずっとまえから青龍《せいりゅう》同盟という馬賊集団を率いて暴れまくっているらしい。奉天近くに来たときは再会させるとも言った。三郎は軍服と拳銃《けんじゅう》のはいった雑嚢を徳蔵に差し向けた。

「ここを経営する支那人はちゃんと手懐《てなず》けてある」徳蔵がそれを受け取って言った。「この雑嚢はあとで駐屯地に届けさせる」

三郎は陸軍士官学校を卒業するとすぐに関東軍の配属となった。それも軍本籍を日本国内に置く駐箚《ちゅうさつ》師団ではなく、公主嶺《こうしゅれい》に司令部を置く独立守備隊にだ。そのまま奉天の満鉄附属地の守備に当たることになり、二年ちょっとが過ぎた。北京語もすこしは話せるようになった。第三次山東出兵が行われてから奉天でも妙な緊張が漂って来ているのは充分に感じられる。しかし、支那人が何をどう考えようと大日本帝国は満《まん》蒙《もう》を領有しなければならない。三郎はそう信じている。徳蔵が鞘《さや》にはいったナイフを差し向けて来た。洋式でもなく日本の匕首《あいくち》でもない。支那人が使う刀子だった。三郎はそれを受け取りながら低い声で訊《き》いた。

「どうするんです、これで？」

「拳銃は雑嚢のなかに入れたんだ、いざというときはこれが要る」

「何なんです、いざというときって？」

「敷島少尉《しょうい》」

「はい」

「きみはわたしの言うとおりに動けばいいんだ、よけいな質問はするな。関東軍独立守備隊はいまは四大隊編成だが、もうすぐ六大隊に拡大される。そのとき、きみは中尉に昇進するだろう。ただし、わたしの報告しだいではそれも難しくなるかも知れん。そのことを忘れるな」

三郎は黙り込むしかなかった。商埠地に徳蔵から呼ばれたとき、こう言われているのだ。これから特殊任務につき合ってもらう、そのことについてはすでにきみの上官の許諾は取ってある。三郎はその特殊任務とは何なのかまだ見当もついていなかった。

「もうすぐ王泰思《おうたいし》が戻って来る」徳蔵がそう言って腕時計に眼を落とした。王泰思は夕刻に商埠地で三郎が徳蔵から紹介された三十五、六の小太りの支那人だった。何を生業としているのか知らないが、関東軍の協力者だということはまちがいないだろう。

「あいつはいま剪髪師《せんぱつし》のところに行ってる」

「何なんです、剪髪師って？」

「床屋だよ、床屋。ふたりの支那人を連れてってる。それから、浴池《よくち》にも寄らせる。浴池というのは風呂屋《ふろや》だよ。これから一緒に行く盛京夢寮《せいきょうむりょう》は高級煙館《えんかん》だ。薄汚ない身なりじゃ入れてくれんのだよ」

「煙館ですって？」

「そうだよ、阿片《アヘン》の吸飲所だ。だが、心配するな、盛京夢寮は低級な阿片窟《くつ》じゃない、贅《ぜい》を凝らしてある」

　三郎は呆然《ぼうぜん》としてその眼を見つめた。

　徳蔵が冷えきった笑みを頰に滲《にじ》ませて訊いた。

「煙館に行くのははじめてか？」

「も、もちろんです。阿片なんかに興味はありませんし」

「阿片にだけは今後絶対に手を出すな。あれは廢人《はいじん》にする。廢人になるのは支那人だけでいい。ただし、今夜だけは煙館につきあってもらう。吸飲の真似《まね》ごとだけしてくれ」

「どういう意味です？」

「煙館ではわたしと同室にはいる。きみは一言も喋《しゃべ》るな。きみの北京語じゃすぐに日本人とばれるからな。煙館にはいると珈琲《コーヒー》が出て来る。女が持って来るんだよ。しかし、珈琲は飲み干すな。飲み干せば、その女を買うことを意味する。今夜の目的は女でも阿片でもないんだからな」

　三郎は無言のままその場に立ちつづけた。

　徳蔵が低い声でつづけた。

「煙館の部屋にはいったら、まず寝床台にゆっくりと横たわるんだ。女が珈琲のあとに煙膏《えんこう》と煙槍《えんそう》と煙燈《えんとう》を持って来る。練り阿片とパイプ、それにランプだ。煙膏を煙槍に詰め、煙燈で火を点《つ》けるんだよ。煙槍の吸い口からけむりが出て来るが、絶対に吸い込むな。肺に入れさえしなきゃ、べつにどうってことはない」

部屋の扉が叩《たた》かれ、王泰思がふたりの支那人を連れてはいって来たのはそれからほぼ十分後だった。両方とも三十半ばで、便衣に包まれていても、胸板がいかにも薄いのがわかる。眼はほとんど精気を感じさせなかった。泰思が徳蔵に北京語を向けた。

「ふたりとも盛京夢寮には行ったこともないそうです」

徳蔵がふたりのまえにゆっくりと近づいた。三郎は寝床台のひとつに腰を落とし、それを眺めていた。これから行う特殊任務が何なのかはまだ告げられてはいないが、阿片の吸飲所で次の指示があることだけは確かなのだ。徳蔵が滑らかな北京語で言った。

「阿片というものを一度飲《や》ってみたかったんです。王泰思さんに連れてってくれと頼んだんだけど、阿片だけは厭《いや》だと言うんです。でも、その替わりに指南してくれる人を探して来るともね。よろしく御指導願いますよ」

「おれたちは盛京夢寮なんて高級な煙館には行ったことがない」ひとりがそう言った。声にも力がない。「いつも安い阿片窟だ。それでもいいか？」

「もちろんですよ。吸飲のしかたは同じなんでしょう？」

「あたりまえだ。高級だろうが低級だろうが、阿片の吸飲のしかたに変わりはない。どうせおれたちが何も言わなくても、盛京夢寮の女が教えてくれるよ」

「とにかく、連れてってください。何しろ、わたしたちは臆病《おくびょう》なもんで」

「盛京夢寮は高いぞ。金銭《かね》は持ってるのか？」

「金銭だけはたっぷり」

ふたりが行こうというふうに顎《あご》をしゃくった。三郎は寝床台から腰をあげた。徳蔵と肩を並べて部屋をあとにした。泰思だけがそこに残った。四人で盛京飯店を出た。

ふたりはゆっくりと歩きはじめた。

三郎はその背なかを眺めながら徳蔵とともに歩を進めた。独立守備隊駐屯地に赴任して来て二年以上になるが、奉天の城内に足を踏み入れることはめったにない。住人のほとんどが支那人なのだ、城内には得体の知れない澱《よど》んだものが漂っているような気がするからだ。ここは商埠地や満鉄附属地とちがって電力が著しく不足している。街灯は整備されていなかった。暗がりのなかで炭火を使う串焼や饅頭《まんじゅう》や餃子《ぎょうざ》の屋台が並んでいる。三郎はそのの通りをのろのろと歩きつづけた。

前方に盛京夢寮という小さな電飾が見えて来た。ふたりがそのまえで足を停めた。そこは赤煉瓦《れんが》造りの洋館だった。おそらく日露戦争まえはロシア人の商店だったのだろう。三郎は徳蔵とともにその館《やかた》に近づいた。玄関の扉がわずかに開き、溢《あふ》れだした白熱灯の光を受けながら若い女が顔を覗《のぞ》かせた。

指南役のふたりは明らかに動揺《たじろ》いでいた。こういう高級な煙館とはまったく縁がなかったのだろう。ふたりがこっちの顔を窺《うかが》うように視線を向けた。

「はいりましょう」徳蔵が低い声でふたりを促した。「金銭のことならほんとうに御心配なく」

盛京夢寮のなかにはいると、四人の若い女が取り囲んで来た。どれも二十歳前後だった。太股《ふともも》の付け根まで割れた旗袍《チーパオ》の隙間《すきま》からは白い肌がちらちらと覗く。若い女のひとりがだれに向けるともなく甘えた声で言った。

「部屋割りはどうなさいます？」

「ど、どうするんだよ？」指南役のひとりが徳蔵に言った。「慣れてないんだよ、おれたちはこういうところに」

「吸飲のしかたはお嬢さんがたに教えてもらいたくなった。あなたがたはあなたがたで部屋を取ってください。わたしたちはわたしたちで取る」

「いいのかよ、それで？」

「かまいません。こういう別嬪《べっぴん》さんたちが案内してくれるとは想像もしてなかった」

三郎は徳蔵とともに二階の紅夢房《こうむぼう》という部屋に案内された。ふたりの支那人は隣の青夢房《せいむぼう》だ。部屋の両側の壁際に長椅子《いす》を引き伸ばしたような形をした寝床台がふたつ、対称に置かれている。それは蓮《はす》の紋様を施した赤い繻子《しゅす》織《おり》の布で覆《おお》われていた。枕《まくら》もとには螺鈿《らでん》細工の背の低い卓台が置かれている。壁には花咲く大地にしどけなく腰を下ろした、太股も露《あら》わな若い女を描いた油彩画が掛けられている。徳蔵が寝床台のひとつに向かった。三郎はそれに倣《なら》ってもうひとつの寝床台に横たわった。

「ここには白皮土と公班土、それにトルコ土と紅土しか置いてません」案内して来た若い女のうちのひとりが徳蔵に言った。「雲南土や貴州土は仕入れてませんし」

「紅土を頼む」

女ふたりが頷《うなず》いて紅夢房から出ていった。

徳蔵が日本語に切り替えてこっちに低い声を向けた。

「白皮土と公班土はインド産阿片、紅土はペルシャ産だ。雲南土と貴州土はその名のとおり支那産だよ。外国産に較《くら》べりゃずっと安い」

ふたりの女が紅夢房に戻って来た。朱色の漆《うるし》盆を持っている。ひとりが寝床台の端に腰を下ろし、それをこっちに見せた。パイプとランプ、それに茶褐色の塊を収めた小さな陶器皿が置かれている。パイプは水牛の角らしき筒と翡翠《ひすい》や瑪瑙《めのう》を鏤《ちりば》めた銀製の雁首《がんくび》と吸い口のある豪勢なものだった。これが煙槍と呼ばれるものなのだ。三郎は徳蔵の動きを真似て陶器皿のなかの粘々した茶褐色の塊をその煙槍に詰めた。女が煙燈と呼ばれるランプに火を点け、こっちに差し向けた。

三郎は銀製の吸い口を吸った。じっじっというかすかな音がした。甘酸《あまず》っぱい香りがして、湿気の強いけむりが口のなかにはいって来た。三郎はそれを吸い込まないように静かに吐きだした。

ふたりの女が寝床台から腰をあげ、漆盆を枕もと近くの卓台に置いて部屋から出ていった。三郎は煙槍を唇から離した。けむりを吸い込まなかったせいだろう、感覚には何の変化もない。女たちが珈琲を持って戻って来た。それを飲み干せば、女を買うことになるのだ。三郎はふたたび煙槍を咥《くわ》えた。女たちがまた寝床台の端に腰を落とした。

「しばらくは阿片だけを楽しみたい」徳蔵が女たちに声を掛けた。「あとで女が欲しくなったら呼ぶ」

「窓辺の紐《ひも》を引いてくださいな」女のひとりが笑みを浮かべながら言った。「控室に繋《つな》がってます。そこの鈴が鳴ったら戻って来ますから。あたしたちの他にもいろんな娘が揃《そろ》ってますし」

「呼ぶときはあんたらふたりだ」

　ふたりの女が紅夢房から出ていった。

　扉が閉まると、徳蔵が寝床台から半身を起こして言った。

「わたしは一度だけだが、ちゃんと阿片を試したことがある。そのとき、支那人どもがこれに耽《ふけ》るのがわかるような気がした。すべてが薔薇《ばら》色に見え、何でもできる気分になって来るんだ。女との営みも最高になる。どれだけ交合《まぐわ》いをつづけようと果てることがないんだ。あれが俗にいう桃源郷なんだろうな。阿片を飲ってから十五時間以上も女の腹のうえを泳ぎつづけた例をわたしはいくつも聞いている。その結果、疲労困憊《こんぱい》して心臓が停止した例もな。つまり腹上死だよ。そういうとき、支那人は桃源郷で死を迎えた至福者として飲めや唄《うた》えの葬式を出して盛大に死者を讃《たた》えるらしい」

　三郎は何をどう言っていいかわからなかった。とりあえず寝床台で半身を起こし、徳蔵を眺めつづけた。

「しかし、一週間以内に三度阿片を飲ると確実に癮《いん》になる」

「何です、癮って？」

「阿片中毒者だよ。阿片なしにはもう生きられない。働く気がまったくしなくなり、阿片が切れると苦しみだす。全財産を阿片に注ぎ込み、極貧の暮しを余儀なくされる。日本人のなかにも支那や満州に来て阿片に溺《おぼ》れ、癮になった兵士や満鉄の関係者が何人もいる」

「癮になると治らないんですか？」

「ふつうじゃあな」

「方法はあるんですか？」

「癮になったら、じぶんでじぶんを抑制できなくなる。だから、他人がそいつを縛りつけてでも阿片から遠ざけることだ。三カ月近くそうすれば中毒症状は消える」

三郎は手にしている煙槍を卓台のうえに置いた。触れているのも不潔なような気がしたからだ。寝床台のうえに座り直して言った。

「ここに一緒に来たあのふたりの支那人は何なんです？」

「癮だよ、癮。しかし、阿片を吸飲する金銭はもう持ってない。王泰思の情報じゃ、奉天城内の貧民窟に住み、モルヒネを射ってる。阿片から抽出したモルヒネは即効性があるし、わずかな量で済むんだ、阿片ほどには金銭が掛からんのだよ。食うや食わずのくせに、どこからくすねて来た金銭をモルヒネに使ってるらしい」

「何のためにふたりの癮をここに？」

徳蔵はこれには答えず視線を腕時計に向けた。三郎も釣られて時刻を確かめた。針は十時三十三分を指している。徳蔵の低い声が響いた。

「あと三十分足らずで王泰思がこの盛京夢寮のまえに馬車を停める。そしたら、あのふたりを連れてここから出る」

「どこへ向かうんです？」

「敷島少尉」

「はい」

「これまで人を殺したことがあるか？」

「ありません。まだ戦闘には加わってませんから」

「今夜、きみはそれを経験することになる」

「ど、どういう意味です？」

「わたしがふたりを殺す。そしたら、きみは即座に残ってるひとりを殺せ。さっき刀子を渡したのはそのためだ。これ以上、質問は許さない。すべてはきみの上官の許諾を得てのことなんだからな」


十一時ちょっとまえになって三郎は徳蔵とともに紅夢房を出た。ふたりの支那人は隣の青夢房にいる。徳蔵がその扉を軽く叩いた。七、八秒後にそれが引き開けられた。若い女が顔を出した。三郎はその肩越しに青夢房のなかを眺めまわした。

部屋の造りも広さも紅夢房とほぼ同じだった。ちがうのは壁に掛けられている油彩画と、寝床台に掛けられている繻子織が青いことぐらいだろう。寝床台にはふたりの支那人が煙槍を咥えて横たわっている。もう夢心地になっているらしい。ひとつの寝床台の端にはもうひとりの若い女が腰をかけている。卓台のふたつの珈琲カップはすでに空だった。

「窓から見えた、奉天省戒煙局の連中があたりをうろついてるのが」扉を開いて顔を出した女に徳蔵が低声《こごえ》で言った。「盛京夢寮は認可料を払ってるだろうが、わたしたちは高額な賄賂《わいろ》をふんだくられる。そうなるまえにここから抜けだしたい。なかのふたりにそう伝えてくれ」

女が部屋のなかに引っ込んだ。

三郎は徳蔵の傍らに突っ立ったままふたりの支那人が出て来るのを待った。さっきから脳裏を占めているのはただひとつだ。徳蔵は、じぶんがふたりを殺すから三郎にもうひとりを殺《や》れと言った。ふたりとはたぶん青夢房の支那人たちだろう。何のためにそんなことをするのか見当もつかないし、こっちが処理しなきゃならないもうひとりとは、いったいだれのことなのだ？ これまで何度もその自問を胸の裡《うち》で発して来た。だが、判断材料は何もなかった。三郎は背すじを強《こわ》ばらせたまま小さな空咳《からせき》をした。

ふたりの支那人が青夢房から出て来た。両方とも溶けて流れだしそうな眼をしている。徳蔵の言葉がきちんと伝わっているとは思えない。なぜこの夢心地を邪魔されるのかまるでわかってはいないだろう。徳蔵がふたりに行こうというふうに顎をしゃくった。ふたりがふらつきながら歩きだした。

一階に降りて徳蔵が勘定を済ませ玄関に向かった。女たちは見送ろうとはしなかった。奉天省戒煙局という言葉が効いたらしい。妙な関わりを持ちたくはないにちがいない。三郎はふたりの支那人の背後から歩を進めた。徳蔵が玄関の扉を開けた。

盛京夢寮の電飾を浴びて玄関まえに四頭立ての荷馬車が停まっているのが見えた。

御者席の影は明らかに王泰思のものだ。四人でそこに近づいた。

荷馬車の荷台には大量の藁《わら》が敷き詰められていた。徳蔵が押しあげるようにふたりの支那人を荷台のうえに乗せた。阿片が相当効いているらしい。ふたりは藁のうえに仰向けに横たわり、無数の星の雫《しずく》が垂れ落ちて来る夜空をぼんやりと眺めていた。

三郎は徳蔵に無言で促され、ふたりで荷台に飛び乗った。泰思が鞭《むち》を振う音が響いた。荷馬車が動きだした。盛京夢寮の玄関まえを離れた。三郎は藁のうえで胡座《あぐら》をかいた。

「これから皇姑屯《こうことん》近くに向かう」徳蔵が低い声で言った。日本語を使ったのはふたりの支那人にはもう判別能力がないと判断したのだろう。「荷馬車だから二時間以上は掛かると思う」

「皇姑屯で何を？」

「明けがた、皇姑屯で実に興味深いことが起こる。期待してろ、これから満州は大きく変わって来る」

荷馬車が停められたのは一時過ぎだった。そこは京奉線の皇姑屯駅舎から南西に一粁《キロ》ほど離れた地点で、草叢《くさむら》のなだらかな丘陵地が拡がり、三、四百米《メートル》向こうに満鉄と京奉線が交差する跨線橋《こせんきょう》が見える。夜空の星明かりは降るようで、六月にはいったというのに大気は厳冬期のごとく澄みきっていた。

「わたしはこのふたりを始末する」徳蔵が顔を耳もとに近づけて低く囁《ささや》いた。「きみは王泰思を処理してくれ」

「え？」

「質問はするな、言われるとおりに実行してくれ」

三郎は思わずごくりと喉《のど》を鳴らした。

徳蔵が北京語に切り替えて声を御者席に向けた。

泰思が荷馬車を降り、荷台の支那人のひとりの肩のしたに右腕をまわした。その体を荷台から引きずり下ろした。徳蔵がもうひとりも下ろせというふうにこっちに顎をしゃくった。三郎は無言でそれに従った。泰思が間伸びした声で徳蔵に言った。

「これでわたしの役割は終わりですね」

「まだ残ってる」

「あとは何を？」

徳蔵はこれには答えずふたりの支那人を眺めやった。両方ともなんとか大地に突っ立ってはいたが、全身に力感がほとんどなかった。無数の星影を受けていても、眼には何の輝きもない。阿片がそうさせているのだろう。徳蔵が便衣の帯に右手を向けた。そこから刀子が抜かれた。その刃が星影を浴びて冷たく笑った。それが躍った。徳蔵が刀子の切先を支那人のひとりの胸に刺し込んだ。それが引き抜かれた。血しぶきが噴きあがった。もうひとりの支那人はいま何が起きたのかまったくわかっていないのだろう、その眼は相変わらずどんな光も発してはいなかった。刀子の切先がそっちに向けられた。徳蔵がその胸を突き刺した。

「聞いてない！」泰思が叫ぶような声をあげた。「こんなことは聞いてない！」

三郎はこの叫びとともに便衣の帯に右手を向けた。盛京飯店の部屋で徳蔵から渡された刀子をそこに収めているのだ。その柄を握ったとき、荷馬車の馬が大きく嘶《いなな》いた。同時に泰思が踵《きびす》をかえし、草叢の大地を蹴《け》った。三郎は刀子を引き抜いてその背なかを追った。

泰思の脚は小太りの割りには実に速かった。追っても追っても、距離は縮まらなかった。ここは満鉄附属地、五百米《メートル》南には満鉄の準職員や雇員たちの小さな住宅が密集している。泰思はそっちに向かってまっすぐ走り始めた。

三郎はそれを追いつづけて住宅密集地にはいり込んだ。このあたりは日本人のあいだでは柳町《やなぎまち》と呼ばれている。街灯はなかった。深夜一時過ぎの柳町は静まりかえっている。泰思の影はもう視界にはなかった。建ち並ぶ家影のなかに完全に消えたのだ。それでも三郎は泰思を捜しつづけた。

これは特殊任務なのだ、満鉄の準職員や雇員を起こして何か物音を聞かなかったかと訊くわけにはいかない。独力で泰思を捜しだし、刀子で仕留めるしかないのだ。それにしても、何のためにこんなことをするのかは、いまもまったくわからなかった。柳町のなかをくまなく捜しつづけたが、泰思の姿はどこにも見えない。

四十分ばかり経《た》って三郎は諦めることにした。徳蔵が支那人のひとりの胸を刺したとき、すかさず泰思を始末すべきだったのだ。じぶんは咄嗟《とっさ》の判断力に欠けているのかも知れない。三郎はそう思いながら柳町から抜けだした。

荷馬車の停めてある場所に戻ると、ふたりの支那人の死体が俯《うつぶ》せに転がっていた。そのそばに徳蔵が立っている。荷馬車の馬がまた嘶いたが、それはさっきほど大きくはなかった。

「すみません、取り逃しました」

「刃を仕舞え」

「え？」

「刀子を抜いたままだ」

　三郎は慌《あわ》てて刀子を帯のなかの鞘に収めた。

　徳蔵が腕組みをしながらふたたび口を開いた。

「あいつの行動範囲はわかってる。近いうちにわたし自身の手で処理する。きみが気に病む必要はない」

「役立たずです、じぶんは」

「気にするなと言ってるだろう。だれだってしくじることはある。とくにはじめて人を殺すんだ、すんなりとは行かない。肝要なのはこういうことにきみが慣れてくれることだよ。それだけでいい」

　三郎は硬直したままその場に立ち尽くした。

　徳蔵が腕組みを解いて荷馬車に歩み寄った。馬の轡《くつわ》を次々と外し、その尻《しり》を右手で強く叩いた。四頭の馬が柳町のほうに向かって駆けだしていった。徳蔵がこっちに近づいて来て笑いを含んだ声で言った。

「このふたりの支那人は何だと思う？」

「どういう意味です、それ？」

「こいつらは国民革命軍の便衣隊だ。軍服は着てないが、れっきとした軍人だよ」

三郎は徳蔵が何を言いたいのかわからなかった。

徳蔵が便衣の衣嚢《いのう》から一通の封筒を取りだした。それをこっちに差し向けながらつづけた。

「檄文《げきぶん》だよ、檄書。張作霖が完全な日本の傀儡《かいらい》で、どれほど支那人の団結の障害となってるかが書かれてる。それが張作霖を殺さなきゃならない理由だとな」

三郎はその言葉の意味が読めなかった。

徳蔵が支那人の死体のひとつに近づいて腰を屈《かが》めた。手にしている封筒を死体の便衣の懐《ふところ》に差し込んだ。つづいてロシア製と思《おぼ》しき手榴弾《しゅりゅうだん》を捩《ね》じ込んでこっちを向き、立ちあがりながら言った。

「これで今度のわたしたちの任務は終了した。しかし、このまま立ち去るのは惜しい。これからはじまる歴史的瞬間をじっくりと見物して行こう」

三郎は徳蔵と肩を並べて馬の駆け去った荷馬車の荷台の藁のうえに腰を落とした。

ここからは星明かりに照らされる満鉄線と京奉線が交差する跨線橋がよく見渡せる。

だが、徳蔵のいう歴史的瞬間が何なのかはまだ見当もつかない。三郎は体を硬くしたまま乾いた唇を舐《な》めた。傍らで徳蔵が煙草《たばこ》を取りだした。燐寸《マッチ》が擦られた。しゅっという音が三度響き、ようやく火が点いた。徳蔵が煙草を勧めて来た。三郎はいただきますと言って一本引き抜き、煙草を銜《くわ》えた。もう一度燐寸が擦られ、その炎が差し向けられた。三郎はけむりを大きく吸い込んだ。

「そうしゃっちょこ張るなよ、敷島少尉、これから起こることを愉《たの》しめばいいだけなんだから」

「べつに緊張はしておりません」

「きみは次郎くんとは正反対の性格をしてるね」

「どういう意味でしょう？」

「真っ正直だが、融通が利《き》かない。原則を外すことを忌《い》み嫌ってる。次郎くんは逆だ。原理や原則なんてどうでもいいんだ、好き勝手に生きてる」

三郎は黙って煙草を喫《す》いつづけた。似たようなことは子供のころから何度も聞かされている。馬鹿《ばか》正直な堅物。こういう言葉は聞き飽きていたが、三郎はそれによってみずからを変えようと思ったことは一度もなかった。

「昨日、いやもう日付けが変わったから二日まえだな。二日まえの午後、きみは狩ったばかりの野兎《のうさぎ》をぶら下げて太郎くんの家を訪ねたね」

三郎ははっとなって傍らに視線を向けた。じぶんの行動は関東軍特務機関によって監視されていたのだ。いったい何のために？　徳蔵は平然として煙草を喫っている。三郎は無言のままその横顔を眺めつづけた。

「太郎くんの奥方、桂子という名まえらしいね」

「それが何か？」

「わたしは直接面識はない。しかし、奉天の日本人のなかじゃ評判だ。気立てがよくて溌剌《はつらつ》としてるとね。きみが惚《ほ》れるのは無理もない」

「な、何を言うんです？」

「隠しても無駄だよ、わかってる」

「いったい何を？」

「荒らげるな、敷島少尉、そんなに声を。きみは奉天に来てから一度も妓楼《ぎろう》にあがってない。娼妓《しょうぎ》を買ってないんだ。若くて健康なその肉体の性欲はどう処理してるんだね？　義姉《あね》の笑顔や肢体を想《おも》いながら自慰に耽《ふけ》ってるのかね？」

「やめてください、酷《ひど》い冗談は！」

「声を荒らげるなと言ったろう。星の雫が垂れ落ちて来るこんな澄みきった夜なんだ、たがいに静かに話そう。嫂《あによめ》といっても、きみと同年齢の若い牝《めす》だ。しかも、実に魅力的と来てる。だれだって魅《ひ》かれるに決まってる」

三郎は何をどう言っていいのかわからなかった。こころの襞《ひだ》のなかに封印していたものを無理やりに引きずりだされたような気がする。そして、そのことは絶対に認めたくない。だが、特務の人間はふつうの軍人とはまるでちがうのだ。反論しようとすれば、言葉尻を捉えておかしな方向に持っていこうとするだろう。三郎は無視することに決めた。

「太郎くんは東京帝大の法学部を出た秀才だ。頭がいい。だがね、頭のいい人間には重大な欠点がある。まず些細《ささい》なことでくよくよと悩み、知力という虚《むな》しいもので解決できると信じようとする。それから狭量なことも欠点のひとつだ。笑って済ませられるような事態もやけに重要視するんだよ。秀才というものはだいたいそうなんだ。太郎くんにもそういう傾向がないとは言えんだろう？」

三郎は短くなった煙草を荷馬車の荷台から草叢の大地に投げ捨てた。

徳蔵が小さな空咳をしてつづけた。

「実の弟がじぶんの女房に惚れてると知ったら、太郎くんは強烈な衝撃を受けるだろう、ああいう性格だからな。奉天総領事館じゃただでさえ忙しいのに、よけいな悩みを抱え込むことになる」

「念を押しておきますが、じぶんは嫂に惚れたりなんかしてません」

「わたしは事実かどうかには興味がない。ただそういう噂《うわさ》が流れたときの太郎くんの心中を察するにあまりある」

「なぜなんです？」

「何が？」

「関東軍特務がどうしてこのじぶんをそうやって脅すんです？」

「これからきみは歴史的な瞬間を目撃する。しかし、それについては黙っていて欲しいからだよ。独立守備隊の連中にはもちろん、肉親にも一言も喋って欲しくないんだよ」

「それが特務のやりかたですか？」

「そう考えてもらって結構。わたしは大日本帝国のためなら、どんな汚いことでもやる。同じ日本人を恫喝《どうかつ》し、精神を引き裂くようなこともね。わたしは日本の五十年後のことを考えて行動してる」

三郎は徳蔵の言葉のひとつひとつが粘々と胸の裡にへばりついて来るような気がした。こんな人間に逢うのは生まれてはじめてだった。そして、徳蔵は抗《あらが》えない何かを感じさせるのだ。三郎は荷台の藁のうえで胡座をかいたまま身動《みじろ》ぎもしなかった。

「きみは剛直で頑《かたく》な人間だ。それは誇り高い帝国軍人の証《あか》しだろう。しかしね、いま満州は複雑きわまりない状況にある。それを整理するにはときには薄汚いやりかたでかたづけなきゃならんこともある。ある意味じゃ歴史は夜作られるんだからな。わたしがきみを今度の特殊任務につき合わせた理由はふたつ。頑健な肉体と疑いの余地もない祖国愛。きみは鍛え甲斐《がい》がある」

「質問があります」

「何だね？」

「じぶんは特務のほうに異動になるんでしょうか？」

「そんなことはない。きみはこれまでどおり関東軍独立守備隊の歩兵将校としての軍務に励んでもらう。ただ、ときどき特務のほうから何らかの要請があるだろう。その場合に密《ひそ》かに協力してもらいたいだけだよ」

満鉄線と京奉線の交差する跨線橋のそばで何かが動いたような気がしたのは、それからほぼ三十分後だった。三郎は眼を凝らした。単なる気のせいじゃなかった。確かに星明かりのなかでいくつかの影が動いている。

三郎は傍らの徳蔵に視線を向けた。

徳蔵は三本目の煙草を喫っていた。けむりを吸うたびに銜えている煙草の火先が赤味を増し、それによって額から左頬にかけて刻まれた刀傷がくっきりと浮かびあがる。徳蔵が唇から煙草を引き抜いて言った。

「流れてるかね、独立守備隊のなかで噂は？」

「どんな噂でしょうか？」

「張作霖暗殺」

三郎はそういう噂は聞いたこともなかった。張作霖が傀儡の域を脱しようとしているのは事実だろう。しかし、だからと言って暗殺する必要があるのか？　三郎は無言のまま首を左右に振った。

「噂は事実だ。村岡長太郎《むらおかちようたろう》関東軍司令官は建川美次《たてかわよしつぐ》支那公使館付武官と天津の鈴木《すずき》一《はじめ》馬支那駐屯軍総司令官に連絡を取り、北京で張作霖を暗殺しようとした。それを阻止したのは河本大作高級参謀だよ。北京で張作霖を殺したところで面倒なことになるだけだからな」

「どういう意味です？」

「北京で暗殺されりゃ、それはとりあえず政治問題として処理される。政治とは所詮《しよせん》取引だ。だらだらと話しあいがつづく。そんなまどろっこしいことじゃ満蒙領有の好機を逸す。張作霖暗殺で一気に関東軍と奉天軍の武力衝突に持っていかなきゃならん。両軍の戦闘力の差は歴然としてるんだ。満州は瞬時にして大日本帝国の一部となる。そのためには奉天軍の拠点で張作霖は殺されなきゃならん。それが河本高級参謀の考えだ。わたしもその方法に同調する」

三郎はそのとき跨線橋のしたで小さな光が灯るのを見た。懐中電灯が点灯されたのだ。黄色い光が次々と放たれていった。これから何かの作業に取り掛かるのだろう。三郎は跨線橋のしたを眺めつづけた。

「現在、奉天には朝鮮軍の一個旅団五千が派遣されて来てることは知ってるはずだ。朝鮮軍工兵隊の技術なしにこの計画は遂行できない。そういえば奉天独立守備隊の第二大隊中隊長・東宮鉄男《とうみやかねお》大尉とは面識があるだろう？　きみと同じく剛直な性格の持主だ。あの大尉が河本高級参謀から全体の指揮を委《まか》されてる」

懐中電灯のいくつかが跨線橋からこっちに向かいはじめた。何かを引っ張っているらしい。懐中電灯が跨線橋から二百米《メートル》ばかり離れた地点で停まった。

「奉天軍の主力はいま奉天にいない。第三軍八万を率いる張作霖の息子・張学良《ちょうがくりょう》は天津だし、奉天軍総参謀の楊宇霆《ようてい》は十二万の第一軍を率いて北京にいる。つまり、奉天には留守部隊の五万しか残ってない。しかも、ろくに訓練も受けてない連中がな。関東軍と衝突すりゃ一たまりもないだろう」

三郎はそれを聞きながら懐中電灯の動きを眺めつづけた。

徳蔵が一段と声を落とした。

「張作霖は二十二輛《りよう》編成の特別列車に乗り込んで北京を発《た》った。張学良も楊宇霆もそれを見送ったはずだ。その動きは完全に関東軍に監視される。天津からも山海関からも逐一関東軍参謀部に報告されることになってる。二十二輛編成の特別列車は山海関で七輛編成となり、そこで黒龍江督軍の呉俊陞《ごしゆんしよう》が合流することもわかってる」

三郎はしだいにここで何が行なわれるのか読めて来た。懐中電灯の動き。その明りのしたで何が行なわれているのかも。だが、こんなことは陸軍士官学校で一度も教えられたことがなかった。

「張作霖は七輛編成になった特別列車の四輛目に乗り奉天に戻って来る。わたしは見たことがないが、車体を藍《あい》色に塗った鋼鉄製の豪勢なものらしい。何でも清朝の西太《せいたい》后《こう》の御料車だったと聞く」

「爆殺されるんですか、張作霖はあそこの跨線橋で？」

「黄色火薬三十袋が用意される」

「犯行は檄書を携えた国民党の便衣隊によって行われたことに？」

「そういうことになる」

「しかし、調べられりゃすぐに判明するでしょう。死体になってるあのふたりの支那人にそういうことなんかできるはずがないと」

「その心配はない」

「どうしてです？」

「張作霖が爆殺されりゃ、すぐに留守部隊の奉天軍が行動を起こす。第三次山東出兵以来、関東軍と奉天軍の関係はきわめてぎくしゃくしてる。留守部隊を預る臧式毅《ぞうしきき》は張作霖爆殺を関東軍の犯行と見て、即座に軍事行動に移る。衝突さえ起これればそれでいいんだ。奉天軍を壊滅に追い込み満蒙を領有すれば、当然国際問題に発展する。ふたつの支那人の死体はそのときのためだ。武力衝突のごたごたで、混乱状況は当分つづく。そういうときにまともな調査なんかできるはずがない。張作霖爆殺は国民党の便衣隊によって行われたといくらでも言い繕《つくろ》える」

夜がしだいしだいに白みはじめた。

星影はすでに見えてはいない。

六月初旬の大地は静まりかえっている。

三郎は腕時計に眼をやった。だが、まだ暗過ぎる。針が何分を指しているかは確かめられなかった。それでも五時を過ぎたことは確かだろう。これから関東州を除く東三省つまり満州を束ねて来た張作霖が殺されるのだ。徳蔵の言うとおり、まさに歴史的瞬間が近づいている。三郎は緊張を禁じえなかった。

徳蔵が煙草を取りだしてこっちに勧めた。

三郎は結構ですと断わった。

夜が完全に白みきった。日昇まではまだ少し掛かるだろうが、もう満鉄線と京奉線の交差する跨線橋の輪郭はくっきりと見て取れる。荷馬車から北西に百米《メートル》ほど離れたところには七、八人の人影が佇《たたず》んでいた。それが関東軍や朝鮮軍の連中だともちろんわかっている。しかし、だれもが支那の便衣を身に纏《まと》っていた。

徳蔵が短くなった煙草を大地に投げ捨てた。

そのとき南東の方向から蒸気機関車の音が聴こえて来た。しゅっぽっ、しゅっぽっという響きが朝まだきの大気を顫《ふる》わせる。三郎はもう一度腕時計に眼をやった。針はもう読み取れる。それは五時十一分を指していた。機関車の蒸気音がさらに近づいて来た。

　やがて七輛編成の列車が視界にはいった。四輛目の車体は藍色に塗られている。あれがかつて西太后の御料車だったのだ。張作霖はあそこに乗っている。機関車が警笛を鳴らした。三郎にはそれが張作霖の悲鳴のように聴こえた。

特別列車が速度を落とした。跨線橋のあたりは鉄路が大きく彎曲《わんきょく》しているのだ。三郎は荷台の藁のうえで胡座をかいたまま身動ぎもしなかった。特別列車の先頭が鉄橋のしたをくぐり抜けた。

　突然、すさまじい爆裂音とともに黄色い閃光《せんこう》が上空に向けて噴きあがった。それは藍色の車輛から放たれた。三郎は喉の奥がひくっと顫えた。藍色の車輛が一瞬わずかに浮きあがったように見えた。

　七輛の特別列車がぐらっと傾《かし》いだのはその直後だった。先頭車輛が脱線し、四輛目と五輛目からいくつもの破片が飛び散った。最初の三輛はそのまま横倒しに崩れ落ちていったが、残りの四輛は斜めに傾いだまま鉄路に留まっている。爆裂は一瞬だった。土けむりがどっと湧《わ》きあがり、車輛の断片があちこちに飛び散った。

　傍らで徳蔵が動く気配がした。三郎はそっちに視線を向けた。徳蔵が荷台から大地に飛び降りてぽつりと言った。

「五時二十三分」

「え？」

「昭和三年皇紀二五八八年六月四日午前五時二十三分、張作霖爆殺」

三郎も荷台から草叢の大地にゆっくりと降り立った。特別列車は土けむりのなかに横倒しになったままだ。三郎は視線を徳蔵に向け直して言った。

「どうして死んだと断定できるんです？」

「正確に四輛目を爆破したんだ、即死じゃないにせよ張作霖が助かる余地はまったくない。作戦の第一段階は終わった。あとは奉天軍の出動を待つだけだよ」

三郎は徳蔵と別れて独立守備隊の兵営に向かって歩きだした。一睡もしてないが、疲労感はまったくなかった。胸の裡を占めているのは高揚感だけだった。そして、若干の悔悟。どうしてじぶんは王泰思を仕留められなかったのだ？　徳蔵は国民党便衣隊の死体を三つ揃《そろ》えたかったのだろう。しかし、失敗を責めようともしなかったのはふたつだけでもよかったからかも知れない。そう思いながら三郎は白い大気のなかを進んでいった。奉天の満鉄附属地は関東軍駐箚《ちゅうさつ》部隊と独立守備隊で構成される混成第四十旅団の警備地域なのだ。関東軍司令部を中心に兵営や練兵場、奉天神社などが集まっている。鉄路からは独立守備隊の兵営が一番近かった。すでに太陽はあがっている。朝の陽射《ひざ》しにあらゆる輪郭がくっきりとし、すべての色彩が鮮やかに映え渡った。三郎はその眩《まぶ》しさに右手で瞼《まぶた》を拭《ぬぐ》った。

独立守備隊の兵営は緊張しきっていた。前庭にはいくつもの軍用車輛が待機し、銃剣を手にした兵士たちが整列している。そのまえを将校たちがせわしなく行ったり来たりしていた。情報はすでに齎《もたら》されているのだ。このぶんだと駐箚部隊のほうも同じだろう。前庭に足を踏み入れると、ぴりぴりとした空気が手に取るように伝わって来た。

鳴海《なるみ》克彦《かつひこ》が駆け寄って来たのはそれからすぐだった。東京市ヶ谷の陸軍士官学校の三期先輩で、階級は中尉《ちゅうい》、第二大隊で一個小隊を率いている。纏っている便衣を見て、克彦が甲高い声で言った。

「何だ、その格好は？」

「奉天城内をぶらついて来たんですよ、休暇でしたから」三郎はそう言った。同時に、こんなときにすらすらと嘘《うそ》のつけるじぶん自身に驚いていた。「支那人が何を考えてるか知りたくて、こんな格好で歩きまわっていました。軍服だと支那人たちに警戒されますので」

「非常事態が発生したんだぞ」

「何が起きたんです？」

「張作霖の特別列車が爆破された」

「だ、だれがそんなことを？」

「国民党だ。爆破現場の近くに便衣隊の死体がふたつ転がってた。爆破後にたがいの胸を突いたんだろう。ひとりは、日本の手先・張作霖を暗殺しなきゃならない旨《むね》を書き記した檄書を携えてた」

三郎はこの言葉を聞きながらかすかな優越感を覚えざるをえなかった。この中尉は何もわかっていない。じぶんは爆殺計画を指揮した東宮鉄男大尉と同じように独立守備隊のなかでは特別な存在なのだ。そう思いながら三郎は平然と言った。

「どうなったんです、爆破の被害は？」

「黒龍江督軍の呉俊陞は即死だ」

「張作霖は？」

「瀕死《ひんし》の重傷らしい。奉天城内の帥府《すいふ》から使いがすっ飛んで来て、息も絶えだえの張作霖を運んでいった」

「生きてるんですか、まだ？」

「わからん。そこまでの情報ははいって来てない」

三郎は喉の奥がごくりと鳴ったような気がした。もし張作霖がこのまま生き延びたらどうなる？　河本大作高級参謀が描いた作戦はどんな結果が待ち受けている？　三郎は無言のまま克彦の眼を見据えつづけた。

「河本高級参謀は北大営《ほくだいえい》の動きを気にされてる」北大営は奉天軍主力の駐屯地だ。留守部隊を預る臧式毅が指揮している。「奉天軍が妙な誤解をせんとも限らんからな」

「どういう意味です？」

「張作霖と関東軍の関係がぎくしゃくしてる。馬賊あがりのあの支那人は最近、分際というものを弁《わきま》えなくなってるからな。張作霖の腹心・臧式毅はこの爆破について、国民党便衣隊の犯行を装《よそお》った関東軍の謀略と受け取る可能性が強い」

「そうなると、どうなるんです？」

「奉天軍が動く」

「で？」

「そんなことは絶対に許されん。それを阻止するために出動命令を待ってる」克彦はさらに声を甲高くした。「何をしてる？　支那人の薄汚い服なんか脱ぎ棄《す》てて、さっさと誇りある大日本帝国陸軍の軍服に着替えろ。部署につけ」

午後になっても出動命令は発動されていない。臧式毅の指揮する北大営の奉天軍がまだ動かないのだ。その理由については判断できなかった。河本大作高級参謀の作戦は蹟《つまず》くことになるのだろうか？　もし奉天軍が動かなかったら、関東軍はそれにどう対応しようとするのだろう？　判断材料は何もない。

三郎の小隊も、午後の陽射しを浴びながらみんなとともに独立守備隊兵営の前庭で待機しつづけていた。朝食もそうだったが、昼食もそこで済ませた。食ったのは野戦用の携帯糧食だ。食後の一服に火を点《つ》けたとき、三郎は傍らに腰を落とす藤里多助《ふじさとたすけ》がやけにしょんぼりしているような気がした。今年二十歳になる青森の農村出身のこの二等兵は体は頑丈だが気の弱いところがある。三郎はその横顔を眺めながら言った。

「どうしたんだ、何を考えてる？」

「昨日、手紙を受け取りました」

「どこから？」

「青森の母からです」

「で？」

「少尉殿」

「何だい？」

「妹が売られました」

「何だって？」

「身売りです。母が言うには、そうするしかなかったそうです」

三郎はこの言葉にどう反応していいかわからなかった。金融恐慌《きょうこう》で日本の経済が酷い状態だということは知っている。農村の窮乏がすさまじいことも。しかし、じぶんの部下にもそういうことが起こっているとは想像もしていなかった。三郎は多助の横顔から煙草の火先に視線を移した。

「妹はまだ十六です。野辺で蜻蛉《とんぼ》や蝶《ちょう》と戯《たわむ》れてる、ほんのねんねです。それが吉原かどこかの花街に売られて何人もの客を取らされるんだ。じぶんは胸が張り裂けそうであります」

三郎はじぶんの喉がひくひくと顫えて来るのを感じた。こういう日本人の窮状を座視できるわけがない。それを救う方法はたったひとつだ。だれもが言うように満蒙領有以外に途はない。三郎は呻《うめ》くように声を発した。

「何をしてるんだ、臧式毅、何を躊躇《ためら》う？」

「少尉殿」

「さっさと動かせ、北大営から奉天軍を！」

「少尉殿」

三郎は多助のこの声にはっとなった。

多助が訝《いぶか》しげな眼でこっちを見ながら言った。

「どうされたんです、いったい？」

「すまない。陽射しが眩しくてな、じぶんでもわけのわからんことを口走った。忘れてくれ」

第二章　暗雲流れて

I

満州で何が起きたのか新聞は詳しいことを何も書かない。ラジオも触れようとはしなかった。六月五日付けの新聞は張作霖《ちょうさくりん》を乗せた北京《ペキン》からの特別列車が奉天近くで国民党の便衣隊によって爆破されたと報じたが、その後はつづかなかった。張作霖が死んだのかどうかさえもわからない。ただ満州某重大事件と曖昧《あいまい》に報じるだけだ。おそらく軍部の強烈な圧力が掛かっているのだろう。それは報道機関にたいしてだけじゃなく、奉天総領事館や霞《かすみ》ヶ関《せき》の外務省にも。

敷島四郎《しきしましろう》は拡《ひろ》げていた東京朝日を閉じて食卓のうえに置き、腕時計に眼をやった。

針は十時三十七分を指している。正午までに東五軒町《ひがしごけんちょう》の木本繁雄《きもとしげお》宅を訪ねなきゃならない。特高刑事・奥山貞雄《おくやまさだお》に新橋駅裏の小料理屋で脅されてから一ヵ月が経《た》っている。すぐにそのことを燭光座《しょっこうざ》の連中に報告しようと思ったが、延び延びになっていた。父の容態が悪化したからだ。貞雄からはあの夜以降、何の連絡もなかった。もしかしたら、恫喝《どうかつ》だけで充分と判断したのかも知れない。四郎は食卓を離れ、食堂を出ようとした。

義母の真沙子《まさこ》がはいって来たのはそのときだった。父が寝室として使っている応接間から出て来たのだ。きょうは瞼《まぶた》がわずかに腫《は》れている。看病で睡眠不足がつづいているのは明らかだ。それでも真沙子の声は溌剌《はつらつ》としていた。

「あら、お出掛け？」

「ええ」

「授業？」

「そうです、まあ」

「お昼は？」

「外で蕎麦《そば》でも食います」

「若いんだから、もっと栄養のあるものを食べなくっちゃ」

四郎は無言のままその横をすり抜けた。出掛けるまえに父の状態を確かめておきたい。玄関脇《わき》の応接間にはいった。痩《や》せこけた父・義晴《よしはる》は眠っていた。衰弱ぶりはすさまじいが、呼吸に乱れはない。それを確認して踵《きびす》をかえした。そのとき、父が何か言ったような気がした。振りかえった。父の唇が開いた。かすかな声でこう呟《つぶや》いた。天皇陛下。四郎はその表情を眺めつづけた。もう唇は開かなかった。寝言はそれで終わりだった。自由主義者の父の譫言《うわごと》のような呟きが天皇陛下。これは何を意味するのだろう？　答えがわからないまま四郎は応接間から抜けだした。

霊南坂《れいなんざか》の家を出て四谷駅方面に向かって歩きだした。一カ月まえは不忍池《しのばずのいけ》で松平《まつだいら》映子《えいこ》と別れたあとに新橋で降りた。よほどの用がないかぎりあの駅には当分近づきたくはない。奥山貞雄にばったり出っ会《くわ》しそうな気がするのだ。きょう東五軒町を訪れるという約束をべつに取りつけているわけじゃない。だが、正午までには繁雄に逢《あ》って一カ月まえの報告をしたかった。

野中医院の門扉《もんぴ》の近くまで歩いたとき、院長の野中正文《のなかまさふみ》が看護婦を連れて出て来るのが見えた。白衣を着て鞄《かばん》を提げている。近くの往診に出掛けるらしい。正文は父と同年齢のはずだが、五十半ばにしか見えなかった。四郎は無言のまま会釈《えしゃく》をした。正文がこっちに近づいて来て言った。

「聞いてるだろう、御父上の病状は？」

「義母から一応」

「とにかく進行が早い。もう肺だけじゃなく、あちこちに転移してると思う。ひょっとしたら、あと半月と保《も》たないかも知れん。覚悟だけはしておきたまえ」

「兄にもそう伝えました、手紙で」

「奉天総領事館の？」

「独立守備隊の奉天駐屯地にもです」

「どうなってるんだろうね、あの満州某重大事件ってのは？」

「わかりません、ぼくにはまるで」

「四郎くん」

「はい」

「某重大事件がどうなろうと、満州がこれから慌《あわ》ただしくなるのは眼に見えてる。太郎くんも三郎くんも忙しくなるだろう。もし御父上に何かがあったら、きみが敷島家の大黒柱になるんだからな。そこのところを忘れちゃならんよ」

四郎は黙って頷《うなず》くしかなかった。ふたりの兄は父の死に備えてあらかじめ帰国するというわけにもいかないのだ。次兄の次郎《じろう》の消息は相変わらず摑《つか》めていない。要するに、父の死去に際してはこのじぶんに喪主になれと正文は言っているのだ。それが務まるかどうか自信はまったくない。父は無神論者だが、祖父の墓は麻布の善福寺にある。遺骨をどうするかはとりあえず住職に相談すればいいだろう。問題は葬儀にだれを招《よ》ぶかだ。父に兄弟はいない。祖父方の従兄弟《いとこ》や従姉妹は山口県にいるし、祖母方は佐賀県にいるのだ。そのつきあいも年賀状のやりとりだけの関係でしかなく、四郎自身は顔を見たこともない。父の友人や仕事上の知人についてもまったくと言っていいほど知識がなかった。それを生前に確かめるのも気が退《ひ》ける。四郎は溜息《ためいき》をつき、右手の甲で唇を拭《ぬぐ》った。

「若いきみには戸惑うことが多いだろう」正文が低い声でつづけた。「わたしにできることがあれば何でも言って来てくれ。手伝えることはすべて手伝う。遠慮はするな」

東五軒町の木本繁雄宅を訪れると、燭光座の主だった連中が四人集まっていた。劇団はすでに偽装解散したのだ、会合の予定は聞いていない。四郎は挨拶《あいさつ》をして、みんなを眺めまわした。雰囲気が妙に重苦しい。それに繁雄本人の姿がここにはなかった。

「どうしたんです、みんな？」四郎は靴を脱いで玄関の土間から八畳の居間にあがりながら言った。「何かあったんですか？」

だが、だれもすぐには口を開こうとしなかった。

繁雄の妻・多恵は視線をあげようともしない。

四郎は卓袱台《ちゃぶだい》のまえに座ってつづけた。

「木本さんはどこに？」

「わかってやがるくせに」里谷《さとや》春行《はるゆき》が苦々しげな声を発した。「挙げられたに決まってんだろうがよ」

「何ですって？」

「特高にしょっぴかれたんだよ、治安維持法違反容疑でな、よくもしゃあしゃあとそんなことが訊《き》けるな」春行がそう言って煙草《たばこ》を取りだし火を点《つ》けた。「木本さんが床下に隠してた雑誌類も証拠品としてみんな持ってったんだよ」

「い、いつです？」

「一時間ばかりまえだよ、多恵さんから連絡を受けて慌《あわ》てて駆けつけて来た」

「どういうことなんです、いったい？」

「まだ素《す》っ惚《とぼ》けようってのかよ？」春行が銜《くわ》え煙草のまま声を荒らげた。「おれたちにゃもうわかってんだよ！」

「何がです？」

「おまえが木本さんを売ったってことぐらいな」

「やめてください、こんなときにそんなくだらない冗談は」

「今度は凄《すご》もうってのかよ？」

「何を証拠にそういうでたらめを？」

「逢ってるだろう、おまえ、奥山貞雄ってえ特高刑事に」

四郎は一瞬呼吸《いき》を吞《の》んだ。まだ父以外のだれにも喋《しゃべ》っていないのに、どうしてそれを知られているのだろうか？　貞雄が春行に喋ったのか？　小料理屋の女将に撮られた貞雄との会食写真が燭光座の連中にばら撒《ま》かれたのか？　四郎は頭のなかが真っ白になっていくような気がした。

「どういう取引をしたんだよ、おまえ、あの特高刑事と？」

「ぼくはただ無理やりに小料理屋に連れ込まれただけです」

「ほらみろ、認めたじゃねえか、特高刑事と飯を食ったことを」

「一度だけです」

「何度でも同じことだ、密犬《いぬ》めが！」

　四郎は思わず春行を睨《にら》みつけた。神楽坂《かぐらざか》の検番を営む家で育った三十一歳のこの男がこういう態度を見せるのはこれがはじめてだ。ふだんは口数が少ないのに、どうしてこんなふうに繁雄を特高に売り渡したと決めつけて来るのか？　いずれにせよ、聞く耳を持とうともしないのだ、反論しても何の意味もないだろう。四郎は無言のまま春行に強い視線を向けつづけた。

「どうするよ、みんな？」春行が卓袱台のまわりを眺めまわして言った。「特高の密犬をこのまま抛《ほ》っといていいのかよ？」

「落ち着けよ、春行、急《せ》っつくなよ」戸樫栄一《とがしえいいち》がそう応じた。三十九歳のこの元・旋盤工はゆっくりと腕を組みながらこっちに眼を向けた。「このぼうやが木本さんを売ったとまだ決まったわけじゃねえ」

「しかし、戸樫さん」

「木本さんは無政府主義的傾向のある燭光座の主宰者で、危険視されてる雑誌類を床下に隠し持ってた。逮捕理由はそれだけだ。べつに秘密の地下活動をやってたわけじゃねえ。特高だって長く勾留《こうりゅう》しておけるはずもねえんだし」

「それでこの密犬をどうしようってんです？」

「いい加減にしないか、春行、そんな言いかたはやめろ！」栄一が怒鳴り声をあげた。

「仲間を根拠もないのに密告者呼ばわりして何になる？　疑心暗鬼で燭光座を維持できるわけがねえ」

「けど、こいつは特高刑事に逢ってる」

「それだけじゃ木本さんを売ったことにはならねえ」

「どうするんです？」

「待つ」

「だれを？」

「木本さんに決まってるだろうがよ。木本さんから取調べの内容を聞きゃ、どうして逮捕されたのか、だいたいの想像はつく。それから何をどうすりゃいいか決めりゃいい」

春行がこの言葉に黙り込んだ。

栄一がふたたび視線をこっちに向けて言った。

「木本さんが戻って来て、売ったのがもしおまえだとわかったら、そのときは腕一本へし折られるぐらいじゃすまねえと思え」声は凍《い》てつくような冷たさを帯びている。

「おれはおまえとちがって育ちが悪い。貧乏の辛《つら》さは身に沁《し》みてる。財閥が政府と組んでおれたち貧乏人の血を吸うのは赦《ゆる》せねえ。燭光座の舞台に立つことによって、おれはじぶんの感情を整理できた。木本さんには借りがある。特高に木本さんを売るようなやつは八つ裂きにしてやりてえ」

四郎は黙って栄一の表情を眺めつづけた。大杉栄《おおすぎさかえ》がベルリンの無政府主義者大会に出席するための密出国を手伝ったという噂《うわさ》のあるこの元旋盤工はがっちりした体格の持主で貌《かお》つきにも浮いたところがない。肉体労働で鍛え抜かれているのだ。春行とは言葉の重みがまるでちがう。その語勢に四郎はじぶんがほんとうに繁雄を売ったような錯覚すら覚えた。

「とにかく、木本さんが出て来りゃすぐにでもわかることだ。おまえへの疑いが強まったら、おれは霊南坂に電話を掛ける。呼びだして査問に掛ける。逃げ隠れは絶対にできねえと思え」


四郎は新宿に出て蕎麦を食い、省線で高田馬場に向かった。久しぶりに授業に出てみることにしたのだ。高田馬場駅から早稲田まで歩いた。二時まえの強い陽射《ひざ》しを浴びて中庭の石畳が鈍色《にびいろ》の光を放っている。二時からの講義に出た。演題は国文学概論だった。何の興味も湧《わ》かない。頭のなかは東五軒町のことでいっぱいだった。どうしてこの時期、木本繁雄はいきなり逮捕されたのか？　無政府主義色の濃い芝居は最近ずっと上演を控えている。確かに『文明批評』や『労働運動』といった雑誌類を床下に隠し持っていた。しかし、いまも春陽堂の『クロポトキン全集』や改造社の『マルクス・エンゲルス全集』は発刊されつづけ、その広告が堂々と新聞紙面に躍っているのだ。繁雄の逮捕は満州某重大事件に何らかの関係があるのだろうか？　奉天近くで何が起きたのか詳細は公表されていないのだ、脈絡は想像すらできない。いずれにせよ、繁雄が釈放されればはっきりすることだ。それを待つしかないだろう。一時間半の講義が終わった。四郎は他の学生たちとともに教室を出た。

校舎を出たとき、四十過ぎの眼鏡を掛けた男が突っ立ったままこっちを眺めているのが見えた。四郎ははっとなった。それは特高刑事・奥山貞雄だった。四郎は身動《みじろ》ぎもできなかった。貞雄が歩み寄って来て言った。

「おもしろかったかね、国文学概論？」

四郎はこの質問を無視した。

貞雄が煙草を取りだしながらつづけた。

「おもしろいはずがないわな。こんな御時勢に文学も糞《くそ》もない」

「奥山さん」

「何だね？」

「どういうことなんです？」

「新橋の小料理屋での写真、燭光座の連中にばら撒いたんですか？」

「何が？」

「ばら撒いて欲しいのかね？」

四郎は貞雄を見据えなおした。

貞雄が銜えた煙草に燐寸《マッチ》で火を点け、言葉を重ねた。

「ばら撒いて欲しけりゃ、ばら撒いてやるよ。しかし、もうあの写真には何の使い途《みち》もない」

「どういう意味です、それ？」

「木本繁雄を逮捕したんだ。燭光座は偽装解散じゃなく完全にばらばらになる。あとは戸樫栄一だ。ある意味じゃ木本繁雄よりずっと危険なんだよ、あいつはな。頭じゃなく肉体で考えるほうだ、何をしでかすか読めん。とにかく、適当な時期にあいつをぶち込まなきゃならん」

「いつ釈放されるんです、木本さんは？」

「おれに訊くな、うえのほうが決めるんだから」

「木本さんは無政府主義的な芝居を上演して来た、でも現在は活動を中止してる。あとは床下に労働運動関係の雑誌類を隠し持ってた。逮捕理由はそれだけでしょう？長いあいだ勾留される謂《いわ》れはどこにもない」

「無政府主義者の大同団結を画策してたとしたら、どうなんだね？」

「そんな事実はありません。近くで見て来たんだから、ぼくがよく知ってる」

「すべて取調べ過程ではっきりして来る」

四郎は胸の裡《うち》を乾いた風が吹き抜けるような気がした。貞雄の言葉は取調べで拷問《ごうもん》が用いられると言ったも同然なのだ。肉体的暴力に耐えかねて繁雄は検事局の作成した調書に署名してしまうのだろうか？　四郎はどう反応していいかわからなかった。

「高田馬場に向かうんだろ？　おれも省線で帰る」貞雄が銜え煙草のまま妙に砕けた口ぶりになってそう言った。「一緒に馬場に行こう。歩きながら話したい」

四郎はしかたなく正門に足を向けた。

貞雄が肩を並べながら言った。

「どうして木本繁雄がとっ捕まったかわかるかね？　知りたきゃ、東五軒町をもう一度覗《のぞ》いてみるといい。たぶん、興味のあることが起こってるはずだよ」

四郎は東五軒町の木本繁雄宅の玄関のまえに歩み寄った。時刻は五時をまわっている。燭光座の四人は引きあげたらしい。二階建ての家屋は静まりかえっていた。だが、繁雄の妻・多恵は残っているはずだ。四郎はごめんくださいと声を掛けた。同じ言葉を二度吐いたが、返事は戻って来なかった。玄関の引戸に手を掛けた。鍵《かぎ》が掛けられている。多恵はどこに行ったのだ？　四郎は玄関脇の石楠花《しゃくなげ》の植木鉢に体を向けた。鉢のしたに玄関の鍵が隠されているのだ。木本繁雄は燭光座の連中に、いつでも好きなときにこの家を使ってくれと言い渡していた。留守の場合は鉢のしたに置いてある鍵を使えとも。四郎も二度ほどここに泊まったことがある。鍵を鍵穴に差し込んだ。まわした。開いた。四郎は引戸を開けて、玄関の土間に足を踏み入れた。

八畳の居間にはだれもいなかった。だが、卓袱台のうえには茶碗《ちゃわん》がふたつと小皿がひとつ置かれている。皿のうえには引き裂かれた鯣《するめ》が数切れ置かれていた。畳のうえには一升瓶が横たわり、酒の匂《にお》いがぷんぷんと漂っている。だれかがここで酒盛りを行なったことは明白だった。

四郎は靴を脱いで八畳間にあがった。

二階でだれかの声が洩《も》れたような気がしたのはそのときだ。

四郎は二階につづく階段に向かった。そこを昇りはじめたが、足音を殺すようにしたのはなぜなのか、じぶんでもわからない。声がまた聞こえた。女だ。それは喘《あえ》ぎ声にまちがいなかった。どういうことなのだ、これは？　四郎は階段を昇りつづけた。

二階は六畳間が二室設けられている。

四郎は階段を昇りきって、はっとなった。

襖《ふすま》の開け放たれた六畳間の敷蒲団《しきぶとん》のうえで二匹の牡《おす》と牝《めす》が営みをつづけていたのだ。両方とも素っ裸だった。里谷春行が多恵の腹のうえを泳いでいる。

窓からはいって来る西陽がそれを照りつけていた。多恵の両腕は春行の首を抱き、両脚は春行の腰を締めつけている。西陽に照らされる太股《ふともも》の白さ。春行の腰が動くたびに多恵は喘ぎ声を発した。

四郎は呆然《ぼうぜん》となってその場に立ち尽した。どうして木本繁雄がとっ捕まったかわかるかね？　知りたきゃ、東五軒町をもう一度覗いてみるといい。奥山貞雄はそう言った。これがあの言葉の内実なのだ！　四郎はじぶんが金縛りにでもあっているような気がした。

春行が突然、動きをやめた。気配を察したらしい、多恵の両腕を首から外してこっちを見た。四郎は妙な気後れを感じた。春行が多恵の体から離れた。男根は勃起《ぼっき》したままだ。春行が険しい眼差《まなざ》しを向けたまま敷蒲団のうえで胡座《あぐら》をかいた。

多恵もこっちを眺めながら半身を起こした。表情には後ろめたさが明らかに滲《にじ》み出ている。首筋から流れだした汗が豊かな乳房を濡《ぬ》らし、それが西陽に輝いている。多恵はそれを隠すように俯《うつぶ》せにふたたび横たわった。

「何てえ下司《げす》野郎なんだ、おまえは！」春行が押し殺した声で言った。「覗き見かよ、他人《ひと》のを見てそんなにおもしろいか？　霊南坂に戻って、せんずりでも掻《か》いてやがれ」

「里谷さんだったんですね」

「何だと？」

「木本さんを売ったのは里谷さんだったんですね！」

「それがどうしたい？」

「多恵さんを手に入れるために？」

「そうよ、そのとおりよ！　おれはな、もともと無政府主義とか労働運動とかにゃ何の興味もねえ。神楽坂の検番屋の倅《せがれ》として遊び呆けて来たんだ、そんなものと縁があるかよ？　おまえだって高名な建築家の息子だろ、しかも大学生と来てやがる。おれと同じだ、燭光座にはいったのは舞台のうえでただただ目立ちたかっただけだろ？

言いわけなんか聞かねえぞ。上演活動のできねえ燭光座なんか何の意味もねえ」

「それが木本さんを特高に売った理由ですか？」

「そうだと言ってるじゃねえかよ」

「いつ多恵さんと？」

「聞きてえか？」

四郎はこういう開き直りかたに、じぶんが狼狽《うろた》えているとはっきり思った。半年ほどまえに戸樫栄一の洩《も》らした言葉を憶《おも》いだす。舞台のうえだけじゃなく、ふたりはほんとうにできてるんじゃねえのか？　そう言ったが、四郎はそのとき信じはしなかった。

「こういうふうになったのは一年ちょっとまえからだよ。多恵の体はほんとうに抱き心地がいい。木本繁雄はよ、あいつはな、糖尿でもうおっ勃《た》たねえんだよ。かわいそうじゃねえか、多恵は女盛りなんだぜ、おれが抱いてやらなきゃ狂っちまわあね」

「多恵さん」

「うるせえ！　話があるなら、おれにしろ！」

「どうするんです、木本さんが出て来たら？」

「心配するな、当分出て来れやしねえよ。いろんな罪状についてあいつを取調べるように奥山貞雄に吹き込んであらあな」

「里谷さん」

「何だ、何が言いてえ?」

「あんたは屑《くず》だ」

「屑で結構よ。もともと、おれは屑なんだからな。どっちみち燭光座は完全にぶっ潰《つぶ》れた。おれは親の金銭《かね》をくすねて多恵と一緒に東京から逃《ず》らかる。田舎の旅の一座にはいって国定忠治だの白井権八《ごんぱち》だのを演じらあな。そっちのほうが小賢《こざか》しい理屈を並べた燭光座の演《だ》し物よりはるかに似合ってるんだ。わかったかよ? わかったら、とっと消えちまいな。おまえみてえな下司野郎の覗き見で、おれと多恵はまだ行くところまで行っちゃいねえんだよ」

　四郎は新宿に出て質屋の暖簾《のれん》を潜《くぐ》った。飲まなきゃいられなかったが、持ち合わせは電車賃程度だったのだ。早稲田に入学したとき、母方の祖父から贈られたスイス製の腕時計を質入れした。十五円は出すと言ってくれたが質出しを考え、五円だけ借りた。四郎はまだひとりで酒場にはいったことがない。二度ほど木本繁雄に連れられて裏通りの横丁に行った。追分バーで飲んだのだが、そのときの勘定はふたりで二円足らずだった。ひとりだと一円もあれば充分だろう。四郎は一円札五枚を財布に収め、店に向かった。

　時刻は七時過ぎだった。

　新聞は金融恐慌《きょうこう》による混乱を伝えているが、ネオンや赤提灯《ちょうちん》の灯る街は人の波で溢《あふ》れかえっていた。繁雄はここを肩摩《けんま》轂撃《こくげき》の通りと称したが、まさに肩を擦すり車軸がぶつかりあうような状態だった。

　四郎は追分バーにはいり、カウンターのまえに座って牛筋《ぎゅうすじ》の煮込みとキング・ウィスキーを頼んだ。今夜は強い酒を飲みたかったのだ。それが来た。四郎は琥《こ》珀《はく》の液を生《き》で飲みはじめた。脳裏は屈辱感だけに浸されている。春行のような最低の人間に同類視されたのだ。働いたこともない男が無政府主義や労働運動に共鳴するのはおかしいという論理は奥山貞雄と同じものだった。そして、それにたいしての反論の言葉は見つからなかった。そのことがますます屈辱感を強いものにしていく。それにしても、多恵はなぜ春行のような男と肉体関係を結ぶ気になったのだろうか？　四郎の知る多恵は女優としてだけじゃなく、無政府主義や労働運動についての知識も豊富だった。繁雄の影響がどれぐらいだったのかは知らないが、それについて語る言葉も実に理路整然としていたのだ。あれほど知的な印象を与える多恵がなぜ春行のような男と？いや、そんなことはどうでもいい。春行を迎えて蠢《うごめ》く多恵の太股の白さ。ふくよかな乳房のうえで西陽を浴びて輝くねっとりとした汗。それらが四郎の脳裏でちらついた。キング・ウィスキーを何杯飲み干したか憶《おぼ》えていない。明らかにじぶんは酔っている。店のなかは酔客でごったがえしていた。何時ごろになったのか知りたかったが、腕時計は質入れしているのだ、他の客に確かめる気にはなれない。

四郎は立ちあがって勘定をと従業員に声を掛けた。一円十五銭だという。それを支払って追分バーを出た。春行の裏切りを戸樫栄一に伝えなきゃならないが、どこに住んでいるのかわからない。霊南坂に掛かって来る電話を待つしかないだろう。新宿の街はますます混んで来ていた。金融恐慌にはびくともしていない。四郎はわずかにふらつきながら歩きだした。

何かがどんと肩にぶつかって来たのはそれからすぐだった。

「気をつけやがれ！」突然、声が響いた。「どこを見て歩いてやがんだ、おめえは！」

四郎はその声のほうに視線を向けた。二十六、七の男がそこに立っている。傍らに同年齢らしき男がふたりいた。風体《ふうてい》はいかにも遊び人だった。それが妙に春行に重なった。四郎は声を荒らげて言った。

「ぶつかって来たのはそっちじゃないか！」

「何だと？」

「ぼくはまっすぐ歩いて来た」

三人が黙ってこっちに歩いて来る。

四郎はぼんやりとそれを眺めていた。

ふいにひとりの右腕が動いた。拳《こぶし》が突き出されたような気がする。左頬にすさまじい衝撃があった。腰が砕けた。舗装された路上に叩《たた》きつけられた。

四郎は右手をついて体を起こそうとした。その直後に右の顳顬《こめかみ》を襲われた。靴先で蹴《け》りあげられたのだ。体が反転した。蹴られている。脇腹《わきばら》を蹴られている。四郎は両腕を折り曲げて顔面を庇《かば》った。

脇腹を蹴られつづけながら、四郎は次兄の次郎のことを唐突に憶いだした。あれは十年ばかりまえだ。次郎は新橋の三十間堀の花街で四人のやくざを相手に立ちまわりを演じ、ひとりを半殺しにして蝙蝠傘《こうもりがさ》の石突《いしづき》で突かれ、左眼を失った。あのときもこんな具合だったのだろうか？　次郎とは気性もちがうし、じぶんはまず喧嘩《けんか》慣れしていないのだ。耐えなきゃならない。耐えなきゃならない。じぶんにそう言い聞かせながら四郎は顔面を両腕で庇いつづけた。

どれぐらい蹴られつづけたろう、ようやく靴先の動きが熄《や》んだ。

四郎は折り曲げていた両腕を顔面から離して視線をあげた。あたりに人だかりができている。遊び人ふうのひとりが軍服姿の若い男に右手を捻《ひね》りあげられていた。他のふたりはすこし離れて狼狽えた表情を浮かべている。四郎はゆっくりと腰をあげた。

軍服姿の若い男が捻りあげている右手を離した。薄茶色の夏用の軍服で、肩章《けんしょう》はない。将校じゃなく兵卒なのだ。年齢は四郎と同年齢かわずかに齢下だろう。軍服を纏《まと》っていても無駄肉がついていないのがわかる。その若い男が遊び人ふうの三人に向かって凛《りん》とした声を発した。

「三人掛かりで殴る蹴るとは何ごとか？　そんなに暴れたきゃ、近衛《このえ》歩兵第三連隊のじぶんが相手になる」

三人が雑踏のなかに紛れて消えていった。

軍服姿の若い男がこっちに歩みより、声を掛けて来た。

「大丈夫ですか？　唇が切れてる」

「歯はぐらついてませんから」四郎はそう言って唇の左端を拭った。ぬるっとした血の感触があった。「ありがとうございます、助かりました」

「学生さん？」

「早稲田の学生で、敷島四郎といいます」

「近衛歩兵第三連隊の諏訪《すわ》牧彦《まきひこ》です、一等兵ですが」ネオンの明かりのなかで白い歯が覗くのが見えた。「休暇で故郷に戻ろうと思ったんですが、列車に乗り遅れて新宿をぶらついてたんですよ」

「ほんとうにみっともないところをお見せしました」

「金銭は持ってますか？」

「ええ」

「それなら円タクを拾って帰ったほうがいい。相当酔ってるみたいだから」


　四郎は諏訪牧彦の勧めに従って新宿通りでタクシーを拾い霊南坂に向かった。靴先で蹴られた右の顳顬がずきずき痛む。車中で運転手に訊くと、時刻は十一時半を過ぎている。霊南坂に着いた。自宅の居間の窓からは明かりが洩れ、玄関灯も点いている。呼び鈴を鳴らした。解錠の音がして、玄関の扉が引き開けられた。四郎は甃《いしだたみ》の三和《たた》土《き》に身を滑り込ませながら真沙子に言った。

「すみません、遅くなっちゃって」

「どうしたの？　唇に血がこびりついてるし、顳顬が腫れあがってる」

「ちょっとしたいざこざがあったんです、新宿で」

「すぐに手当てをしたげる」

「必要ありませんよ」四郎はそう言ってあがり框《かまち》で靴を脱いだ。「抛っときゃ、そのうち治ります」

「でも」

「大丈夫ですから」

「お風呂《ふろ》は？」

「はいりたくありません、今夜は」

「相当酔ってらっしゃるみたいね」

四郎はこの言葉を無視して、二階につづく階段に向かった。じぶんの部屋にはいって寝台の端に腰を下ろした。Yシャツに血がついている。それを脱いで、四郎は上半身ランニング姿になった。

部屋の扉が叩かれたのはそれからすぐだ。

四郎はどうぞと声を投げ掛けた。

真沙子が盆を持ってはいって来た。脱脂綿と赤チンの瓶が載っている。真沙子が寝台に歩み寄って来て言った。

「消毒しとかなきゃ駄目」

「平気ですって」

「駄目だったら」

四郎はこれ以上は拒否できないような気がした。

真沙子が寝台の端に腰を下ろし、盆をその傍らに置いた。全身からかすかな石鹼《せつけん》の香りが漂って来る。湯浴みをしてそれほど時間が経っていないのだろう。赤チンの瓶の栓が開けられ、その液が脱脂綿に垂らされた。真沙子がそれを手にして小袖《こそで》の腕をこっちの唇に伸ばして来た。

木綿の単衣《ひとえ》に包まれたその上半身がランニングの胸に触れた。

四郎はその一瞬にすさまじい激情が胸の裡を走り抜けるのを感じた。勝手に両腕が動いた。真沙子を抱き竦《すく》めた。それとともに寝台の端に置かれた盆と赤チンの瓶が板張りの床に転がる音が響いた。その音にも刺戟《しげき》された。四郎は上半身を捻ってやわらかな真沙子の体を寝台のうえに押し倒した。

「いけないわ、いけない！」

四郎はこの声がほとんど聞こえなかった。里谷春行を迎えて蠢く多恵の太股の白さ。

ふくよかな乳房のうえで西陽を浴びて輝くねっとりとした汗。それだけが脳裏で点滅する。真沙子が両手でこっちを押しのけようとして暴れた。だが、四郎はその動きに全身の炎がさらに燃えあがったような気がした。

「やめて、四郎さん、お願いだからやめて！」

四郎はその口を唇で塞《ふさ》いだ。

真沙子の抗いの力がすっと消えていった。

2

留守部隊を預る臧式毅《ぞうしきき》は結局、奉天軍を北大営から一歩も動かしはしなかった。皇《こう》姑《こ》屯《とん》近くでの爆破工作から六日が経過しているのに奉天ではさしたる変化は起こっていない。それどころか張作霖が死亡したという情報さえ流されてはいないのだ。爆破を機に奉天軍と関東軍が衝突し、戦火が東三省に拡大して圧倒的戦力差を背景に一気に満蒙《まんもう》を領有する。高級参謀・河本大作《こうもとだいさく》のこの目論見《もくろみ》はすでに完全に崩れ去った。いったい何がどうなってしまったのだ？　間垣徳蔵《まがきとくぞう》とは跨線橋《こせんきょう》のそばで別れてから逢《あ》っていない。

敷島三郎は独立守備隊駐屯地の練兵場で中隊単位の銃教練を指導しながらも、どうにも気合がはいらなかった。じぶんが徳蔵と一緒に行なったあの行為は結局のところ何だったのだ？　河本高級参謀の計画にどれだけ役立った？　それを訊《き》いてみたいが、徳蔵からは何の連絡もない。気掛かりはもうひとつあった。弟の四郎から半月まえに手紙を受け取ったのだ。それには父の衰弱がひどく余命はもういくばくもない旨《むね》が書かれていた。癌《がん》なのだから、しょうがないと言えばしょうがない。父の死に備えて霊南坂で待機するというわけにもいかないのだ。死去の報とともに一時帰国することになるだろう。三郎は午後四時、『歩兵操典』に沿った軍事教練の指導を終え、兵営に引きあげた。

入浴を終え、夕食を済ませて将校宿舎に戻ると、歩兵第二大隊中尉《ちゅうい》・鳴海《なるみ》克彦《かつひこ》の訪問を受けた。この陸軍士官学校の三期先輩は軍袴《ぐんこ》の衣嚢《いのう》に両手を突っ込んだまま言った。

「きょうの任務は？」

「終了しました」

「ちょっと外出しないか？」

「どこへです？」

「商埠地だよ、いつもの」

「お供します」

「断わりゃしないと思ってたよ、おまえのことだからな。おれの小隊の連中にはもう外出先を伝えてある」

三郎は苦笑しながら肩を並べて将校宿舎を出た。

克彦の行きつけの店は満鉄附属地ではなく商埠地にある於雪《おゆき》という小料理屋なのだ、そこでは大連から送られて来るいろんな魚の粕漬《かすづけ》や味噌漬《みそづけ》、それに烏賊《いか》の塩辛などを出す。経営者は克彦の叔母で、店名は雪子という名まえからつけられた。それは香港《ホンコン》上海《シャンハイ》銀行奉天支店のそばにあり、鉄筋コンクリート造りの洋館の一階だが、内装は純和風に仕立てられている。

兵営の前庭に駐《と》められている側車つきのハーレー・ダビッドソンに乗り込むと、克彦は煙草《たばこ》を取りだした。三郎は側車に身を滑り込ませた。克彦が銜《くわ》えている煙草に燐寸《マッチ》を擦って火を点《つ》け、エンジンを始動させた。三郎も煙草を銜えた。ハーレー・ダビッドソンが兵営を離れると、克彦が排気音のあいだを縫うように大声で言った。

「転属命令が出たよ」

「どこへです？」

「台湾軍に編入された。一週間後には台北《タイペイ》に向かう」

「司令部に配属ですか？」

「冗談じゃない。おれみたいな隊附将校は歩兵第一連隊に決まってるだろうが？」克彦は銜え煙草のままそう言って笑った。「しかし、台湾は暑いだろうな。おれのような宮城生まれには応《こた》えるよ。満州はよかった。しばらくしたら、また独立守備隊か駐《ちゅう》箚《さつ》部隊に戻って来たい」

鳴海克彦が於雪のはいる丸山洋行ビルのまえでブレーキを踏んだ。敷島三郎は助手席から降りた。ふたりでバロック風洋館には不似合いに突き出した瓦《かわら》の庇《ひさし》のしたの引戸を開けて、於雪のなかに足を踏み入れた。五十半ばの雪子が迎えた。客は七人しかいない。克彦が雪子に言った。

「小あがりを借りるよ、叔母さん、空いてるだろ？」

「もちろんだよ、不景気でね。内地の金融恐慌《きょうこう》ってのが満州にまで飛び火しちゃってさ」喋《しゃべ》りかたは伝法でも、雪子は陸前訛《りくぜんなま》りが抜けない。「どうせ晩飯は済ませてるんだろ、酒と肴《さかな》だけでいい？」

「適当に見繕ってよ」

ふたりで三畳ほどの小あがりにはいり込み、襖《ふすま》をぴしりと閉めきった。小さな座卓のうえに有田焼の灰皿が置かれている。まえに来たときはなかったから、最近購入したものだろう。ふたりでその座卓を挟んで向かいあって座った。

二合徳利が三本と鰆《さわら》の粕漬や塩辛、白子《しらす》おろしが運ばれて来るまで克彦は何も喋ろうとしなかった。襖がふたたびぴしりと閉め切られて、ようやく口を開いた。

「たがいに手酌《や》で飲ろうや」

「わかりました」

「妙な噂《うわさ》がおれの耳にはいってる」

「どんな？」

「日本で満州某重大事件と呼ばれてるやつだよ」

三郎は黙って徳利から猪口《ちょこ》に酒を注いだ。それを舐《な》めた。温燗《ぬるかん》だった。それを呑《の》み干して克彦の新たな言葉を待った。

「張作霖はとっくに死んでる」

「え？」

「六月四日の特別列車爆破で瀕死《ひんし》のまま奉天城内の帥府《すいふ》に運ばれたが、四時間後にくたばった。だが、留守部隊を預ってた臧式毅は北大営に駐屯する奉天軍を出動させなかっただけじゃなく、張作霖死亡の事実も伏せた」

「なぜです？」

「臧式毅はすべてが関東軍の謀略と考えたからだよ。徒《いたずら》に動きゃ、すべて河本高級参謀の思う壺《つぼ》にはまるとな」

三郎はその眼を見据えながら空になった猪口に酒を注いだ。

克彦が粕漬の皿と箸《はし》を引き寄せながらつづけた。

「おれはもしかしたら奉天城内で流れてる噂はほんとうかも知れんという気がしてる」

「その噂の出所は？」

「臧式毅は帥府から日本人顧問をすべて追い出したが、あそこには関東軍が買収してる支那《しな》人が何人かいる。情報はそこから齎《もたら》されてるんだ」

「もっと詳しく説明してくれませんか」

「臧式毅は張作霖の意を受けて、ずっと関東軍の動向を観察してた。すでに傀儡《かいらい》の域を脱してた張作霖はいつか東三省が日本に領有されるんじゃないかと警戒してたからな。特別列車の爆破は関東軍の謀略かも知れないと直感した可能性がある」

「で？」

「張作霖死亡の事実を伏せて奉天軍の情報部隊に調査を命じた。その結果、関東軍が国民党の便衣隊と公表した爆破地点に転がっていたふたつの刺殺死体、あれは癮《いん》だとわかった。阿片《アヘン》やモルヒネの中毒者だよ。剪髪師《せんぱつ》のところで身なりを整えてから煙館・盛京夢寮に向かったらしい。そのことは煙館の娼妓《おんな》や剪髪師が奉天軍調査隊に証言してる。それだけじゃない。王泰思《おうたいし》という支那人が関東軍に密殺されるから助けてくれと帥府に飛び込んだ。その支那人が言うには、便衣を着たふたりの日本人に頼まれてふたりの癮を皇姑屯近くに案内したが、じぶんも殺されそうになったとな」

「中尉殿は特別列車爆破は河本高級参謀の謀略だったと？」

「作戦だったと言いなおせ。もうそう判断するのが妥当だろう」克彦がそう言って鰆の粕漬を口に入れた。それを咀嚼《そしゃく》しながらつづけた。「たとえ失敗に終わったとしても、いつかまたかならずやらなきゃならん。満蒙領有は大日本帝国にとっての急務だからな」

三郎は白子おろしに箸をつけた。爆破現場近くに置かれたふたつのモルヒネ中毒者の死体について、ごく身近な人間が関わっているのだということを克彦は想像すらできないようだった。河本大作高級参謀の謀略は独立守備隊とは無縁なところで進められたと考えているのだろう。とにかく、六日まえの行動についてはだれにも口外するなと間垣徳蔵に釘《くぎ》を刺されている。三郎は黙って大根おろしを舐めるように食いつづけた。

「張学良《ちようがくりよう》はもうもちろん親父《おやじ》の死を知ってるだろう。だが、すぐには奉天に戻って来れんと思う」克彦がそう言って手酌で酒を注いだ。「国民党の北伐軍との戦闘中なんだ、奉天の直系部隊を直隷省《ちよくれい》各地から呼び戻すには手間が掛かる。皇姑屯の鉄路の復旧もあるし、錦州《きんしゆう》から奉天に帰って来るにはあと一週間ばかりの時間が必要だろうよ」

「どうなると思います、張学良が戻って来たら？」

「さあな、下《した》っ端《ぱ》将校のおれに訊くなよ。たいした情報を持ってるわけじゃないし。そういうことは総領事館に勤めてるおまえの兄貴に訊いたほうが早いぜ、きっと」

「関東軍と奉天軍の激突ということになればいいんですけどね」

「おれもそう望む。しかし」

「何です？」

「関東軍と奉天軍じゃ武器の差があり過ぎる。とくに砲弾が飛び交うような事態になりゃ、奉天軍は一たまりもない。張学良は頭がいい。いくら親父を殺されたとは言え、奉天軍に出動命令を下すようなことはあるまい」

そのとき、小あがりの襖が開き、女将の雪子が顔を覗《のぞ》かせた。料理も酒もまだ残っているというふうに克彦が座卓のうえを指差した。雪子が首を左右に振りながら言った。

「電話です、敷島さんに駐屯地から」

三郎は立ちあがって小あがりを出た。帳場にある電話に近づき、受話器を右耳に宛《あて》がって敷島少尉ですがと言った。聞こえて来た声は中隊長の熊谷誠六《くまがいせいろく》大尉のものだった。

三郎は背すじを伸ばして言った。

「何でありますか？」

「すぐに兵営に戻ってこい。脱走だ」

「だ、だれが？」

「藤里多助《ふじさとたすけ》二等兵」

三郎はわかりましたと緊張した声で答えて受話器を置いた。そのまま飛び込むように小あがりに近づき、克彦に言った。

「すぐに兵営に戻らなきゃなりません。車輛《くるま》を貸してもらえますか？」

「何があったんだい？」

「ちょっとした面倒が起きました。あとで説明します」

ハーレー・ダビッドソンを飛び降りて、三郎はまっすぐ中隊長室に向かった。時刻は九時になろうとしている。敷島少尉、はいります！　と声を掛けて扉を開いた。熊谷誠六は事務机の向こうで煙草を喫《す》っていた。三十一歳になるこの大尉は佐賀出身で、気性は荒いが、ねちねちしたところがまったくない。三郎は敬礼してから言った。

「御説明願えますか、脱走時の状況を」

「藤里二等兵は今夜は酒保の当番だった。だが夕食後もその勤務についていない。当番兵だったことは夕食時に他の兵士と確認しあってる。藤里二等兵はこれまで酒保の当番を厭《いや》がったことは一度もないそうだ。酒保にはいろんな下士官が物品を買いに来る。そのときの雑談で日本各地の民話が聞けるのが楽しみだとも言ってたらしい。それなのに、酒保の当番につくまえに忽然《こつぜん》と兵営から消えた。どこを探してもいないんだよ。私物と背嚢が消えてる。三八式小銃もな。聞けば、最近ずっと何かの悩みで落ち込んでたという。あらゆる状況が脱走の事実を示してるんだよ」

「大尉殿」

「何だ？」

「即断は性急かと思いますが」

「憲兵隊がそう判断したんだ」

「それでこのじぶんに何をせよと？」

「追え。藤里二等兵を拘束しろ」

三郎は思わず全身が強《こわ》ばって来るのを感じた。

誠六が銜え煙草のままつづけた。

「張作霖はどうやらもうとっくに死んでるらしい。奉天はいま緊張でぴりぴりしてる。関東軍駐箚部隊も独立守備隊も絶対に弛《たる》みは許されん。憲兵隊は綱紀の維持に忙しいんだよ。おまえは隊附将校として藤里二等兵の性格やら何やらを熟知してるはずだ。憲兵隊に替わって脱走兵をここに引っ立てて来てくれ」

「わかりました」

「藤里二等兵は北京語は喋れるか？」

「わたくしと同程度だと思います」

「満鉄附属地はすでに憲兵隊がくまなく調べた。商埠地や奉天城内にいるとも考えにくい。おそらくそれ以外のどこかに向かったはずだ。しかし、時期が時期だ、軍用車《しゃ》輛《りょう》がうろうろするのはまずい。捜索には馬を使え。すでに駐箚師団の騎兵連隊に話はつけてある」

三郎は諒解《りょうかい》しましたと言ってふたたび敬礼した。踵《きびす》をかえしたとき、背後から誠六の声が響いた。

「脱走兵は独立守備隊の恥だ、かならず捕まえろ。もし抵抗したら、かまわずに撃ち殺せ！」

三郎は中隊長室を出て、兵営内の将校宿舎に向かった。駐箚師団騎兵連隊に向かうまえに十四年式拳銃《けんじゅう》と弾帯を身につけなきゃならない。それにしても、藤里多助はなぜ脱走したのか？　張作霖を爆殺したとき、十六歳になる妹が身売りされたと言った。だが、兵営から脱走したところで何になる？　それが妹を救うことになりはしない。悩み抜いて気がおかしくなったのだろうか？　三郎は宿舎に戻って弾帯を巻き、十四年式拳銃の安定度を確かめた。

脱走となれば、重営倉入りぐらいじゃ済まない。陸軍刑法が適用される。三八式小銃を持っていっているのだ、逃亡の罪だけでなく軍用物損壊の罪が加算される可能性もある。そうなれば、懲役はおろか弁明しだいでは銃殺される余地が残るかも知れない。

多助はそういうことを認識したうえで脱走を図ったのだろうか？

この自問に三郎は思わずはっとなった。

じぶんは間垣徳蔵の要請に基いて、張作霖の爆殺を国民党便衣隊の犯行に見せかけるための偽装工作を行なったが、あれは直属の上官から命令されたものじゃない。あれは勝手に戦闘行為を行う擅権《せんけん》の罪に抵触しないのだろうか？　徳蔵が特務機関に属しているということをこれまで一度も疑いはしなかった。しかし、ほんとうにそうなのだろうか？　こういう疑念も脳裏を掠《かす》めて来る。

特別列車爆破を仕組んだ河本大作高級参謀は東京の参謀本部の許可は取っていたのだろうか？　もしかしたら、勝手に関東軍を動かしたのかも知れない。そういう場合は統帥権《とうすいけん》の干犯に当たらないのだろうか？

いや、考えまい、考えまい。

すべては満蒙領有という大日本帝国の崇高な目的のために行なわれたのだ。よけいな疑念は関東軍の士気を殺《そ》ぐ。

そう思いながら三郎は駐箚師団騎兵連隊の兵営に向かった。

夜空の星が降って来るようだった。

藤里多助がどこに行ったのかはだいたい想像がつく。満鉄附属地から二十粁《キロ》西に離れた支那人の農家だろう。三郎も一度だけ多助とともにそこを訪れたことがある。高粱《コーリヤン》を栽培している馬水偏《ばすいへん》は回族だった。遠い祖先はペルシャ人で、イスラム教を奉じている。しかし、代が替わるごとに漢族の血が濃くなり、いまでは外貌《がいぼう》はふつうの支那人と変わりがない。多助は休暇になるとそこへ農作業を手伝いに行く。五十過ぎの水偏には四人の子供がいて、末の娘が身売りされたという多助の妹に実によく似ているらしい。

三郎はその水偏の家に向かって騎兵連隊から借りた軍馬を走らせつづけた。無数の星の雫《しずく》が垂れ落ちる大地は広大で、起伏はほとんどない。高粱は播種《はしゅ》が行われたばかりだった。発芽もしていないが、八月にはいれば緑の穂が海原のように風にそよぐことになる。

前方に馬水偏の家影が見えて来た。

時刻はもう深夜の一時を過ぎているだろう。

三郎は馬の速度を落として家影に近づいていった。窓から明かりは洩《も》れていない。野羊を囲む柵《さく》のそばで馬を降りた。ふつうの支那人なら豚を飼うが、水偏は回族なのだ、豚を食うのは禁忌とされている。三郎は馬の手綱を野羊の柵に括《くく》りつけ、玄関に近づいた。

拳銃嚢から十四年式拳銃を引き抜いて安全装置を外した。海軍は南部式大型自動拳銃を使うが、陸軍はひと回り小さいこれが制式なのだ。その銃把で玄関の扉をこんこんと叩《たた》いた。

扉の隙間《すきま》から明かりが洩れたのはそれからすぐだった。洋灯《ランプ》に火が点けられたのだ。この早さはこういう事態を予測していたとしか思えない。扉が押し開けられ、水偏が顔を覗かせた。

三郎は無言のまま家のなかに足を踏み入れた。

多助が台所の土間に蹲《うずくま》っていた。大きな水甕《みずがめ》のそばで三八式小銃を抱え、土壁に背なかを預けている。膝《ひざ》には毛布が掛かっていた。それだけでも多助と馬水偏一家のつきあいの深さがわかる。こっちに向けられた眼差《まなざ》しはすべてを諦《あきら》めきっているようだった。

三郎は視線を土間から板張りの間に移した。

水偏の妻も四人の子供もそこに座っている。だれも眠りに就こうともしてなかったのだ。射るような眼つきでこっちを見ている。

三郎は視線を多助に戻して言った。

「どういうことなんだ、いったい？」

多助は無言のままだった。

三郎は声を荒らげた。

「説明しろ、どうして脱走した？」

「わかりません」

「何だと？」

「わからないんです」

「身売りされた妹のことが心配で頭がおかしくなったのか？」

「わかりません」

「脱走は重営倉ぐらいじゃ済まんのだぞ」

「もうどうでもいいんです」

「どういうことだ、それは？」

「生きてても死んでも同じことですし」

「藤里二等兵」

「はい」

「それでもきさまは大日本帝国の軍人か！」

多助の頬がじんわりと緩んだ。それは実に力のない笑いだった。三郎は薄汚ないものに触れたような気がした。多助が弱々しい声で言った。

「お願いがあります、少尉殿」

「何だ？」

「殺してください、じぶんを」

三郎はこの言葉に動揺《たじろ》ぎを覚えた。多助が本気でそれを願っていることは明白だった。どうすればいいのだ？　三郎は思わず喉《のど》をごくりと鳴らした。

「じぶんは満蒙領有には反対であります」

「何だと？」

「じぶんは青森の百姓の倅《せがれ》です。百姓は土地が命です。土地を取られたら、生きていけない。日本の都合で満蒙を領有したら、満州や蒙古に住む百姓たちは次々と土地を追われるでしょう。そういうことにじぶんは絶対に反対であります」

三郎はこの言葉をどう理解していいのかわからなかった。とにかく、満蒙領有に反対する日本人がいるとは考えたこともなかったのだ。しかも、関東軍独立守備隊のなかに！　三郎は渇いて来る唇をゆっくりと舐めた。

「じぶんがなぜ脱走したのかはいまでもわかっていません。気づいたら、ここに来てたんです。そして、少尉殿が追って来ることだけはわかってました。仕合わせであります」

「どういう意味だ、それは？」

「じぶんは日本人失格であります。祖国のためにならない役立たずの屑《くず》であります」

多助の声には相変わらず力がなかった。「しかし、じぶんは少尉殿を尊敬しておりました。少尉殿には嘘《うそ》がない。ごまかしがない。その少尉殿に殺されるのなら本望であります」

三郎は十四年式拳銃の銃口をゆっくりと持ちあげた。こっちを眺める多助の眼差しには何の変化もない。従容《しょうよう》として死を受け入れようとしているのだ。銃口をその額に向けた。そのとき、野羊の柵に繫《つな》いだ馬の嘶《いなな》きが聞こえた。三郎は銃口を土間の床に向けなおして引鉄を引いた。

乾いた炸裂音《さくれつおん》が跳ねかえった。

洋灯が土間に淡く漂う硝煙を照らしだしている。多助はこっちを眺めたままぴくりとも動こうとしない。

三郎は拳銃を拳銃嚢に収め、怒鳴るような声で言った。

「中隊長には抵抗されたんで、きさまをやむなく射殺したと報告する。どこか遠くに立ち去れ。奉天駐屯地の眼の届かないところに失《う》せろ。大日本帝国陸軍の軍服を脱ぎ、民間人としてこっそり暮せ。いいか、この次に顔を合わせたら、おれはほんとうにきさまを殺さなきゃならなくなる。そんな真似《まね》をこのおれにさせるな！」

3

敷島次郎は青龍《せいりゆう》同盟を率いて吉林省間島《かんとう》地方の老頭溝《ろうとうこう》に向かい、天図《てんと》軽便鉄路沿いを進んでいた。先頭は猪八戒《ちよはつかい》が歩んでいる。この軍用犬は人里を離れると妙に泰然として見えるのだ。石炭を産出する老頭溝は長白山の山脈《やまなみ》のなかに位置し、朝鮮との一応の国境・図們江《ともんこう》とも遠くない。ここから十粁《キロ》ばかり西には天宝山という銀鉱がある。天図軽便は日本政府の肝煎《きもい》りで建設された天宝山と図們を結ぶ狭軌の鉄路で、朝鮮総督府は間島における産業振興に貢献し移住鮮人の福利を増進するとともに接壌地方の治安維持に有用だと説明していた。日はそろそろ暮れようとしている。敦化《とんか》で謝小二《しやしようじ》という二十三歳の副糧台を補充したので組織の人数は変わっていない。彼方《かなた》に老頭溝の駅舎が見えて来た。そのまわりを四、五十軒の人家が囲んでいる。猪八戒の脚が速まった。次郎は駅舎まえの広場に風神《ふうじん》を乗り入れた。

間島大旅館という看板を掲げた三階建ての洋館が見える。その看板には朝鮮文字も添えられていた。ここが依頼主・全承圭《ぜんしょうけい》の本拠地なのだ。宿屋だけじゃなく雑貨商も営むと聞いている。

次郎は十五名の配下とともに馬を玄関まえの柵に繫《つな》ぎ、なかに足を踏み入れた。猪八戒もついて来る。帳場に五十半ばのでっぷりした男が座っていた。玄関のなかにはいくつもの棚が設けられ、日用雑貨がぎっしりと並べられている。男が立ちあがった。

次郎は搬舵《バントウ》の辛東孫《しんとうそん》とともに帳場に歩み寄った。

「青龍攬把《らんば》ですね？」男がこっちを見据えたまま言った。その北京語は拙々《たどたど》しさを感じさせる。「わたしが全承圭です」右手が帳場の背後に向けられた。「餐庁《さんちょう》で食事を用意させます。狗《いぬ》肉料理しか出せませんがね。みなさんに、おいでくださるようお伝えください」

東孫が間島大旅館のまえで待つ他の配下たちを呼びに行った。

次郎は承圭とともに帳場のそばを擦り抜けた。餐庁のなかはだだっ広かった。食台は二十卓ばかり並べられている。だが、席にはだれも座っていない。給仕がふたり所在なげに立っていた。承圭がそのうちのひとりに声を掛けた。理解できなかった。朝鮮語なのだ。次郎は肩窄児《チエンチアル》の衣嚢《いのう》から煙草《たばこ》を取りだしながら言った。

「ずいぶん閑そうだな」

「不景気風が吹きまくってるんですよ、石炭の産出量が激減したもんで。老頭溝はもう掘り尽したのかも知れない。この旅館には部屋が四十あるんだけど、三日まえからだれも泊まってないんですよ。隣りの妓楼《ぎろう》の娼妓《おんな》たちもあがったりでしてね」

「いま炭鉱では何人ぐらいが働いてるんだね？」

「ぜんぶで三百九十八人ですよ。掘夫や選炭夫、運夫すべて合わせてね。そのうちの三分の一が支那《しな》人、あとは朝鮮人」

「日本人は？」

「むかしは主管人がいたけど、いまは炭鉱にはいません。天図軽便鉄路の関係者はいますけどね」

東孫が配下たちを連れて餐庁にはいって来た。

承圭が餐庁の扉のひとつを指差して言った。

「あそこは個室になってます、青龍攬把、わたしたちはあそこで食事をしましょう」

次郎は頷《うなず》いて猪八戒とともに承圭の背なかに従った。扉を開くと螺鈿《らでん》細工の施された円卓が置かれている。次郎は承圭の向かいに腰を下ろした。猪八戒が足もとにそべった。承圭が怪訝《けげん》そうな表情をした。次郎は銜《くわ》えていた煙草に火を点けて言った。

「どうしてそんな顔を？」

「犬も一緒に食事を？」

「おれがほんとうにこころを許せるのはこいつと馬だけなんだよ」次郎は煙草のけむりを吐きだしてそう言った。「こいつには狗肉以外の肉を出してくれ。豚肉でも馬肉でもいい。共食いさせるわけにはいかんからな」


白酒と狗肉料理が運ばれて来た。猪八戒には馬肉を煮たものが与えられた。給仕は無言のまま個室を出ていき、扉がぴしりと閉め切られた。

「まず乾杯しましょう、天皇陛下のために」全承圭がそう言って白酒のコップを持ちあげた。「十八年まえからわたしたち朝鮮人も日本人ですからね」

次郎は苦笑いしながら乾杯はせずに白酒を舐《な》めた。八年まえ、日本は二個大隊を投入して抗日朝鮮独立派を掃討する目的で間島地方のあちこちの村々を急襲したのだ。そのときの支那人死者は数万、朝鮮人死者は数千といわれているが、実数ははっきりしない。次郎は白酒のコップを円卓に置いて言った。

「日本語は喋《しゃべ》れるのかね、あんた？」

「そのうちに喋れるようになりますよ。わたしも天皇陛下の赤子《せきし》ですからね」

「朝鮮のどこの出身なんだね？」

「羅南《らなん》です、清津《せいしん》の近くのね」

次郎は敦化にいるときはいつも敵娼《あいかた》にする朴美姫《ぼくみき》も羅南出身だということを憶《おも》いだした。韓国併合以来、すさまじい量の朝鮮人が満州の吉林省と黒龍江省になだれ込んで来ているのだ。次郎は新しい煙草を取りだしながら言った。

「そろそろ依頼の具体的な内容を聞きたい」

「満族の旗人《きじん》・鹿曾玉《ろくそうぎょく》の娘を誘拐してもらいたいんです」旗人とは清朝時代の戦闘単位・八旗《はっき》制に属する人間で、満族に限らず蒙古《もうこ》族や漢族、朝鮮人やロシア人なども含まれていた。経済的には旗地と呼ばれる免税特権のある土地を支給されたのだ。「娘の名まえは鹿容英《ろくようえい》。今年十五歳になります」

「誘拐の理由は？」

「鹿曾玉はこのあたりの山の所有者なんです。広大な旗地を持ってる。その旗地には幹の太い樹木が生い茂ってる」

「それがどうしたんだね？」

「これからは木材の時代です。老頭溝の石炭はもう終わった」

「どういう意味だね？」

「満鉄が敦化以東の鉄路を伸ばします。もうじき測量が行われる。鉄路の建設に取り掛かったら膨大な量の枕木《まくらぎ》が必要になって来ますんでね」

「鹿曾玉から木材の伐採権を？」

「そうなんです。伐採の権利の買い取りを申し込みました。それだけじゃない。朝鮮半島には人があり余ってる。そういう連中を呼び寄せる手配も終わった」

「で？」

「ところが伐採の契約を交わす直前になって鹿曾玉が渋りはじめた。どうしてだか、わかりますか？　天津から来た支那人がもっと高い契約料を支払うから、わたしとの交渉を打ち切れと言ってるらしいんです」

「それで娘を誘拐して欲しいと？」

「一週間だけ拘束してください。そのあいだにわたしは娘の安全を抵当《かた》に鹿曾玉との交渉を纏《まと》める」

次郎はまだ火を点《つ》けていない煙草を灰皿に置いて狗肉の燻製《くんせい》を食いはじめた。塩味が強過ぎる。それを薄めるために次郎は白酒を口に含んだ。

「もう御存じでしょう、奉天近くで張作霖の特別列車が爆破されたことは？」

「噂《うわさ》だけなら知ってる」

「死んだのかまだ生きてるのか知らないけど、東三省を纏めてた張作霖がそういう状態なんだ、吉林省の巡警部隊だって本気で馬賊を取り締まろうとはしませんよ。つまり、鹿容英の誘拐にほとんど危険はない」

次郎は黙って灰皿に置いた煙草を取りあげた。それを銜えて燐寸《マッチ》を擦った。そのけむりを吸い込んで承圭の眼を見据えなおした。

「わたしがこれをお願いするのはあなたがふつうの緑林の徒じゃないからですよ。知ってるんです、青龍攬把、あなたが日本人だってことぐらいね」

「それがどうした？」

「鹿嘗玉に伐採権の買い取りを申し込んだ支那人が国民党の支持者だったらどうするんです？　共産党にこころを寄せてるとしたら、もっと面倒臭い。わたしはね、日本人のひとりとして満蒙は絶対に領有しなきゃならないと考えてる。清朝が潰《つぶ》れてから、毎年百万もの支那人が山海関を越えてはいって来てるんです。そのなかには国民党を支持する緑林の徒もいっぱいいる。そういう連中にこんな仕事を頼んだら、何がどうなるか知れたもんじゃない。だから、日本人のあなたにお願いしてるんですよ」

「おれはべつに日本人だということにこだわっちゃいない」

「え？」

「興味は報酬だけだ。ただし、東三省官銀号券は受けつけないぞ」

「もちろんですよ、張作霖の乗った特別列車が爆破されたんだ、だれだって東三省官銀号券なんか信用しない。朝鮮銀行の円でお支払いします」

「いくらだ？」

「手附け金としてまず百円。それから、誘拐と一週間の拘束料合わせて二百円。御不満ですか？」

「いいだろう、殺しを請負うわけじゃないからな」

「もっと釣りあげられるかと思ってましたよ、助かりました。やはり、同じ日本人同士、助けあいは必要ですよね。今夜の宿はこの間島大旅館にお泊まりください。もちろん宿泊代なんか請求しませんから」


次郎は午後二時過ぎに青龍同盟を引き連れ、間島大旅館を出た。鹿曾玉の住む館《やかた》は昨夜地図で確かめてある。全承圭から鹿容英の写真も見せられた。それはどこかの写真館で撮影されたもので、家族全員が写っていたのだ。老頭溝の町並みを離れた。それにしても、と次郎は思うのだ。承圭の言ったとおり、いまはだれもがこの満州に押し掛けて来ている。その勢いは今後ますます加速するだろう。日韓併合により俗にいう近代化を強制される朝鮮半島ではむかしながらの農村はばらばらに解体され、職を求める連中がどっと流れ込むところは満州以外にない。承圭は金銭儲《もう》けのためとは言え、その受け入れ体制を準備しようとしているのだ。支那人も山海関を越えて満州に殺到して来ている。蔣介石の北伐が成功するのかどうかはわからない。しかし、混乱に次ぐ混乱に支那人は疲れ切っている。ささやかであろうと安定は満州以外にありはしないのだ。日本も例外じゃない。いまは国策会社・満鉄絡《がら》みの企業に群がろうとしているだけだが、いずれ農村の余剰人口がここに押し掛けて来る。満州の自然が豊か過ぎるのだ。広々とした大地。長白山系に生い茂る森林。無尽蔵とも表現される地下資源。これらが蛾《が》の群がる洋灯《ひ》のように人を魅きつける。それはいずれすさまじい民族激突へと発展していくだろう。そう思いながら樹々《きぎ》のあいだを縫うようにして作られた幅二米《メートル》ほどの道を次郎は馬で進みつづけた。

先頭を行く猪八戒が脚を止めたのは三時過ぎだった。そこは登り勾配《こうばい》から下り勾配へと差し掛かる地点だった。

次郎は猪八戒のそばに風神を進めた。

搬舵の東孫が大馬《ターマー》の轡《くつわ》を並べた。

眼下に広い畑が拡《ひろ》がっている。植えられているのは高粱《コーリヤン》じゃない。陸稲だろう。その向こうに二階建ての豪壮な邸宅が建てられていた。背後はふたたび丘陵となって鬱蒼《うっそう》とした樹木に覆《おお》われている。

山間の盆地に建つ朱色の太い円柱を施したこの邸宅の主が、満族の旗人・鹿曾玉なのだ。邸宅のまえに拡がる畑は支那人の小作人に世話させているらしい。旗人はその恵まれた特権ゆえに汗をかくことを忘れ、奢侈《しゃし》を好み安逸な暮しに流れていったのだろう。軍事単位としての満州八旗制も白蓮《びゃくれん》教徒の乱のころにはまったく無力化し、それは清朝崩壊の遠因となったにちがいない。

「玄関まえに馬車が置かれてるけど、柵には馬が十一頭繋がれてる」東孫がちらりとこっちを見て言った。「鹿曾玉の家で使うとしたら馬車用を含めて、せいぜい三、四頭がいいところだろう。どう思います？」

「おれもそれを考えてた」

「で？」

「鹿曾玉が全承圭の動きに備えたのかも知れん」

「緑林の徒を傭《やと》ったと？」

「その可能性も否定できん」

「冗談じゃありませんぜ、全承圭との契約は三百円でしょう？ そんな金銭で殺しあいなんか割りが合わねえ」

次郎は肩窄児の衣嚢から煙草を取りだした。それに火を点けた。東孫の言うとおりなのだが、馬賊は引き受けた仕事をこなさなきゃならない。途中で抛《ほう》り出せば、それは緑林の徒としての信用に関わるのだ。次郎は銜え煙草のまま言った。

「たとえ戦闘になったとしても負ける気遣いはない。地の利を考えろ。館の背後は丘なんだ、おれたちは完全に包囲したかたちになってる」

「しかし、青龍同盟もひとりかふたりは失うかも知れない」

「水餉《すいげ》を呼べ」

東孫が背後を振りかえり、水餉つまり歩哨《ほしょう》責任者の于朝冲《うちょうちゅう》を呼んだ。引き締まった肉体を持つ二十五歳のこの若者は、恐怖心というものを持たないのじゃないかと思えるほど大胆だった。それが傍らに馬を進めて来た。

「鹿曾玉の家でも防衛のために馬賊を傭った可能性が強い」次郎は朝冲に視線を向けながら言った。水餉の任務のひとつは偵察なのだ。「調べてみて来てくれ。もし館から馬賊が出て来たらこう言え。完全に包囲してる、抵抗は無駄だとな」

朝沖が頷いて鞍嚢《あんのう》に右手を伸ばした。鞍《くら》のそばに提げたその革袋から白い布を取りだした。腰の山刀を引き抜き、布を刃に括《くく》りつけ、それをかざして馬の腹を蹴《け》った。朝沖が傾斜地を駆け降り稲畑に向かった。

猪八戒がそれを追った。

次郎は馬上からその光景を眺めつづけた。

朝沖が白旗を掲げて稲畑のあいだの道を駆け抜け、館のまえで馬の脚を緩めた。館の玄関から便衣を纏った男が出て来たのはそれからすぐだった。頭部が陽光に輝いている。弁髪なのだ。朝沖が馬の動きを止めて何か話しはじめた。

「何を喋ってやがるんだろう？」東孫が低い声で呟《つぶや》いた。「出て来たのは鹿曾玉かな？」

「いまの旗人にそんな度胸はあるまい」

「でしょうね。そういう度胸があれば全承圭程度の男の動きを怖《おそ》れて緑林の徒を傭ったりしない」

朝沖が猪八戒とともに戻って来た。その表情はまったく緊張を感じさせない。次郎は新しい煙草を衣嚢から取りだした。朝沖が頬に笑みを滲《にじ》ませて言った。

「鹿會玉の館を警備してるのは弁髪馬賊ですよ」

「敦化で出逢《であ》った太祖会《たいそかい》の連中か？」

「ちがいます、宗社幇《そうしゃパン》と名乗るちっちゃな組織です。人数も八人しかいない」

「で？」

「おれがこの白旗を振ったら館から打って出て来ます」

「どういう意味だ？」

「宗社幇は本気で青龍同盟と戦う気はない。だから、拳銃《けんじゅう》をぶっ放すけど、銃口は上空に向ける。青龍同盟はすこしだけ後退してくれ。それで終わりにしよう。そう言ってます」

次郎は煙草を銜えていたが、まだ火は点けていなかった。緑林の徒はときどきこういう取引を行なう。いつも本気で向かいあっていたら組織は維持できない。ただ依頼主の眼があるし、面子《メンツ》も保つ必要がある。疑似戦闘はそのための知恵だった。次郎は昼から引き抜いた煙草を箱に仕舞って言った。

「振れ、白旗を」

朝沖が右腕を大きく振りまわした。

館の玄関からばらばらと人影が飛びだして来た。朝沖の報告どおり八人だった。柵から大馬を離し、だれもがそれに飛び乗った。轡が一斉にかえされた。八頭の大馬が稲畑のあいだを走って来た。

それが斜面を駆け昇って来る。

「すこしだけ馬を下げろ」次郎は背後を振りかえって配下たちに言った。「向こうが撃って来たら、銃口を上空に向けて引鉄を引け。しかし、銃弾を無駄にするな。ひとり二発。それだけでいい」

全員が十米《メートル》だけ引き下がった。

銃声が響きはじめた。

それが急速に接近して来る。

斜面を駆けあがった八つの影が現われた。

次郎はモーゼル拳銃の銃口を上空に向けて引鉄を引いた。配下たちも。炸裂音《さくれつおん》の飛び交う硝煙のなかを八人が通り過ぎていった。次郎は拳銃を握りしめたまま後ろを振りかえった。

通過していった馬上の八人が手綱を引いた。

そのうちのひとりが轡をかえした。五十前後の太った弁髪の男がこっちを向き、近づいて来て言った。

「あんたが青龍攬把なんだな」

「知ってるのかね、おれのことを？」

「隻眼《せきがん》の日本人馬賊のことは有名だからな、緑林の徒のあいだじゃ」

「あんたは？」

「宗社幇の蘇《そ》如柏《じよはく》だ、憶えておいてくれ」

「関係があるのかね、宗社党と？」

「むかしはあの結社に属してた。しかし、いまは何の関係もない。興味があるのは金銭だけだ」

宗社党は辛亥《しんがい》革命によって崩壊した清朝の復活を目ざす結社で、粛親王善耆《しゆくしんのうぜんき》を中心に結成された。宣統帝《せんとうてい》・溥儀《ふぎ》が廃位されたあと、その復辟《ふくへき》運動を行なっていた。日本人もこれに加わっている。その中心は川島浪速《かわしまなにわ》だ。義和団事変で陸軍通訳となったこの男は、北京警務学堂を創設して粛親王と義兄弟の盟を結び、黒龍会の内田良平や玄洋社の頭山満《とうやまみつる》とともに復辟つまり王政復古と満蒙独立を画策する。だが、宗社党の動きは成功しない。溥儀はいま紫禁城を追われて、天津の共同租界にある張園に蟄居《ちつきよ》していた。

「宗社党と無縁なのに、どうしていまも弁髪を？」

「売り物だよ、売り物」如柏がそう言って黄ばんだ歯を見せた。「馬賊は何かの売り物がなくちゃ商売にならん」握られていたブローニングが拳銃嚢に収められた。「ところで、青龍同盟を傭ったのは全承圭なんだろ？」

「ああ」

「いくらで請負った？」

「総額三百円」

「畜生」

「どうした？」

「宗社帮はたったの百円だよ、百円」

「傭ったのは鹿曾玉かね？」

「天津で煙館を経営してる高修章ってやつだ。そいつが値切りに値切って宗社帮を百円で鹿曾玉のところに送り込んだ。朝鮮人の全承圭は吝嗇《けち》だから、緑林の徒を傭うことはありえないが念のためだとほざいてな」

次郎は苦笑しながらモーゼルを拳銃嚢に戻した。

「宗社幇との戦闘で青龍同盟も二名の死者を出したとな。そう言ってくれりゃ宗社幇の評判もがた落ちにならなくて済む」

「何と？」

「鹿曾玉のところに押し込んだら言って欲しいんだよ」

「何だね？」

「頼みがあるんだがな、青龍攬把」


次郎は青龍同盟の配下とともに稲畑のあいだの道をゆっくりと進んでいった。鹿曾玉の館は静まりかえっている。蘇如柏に聞いたかぎりでは館にいるのは曾玉の家族五人とふたりの阿媽《あま》つまり女中だけだ。抵抗はないに等しい。漆塗りの板材を使った馬車のそばを通り過ぎ、玄関まえの柵に馬を繋いだ。配下たちとともに戸口に近づいた。扉を引いた。鍵《かぎ》が掛けられている。次郎はふたたびモーゼル拳銃を引き抜き、その銃把でこんこんと扉を叩《たた》いて言った。

「青龍同盟のものだ、開けろ」

返事はすぐには戻って来なかった。

おそらく、館のなかは怯《おび》えきっているのだ。

次郎はわずかに声を荒らげた。

「開けろと言ってるんだ、ぶっ壊されたいのか、銃で鍵を」

おずおずとした足音が近づいて来る気配がした。解錠の音が低く響いた。扉が押し開けられた。四十五、六の女が顔を覗《のぞ》かせた。表情は引きつっている。風体からしてそれは明らかに阿媽だった。

次郎は無言のまま扉の向こうに足を踏み入れた。

猪八戒が一緒にはいって来た。

配下たちも何も言わずにつづいて来た。

広い居間には肘《ひじ》掛《か》け椅子《いす》や長椅子が置かれ、壁際《かべぎわ》には贅《ぜい》を凝らした家具や調度品が並べられている。窓の緞帳《どんちょう》には龍《りゅう》の刺繍《ししゅう》が施されていた。香の匂《にお》いの漂うこの家にはどれだけの金銭がかけられたのか見当もつかない。

全承圭から写真を見せられているのだ、当主の曾玉も娘の容英もすぐにわかった。妻と二十歳前後のふたりの息子も。曾玉と息子たちは筒袖《つつそで》の満族衣裳《いしょう》・旗袍《チーパオ》を纏って いる。妻と容英は辛亥革命以降、流行しはじめたという襖《あお》を着ていた。だれもが立ちっ放しだった。緊張で居間のなかの空気はぴりぴりしているが、容英だけは好奇に充《み》ちた眼差《まなざ》しをこっちに向けていた。

「こちらはおれたち緑林の徒を率いる青龍攬把だ」傍らの東孫が低い声を投げ掛けた。

「攬把は結構気が短い。くれぐれも失礼のないようにな」

曾玉がようやくこっちに進み出て来た。年齢は五十三と承圭から聞いていたが、ずっと老《ふ》けて見える。筒袖から覗く手がほっそりしていた。労働と無縁な暮しをつづけて来たのだ。表情は竦《すく》みきっている。モーゼルの銃口を向ける必要もないだろう。曾玉がうわずった声で言った。

「何がお望みです？　金銭なら金庫のなかにあります。持ってってください」

「お嬢さんをお預りする」

「どういう意味です？」

「預るんだよ」

「容英はまだ十五です」

「心配するな、預るだけだ。だれにも指一本触れさせやしない」

曾玉がぎこちなく娘のほうに眼を向けた。容英の眼はきらきら輝いている。胸の膨みはほとんど目立たず、体つきは少年のようだった。曾玉がふたたび視線をこっちに移して言った。

「全承圭の差し金なんですね、これは？」

「そんなことには答えられん」

「逃げたんですか、宗社幇は戦いもせずに？　わたしたちにはすぐに追い払うから安心しろと言ったくせに」

「すさまじい戦闘だった。おれたち青龍同盟もふたり殺された。いずれ、葬《ほうむ》ってやらなきゃならんが、いまは放置してある。宗社幇はそこがみごとだった。死傷者を運び去っていった」

「青龍攬把」

「何だね？」

「娘は安全に返してくれるんでしょうね？」

「それはあんたのこころ掛けしだいだろうよ」次郎はそう言って声を容英に向けた。「馬には乗れるかね？」

容英が眼を一段と輝かせて頷いた。

次郎は行こうというふうに顎《あご》をしゃくった。

一緒に居間から玄関に向かった。

館のまえの柵からそれぞれ馬を離し、それに乗った。容英は乗馬に慣れているようだった。柵に繋いである鹿毛の大馬の手綱をほどくと、軽やかな動きでその背に飛び乗った。

　みんなで館のまえから遠ざかっていった。

　猪八戒が先頭を進む。

　容英が轡を並べて来て言った。

「馬賊用語であたしみたいな人質を挪票《ばんぴょう》と呼ぶんでしょう？」

「何で知ってる、そんなことを？」

「だって噂で聞いてるもん」

　次郎は苦笑せざるをえなかった。

　容英の声は実に明るかった。

「今夜はどこに泊まるんです？」

「どこかだよ、まだ決めてもいない」

「馬賊って素敵、男らしくて」

「ただの荒くれの集まりだよ」

「それでも父や兄よりずっとまし。あたしが誘拐されるっていうのに抵抗さえしようとしない。最低。旗人だとか何とか言ってるけど、男としての誇りなんて何にもないんだから」

「たった三人だったんだ、戦おうにも戦えるわけがない」

「ねえ、青龍攬把」

「何だね？」

「あたしを奉天に連れてってくれない？」

「どうして奉天に行きたい？」

「あそこの商埠地《しょうふち》にはいろんな外国人が集まってると聞いたわ。どういう人たちが何をしてるのか、この眼で見てみたい」

次郎は無言のまま馬を進めつづけた。容英は旗人の娘として不自由のない暮しをつづけるのに倦《う》みきっているのだ。満州は激動のさなかにある。老頭溝近くの山間にある豪奢《ごうしゃ》な館のなかで世間とは無縁に生きてはいても、若さはこれから吹き荒れようとしている風の気配を感じ取っているのだろう。だれもが何らかの、さらなる爆発を求めているのかも知れない。次郎はぼんやりとそう思った。

「けど、やっぱり無理だよね。馬賊は巡警部隊に追われつづけてる。あたしみたいなのを連れてると足手纏いになるだけ。わかってる。あたしは老頭溝の片隅で暮すしかない」

4

敷島太郎は東京から届いた新聞に参事官室で眼を通しつづけていた。各紙とも皇姑屯のそばで起こった爆破事件についてはもうほとんど触れてはいない。明らかに報道機関に圧力が掛かっているのだ。それはいったいどういうかたちで？　爆破のあと奉天総領事館にもさまざまな情報がはいって来ている。だが、太郎はそのなかでも差し障《さわ》りのないものしか霞ヶ関には打電しなかった。間垣徳蔵の脅迫のせいだけじゃない。奇妙な国家意思をどうしようもなく感じてしまうからだ。腕時計に眼をやった。針は三時四十八分を指している。あと十分ちょっとで徳蔵がやって来る。どんな用があるのか知らないが、相手は特務機関に属しているのだ、訪問を拒否することはできない。太郎は新聞をたたんで机上に置き、煙草《たばこ》を取りだして火を点《つ》けた。

張作霖が爆破の四時間後に奉天城内の帥府《すいふ》で死亡したことはすでにわかっている。だが、それはまだ公表されていない。奉天軍は息子の張学良が錦州から戻るのを待つつもりなのだろう。

爆破を仕組んだのが関東軍だということにもう疑いの余地はない。事件直後の現場を満州旅行中の民政党代議士・松村謙三《まつむらけんぞう》らが目撃しているのだ。その報告を受けて、総領事・林久治郎はこう言った。酷《ひど》いことだぞ、陸軍の連中がやったんだ、これは容易ならんことになる。特別列車に同乗していた張作霖の日本人顧問・儀我誠也《ぎがせいや》少佐はぼろぼろになった私服を軍服に着替えて奉天特務機関に飛び込みこう叫んだという。酷《ひで》え、このおれまで殺そうとしやがった！　現場の指揮を執ったのが独立守備隊第二大隊の東宮鉄男大尉《たいい》で、爆破装置を仕掛けたのが朝鮮軍工兵第二十大隊の桐原貞寿《きりはらさだとし》中尉だという事実も、もうとっくに判明している。

高級参謀・河本大作はすでに東京に向かっていた。張作霖爆殺について政府や軍中央にたいしてどう説明しようとしているのか見当もつかない。河本大作は日露戦争で第三十七連隊の小隊長として満州のあちこちを転戦し、緑林の徒たちと何度も接触している。そのときの武功により陸軍大学校に入学し、卒業後は漢口派遣軍司令部附参謀などを経て関東軍高級参謀となった。最近満州で発生する排日の動きは傀儡《かいらい》の分際を忘れた張作霖の画策によるものだ。河本大作は酒席でそう洩《も》らしていたらしい。去年の暮、最低評価額二万円相当の兵庫県にある生家の土地と屋敷を売り払ったという情報も奉天総領事館にはいって来ている。もし張作霖爆殺に失敗して責任を問われた場合、密謀に協力した東宮鉄男大尉たちの経済的な不安を取り除くための費用だったのだろう。

いずれにせよ、留守部隊を預る臧式毅《ぞうしきき》は北大営から兵を動かさなかった。この奉天軍最高幹部は日本の陸軍士官学校で学んでいるのだ、特別列車爆破は関東軍の謀略だととっさに見抜いたのだろう。奉天軍の出動によって関東軍支援のための奉勅命令が下されるという筋書きは完全に不発に終わった。

事件の起きた六月四日の未明、河本大作は関東軍の宿舎・瀋陽館《しんようかん》ではなく、満鉄附属地内の十間房にある料亭の一室で芸妓《げいぎ》を集めて徹夜で麻雀《マージャン》を打っていたという情報も奉天総領事館にはいって来ている。そのときさかんに腕時計を気にしていたという芸妓たちの証言も。

特別列車爆破は関東軍の謀略だという噂《うわさ》は奉天城内の支那《しな》人たちのなかで急速に拡《ひろ》まりつつある。それは排日を叫ぶ五・四運動の発端になった、先の大戦中の対支二十一箇条の要求直後の雰囲気に近いかも知れない。

奉天の各国領事館も真相を知りたがっている。英米独仏蘭の参事官や領事館附武官が些細《ささい》な用件にかこつけて接触を試みて来ている。

だが、太郎はそれらを一切霞ヶ関には打電しなかった。

参事官室の扉が叩《たた》かれたのは煙草を喫《す》い終えたときだった。太郎はどうぞと戸口に声を向けた。

間垣徳蔵が悠然とはいって来た。出立《いでた》ちはこのあいだ逢《あ》ったときと同じだ。パナマ帽に真っ白い背広の上下。太郎は応接の長椅子《いす》を勧めた。徳蔵が腰を落としパナマ帽を脱いだ。額から頬にかけて刻まれている傷跡が窓から差し込んで来る午後の陽光にくっきりと照らしだされた。

太郎はその向かいに座って言った。

「きょうはどんな用なんです？」

「礼を言いたくてね。それと、世間話」

「何の礼です？」

「奉天総領事館で摑《つか》んでいる重要情報をあなたは霞ヶ関に打電していない。わたしの要請どおりのことをしてくれてる。そのことにまず感謝したい」

太郎は何をどう言っていいかわからなかった。とにかく、この特務機関の男のまえでは妙に気持が竦《すく》んでしまうのだ。その理由をじぶんでは分析できなかった。

「三郎くんの働きにも感謝したい。肚《はら》の据わった軍人だ、あの若さでみごとと言うしかない。敷島家の誇りだよ」

「どういう意味です？」

「皇姑屯近くで発見された支那人のふたつの死体。いまじゃだれも国民党の便衣隊とは信じちゃいないようだが、とにかく手際《てぎわ》よくあの偽装工作を手伝ってくれた」

太郎ははっとなって徳蔵を見つめた。三郎が河本大作の謀略の一端を担《にな》ったと言っているのだ。全身が小刻みに顫《ふる》えて来るのを感じる。太郎はうわずる声で言った。

「な、なぜ三郎を？」

「優秀な軍人だからだよ」

「間垣さん」

「何だね？」

「どうして間垣さんは敷島家に貼《は》りつくんです？　敷島家を破滅に追い込むつもりですか？」

「妙なことを言うね。わたしは優秀な人材が大日本帝国のために働いてくれることだけを願ってる。それがなぜ敷島家を破滅に追い込むことになるんだね？」

太郎はこの言葉に反論できなかった。

徳蔵が背広の内ポケットから煙草を取りだした。それを銜《くわ》えて燐寸《マッチ》で火を点けてから言った。

「とにかく高級参謀の計画はすでに灰燼《かいじん》に帰した」

「どうなるんです、これから？」

「高級参謀が政府や軍中央にどういう発言をするかによるが、とにかく張作霖の後釜《あとがま》を決めなきゃならん。張作霖爆殺で奉天軍を北大営から引きずり出し、一気に満蒙《まんもう》領有に持っていくという高級参謀の作戦は完全に狂ったんですからな。とりあえずは東三省は政治的には現状維持ということになる」

「だれが張作霖の跡を継ぐことになるんです？」

「総参謀の楊宇霆か、息子の張学良だよ。どっちを選ぶか日本の政府や軍中央でも意見の分かれるところでしょうな。楊宇霆は日本の陸軍士官学校を卒業してるし、田中義一首相と張作霖との関係から息子のほうも捨てがたい」

「なぜ張学良は奉天に戻って来ないんです？」

「もう帰って来てる」

「え？」

「昨日密《ひそ》かに奉天城内にはいった。炊事当番に変装して錦州から戻ってきたらしい。帥府では張学良の側近ですら本人とわからなかったそうだよ」

太郎はその眼を見据えたまま煙草を取りだした。この男はどうやってこういう情報を摑むのだ？　それを考えながら銜えた煙草に火を点けた。

「おそらく、三、四日掛かる」

「何がです？」

「父親の死について発表するまで」

「どうしてです？」

「帥府から日本人顧問が追っ払われたからな、詳しいことはわからん。しかし、張学良だって今後のことを考えたら根まわしが必要になって来る。すべて整え終えるまで張作霖の死は発表できんだろうよ」


五時半になって太郎は参事官執務室を出た。奉天総領事館の前庭に駐《と》めてあるフォードのそばに立っている運転手の宋雷雨《そうらいう》が軽く頭を下げた。二十五歳のこの支那人は特別列車爆破以来どことなく態度がぎこちない。太郎は事件についての感想を一度も求めはしなかった。もしかしたら、張作霖が帥府に運び込まれてから四時間後に死亡した事実をもう知っているのかも知れない。いずれにせよ、奉天総領事館から俸給を受け取る支那人の心中は複雑きわまりないだろう。太郎は後部座席に乗り込み、自宅に向かってくれと言った。

エンジンが掛けられ、フォードが動きだした。

気のせいだろうか、商埠地《しょうふち》の賑《にぎ》わいが急速に失われて来たように思う。だれもが奉天で次に何が起こるか不安を感じているのかも知れない。

車輛《しゃりょう》が商埠地から満鉄附属地へと抜けた。

太郎は自宅の門扉《もんぴ》のまえでフォードを降り、明日はふだんどおり八時半に迎えに来てくれと言った。雷雨がわかりましたと答えた。フォードが遠ざかっていく。太郎は門をくぐって玄関に近づき、呼び鈴を鳴らした。

解錠の音が響き、扉が押し開けられて、桂子がおかえりなさいと言った。太郎は靴を脱いで玄関間にあがった。居間に向かうと窓を拭《ふ》いている夏邦祥《かほうしょう》の姿が見えた。徳蔵に脅された翌日に通いの阿媽《あま》を傭《やと》ったのだ。四十過ぎのこの女中は日本語は片言程度だが、雑用をこなすぶんには障碍《しょうがい》はない。とにかく、桂子をひとりきりにしたくなかった。それに朝の八時半から夕刻六時までこの阿媽と一緒にいれば、北京語を覚えてくれるかも知れない。桂子が上着を背後から脱がせながら言った。

「きょうは夕食の用意はしません」

「どうして？」

「お隣の堂本さんから七時に招待されてます、一緒に鋤焼《すきやき》を食べようって」

太郎はこの言葉に、きょうが隣家に住む満鉄炭鉱部総務課勤務の堂本誠二が大連から戻って来る日だったことを憶いだした。四日間の予定で大連に出張していたのだ。太郎はネクタイをほどきながら言った。

「風呂《ふろ》は？」

「沸かしてあります」

太郎はそのまま浴室に向かい、服を脱いだ。風呂の湯加減はちょうどよかった。体を洗って湯に漬かった。浴室を出ると浴衣《ゆかた》がたたんで置かれている。太郎はそれを羽織って居間に戻った。

阿媽の邦祥はもういなかった。

柱時計の針は六時十七分を指している。

太郎は居間の長椅子に腰を下ろし、煙草を喫いはじめた。父の容態が思わしくない、先はそれほど長くないだろう。末弟の四郎は手紙でそう書いて来た。癌《がん》なのだ、確実に進行する。しかし、死に備えて帰国しておくというわけにもいかない。死の報を受けてすぐに駆けつけても数日は掛かる。満鉄経由で朝鮮の釜山《ふざん》へ出向き、そこから船で下関に渡るのだ。特急列車で東京に向かっても、最低四日は掛かってしまう。父の葬式には間に合う訳もないが、告別式には出られるはずだ。桂子には商埠地にある呉服店で喪服を買い求めさせた。あとは待つだけだ。父の死を。太郎は煙草を喫い終えて桂子に声を投げ掛けた。

「考えなきゃならんな」

「何をです？」

「義母《かあ》さんのことだよ」

「姉さんなら大丈夫。芯《しん》の強い女性だから」

「まだ若い」

「それが？」

「敷島家にはそれなりの貯《たくわ》えがあるはずだ。しかし、暮しに困らないからと言って、あの若さで何もすることがないというのも困りものだろう」

桂子はこれには何も言おうとしなかった。

七時五分まえに太郎は日本酒の一升瓶をぶら下げて桂子とともに家を出た。土塀をまわって隣家の門をくぐった。玄関の呼び鈴を鳴らした。

「鍵《かぎ》は掛かってない」誠二の声が扉の向こうから飛んで来た。「勝手にはいって来てくれ！」

ふたりで玄関口に足を踏み入れた。

子供たちの騒ぐ声が聞こえる。

誠二の妻の安江が割烹着《かっぽうぎ》を纏《まと》って二歳の男の子を抱き、玄関間に顔を出した。

「すみません、甘えちゃって」桂子がそう言って頭を下げた。「鋤焼だなんてほんとうに久しぶり」

「たまにはみんなでわいわいやりながら食べるのもいいでしょ？」

太郎は桂子とともに三和土《たたき》から玄関間にあがった。この造りはじぶんの家とほとんど変わりがない。履き物を脱ぐ以外は洋風に造られているのだ。四歳の男の子が桂子に纏わりついて来た。太郎は居間に体を運んだ。

居間の長椅子が壁際に押しやられ、中央に七輪と鉄鍋《てつなべ》が置かれている。脂《あぶら》はすでに敷かれているのだ、鉄鍋からじゅうじゅうという音とともに薄けむりが立ち昇っている。

誠二はそのまえで胡座《あぐら》をかいていた。

「本格的だな、七輪とはね」太郎はそう言って一升瓶を差しだし、向かいに座った。

「浅草とか上野を憶《おも》いだすよ」

「鍋物はこうでなくっちゃいけないよ。椅子に座って食うものじゃない」

安江と桂子が子供たちと一緒に居間にはいって来た。

誠二が鉄鍋のなかに牛肉を抛《ほう》り込んだ。そのうえに砂糖をぶっ掛け、醤油《しょうゆ》を垂らした。割下《わりした》を使わない関西流なのだ。大きな盆のうえには葱《ねぎ》や水菜や椎茸《しいたけ》、白滝《しらたき》や焼豆腐が並べられている。誠二が桂子に声を掛けた。

「座っててください、すぐに煮える」

「何か手伝いましょうか？」

「御免ですな。鍋物は男の料理だ、わたしが鍋奉行です。ごたごた言わずに座っててひたすら食ってください。肉は一貫ほど買って来てあります。遠慮せずにどんどん食っていただきたい」

「何かいいことがあったんですか、大連で？」

「どういう意味です、それ？」

「ずいぶん豪勢ですから」

「大連でいいことなんか何もありませんでしたよ。河本大作という妄想狂のために満鉄は酷いことになりそうだ。やけ食いですよ、奥さん、これはね。やけ食いするために牛肉を買い込んで来た」

日本酒を飲みながら鋤焼を食い終えると、誠二が食堂のほうで話そうやと言った。子供がうるさいのだともつけ加えた。太郎は頷《うなず》いて立ちあがった。一升瓶はすでに空になっている。誠二がスコッチ・ウィスキーを持って来た。満腹なのだ、太郎も強い酒のほうがいい。ふたりで食卓を挟んで椅子に腰掛けた。誠二が硝子《ガラス》コップに琥珀《こはく》の液を注ぎながら言った。

「何か情報はいってるかね、満州某重大事件について？」

「特別には何も」

「関東軍がやらかしたことだけはまずまちがいない」

太郎は曖昧《あいまい》に頷いてみせた。どれだけ親しかろうと、奉天総領事館で摑んでいる情報を民間人に洩らすわけにはいかない。間垣徳蔵の警告も関係している。太郎は黙ってスコッチのコップを舐《な》めた。

「田中義一首相は何をどこまで知ってるんだろう？」

「見当もつかんよ」

「関東軍の謀略だったことが判明したら、首相は陛下にどう説明するつもりだろう？これは統帥権《とうすいけん》の問題なんだぜ。うちの社長も嘆いてるらしい」満鉄社長・山本条太郎のことだ。「もうこれでじぶんが満州に来てきょうまで計画し、今後なさんとしたことはぜんぶ水泡に帰した。側近にそう洩らしてるらしい。張作霖とのあいだで交わした五本の培養線建設もこれからどうなるかわかったもんじゃない」

太郎はコップのウィスキーを飲み干した。培養線とは満鉄が沿線一帯に経済的支配力を伸ばしていくための鉄道だ。誠二がスコッチ瓶をこっちに差し向けた。太郎はコップを差しだしてふたたび琥珀の液を受けた。

「大連での動きが慌《あわ》ただしくなって来てる」

「どういう意味だね？」

「阿片《アヘン》販売の関税が関東庁専売局の直轄《ちょっかつ》となり、一般会計から外されて特別会計として扱われるというんだよ。これはもちろん関東軍の画策によるもんだとしか考えられない。何のためにそんなことをするかははっきりしてらあね。関東軍は第二の満州某重大事件を起こし、奉天軍と全面戦争にはいり一気に満蒙領有に持っていくつもりだよ」

「反対なのかね、満蒙領有には？」

「狂気の沙汰《さた》だよ、満蒙領有なんてね。いくらソ連の南下を阻止すると言っても、そんなことを国際世論が赦《ゆる》すわけがない。満蒙領有に踏み切れば、日本は破滅する」

「現状維持が好ましいと？」

誠二はコップを食卓に置いてじっとこっちを見据えた。椅子から腰をあげ、待ってろというふうな仕草をして食卓を離れた。食堂を出て二階につづく階段に向かった。居間では桂子と安江、それにふたりの子供たちが笑いあっている。誠二が食堂に戻って来て、小冊子を差し出しながら言った。

「これは去年の六月に刊行された満鉄社員会の雑誌『協和』だよ。読んだことがあるかね？」

「いいや」

「おもしろい論文が載ってる。わたしが傍線を引いたところを読んでみろ」

太郎はその雑誌を受け取って頁《ページ》を開いた。傍線の引かれている文章に眼を通した。そこには大概次のように書かれていた。


旧来の省政を廃し、蒙古および東三省を結合してひとつの自治国を形成する。その新自治国の国籍を有する者は、漢族、満族、蒙古族、鮮人、日本人の差別なく等しく自治国の市民として政治に参与する。共同の義務を負担して、人類相愛、共存共栄の理想境を実現する。

「だれなんだね、この論文を書いた山口重次《やまぐちじゅうじ》という人は？」太郎は小冊子を閉じて言った。「つきあいはあるのかね？」

「満鉄の社員だがじかに逢《あ》ったことはない。しかし、わたしはその論文に共鳴してる。いま大連では満州青年連盟という組織を結成しようという動きがある。わたしもそれに合流するつもりだ。関東軍に好き勝手はさせたくない」

太郎はこれにどう応じていいかわからなかった。奉天総領事館で耳にするのは満蒙領有を前提とした論議ばかりなのだ。問題はいつもその手法と時期についてだけでしかなかった。満州を自治国として独立させる？　そんな話ははじめて聞く。そのために満州青年連盟という組織を結成する？　関東軍を相手にそういうことが可能なのか？　太郎は無言のまま誠二の眼を見据えつづけた。

「とにかく、近いうちに満州青年連盟はかならず結成される。外務官僚のあんたに組織にはいってくれとはもちろん言わんよ。しかし、陰ながら応援して欲しいんだがね」

太郎は苦笑しながら浴衣の帯に差し込んでいた煙草を取りだした。燐寸を持って来ていなかった。誠二が台所にあった燐寸の大箱を食卓のうえに置いた。太郎はそれを擦って銜えている煙草に火を点けた。

「こうやってしょっちゅう飲むようになってからすぐに確かあんたは言ってたよね、御父上はいわば自由主義者だと。じぶんはその影響を大いに受けてると。だったら、わたしの言わんとしてることはわかるだろう？」

「まあね」

「関東軍のやりかたはあまりにも酷過ぎる。正気の沙汰とは思えん。幣原喜重郎《しではらきじゅうろう》を追いだしてからは外務省も完全に狂ってる。外相は首相が兼ねてるが、実質的に外交を取りしきってるのは政務次官の森恪《もりかく》だろう？」三井物産出身の森恪は大正九年四月に満州に持っていた塔連炭鉱《とうれんたんこう》を二百二十万円で満鉄に売った。その炭鉱の正当な評価額は七十万ないし七十五万円だったと言われている。差額は百五十万近くになる。その金銭を使って森恪は代議士となり、政友会を牛耳《ぎゅうじ》りはじめた。田中義一首相も外交政策は森恪の言いなりだと囁《ささや》かれているのだ。「あいつの満蒙政策強硬論は吉田茂《よしだしげる》の比じゃない。支那人を完全に無能だと決めつけてる。そういう根拠のない差別感情のうえに森恪の論理は成り立ってるんだよ」

太郎は煙草のけむりを大きく吸い込んでその眼を見据えつづけた。誠二のこの激しい義憤はどこから生じるのだろうか？　それを想《おも》った。満鉄社員は国籍によってすさまじい賃金差がある。支那人労働者のそれは日本人の半分以下なのだ。日本人が満鉄に就職したがる理由はこの待遇格差にある。これから結成されるという満州青年連盟はそのことをどうしようというのだろうか？　つきあいはじめてからの誠二の言動は自由主義的であっても、社会主義的なところは微塵《みじん》もない。しかし、太郎はそのことを口にする気はなかった。

「満州に五族協和の王道楽土を建設しなきゃならない。旧弊にとらわれない理想郷をね。満州青年連盟はそれを目ざして組織されるんだ。ああ、喋《しゃべ》りながら興奮して来た。青臭い書生談義だと思うかい？　だが、御父上の薫陶《くんとう》を受けたあんたならわかってくれるだろう？」

5

敷島四郎は午後三時過ぎに東五軒町の木本繁雄邸に着いた。主がいないのはわかっている。戸樫栄一に呼び出されたのだ。一時過ぎに霊南坂に電話が掛かって来た。繁雄が特高に逮捕され、ここに団員が集まって以来、この元・旋盤工と逢《あ》うのははじめてだった。上空はぶ厚い雲に蔽《おお》われている。梅雨入りしてもう二週間が経《た》った。ひょっとしたら降りだすかも知れない。玄関の引戸は開け放たれたままになっている。四郎は無言のまま三和土に足を踏み入れた。

栄一は居間の卓袱台《ちゃぶだい》のまえで胡座《あぐら》をかき、煙草《たばこ》を喫《す》っていた。四郎は無言で会釈《えしゃく》をし、靴を脱いだ。そのまま居間の卓袱台のまえで腰を落とした。栄一が銜《くわ》え煙草のまま低い声で言った。

「どうした、何だか面《つら》が強《こわ》ばってるぞ、何かあったのか？」

「べつに何もありません」

「二度ほど木本さんへの面会を求めたが、二度とも断わられた。治安維持法絡《がら》みは親族でも難しいと吐《ぬ》かしやがるんだよ」

四郎は無言のまま渇いて来る唇を舐《な》めた。

栄一が腕組みをしながらつづけた。

「で、おれはここに来たんだ。木本さんは盗聴を畏《おそ》れて電話を逓信省《ていしんしょう》に返しちまったから、体を運んで来るしかねえ。多恵さんに相談しようと思ってな。内縁だが、多恵さんは木本さんの女房だ、牛込署に掛け合えるかも知れねえ。そう思ったんだよ。しかし、一昨日、昨日、きょうと三日つづけてやって来たが、多恵さんの姿はどこにもねえ。いったい、どうなってやがるんだ？」

「し、知りません」

「きょうはおれはこの家のなかをがさってみた。押入れや箪笥《たんす》を開けてみたんだ。そしたら、女物の服がどこにも見当たらねえ。どういうことなんだよ、これは？」

「わかりません」

「四郎」

「はい」

「おまえはおれに嘘《うそ》をついてる。その顔は知ってる面だ。何で白《しら》を切る？」

四郎は視線を卓袱台のうえに落とした。

ふいに眼のまえでどんという音が響いた。栄一が卓袱台を右手で叩《たた》いたのだ。つづいて濁った怒声が飛んで来た。

「知ってるなら知ってると言え！　燭光座《しょっこうざ》が瀕死《ひんし》の状態にあるときに何で白ばっくれる？　このおれを甘く見るんじゃねえぞ！」

四郎はしかたなくこの家の二階で目撃したことについて口を開いた。里谷春行が吐いた科白《せりふ》についても。喋りながらどこかから声が聞こえる。そういうおまえは何なのだ？　父の妻を犯しておきながら、どうして春行を責められる？　義理の母と交わったくせに、なぜ多恵について語ることができる？　恥ずかしくはないのか？　春行よりもっともっと屑《くず》だ！　そのうえ、どうしようもない偽善者と来ている！　四郎はその声を聞きながら栄一に喋りつづけた。

真沙子と交わって以来、四郎は父・義晴の寝顔しか見ていない。眼を合わせられなかったのだ。ましてや言葉を交わすことなんかできるはずもなかった。胸の裡《うち》のどうしようもない後ろめたさをどう処理していいのか見当もつかない。ああ、真沙子はあのときどうしてもっと強く抵抗してくれなかったのだ？　しかし、それが無責任な言い草だということもわかっている。

あの夜から真沙子の態度が変わった。無視を決め込んだのだ。あたかも四郎が霊南坂のあの家に存在していないかのように。当然だろう、義理の息子に犯されたのだ。平静でいられるはずがなかった。

すべてじぶんのせいだ、責任はだれにも転嫁《てんか》できない。

四郎はそう思いながら春行と多恵について喋り終えた。

凍りついていた栄一の表情が動いた。唇がわなわなと顫《ふる》えだした。喉《のど》から絞りだされるような声が飛びだした。

「ぶっ殺してやる、ぶっ殺してやる、ふたりとも！　まえまえからおれはあのふたりはおかしいと思ってたんだ。しかし、木本さんを特高に売ってまでそんなことをするとはな。裏切り者は生かしちゃおけねえ！」

四郎はこの言葉を聞きながら、もっと酷《ひど》い裏切り者はこのじぶんだと思った。義母を犯したのだ。それに較《くら》べれば、春行と多恵の罪はずっと軽いだろう。四郎は栄一の声がはるか彼方《かなた》に聞こえた。

「春行は田舎の旅の一座にはいると言ったんだな？」

「え、ええ」

「多恵は金沢の出身だ。東京から逃《ず》らかったとすりゃ、とりあえず故郷に向かうだろう。おれは明日金沢に発《た》つ」

四郎はもう一度渇いた唇を舐めた。特高刑事・奥山貞雄の言葉を憶《おも》いだしたのだ。あとは戸樫栄一だ。ある意味じゃ木本繁雄よりずっと危険なんだよ、あいつはな。頭じゃなく肉体で考えるほうだ、何をしでかすか読めん。早稲田の中庭でそう喋った。その栄一の興奮が収まりそうにもない。四郎はその眼を眺めながら言った。

「どうなるんですか、燭光座は？」

「終わりだ、もう完全にぶっ壊れてる」

「主演女優と主演男優が消えたんですものね」

「燭光座を潰《つぶ》したのは特高でもなきゃ流行《はやり》すたりでもねえ。春行と多恵だ。あのふたりが内側から燭光座をぶっ壊しやがった。赦《ゆる》せねえ。絶対に赦せねえ。あのふたりをぶっ殺さなきゃ、おれは狂っちまう」

「どうしましょう？」

「何をだ？」

「劇団の他の連中にはどう説明します？」

「おまえに委《まか》せるよ。好きなようにしてくれ。おれはもう春行と多恵をぶっ殺す以外のことは考えたくもねえ」

「戸樫さん」

「何だ？」

「別れですか、これで？」

「そのとおりだ、明日金沢に発てば、もうおまえと顔を合わせることもあるめえ」

「飲みませんか？」

「何だと？」

「まだ陽が高いけど、一杯飲《や》りませんか、新宿の追分バーで。もう逢えないんでしょ、別れの盃《さかずき》でも」

「持ってるのか？」

「何をです？」

「金銭《かね》だよ、金銭。おれは失業中の身だ。懐《ふところ》にあるのは金沢行の切符代ぐらいでな、おまえに奢《おご》るゆとりはねえ」

四郎は栄一とともに東五軒町の家を出た。懐には新宿の質屋で借りた金銭が二円五十銭ばかり残っている。霊南坂に戻るときにタクシーを使わなければ、これで足りる。追分バーならふたりで二円ちょっとだろう。上空のぶ厚い雲はすぐにも雨に変わりそうだった。腕時計を質入れしたままなので正確な時刻はわからないが、四時半にはなってないと思う。四郎は栄一と肩を並べて路地にはいった。

時刻が時刻なのだ、新宿はまだ混みあってはいない。

それにしても、このあいだ遊び人風の三人を追い払ってくれた近衛《このえ》歩兵第三連隊の諏訪牧彦を憶いだす。じぶんとほぼ同年齢らしいあの一等兵の立ち居振舞いは実に凛《りん》としていた。しかし、ああいう存在が日露戦争以降その地位を不動のものとした財閥による日本支配を支えているのだ。そのことを考えると、複雑な気持になる。

ふたりで追分バーにはいった。

店内はまだ閑散としている。

ふたりでカウンターにつき、四郎はキング・ウィスキーを頼んだ。

「おれは電気ブランでいい」

「奢りますよ、ぼくが」

「ウィスキーなんて労働者の酒じゃねえ」

四郎は給仕に注文を電気ブランと言いなおした。

そのコップがふたつ運ばれて来た。

それを合わせてから四郎は栄一に言った。

「摘みは何にします？」

「要らねえ」

「けど」

「要らねえんだよ。あのふたりのことを考えると食う気にはならねえ。ただただ電気ブランで胃のなかをぐちゃぐちゃにしてえ」

四郎も結局摘みを頼まなかった。

栄一は春行と多恵のこれまでの不審な行動を逐一喋り、そのたびに畜生と吐き棄《す》てた。春行の多恵に向ける視線。それを意識して多恵が示す艶《つや》めいた仕草。符牒《ふちよう》の入り混じるふたりの会話。腹立たしげにそれらを語っては、栄一は電気ブランを飲み干した。

明治の半ばに浅草の酒販売店主・神谷《かみや》伝兵衛《でんべえ》が考案したと言われるこの雑穀酒はブランデーに似た味がする。電気がまだ珍しかった時代なのでそう命名されたらしい。

四郎も新たな電気ブランを注文した。

そのとき追分バーに三人連れの客がはいって来た。三人ともシャツが濡《ぬ》れている。とうとう降りだして来たのだ。だれも傘は持っていなかった。

「ぶっ殺してやる、ふたりとも！」栄一はすでに酔って来ているようだった。「燭光座があったからこそ、おれは社会的に眼醒《めざ》めたし、道も踏み外さなかった。それをあのふたりは壊しやがった。白蟻《しろあり》みてえに内側からな。このままにしておけるわけがねえ！」

「戸樫さん」

「何だ？」

「ぼくは戸樫さんに人殺しなんかできないと思う」

「甘えよ、おまえはまだ学生だからな。犯罪だろうと何だろうと、白蟻みてえな連中は踏み潰すしかねえんだよ。ほら、イギリスかどこかの諺《ことわざ》にあったろ、一個の腐った林檎《りんご》は樽《や》のなかを全部腐らせる、とな。だから摘み出さなきゃならねえ。おれは殺る。

殺らなきゃ腹の虫が収まらねえ」

四郎はずぶ濡れになって霊南坂の家に辿《たど》り着いた。追分バーの支払いを済ませるとタクシーを拾う金銭は残ってなかった。省線で四谷まで行き、そこから傘も差さずに歩いて来たのだ。時刻は八時を越えたばかりだろう。真沙子は十時きっかりに玄関の鍵《かぎ》を掛ける。四郎は呼び鈴を鳴らさずに玄関の扉を引き開けた。

靴を脱いで二階に向かおうとしたとき台所から真沙子が出て来るのが見えた。四郎はわずかな動揺《たじろ》ぎを覚えた。その表情にこれまでのようなこだわりが消えているように思えたのだ。ほとんど口を利《き》こうとしなかった真沙子が言った。

「びしょ濡れじゃない、四郎さん、傘を持ってけばよかったのに」

「忘れてました、梅雨だってことを」

「沸いてるわ、お風呂《ふろ》」

「今夜は結構です、風呂は」

真沙子が何か言おうとした。

四郎はそれを無視して階段を昇りはじめた。電気ブランを何杯飲んだのか憶えていない。じぶんが酔っているのかどうかもわからなかった。四郎はじぶんの部屋にはいり照明を入れて、雨に濡れたシャツと下着を脱いだ。

階段を昇って来る足音が聴こえたのはそれからすぐだった。部屋の扉は叩かれなかった。無言のまま扉を開け、手拭《てぬぐ》いと下着を手にした真沙子がはいって来た。

四郎はどぎまぎして来た。

真沙子が下着類を寝台に置き、手拭いだけを手にして口を開いた。吐きだされた声は掠《かす》れきっていた。

「拭《ふ》いたげる」

「いいですよ、じぶんで拭きます」

「拭かせて欲しいの」

四郎は喉の奥が勝手にごくりと鳴ったような気がした。

手拭いを持つ真沙子の右手が伸びて来た。それがこっちの頭髪を拭きはじめた。小《こ》袖《そで》の単衣《ひとえ》に包まれたそのふくよかな体が胸に近づけられて来た。

四郎はそれに押されるように寝台に仰向けに崩れ落ちた。真沙子もそのまま体重を預けるようにして胸のうえに倒れ込んで来た。吐息を首筋に感じる。四郎は呻《うめ》くような声で言った。

「やめてください、お義母《かあ》さん」

「お義母さんだなんて呼ばないで」

「けど」

「あたしだってまだ若いんだし、血も繫《つな》がってないんだから」

四郎はこの言葉にどう反応していいかわからなかった。とにかく何か言おうとした。だが、その口が唇に塞《ふさ》がれた。胸のうえにある真沙子の重さが心地よかった。やわらかなその重みが動いているのだ。口が吸われている。最初の交わりのとき、真沙子は終始体を硬くしたままだった。しかし、いまはちがう。単衣越しだが、胸のうえでたおやかな乳房が泳いでいる。両手はこっちの髪を撫《な》でていた。四郎は急速に股間《こかん》が熱を帯びて来るのを感じた。

口を吸われながら両腕を真沙子の背なかにまわした。同時に何かが囁いた。一度だろうと二度だろうと同じことだ。どれほどじぶんを律しようと、もう父を裏切ったことに変わりはない。罪は絶対に消えはしないのだ。その囁きを脳裏で聞きながら真沙子の背なかにまわした両腕にわずかに力を籠《こ》めた。

乳房の弾力が一段と強く感じられる。

どれぐらい口を吸いあいつづけていただろう、真沙子が唇を離した。四郎もその背なかにまわしていた両腕を緩めた。吐息が耳もとに降り掛かり、うわずった囁きがそれにつづいた。

「素敵。四郎さんって素敵」

四郎は全身の血が滾《たぎ》って来るような気がした。

真沙子が体を離し、寝台を降りた。帯をほどいて小袖の単衣を脱いだ。繻袢《じゆばん》はつけていなかった。白い裸身が部屋の白熱灯に曝《さら》されている。四郎は仰向けに横たわったままそれを眺めていた。豊かな乳房と発達した太股《ふともも》。股間の茂みと引き締まった足首。こうやって真沙子の裸体を見るのははじめてだった。最初のときは力まかせに乳房を揉《も》みしだき、無理やりに繋がったが、真沙子が全裸になることはなかったのだ。四郎は何かが白熱灯にぶつかるかすかな音を聴いた。それは一匹の大きな蛾《が》だった。その蛾が鱗粉《りんぷん》を撒《ま》き散らすなかを真沙子がふたたび寝台に近づいて来た。

その手が四郎のズボンの革バンドを外した。けばけばしい羽根を持つ蛾が白熱灯のまわりを戯《たわむ》れている。撒き散らされる鱗粉がきらきらと輝きながら舞う。ズボンが引っ張られた。四郎は全裸にされた。屹立《きつりつ》しているものに真沙子の手が軽く触れた。

胸の鼓動が一段と高まっていった。

真沙子がふたたび蔽い被《かぶ》さって来た。全身が熱く、うっすらと汗をかいている。その体を抱き締めた。それとともに春行の言葉が脳裏で跳ねかえった。かわいそうじゃねえか、多恵は女盛りなんだぜ、おれが抱いてやらなきゃ狂っちまわあね。そう言ったのだ。あの科白が何度も脳裏で響き渡った。真沙子を抱き竦《すく》めたまま寝台のうえで半回転した。たがいの汗と汗が混じりあっている。四郎は唇を真沙子の首筋に這《は》わせた。胸のしたには滑らかな肌の乳房がある。真沙子がこっちの頭髪を両手で摑んで掠れる声で言った。

「好き。敷島家のなかで四郎さんが一番好き。四郎さんと一緒だったら、あたし、地獄に堕《お》ちても何の後悔もしない」

窓から差し込んで来る朝の光に四郎は眼を醒ました。全裸のままだった。昨夜は三度、真沙子と営んだ。背徳がこれほど甘美なものだということを四郎ははじめて知った。それがどうしようもなく情欲を搔《か》き立ててしまうということも。春行と多恵も同じだったのだろうか？　四郎はそう思いながら寝台を降り、身仕度を整えた。今後、夜はじぶんがどうなっていくのかはだいたい想像できる。昼間は自己嫌悪《けんお》に苦しみ、夜は真沙子のあの吸いつくような肌に溺《おぼ》れて背徳の甘美さを求めるのだ。もう人間じゃない。昨夜、真沙子は言った。地獄に堕ちても何の後悔もしない。そうなのだ、一緒に地獄に堕ちるしかなくなっている。四郎はそう思いながら部屋を出て階段を降りていった。

食堂の硝子《ガラス》戸を引き開けると、真沙子が表情を強ばらせたまま食卓の椅子に腰を下ろしていた。朝食の準備はされていない。食卓のうえには何も載ってはいないのだ。

真沙子はこっちに視線を向けようともしなかった。

「どうしたんです？」

「亡《な》くなりました」

「え？」

「あの人が死にました」

「い、いつです？」

「わかりません。四郎さんの部屋を出て応接間にはいったとき、あたしはあの人の顔を見なかった。そのままそばに横たわったんです。だから、そのときもう死んでたのか、それともあたしが眠ってたときに息を引き取ったのかわからない」

四郎は黙って踵《きびす》をかえした。じぶんでもびっくりするくらい冷静だった。父が寝室代わりに使っていた応接間にはいった。寝台のそばに歩み寄った。父がタオル地の上掛けを胸に蔽って横たわっている。口を大きく開き、眼を瞠《みひら》いていた。四郎はその眼を瞑《つむ》らせようとした。無駄だった。いったん閉じさせた瞼《まぶた》がすぐにまた開く。もう死後硬直がはじまっているのだ。四郎は応接間を出て、居間の飾り棚のそばに近づいた。そのうえに置かれている電話の受話器を取りあげ、野中医院のダイヤル番号をまわした。これは去年、交換手呼び出し方式から切り替えたものだ。柱時計に眼をやると、針は六時三十七分を指している。呼びだし音が何度もつづいた。ようやく女の声が出た。野中正文の妻だろう。野中先生に緊急の用があります、電話口までお願いできませんかと四郎は名まえを名乗ってから言った。二分ばかり経って、どうしたんだねという正文の声が聞こえた。四郎はじぶんに言い聞かせるようにゆっくりと口を開いた。

「父が身罷《みまか》りました」

「いつだね？」

「今朝寝室を覗《のぞ》いたら、すでに息を引き取っていました」

「すぐにそっちに行く。それから死亡届やら何やらの手続もしなきゃならん。役所が開くまできみは御遺体のそばについててくれ」

四郎はわかりましたと言って受話器を置いた。

食堂に戻ると、強ばりきっていた真沙子の表情がゆるゆると崩れていった。溢《あふ》れ出た涙が頬を伝わった。顔をくしゃくしゃにしながら真沙子が笑った。その喉から甲高い声が絞りだされた。

「あたしたちふたりが抱きあってるときに、あの人はたったひとりで死んでいったんだよね！」泣きながら笑っているのだ。笑いながら泣いている。「あたしたちってどんなことがあっても救われない。地獄の底まで堕ちた。地獄の底を這いずりまわりながら生きていくしかなくなった！」

6

間垣徳蔵が関東軍独立守備隊の兵営を訪ねて来たのは昼食を終えた直後だった。この日の午前中には奉天に戻って来た張学良が父・張作霖の死亡を発表し、八月五日にその葬儀を執り行うという。東三省を束ねて来た馬賊あがりの総司令の死は表向きには二週間以上伏せられて来たのだ。訪ねて来た徳蔵は支那《しな》の便衣を纏《まと》ってはいなかった。パナマ帽を被《かぶ》り、真っ白い背広の上下を着こなしている。将校宿舎のなかにはいって来ると、徳蔵は部屋のなかを眺めまわしながら言った。

「狭っ苦しいね、ここは。歩きながら話さないか」

敷島三郎は頷《うなず》いて徳蔵とともに部屋を出た。ふたりで駐屯地の練兵場に向かった。大気は澄みきっている。練兵場に出た。三郎は徳蔵と肩を並べてその端を歩きながら言った。

「結局、臧式毅は北大営から兵を動かしませんでしたね。河本高級参謀が読みちがえたということになるんでしょうか？」

「高級参謀だけじゃない。わたしたち特務機関全員のまちがいだ。あらかじめ臧式毅に張作霖爆殺を予告し、身柄の安全と将来の優遇を約束して、かたちだけでも北大営から留守部隊を出動させるように画策すべきだった」

「どうなるんですか、これから満州は？」

「とりあえず張学良が奉天督弁となった。東三省保安総司令に就任するのも時間の問題だろう。関東軍内じゃ日本の陸軍士官学校を出た楊宇霆を推す声も強かったが、まだ満蒙《まんもう》を領有したわけじゃないんだ、そこまでは強制できん」

「じぶんは張学良がどんな人間なのかをほとんど知りません」

「馬賊だった張作霖が遼河《りょうが》沿いの最初の戦闘で勝利したときに生まれた長男で、二十七歳になった。頭の回転は相当なものだし、何よりも進取の気性に富んでる。東三省航空処総弁を務めたことがあり、飛行機もじぶんで操縦できる。それに、なかなかの男前《おとこまえ》でな、花々公子《ファファゴンズ》つまり女泣かせの二枚目とも呼ばれてる。だが、癮《いん》だ」

「阿片《アヘン》を？」

「張作霖はふたつの勢力の均衡のうえに政権を築いてた。日本の陸軍士官学校を卒業した洋派と呼ばれる連中と支那の軍官学校を出た土派という連中との緊張を維持することによって東三省に君臨できてたんだよ」

「煙草《たばこ》を喫《す》ってもよろしいでしょうか？」

「もちろんだよ、わたしも喫いたいと思ってたところだ」

三郎は軍服の衣嚢《いのう》から煙草を取りだした。

徳蔵も煙草に火を点《つ》けてつづけた。

「張学良は土派の代表・郭松齢《かくしょうれい》をこころから尊敬してたらしい。郭松齢は奉天陸軍小学堂を出て、四川で辛亥《しんがい》革命を体験した。ある意味じゃ生粋の民族主義者なんだよ。奉天に戻って来ると、張作霖が開校した東三省陸軍講武堂の講師となった。張学良はその講武堂の第一期生でな、そのときから郭松齢の教えに心酔するようになったんだ、軍事学だけじゃなく世界観まで郭松齢に叩《たた》き込まれた」

「で？」

「もうすぐ三年になる」

「何がです？」

「郭松齢が洋派の代表・楊宇霆の排除を求めて張作霖に叛旗《はんき》を翻《ひるがえ》してから三年になる。軍閥同士の抗争をやめ、きちんと民政に取り組めというのがその主張だった。だが、張作霖と楊宇霆はわが関東軍の協力のもとにそれを鎮圧して郭松齢を処刑した」

三郎は煙草を喫いながらその言葉を聞いていた。

徳蔵が銜《くわ》え煙草のままぐすっと笑い声を洩《も》らして言った。

「張学良は尊敬する郭松齢が処刑されるのを黙って見ているしかなかった。そのことがよっぽどこころ苦しかったんだろうな、それからだよ、張学良が阿片に手を出すようになったのは」

「しかし、軍人として父親を補佐しつづけたんでしょう？」

「それがどうした？」

「できるんですか、癮になってもそんなことが？」

「癮といっても、それほど酷《ひど》い癮じゃない、治療を受けてる」そう言って徳蔵が足を停めた。「もうひとつ、張学良の性格をかたちづくってるのはキリスト教だ。入信してるわけじゃない。だがな、十六歳のとき奉天キリスト教青年会にはいって欧米人とつきあうようになった。要するに、自由だとか権利だとかいう言葉を弄ぶようになったんだよ」

「じぶんの父親はキリスト教徒ではありませんが、いわば自由主義者であります」

「建築家や芸術家が自由主義者であろうといっこうにかまいはしない。しかし、政治家や軍人がそれだと困る。現実を処理するには、自由だの権利だのって甘ったるいことは百害あって一利なしだ。何人の人間が罪なく死のうと、歴史は冷酷に推し進めていかなきゃならんのだからな」

三郎は向かいあってその眼を見据えた。

徳蔵が短くなった煙草を足もとに捨て、それを靴底で踏み潰《つぶ》しながらつづけた。

「張学良がこれから東三省をどうしていくかまったく読めん。監視はつづけるが、あいつは相当に用心深い。奉天に戻って来るのがこれだけ遅れた理由が何だかわかるかね？」

「いいえ」

「日本からの電報だよ」

「どういう意味です、それは？」

「張作霖には十四人の子供がいた。張学良の弟は張学銘《ちょうがくめい》だ。いま日本にいる。陸軍中尉《ちゅうい》の身分で、習志野の歩兵第一連隊長・服部兵次郎《はっとりへいじろう》大佐のところに預けられてるんだよ。特務機関が摑《つか》んだ情報じゃ、その学銘が兄に電報を打った。皇姑屯そばの特別列車爆破は関東軍の謀略にまずまちがいない、とな。張学良が錦州からすぐに奉天に戻って来ようとしなかったのは、何が待ち受けてるかわからないという警戒感からだよ」

徳蔵がふたたび歩きだした。きょうの午後は訓練予定はない。張作霖死亡公表で取りやめになったのだ。練兵場は静まりかえっている。三郎も煙草を捨てて歩きはじめた。肩を並べる徳蔵がわずかに声を落として言った。

「東京に行った河本高級参謀が軍中央に何をどう報告したかはわからない。しかし、田中首相はもう気づいてるだろう。関東軍が奉勅命令の伝宣なしに突っ走ったことぐらいな。張作霖爆殺は帷幄《いあく》上奏を経ずして行われたんだからな、田中首相が窮地に陥ることは眼に見えてる」

三郎は黙ってその言葉を聞きつづけた。陸軍士官学校では軍令とは何かについて徹底して叩き込まれた。兵員数の増減や軍事力の拡大といった軍政は陸軍省が行うが、軍令つまり統帥権《とうすいけん》は大元帥たる天皇に直結している。その発動は帷幄上奏すなわち陸軍の参謀総長か海軍の軍令部長が閣議を経ずに直接天皇に裁可を求める必要があるのだ。帷幄とは幕をめぐらして作戦計画を立てる本営を意味する。三郎は脱走した二等兵・藤里多助を追ったときに脳裏を掠《かす》めた疑念を憶《おも》いだした。河本大作高級参謀の行為は統帥権の干犯に当たらないのだろうか？　それがまた頭のなかでぶりかえした。だが、その疑念を強引に追い払い、徳蔵の新たな言葉を待った。

「爆殺の直後に奉天にやって来た民政党の松村謙三は現場調査を行なって帰国後ただちに民政党総裁・浜口雄幸《はまぐちおさち》に報告した。そしたら、浜口雄幸はことの重大さに仰天し、これは党派を超えた国家的大問題なので、その処置はすべてじぶんに一任して欲しいと言ったらしい。何しろ大日本帝国の根幹たる統帥権に絡《から》んだことだからな。しばらくは議会も静かだろう。しかし、それは長つづきしない」

「どういう意味です？」

「いずれこの満州某重大事件は帝国議会に引っ張り出される。要するに政争の道具にされるんだよ。その結果、田中首相は政権を投げだすだろう。日露戦争で満州軍参謀として張作霖を助命して軍功を挙げ、陸相としてシベリア出兵を遂行して男爵《だんしゃく》の爵位を受け首相兼外相となった田中義一が、満州での張作霖の死によって失脚するんだ。皮肉と言えば、このうえない皮肉だよ」

「高級参謀はどうなります？」

「私利私欲に走ったわけじゃない、大日本帝国の満蒙領有のために行ったんだ。それほど酷い処分は受けけんだろう」

「じぶんは満蒙領有は当然のことだと考えております。これはその計画が頓挫《とんざ》したことを意味するんですか？」

徳蔵がまた足を停めた。三郎はふたたび煙草を喫いたいのかと思ったが、そうじゃなかった。徳蔵がその場にしゃがみ込み、練兵場の大地を両手で撫《な》でながら言った。

「満蒙領有を諦《あきら》めていいわけがない。一時期、帝国議会はごたごた揉《も》めるだろうが、かならずもとに戻る」その手が大地を掃いた。「これを見ろ、砂のしたには粘土質の大地がある。だれが言ったのか忘れたが、言ってみりゃ大和民族はこういう粘土だ。がっちり固まってることを好む民族性を持ってる」その手が掃き寄せられた砂を握りしめた。「支那人はこういう砂だ。ひと口に支那人と言っても、漢族や満族、蒙古族などに分かれてるし、漢族のなかでも連帯心がまるでない。それが軍閥同士の殺しあいを呼んでるんだ。大和民族には好都合このうえないが、支那人は砂なんだよ。風が吹きゃあちこちに飛び散る。一致団結なんかできるわけがない。満蒙領有は時間の問題だと考えてくれ」

三郎はこの言葉にあらためてこころが高揚して来るような気がした。そうなんだ、まさにそのとおりなんだとじぶんに言い聞かせた。徳蔵がゆっくりと腰をあげた。そのとき、三郎は練兵場のどこかでじぶんの名まえを呼ぶ声を聞いた。

「きみの兄上が来てる」徳蔵が低い声で言った。「きょうのところはわたしはこれで失礼しよう」

三郎はその場で徳蔵と別れて兵営のほうに向かって歩きだした。兵営と練兵場を分つ道路に一輛《りょう》のフォードが駐《と》められている。そのそばに長兄の太郎と兵士ひとりが立っていた。さっき敷島少尉殿と呼んだのはその兵士なのだ。三郎はそこに歩み寄った。兵士が敬礼して立ち去った。フォードの運転席には支那人の運転手が座っている。そこで待機するように命じられたのだろう。三郎は太郎に向かって言った。

「どうしました、兄さん、急用ですか？」

「父さんが死んだ」

「え？」

「さっき四郎からの電報が総領事館に届いた。父死す、すぐ帰れ、とな」

三郎はすぐにはどう反応していいかわからなかった。弟の四郎の手紙で父の病状が悪化していたことは知っている。癌《がん》なのだ、治癒《ちゆ》することはありえない。死は時間の問題だった。だが、現実にそれを報《し》らされてみると、呆然《ぼうぜん》とするしかなかった。

「すぐに上官に特別休暇を願い出てくれ。葬式には間に合わなくても、告別式には立ち合わなきゃならん。帰国の用意をしろ」

「わかりました」

「三郎」

「何です？」

「間垣徳蔵と何を話してた？」

「べつにたいした話はしてません。今後の日本や満蒙情勢やらについてですよ」

「深入りするな」

「何ですって？」

「あいつに深入りするな」

「どういう意味です、兄さん、それ？」

「あいつは敷島家に取り憑《つ》いた悪霊《あくりよう》のような気がしてならん。次郎みたいに馬賊になっちまえばどうってことはないだろうが、わたしやおまえみたいにふつうの神経をしてりゃ蜘蛛《くも》の巣に引っ掛かった揚羽蝶《あげはちよう》のような気分になる。もがけばもがくほど、蜘蛛の糸みたいに羽根に絡んで来る。あいつとは絶対に距離を置いたほうがいい」

7

暮れなずむ山間の樹々《きぎ》のあいだを敷島次郎は青龍《せいりゅう》同盟の十五名の配下を率いて東に向かっていた。先頭を猪八戒が進む。間島地方の中心地・延吉《えんきつ》にはあと小一時間で着くだろう。誘拐した鹿容英は昨日の正午過ぎに解放した。間島大旅館の経営者・全承圭は木材の伐採権を手に入れただろう。そのことが今後この間島地方に何を齎《もたら》すのかは知ったことじゃない。緑林の徒は報酬さえちゃんと受け取れればそれでいいのだ。樹々のあいだを雉鳩《きじばと》が飛び交う。かすかに霧に包まれた大気は薄墨色で、すべてから色彩が失われていた。それにしても、誘拐したあの十五歳の娘は青龍同盟のだれにたいしても一切恐怖感を示さなかった。むしろ、束の間《つかのま》の露営暮しを愉《たの》しんでいるように見えたのだ。衰亡しつづける旗人の生活に倦《う》んでいたのかも知れない。豪勢な館《やかた》に住んでいても、無為に流れる旗人の日々を憎んでいた可能性もある。明らかに容英は混乱のなかで生じる新しい何かを求めていたのだ。これから満州で生じることはたぶんそういう時代の気分に支えられていくのだろう。そう思いながら次郎はゆっくりと風神を進めていった。

突然、猪八戒が脚を止めた。

その喉《のど》から低い唸《うな》り声が洩《も》れはじめた。

次郎は風神を止めてあたりを窺《うかが》った。

樹々のあいだで次々と白い光が放たれた。懐中電灯が点灯されたのだ。それは前方から、左右から。その光に薄墨色の大気が急速に暗くなったような気がした。

猪八戒の唸り声が強くなり、その体勢がじわじわと低くなっていった。跳躍の姿勢にはいったのだ。次郎はぴっと口笛を鳴らした。猪八戒の喉から唸り声が消え、踏ん張りが緩んだ。

「動くな」樹々のあいだから声がひとつ飛んで来た。その北京語は滑らかじゃない。

「おまえらは完全に包囲されてる」

次郎はゆっくりと右手をかざした。青龍同盟の配下たちに抵抗するなと無言で伝えたのだ。張作霖が爆殺され、息子の張学良が奉天に戻って来たという情報はもう耳にはいっている。満州はいま大混乱のさなかだ。取り囲んだのが吉林省の巡警部隊なら職務より個人的利益を優先させる。買収はいとも簡単だろう。次郎は大声で言った。

「おれは青龍同盟の青龍攬把だ。金銭ならある。交渉には応じるぞ」

「動くな、動けば撃つ」

次郎はこの言葉を聞きながら、どうして北京語がぎこちないのかわからなかった。

そのまま馬上で新たな動きを待ちつづけた。

いくつもの懐中電灯がやがて近づいて来た。

大気はすでに夜霧に変わっている。

そこに現われた二十近い人影は軍服を着てはいなかった。巡警部隊じゃないのだ。

だが、だれもが拳銃《けんじゅう》を手にしているのがわかった。

懐中電灯のひとつがこっちの顔に向けられた。どれぐらいその光に照らされつづけたろう、声が響いた。

「緑林の徒か？」

「それがどうした？」

「話し合いたい」

「何を？」

「晩飯は食ったか？」

「まだだ」

「振舞うよ、晩飯をな。ろくなものはないが」

「ここでかね？」

「おれたちの根拠地でだ」

「だれなんだね、あんたは？」

「抗日救国義勇軍の崔玄洋《さいげんよう》だ。一緒に来てくれ。ただし、妙な動きをしたら即座に撃ち殺す。忘れるな、これはただの脅しじゃない」

連れて行かれたのは山の斜面にある大きな洞穴のまえだった。そこでは焚火《たきび》が焚かれ、巨大な鉄鍋《てつなべ》で何かが煮られている。立ち昇る白い湯気のなかから料理の匂《にお》いが漂って来る。洞穴のまえで動いている人影は二十人ばかりだった。

敷島次郎はその洞穴のまえで風神を降りた。

焚火の炎に照らされた玄洋の顔は声の響きとは裏腹にまだ若かった。年齢は二十四か五だろう。しかし、細い眼から放たれる光には強い意思を感じさせる。その玄洋が低い声で言った。

「悪いが、武器は預らせてもらうぞ」

次郎は頷《うなず》いて弾帯を外した。搬舵《パントウ》の辛東孫が何か言おうとした。拳銃を渡すことが躊躇《ためら》われたのだろう。次郎はそれを制してモーゼル拳銃を弾帯ごと玄洋に手渡した。

青龍同盟の配下たちもそれに倣《なら》った。

玄洋がもうひとりの若い男に十六の拳銃を束ねさせながら言った。

「晩飯は野鳥の肉と雑穀を煮込んだものだ」

「何もないよりいい」

「晩飯ができるまで煙草《たばこ》でも喫《す》いながら話そうじゃないか」玄洋がそう言って洞穴のほうに顎《あご》をしゃくった。「わたしたちは緑林の徒を嫌ってはいない。むしろ、今後の社会のために重要な動きをしてくれると信じてる」

次郎は玄洋と肩を並べて洞穴のなかに足を踏み入れた。そこは外から見るよりはるかに広かった。鍾乳洞《しょうにゅうどう》なのだ。篝火《かがりび》が焚かれ、天井から垂れ下がる鍾乳石や足もとから伸びる石筍《せきじゅん》を照らしだしていた。豊富な地下水も小さな川をつくって流れている。次郎は玄洋と向かいあって石筍のうえに腰を下ろし、肩窄児《チエンチアル》の衣嚢《いのう》から煙草を取りだした。

「ここには抗日救国義勇軍の同志三十三名が暮してる」玄洋もそう言って煙草を取りだした。「聞いたことはあるかね、抗日義勇軍の存在を？」

「朝鮮の独立を目ざしてるんだろう？」

「正確じゃない、その言いかたは」

「どう言えばいいんだね？」

「朝鮮の人民解放」

次郎は銜《くわ》えている煙草に黙って火を点《つ》けた。三年まえに組織された朝鮮共産党は満州に亡命した朝鮮人活動家によって延吉に満州総局が置かれ、在満の朝鮮人たちを組織することに躍起になった。おそらく玄洋も平壌大学かどこかに在学中に活動を開始し、日本の官憲に追われて間島へやって来たのだろう。次郎はその眼を見据えながら煙草のけむりを大きく吸い込んだ。

「日本帝国主義に蹂躙《じゅうりん》されて、わが祖国はむちゃくちゃになった」玄洋がそう言って煙草に火を点けた。「土地は収奪され、人民は強制労働に駆りだされる。そんなことが赦《ゆる》せるか？」

次郎は無言のまま煙草を喫いつづけた。玄洋はこのじぶんが日本人だということにまったく気づいていないのだ。だが、次郎はそれが不愉快でも何でもなかった。祖国は捨てたのだ。次郎は銜え煙草のまま腕組みをした。

「日本帝国主義は貪欲《どんよく》きわまりない。韓国併合に飽き足らず満蒙《まんもう》まで領有しようとしてる。どう思う、あんたは漢民族としてそのことを？」

「政治には興味がないんだよ」

「そんな暢気《のんき》なことを言ってる場合じゃないんだよ。情勢は逼迫《ひっぱく》してる。いまこそ朝鮮と中国の人民は連帯して日本帝国主義の暴虐《ぼうぎゃく》を阻止しなきゃならない」

「具体的にはどうしろと？」

「わたしはね、緑林の徒も中国人としての誇りを持つべきだと思うんだよ。これまでみたいに商人から通行料をせしめたり、地主に傭《やと》われて農民を苛《いじ》めてる場合じゃない。私利に走るんじゃなく、もっと広い視野で活動しなきゃならないんだよ。幸い、緑林の徒は戦いかたを知ってる。人民との連帯によって歴史を変えられるんだからね。そういう光輝に充《み》ちた戦列に加わって欲しい」

「青龍同盟に日本軍と戦えと？」

「そのとおりだ、そうあってこそ緑林の徒は革命軍へと変質できる」

次郎は玄洋の顔を見据えながら中国共産党もこういう口説きかたをして来たのだろうかと思った。去年の八月一日の南昌蜂起《ほうき》後に創設された工農紅軍は、農村から弾《はじ》き出されて匪賊《ひぞく》化していた連中を吸収し、紅軍兵士として組織していった。その数は拡大しつづけている。いずれにせよ、いまここにいる連中も朝鮮共産党によって結成され、中国共産党や工農紅軍の強力な影響下にあるのは確かだった。次郎は短くなった煙草を足もとに落とし、それを鞋底《くつぞこ》で踏みにじりながら言った。

「間島に来てる朝鮮人のなかには、日本に協力し、一儲《ひともう》けを企《たくら》んでる連中もいっぱいいる」

「知ってるよ、もちろん」

「どうするつもりだね、そういう連中を？」

「殺すしかない、人民の敵は」

「赦すと思うかね、日本の官憲がそんなことを？」

「戦うだけなんだよ、日本人がどう思おうとね」玄洋がそう言って立ちあがった。

「そろそろ飯が炊《た》きあがるころだ、出よう」言葉を強めてつづけた。「いますぐ合流してくれとは言わん。しかし、来るべきときが来たら、青龍同盟にはかならず人民の側に立って欲しい。民衆から嫌悪《けんお》されて来た緑林の徒が人民のために革命の前線に立つ。その光景を想《おも》い浮かべてくれ、こころが躍らないか？」


延吉の町にはいったのは午前十時過ぎだった。陽射《ひざ》しが強い。昨夜は洞穴のなかで眠り、拳銃を返されて出掛けるまえに朝食の供応を受けた。樹々のあいだで馬を進めながら搬舵の東孫が崔玄洋と何を話したんですかと訊《き》いて来た。次郎は、人民のために革命の前線に立って欲しいと要請されたと答えた。人民とはだれのことなんですかね、と東孫は嘲笑《あざわら》った。延吉は住民の七割近くが朝鮮人だ。ここに来るといつも平壌大旅荘に泊まる。みんなでその中庭の柵《さく》に馬を繋《つな》いだ。

明日の昼過ぎにこの延吉で支那《しな》人地主・唐化成《とうかせい》と逢《あ》うことになっている。依頼内容は話を聞いてみるまでわからない。

「きょうと明日はみんなを拘束しない」次郎は青龍同盟の配下たちに言った。「時間をどう使おうがみんなの自由だ。娼妓《しょうぎ》を買いたいやつは妓楼へあがれ」

配下たちがどっと沸いた。

金銭収支や武器弾薬の補塡《ほてん》を担当する軍需の高芳通《こうほうつう》が平壌大旅荘の帳場に向かった。宿泊代の前払いをするためだ。すぐにそれが終わった。

次郎は煙草に火を点けて控えの間から宛《あて》がわれた部屋に向かおうとした。敷島くんじゃないかと背後から日本語で声を掛けられたのはその直後だった。振りかえると三井物産上海支店の地井征秋《ちいまさあき》が立っていた。東京から出奔し上海をぶらついていたとき共同租界で五、六度一緒に飲んだ。今年四十三か四になったはずだ。次郎は銜え煙草のまま言った。

「転勤になったんですか、地井さん、こっちに？」

「そうじゃない、間島支店の状況を調査に来ただけだよ」眼鏡のぶ厚いレンズの奥からこっちを見つめながら言った。この商社員が笑ったのを一度も見たことがない。

「懐《なつか》しいね。きみの噂《うわさ》は聞いてるよ。馬賊として相当派手に暴れまわってるらしいね」

「性に合ってるんですよ、こういうことがね」

「時間はあるかね？」

「きょうはあり余るぐらいあります」

「久しぶりだ、話さないか？」

「酒はまだ飲む気になれません」

「近くに日本の甘味《かんみ》屋がある。そこで」

次郎は頷いて征秋と肩を並べ、平壌大旅荘を出た。歩いて三分ほどの距離に甘味処《どころ》・蓬萊《ほうらい》の暖簾《のれん》を出す店舗が見えた。そこにはいった。延吉には何度も来てるが、この暖簾をくぐるのははじめてだ。障子や襖《ふすま》、招き猫や酉《とり》の市《いち》の熊手《くまで》。なかはわざとらしいほど和風に設《しつら》えてある。その小あがりで次郎は座卓を挟んで征秋と向かいあった。

朝鮮人の若い女が片言の日本語で注文を取りに来た。次郎は心天《ところてん》と緑茶を頼んだ。征秋は羊羹《ようかん》を。それが運ばれて来た。

「聞いてるかね、張作霖爆殺を？」征秋が緑茶を啜《すす》ってから言った。「やったのは関東軍だよ。河本大作高級参謀が指示した」

「みたいですね」

「田中内閣はこれでがたがたに揺さぶられる。あとどれぐらい保《も》つか見当もつかん」

「影響が出ますか、三井物産に？」

「それがまったく読めんのだよ」

「満州はどうなります？」

「奉天省督弁となった張学良が東三省保安総司令に就任することはもうはっきりしてる。日本の軍中央じゃ日本の陸士卒の楊宇霆を推す声もあったが、情勢はすでに決定的だ。八月五日には張作霖の葬儀が行われる。しかし、日本の外交筋も関東軍の特務機関も張学良の動きが今後どうなるか摑《つか》めてないのが実情だ。満州がどうなっていくのかは何とも言えん」

「終わったんですかね、蔣介石の北伐は？」

「張学良の奉天引きあげで一応ね。だが、国民革命軍のなかはまだばらばらだ、これからも相当の内紛が起こるだろう。あとは東三省を束ねることになった張学良がどう動くかだよ。いずれにせよ、蔣介石は北京を北平と改称し、直隷《ちょくれい》省を河北省と改称すると公式に発表するらしい。それによって北伐の完了を内外に宣言するつもりだろう」

次郎は小鉢にはいった心天を食いはじめた。

征秋は注文した羊羹には手をつけようともしなかった。煙草を取りだして火を点けた。そのけむりを吐きだして話題を変えた。

「何年ぶりになるのかな、わたしがこうやって間島地方を訪れるのは。それにしてもここは大いに変わった。朝鮮人だらけだ。図們江を越えてこっちに流れ込んで来た朝鮮人はもう七十万を超えてるらしいね」

「三井物産は間島地方で何を？」

「大豆だよ、大豆。大豆はいまや完全な国際商品だ。どれだけ増産しても捌《さば》ききれないほどでね。間島地方じゃ木材や鉱山経営と並んで大産業となった。支那人と朝鮮人を競い合わせりゃ当然ながら労賃は下がる。三井物産としちゃ大儲けでね」

「しかし、かならず反撥《はんぱつ》が起きますよ」

「わかってる。朝鮮共産党の満州総局の動きだろ？　それについちゃ三井物産も情報を摑んでる。もうすぐモスクワが動く」

「どういうふうに？」

「コミンテルンつまり共産主義第三インタナショナルが朝鮮共産党満州総局に指令を出す。党を解体して中国共産党東三省執行委員会の指揮下にはいれとね」

「その結果は何を呼び起こすんです？」

「結果的には日本に有利に働いてくれる。満蒙領有論が強化されるだけのことなんだからな」

「どういうことです？」

「朝鮮共産党が中国共産党の傘下《さんか》にはいりゃ鎮圧理由は無限に拡《ひろ》がる。東三省の赤化防止のためなら何でもできるんだ。朝鮮軍が東三省に越境して来ても欧米諸国はがたがた言うまい。どこも社会主義者や共産主義者の動きに頭を抱えてるんだからな。関東軍と朝鮮軍が一緒になって東三省で動けば、満蒙領有はぐんと現実味を帯びる」

次郎は心天を食い終えて緑茶を啜った。

征秋が銜え煙草のままふたたび話題を変えた。

「ところで、吉林お静《しず》という女馬賊を知ってるかね？」

「何度も一緒に飲んでますよ。海鳥鞘《かいちょうパン》の古賀静子。なかなかの女です」

「死んだ」

「え？」

「殺されたんだよ」

「どこでだれに？」

「葉文光《ようぶんこう》という男を知ってるかね？」

「面識はありませんが、こういう生業《なりわい》をやってる連中ならだれでも知ってる、吉林省の十三の緑林組織を纏めあげてる総攬把《らんぱ》でね、長春に本拠を構えてます。海鳥嵜もその傘下にはいれと強要されてたけど、お静さんはそれを断わりつづけて来た」

「吉林お静は一週間まえにその葉文光に殺されたらしい。東辺道《とうへんどう》の通化でね」

次郎は敦化で吉林お静と逢ったときのことを憶《おも》いだした。海鳥嵜は葉文光の傘下にはいることを断わったために次々と仲間を失っていった。いつかあいつを殺してやる。吉林お静はそう宣言した。おそらく、葉文光が本拠の長春を離れて通化に向かったという情報を仕入れて襲撃を試み、逆に殺されたのだろう。次郎は湯呑《ゆの》みに残っている緑茶をぐいと飲み干した。

「殺された吉林お静の死体はばらばらに切り刻まれて通化の町を流れる渾江《こんこう》に投げ棄《す》てられたらしい」征秋がそう言って煙草を唇から引き抜き、灰皿を引き寄せながらつづけた。「満蒙領有のためには男は少々荒っぽい真似《まね》をやらなきゃならん。しかし、女だてらに馬賊なんかやるからそういうことになるんだ。日本女性はしとやかさが一番だいじだってことを、満州にいると忘れちまうのかな」

8

麻布山善福寺での告別式を終えて、敷島太郎はみんなとタクシーに分乗して霊南坂に帰った。三郎らとともに満州から戻って来たのは昨日だ。疲れは相当溜《た》まっている。妻の桂子もだろう。告別式の客はきわめて少なかった。喪主となった四郎が父・義晴の交遊関係をほとんど知らなかったし、山口や九州に住む親戚《しんせき》筋を東京に呼ぶ必要はないと判断したのだ。それについて太郎にはまったく異議がない。六月も下旬にはいったのだ、亡骸《なきがら》はすでに荼毘《だび》に付してある。通夜《つや》は霊南坂の自宅で四郎と義母の真沙子、それに掛かりつけの医師・野中正文の三人だけで行なったという。それにも何の異存もなかった。四郎はまだ早稲田の学生なのだ、よくやったと思う。霊南坂の家にはいると、太郎は桂子とともに喪服を脱ぎ、普段着に着替えた。

四郎と真沙子も普段着姿になった。

三郎だけが軍服を着たままだ。

時刻はそろそろ午後三時になろうとしている。

生前、父は応接間を寝室代わりに使っていたらしい。寝台はかたづけられ、遺影と白木の箱にはいった遺骨は飾り棚の上に安置されている。

「まだ陽は高いけど、酒にしようか」太郎はみんなにそう言って声を真沙子に向けた。「すみませんけど、何か食べるものをお願いできませんか、みんな昼飯抜きでしたから」

「精進料理しかできませんけど」

「当然ですよ。まだ初七日も終わってないんだし」

真沙子が頷《うなず》いて台所に向かった。

桂子がその背なかを追った。

太郎は居間の長椅子《いす》に腰を下ろした。三郎がその向かいに座った。四郎が一升瓶と三つのコップを手にして居間にはいって来た。酒が注がれた。その酒を舐《な》めながら太郎はふたりに言った。

「死病に取り憑《つ》かれたが、考えてみりゃ父さんは果報者だったと思う。建築家として思いきり腕を振えたんだし、名まえもちゃんと残した。あらゆる意味でいい人生だった。完全な自由主義者として生きて来たんだ、彼岸に行っても満更じゃない気分だろう」

「いい時代だったんですよ」三郎が煙草《たばこ》を取りだしながら言った。「いまは自由だの権利だのって世迷《よま》い言はもうたくさんだ。少々荒っぽい真似をしても満蒙《まんもう》を領有しなきゃ日本は生き残れない」

太郎はコップに唇をつけたまま三郎を見据えた。この独立守備隊第二大隊少尉《しょうい》は間垣徳蔵の工作によって張作霖爆殺に加担したのだ。しかも、そのことを内心誇りに思っているらしい。太郎はゆっくりと酒を飲み干した。

四郎が一升瓶の口をこっちに向けて来た。

太郎はコップを差しだして新しい酒を受けた。

三郎が声を四郎に向けた。

「どうなんだ、四郎、おまえはまだ演劇活動とやらをつづけてるのか？」

「解散しました、燭光座《しょっこうざ》は」

「どんな劇団だったんだ、そこは？」

「世間からは無政府主義的な色が濃いと見られてました」

「何だと、おまえ、いったい何を考えてやがる？」

太郎はこの反応に、三郎が徳蔵から四郎については何も聞いていないことがわかった。あの特務の男は敷島家の兄弟にたいして、その性格を考えながら対応のしかたを使い分けているらしい。太郎はわずかに声を荒らげて三郎に言った。

「やめないか！　父さんの弔い酒なんだぞ」

三郎がすみませんと応じた。

四郎がシャツのポケットから煙草を取りだした。

「喫《す》うようになったのか、四郎、おまえも？」

「え、ええ」

「それにしても何だか冴《さ》えんな、顔色が」

「ちょっと疲れてるだけです」

「だろうな。本来ならば長男のわたしがやるべきことを二十歳のおまえがすべて引き受けてくれた。苦労をかけたな、礼を言うよ」

桂子が台所から居間にはいって来たのはそれからすぐだった。簡単なものだけど料理ができたと言う。居間じゃ食べにくいから食堂に来て欲しいとも。兄弟三人で長椅子から腰をあげた。

そのとき飾り棚のうえの電話が鳴った。

四郎が受話器を取りあげて応じ、声をこっちに向けた。

「太郎兄さんにですよ」

「だれからだね？」

「河辺《かわべ》さんとおっしゃるかたから」

太郎は飾り棚に近づき受話器を右耳に宛《あて》がった。河辺慎一《しんいち》は東京帝国大学法学部の同期生で、外務省の亜細亜《アジア》局にいる。言葉を交わすのは三年ぶりになるだろう。太郎は受話器の向こうに言った。

「久しぶりだな。どうして東京にいるとわかった？」

「奉天総領事館に問い合わせたんだよ。御父上がお亡《な》くなりになったんだってな」

「きょうが告別式だった」

「報《し》らせてくれれば駆けつけたのに」

「わたしも昨日帰国したんだよ。末の弟が喪主になった」

「御愁傷様でした」

「で、何か用かい？」

「明日、大連に向かって出張することになった。慌《あわただ》しいところをすまないが、満州に関する予備知識を仕入れときたいんだよ。今夜、ちょっとだけでいいから時間を作ってくれないか」

「霊南坂に来てくれるかい？」

「もちろんだよ」

「まだ初七日が終わってない。酒の摘みに脂《あぶら》っこいものが欲しけりゃ、缶詰か何か買って来てくれ」

「わたしが欲しいのは情報だけだ」

太郎は受話器を戻して食堂に向かった。

だれもが食卓を囲んでいた。

生前の父が座っていた席が空いている。

太郎はそこに腰を落とした。食卓のうえには野菜の天麩羅《てんぷら》や蒟蒻《こんにゃく》、豆腐類が並べられている。四郎が一升瓶の口を差し出して来た。太郎はその酒をコップで受けながら言った。

「ここに次郎がいないのが残念だ。父の臨終を看取《みと》ったのは兄弟じゃ四郎だけだが、こういう席にせめて全員が揃《そろ》ってたらと父も願ったろうに」

「何をやってるんでしょうね、いまごろ満州で？」三郎が天麩羅を大皿から小皿に取り寄せながら応じた。「敷島家にもああいう血が流れてるとは思いもしなかった」

この言葉に四郎の表情が一瞬引き締まった。太郎はちびちびとコップの酒を舐めながらふたりの弟を眺めまわした。河辺慎一がやがて訪ねて来るのだ、酔っ払うわけにはいかない。四郎が興奮気味の声を三郎に向けた。

「次郎兄さんはいま満州にいるんですか？」

「満州のどこかにな」

「何をやってるんです、次郎兄さんは満州で？」

「馬賊だよ、馬賊」

「え？」

「青龍《せいりゆう》同盟という馬賊集団を率いて満州で暴れまくってるらしい」

四郎の眼がかすかに輝いたように見えた。

三郎がコップの酒を飲み干して言った。

「次郎兄さんが東京から出奔したとき、おまえは何歳だったかな？」

「十歳ですよ」

「なら、次郎兄さんはいまのおまえに逢《あ》っても、じぶんの弟だとは気づかないかも知れないな」

「すごいですね、馬賊だなんて」

「憧《あこが》れるか？」

「けど、ぼくにはできない」

「そりゃそうだろう。おまえは子供のころから喧嘩《けんか》ひとつできなかった。次郎兄さんとは性格がまったく逆だった。あの猛々《たけだけ》しさを大日本帝国のために使ってくれるといいんだがね」


外務省亜細亜局の河辺慎一がやって来たのは午後八時過ぎだった。三年ぶりだが、その表情からはまえにも増して精悍《せいかん》さが窺える。外務官僚として脂が乗りはじめたのだろう。太郎はもちろん酔ってはいなかった。すぐに応接間に通した。生前、父が使っていた寝具はすっかりかたづけられている。もとどおり応接セットが用意され、低い飾り棚のうえには遺影と遺骨が置かれているのだ。慎一は応接間にはいると重々しい声で言った。

「きょうが告別式だとは知らなかった。喪服に着替える閑もなかったんだ。こんな恰好《かっこう》で、非礼をまずお詫《わ》びする」

「いいんだよ、そんなことは」

「線香をあげさせていただく」

太郎は頷いて窓辺の長椅子に腰を下ろした。慎一が遺影のまえで線香に火を点《つ》け、御鈴を鳴らしてから、向かいに座った。太郎は煙草に火を点けて言った。

「酒は？」

「遠慮しとく」

「明日は何時に？」

「夜九時二十五分の東京発だが、そのまえにあちこちを駆け巡らなきゃならない」

「何なんだね、わたしから仕入れたい予備知識というのは？」

「張作霖爆殺が関東軍の謀略だということはもう隠しようがない。統帥権《とうすいけん》干犯の問題が絡《から》んでるんだ、どうあがこうと田中内閣は保《も》たんよ。いずれ民政党が帝国議会で追及して来るだろうしな。そうなったら、実質的な外相の森恪も終わりだ。それに備えて外務省は情報の収集に躍起になってる。きみを責めるわけじゃないが、奉天総領事館からの情報もろくなものじゃなかったしな」

太郎は黙って煙草のけむりを吸い込んだ。慎一の指摘どおりだが、それが間垣徳蔵の脅迫のせいだとは知られていないだろう。霞ヶ関にいると、奉天総領事館での勤務が具体的にはどんな状況に置かれるのかわかりはしないのだ。太郎は慎一の眼を見つめたまま新たな言葉を待った。

「田中内閣がふっ飛んだ場合、だれが外務大臣になるかなんだが、外務省じゃ幣原喜重郎の復活が囁《ささや》かれてる。その場合に軍中央の二葉会がどう動くかが問題になる。何しろ、張作霖爆殺の張本人は河本高級参謀なんだしね」

太郎は無言のまま煙草を喫いつづけた。第一次世界大戦の戦後処理を巡ってドイツのバーデンバーデンで会議が開かれる。大正十年のことだ。そこに陸軍士官学校第十六期の卒業生で俊才と謳《うた》われた三人の少佐が参加する。永田鉄山《ながたてつざん》。小畑敏四郎《おばたとしろう》。岡村寧次《おかむらやすじ》。第一次世界大戦中にロシア帝国が社会主義革命によって崩壊した過程をこの会議に参加することで確認した三人は、途中で参入した陸士第十七期の東條英機《とうじょうひでき》を混じえ、危機感を抱いてある種の密約を交わす。陸軍内の長州閥の解体。人事刷新と軍制改革。総動員体制の必要性。この三つを柱に同志獲得の活動を開始するのだ。これに陸士第十五期の河本大作と第十六期の板垣征四郎《いたがきせいしろう》が加わる。定期会合が渋谷のフランス料理店・二葉亭で開かれるようになり、やがて二葉会と命名されるに至った。この二葉会が今後の日本陸軍の動静を決定づけるのはまちがいないところなのだ。太郎は短くなった煙草を灰皿に押し潰《つぶ》し、ゆっくりと腕組みをした。

「外務省が摑《つか》んでる情報じゃ、どうやら秋に石原莞爾《いしわらかんじ》少佐が中佐に昇進して陸大兵学教官から関東軍参謀に転任するらしい」石原莞爾は満蒙を領有するしか日本の生き残れる道はないと主張する強硬論者で、独得の世界観を持ち、若手将校たちから圧倒的な支持を集めている。「張作霖爆殺でこれだけがたがたに揺さぶられたのに、石原少佐が関東軍に赴任するんだ、外務省では何にどう備えたらいいのかわからない状況にある」

「で？」

「八月五日の張作霖の葬儀にはとりあえず林権助男爵《はやしごんすけだんしゃく》に参列してもらうことになった」林権助は清国駐在公使や関東庁長官などを歴任した外務省きっての支那通だ。「もちろん、これは儀礼上の目的だけじゃない。張学良とじかに話して、蔣介石と手を結ばないように説得するためだよ。そんな真似《まね》をしたら関東軍がまた何をしでかすかわからないと脅迫する密命を帯びてる」

「きみが大連に向かう目的は？」

「満蒙領有が国際世論から認められるとは思えないんだよ。だから、外務省は第三の途《みち》を模索してる。そのために大雄峯会《だいゆうほうかい》の動きを知りたいと思ってね」

太郎はこの組織のことはもちろん知っていた。東三省に王道国家を実現しなきゃならないと主張する満鉄東亜経済調査局の大川周明《おおかわしゅうめい》に共鳴し、奉天で弁護士・中野琥逸《なかのこいつ》を中心としてこの組織ができあがるのだ。その主張するところは満州の独立だが、いまのところまだ有志連合の段階で、大雄峯会も正式名ではなかった。太郎は腕を組み替えながら空咳《からせき》をして言った。

「期待に沿えなくて悪いがね、わたしは中野琥逸という人物には一度も逢ったことがないんだよ。ただあの連中が関東軍に接触を試みてることはときどき耳にする。しかし、関東軍は満蒙領有一点張りだ、ほとんど相手にされてないらしい。大連に行くなら、他を当たったほうがいいと思う」

「どういう意味だね？」

「満鉄社員会のなかにおもしろい動きが出て来てる」

「どんな？」

「そこで発行されてる『協和』という雑誌があるんだよ。そこに日・鮮・漢・満・蒙の五族協和による自治国の建設を呼び掛ける論文が掲載されてるんだよ。それに呼応して近々満州青年連盟というのが結成されるらしい」

「それは満蒙領有論に対抗できる論理かね？」

「そこまでは保証できるはずがないだろう？　これまで満州で起きたことに論理的な意味での正当性は何ひとつなかったんだ。もうすぐ結成されるという満州青年連盟がどれほどの力を持つのかも見当がつかんよ」

慎一が頷いて腕時計に眼をやった。今夜はもうひとり逢わなきゃならない人間がいる。そう言って立ちあがった。

太郎は慎一を玄関まで見送って、食堂に戻った。そこには妻の桂子と義母の真沙子しかいなかった。腕時計を見ると、針は九時十八分を差している。太郎は真沙子に言った。

「三郎と四郎は？」

「もうお寝みになりました、何だか疲れたとかで」

「もう一杯だけください、寝酒代わりに」

コップに日本酒が注がれて差し出された。

太郎は椅子には座らず突っ立ったままそれを飲み干した。三郎や四郎だけじゃなく、じぶんも疲れている。昨日東京に着いたばかりだし、一時からの告別式を終えて陽の高いうちから酒を飲みはじめたのだ。太郎は空になったコップを食卓のうえに置き、二階につづく階段に向かった。

部屋はここで暮していたときのままだ。まず次郎がいなくなり、つづいてこのじぶん、さらに三郎が消えていったが、家具は何ひとつ取り替えられていない。

太郎は服を脱いで寝台に横になった。

桂子が部屋にはいって来たのはそれからすぐだった。帯を解きながら呟《つぶや》くような声で言った。

「お姉さんって変」

「え？」

「何だかお姉さんって変」

「どういう意味だ？」

「だって、お義父《とう》さまがお亡くなりになってすぐでしょ？　どう慰めようかってずっと考えてたのに」

「哀《かな》しみにくれる閑もないんだよ。眼のまわるような忙しさでね」

「ちがう」

「何が？」

「見た、お姉さんの肌？　艶々《つやつや》してる。まえよりもずっと艶々してる。病気のお義父さまのお世話をし、お亡くなりになってからはあなたのおっしゃったとおりすごく忙しかったはず。寝不足がつづいたはず。それなのに、肌がまえよりずっと艶々してる。何だか変だと思いません？」

「考え過ぎだよ」

「そうかしら？」

「昨日東京に着いて、きょうが告別式だ。わたしだってくたくたになってる」太郎はそう言いながら寝台に横たわったまま両腕を後頭部のしたで組んだ。「旅慣れないおまえはもっと大変だったろう。神経がぴりぴりし過ぎてるんだよ、きっと」酔いはそれほどでもなかったが、ついつい生欠伸《なまあくび》が出た。「お義母さんは父さんの死を乗り越えようとして健気《けなげ》にがんばってる。それだけだよ。明日はお義母さんの今後の身の振りかたをみんなで相談しよう。まだ若いんだし、これから一生後家というわけにもいかんのだしな。四郎もこのまま霊南坂に縛りつけておくわけにもいかんだろう。こういう時勢だ、東京に就職先が見つかるとはかぎらん。次郎の話が出たときのあいつの眼の輝きを見たか？　若いうちはだれだって海外雄飛を夢みる」

9

乾いた風が南から北へ強く吹いている。

時刻はそろそろ五時になろうとしていた。

敷島次郎は馬上から右腕を大きく振り下ろした。支那《しな》人地主・唐化成から引き受けた仕事は対立する支那人地主・巴石経《はせっけい》の大豆畑を焼き払うことだった。三井物産の地井征秋によると国際商品となった大豆の値段は上昇する一方なのだ。唐化成の計算ではそうすることによって巴石経は泣く泣く大豆栽培を諦《あきら》めて土地を手放す。ほんとにそうなるのかどうかは知ったことじゃない。しかし、他の緑林の徒との激烈な戦闘に較《くら》べれば、大豆畑を焼く労なんかどうってことはない。青龍《せいりゅう》同盟の配下たちが灯油缶の中身をあちこちでぶちまけた。燐寸《マッチ》が擦られた。いくつもの炎があがった。それが南からの強風に煽《あお》られて勢いよく拡《ひろ》がっていく。次郎は馬上からそれを眺めていた。

広々とした大豆畑には緑の蔓草《つるくさ》が一面に拡がっている。収穫は九月にはいってからなのだ。大豆には無駄なものがほとんどない。種子は味噌《みそ》や醤油《しょうゆ》や豆腐になるだけじゃなく、搾《しぼ》れば食用や工業用の油となるのだ。搾油《さくゆ》後の大豆粕《かす》は家畜の飼料や栽培用の肥料と化す。国際商品として売りやすいだけじゃない。暮しに密着しているのだ。間島地方の農民が大豆を作りたがるのは当然だろう。

猪八戒が吼《ほ》え声をあげながら炎のそばを駆けまわる。

大地を這《は》うように燃えあがっていく炎に広大な大豆畑のまわりに作られたいくつもの仮小屋から無数の人影が飛び出して来るのが見えた。その声が彼方《かなた》から聞こえて来る。それは北京語じゃなかった。図們江を越えて間島地方に働きに来た朝鮮人なのだ。巴石経が安い賃金で傭《やと》い入れたのだろう。その人影の動きで、これから水を使って火を消そうと叫んでいるらしいことがわかった。

次郎は拳銃嚢《けんじゅうのう》からモーゼルをゆっくりと引き抜いた。青龍同盟の配下たちも。安全装置を外して銃口を上空に向けた。引鉄を引いた。炸裂音《さくれつおん》が一斉に跳ねかえった。仮小屋近くの人影が弾《はじ》かれるように家影の奥に引っ込むのが見えた。次郎はモーゼルをふたたび拳銃嚢に収めた。

大豆畑はそのまま燃えつづけている。

次郎はそれを眺めながら煙草《たばこ》を取りだした。西陽がやけに眩《まぶ》しい。大豆畑から立ち昇る白いけむりがそれに照らされて、その向こうで輪郭を結ぶ光景は蜃気楼《しんきろう》のようだった。次郎は燐寸を擦って、銜《くわ》えている煙草に火を点けた。

搬舵《バントウ》の辛東孫が右手で馬の手綱を曳《ひ》き、左手で副糧台として最近合流して来た謝小二の襟首を摑んでいた。その体を抛《ほう》り出すように風神の脚もとに投げ棄《す》てて言った。

「どうしようもないやつですよ、青龍攬把《らんば》、こいつはね」

「どうした？」

「命令どおりに動こうとしない」

「どういう意味だ？」

「大豆畑を焼けと命じたのに、油をぶちまけなかった」

次郎は銜え煙草のまま小二を眺め下ろした。

大地に跪《ひざまず》いた小二がこっちを見あげた。

「なぜ命令に従わない？　敦化で青龍同盟に合流して来たとき誓約を交わしたはずだぞ！」

「で、できませんでした」

「何だと？」

「青龍同盟は他の馬賊と戦ったり、金満家を襲ったりするんだとばかり思ってた。畑を焼くなんて考えてもいなかった」

「だからどうだと言うんだ？」

「おれは農夫の倅《せがれ》です、小作人の」

「で？」

「大豆畑で働いてるのは小作人です。地主に傭われて、わずかな賃金で汗水垂らしてる連中です。小作人の倅だったおれにはわかるんだ。畑を焼かれて一番困るのはあの連中だ。地主はね、収穫がないと言って賃金を払わなくなるんです。せっかく図們江を渡って仕事にありついたというのに、これまでの苦労が水の泡になって着のみ着のままほっぽり出される。そんなことをおれはしたくない」

次郎は無言のままその表情を眺めつづけた。

小二が大地に両手をついて叫ぶように言った。

「確かにおれは誓約を破った。殺すなら殺してください！」

次郎はもう一度モーゼル拳銃を引き抜いた。安全装置を外し、銃口を小二の額に向けた。その表情がいったん歪《ゆが》んだ。しかし、大地に両手をつき跪くその姿勢は崩そうとしなかった。瞼《まぶた》が伏せられた。諦めたのだ。次郎はわずかに銃口を動かした。引鉄を二度引いた、二度とも銃弾は小二の眼のまえの大地に撃ち込まれた。小二は何が起こったかわからないようだった。モーゼルを拳銃嚢に戻して言った。

「今度だけは赦《ゆる》してやる。しかし、この次に命令違反をやらかしたら、かならず撃ち殺す。それだけは忘れるな。持場に戻れ！」

小二が眼を瞠《つむ》ったまま立ちあがった。その体がぎこちなく動いた。いったん後ずさり、それから持場のほうに足を向けた。

炎はまだ大豆畑を焼きつづけている。

東孫が馬の手綱を曳き、近づいて来て言った。

「どうしたんです、青龍攬把、いったい？」

「何が？」

「ずいぶん配下に甘くなった」

次郎はこれには返事をしなかった。

東孫がわずかに頰を緩めてつづけた。

「弱気になっちゃあ緑林の徒の攬把は務まりませんよ。このおれが言うのもおかしいが、規律を失ったら馬賊は生き残れない」


巴石経の大豆畑を焼き払って、次郎は延吉の平壌大旅荘に戻った。完全に暮れきっている。月影が東の空に浮かび、延吉の町は漢字や平仮名や朝鮮文字の提灯《ちょうちん》に彩《いろど》られていた。命令に従わなかった副糧台の謝小二を撃ち殺さなかったのは、辛東孫の指摘どおり、緑林の徒の攬把として甘くなって来たのかも知れない。一度箍《たが》を緩めると、それを締めなおすのは三倍の力を必要とするのだ。長過ぎた馬賊暮しに精神がたるんで来ている。引き締めなきゃならない。次郎はそう思いながら風神を柵《さく》に繫《つな》ぎ、糧台の田月馳《でんげっち》を呼んで言った。

「狗肉《いぬ》はもう食いたくない。今夜はふつうの飯を食いたい」

「斉南菜館はどうでしょう？」

「山東料理だな？」

「ええ」

「そこでいい。八時にみんなで食おう」

月馳が頷《うなず》いてそばを離れた。

次郎は猪八戒を連れて平壌大旅荘の玄関に向かった。そこから三井物産の地井征秋が出て来るのが見えた。まだ延吉に残っていたのだ。次郎は無言のままそのそばを擦り抜けようとした。

「焼いて来たのかね、大豆畑を？」征秋が足を停めて言った。「困るんだがね、ただでさえ生産量が需要に追っつかないというのに」

「どこでその話を？」

「三井物産の情報収集能力を見くびってもらっちゃ困るよ」

「おれたちは緑林の徒なんです、金銭さえ受け取りゃ何でもやる。だれが泣こうと知ったことじゃないんでね」

「樋口貞次郎《ひぐちさだじろう》が通化から戻って来てる」

満州の日本人のあいだでは樋口写真館の名まえは知れ渡っている。長兄の紘一郎《こういちろう》は奉天で、貞次郎はここ延吉で、末弟の吉三郎《きちさぶろう》は通化でそれぞれ写真館を営んでいるのだが、日本人のみならず支那人もそこで記念写真を撮る。日露戦争まえはロシア人も。そして、どこの写真館も関東軍の特務機関と特別の関係にある。多種多様な情報を写真館が流すのだ。とくに紘一郎は日露戦争時にはロシア軍の動きを当時の満州派遣軍中尉《ちゅうい》・建川美次に伝えて、その後独立した関東軍司令部から顕彰された。貞次郎が似たような動きで名を挙げたくてうずうずしているのも傍目ながらわかる。

「吉林お静が通化でどうやって殺されたか詳しく知りたきゃ樋口写真館を覗《のぞ》いてみるがいい。あの写真師は得意げに喋《しゃべ》るだろうよ」

「地井さんはこれから？」

「妓楼《ぎろう》にあがるよ。朝鮮女を抱くのは久しぶりだからね」

次郎は突っ立ったまま平壌大旅荘を出ていく征秋の背なかを見送った。すぐには動かなかった。写真館はいわば関東軍の末端なのだ。出向けば青龍同盟の動きもかならず特務に通報される。次郎は煙草を取りだして火を点けた。そのけむりを吸い込んだ。足もとで猪八戒が大きく伸びをした。次郎は銜え煙草のままゆっくりと踵《きびす》をかえした。

樋口写真館は広州路に店舗を構えている。

紅楼の巷《ちまた》を抜けて次郎は猪八戒を連れてそこに歩み寄った。時刻は七時を過ぎているのだ、写真館はすでに営業を終えていた。戸口の呼び鈴を鳴らした。四度鳴らして店舗のなかの照明が点灯された。扉が引き開けられた。次郎はそこから顔を覗かせた貞次郎に会釈《えしやく》した。

「来るかも知れんと期待しておったんだよ」貞次郎がそう言って笑った。着流しに下駄履きだった。六十半ばの痩《や》せこけたこの写真師には前歯がない。歯茎がもう駄目なのだ。「一昨日青龍同盟の配下を連れて延吉にやって来たと聞いとったんでな」

「通化に出向かれてたそうですね？」

「そうなんだよ、弟のところにな」

「お聞かせ願いたいことがあるんですよ、はいってもいいですか？」

「もちろんじゃないか、四年ぶりなんだし」

次郎は猪八戒とともに店舗のなかに足を踏み入れた。カメラやフィルムを収めた硝子《ガラス》の陳列ケースのまえに客用の椅子《いす》が並べられている。記念撮影用の部屋はその奥だ。店舗の造りは四年まえとまったく変わっていない。次郎は椅子のひとつに勝手に腰を落として脚を組んだ。

貞次郎が椅子のひとつをこっちの向かいに引っ張り出した。猪八戒が傍らに踞《うずくま》った。

貞次郎が指差しながら言った。

「何なんだね、それ？」

「猪八戒です」

「犬じゃないか」

「軍用シェパードです。大連で関東軍の将校からもらい受けました。性格は勇猛なんですが、頭はよくない。だから、猪八戒と命名しました」

「何歳なんだね？」

「三歳」

「青龍同盟と一緒に満州の荒野を駆けまわってるのかね？」

「そういうことです」

「次郎くん」

「はい」

「晩飯は？」

「みんなで八時に食います」

貞次郎が両手をあげてぱんぱんと叩《たた》いた。奥のほうで、はいという声が戻って来た。妻の房江《ふさえ》だろう。次郎くんが来た、茶を淹《い》れてくれ。貞次郎はそう言って、その声をこっちに向けた。

「いまは婆《ばあ》さんとふたり暮しだよ。朝鮮人の阿媽《あま》をひとり傭ってるがな」

「息子さんたちとお嬢さんは？」

「娘は嫁に行った。大連にいる満鉄社員のところにな。将来は保障されたも同然だよ。長男は奉天の兄の写真館で修業させてる。写真師としてきっちり腕を磨いてもらいたいと思ってな。次男はいまハルビンにいる」

「どうしてハルビンに？」

「満蒙を領有すりゃソ連とまともに向かいあうことになるんだ。すぐさま戦争がおっぱじまるわけじゃないだろうが、複雑な睨《にら》みあいがつづく。覗いたことがあるかね、ハルビンを？」

「ありません」

「あそこはソ連赤軍に追われた白系ロシア人たちで街がどんどん整備されてる。満蒙を領有した際には白系ロシア人たちの動きも監視せにゃならん。だから、わしは次男を日露協会学校に入れた。ロシア語をみっちり習得してもらわなきゃならんからな」

日露協会学校は満鉄の初代総裁だった後藤新平が八年まえに設立した語学の専門校で、もちろん対ソ戦略の一環に組み込まれている。日本人学生は白系ロシア人の家庭に下宿して、一刻も早くロシア語を学ぶことが義務づけられているらしい。

「わしのところにもう情報がはいって来てるよ」

「どんな？」

「石原莞爾少佐が中佐に昇進して陸大兵学教官から関東軍作戦主任参謀へ転任して来る。この情報はほぼ確実だ。噂《うわさ》は聞いてるだろう、知謀の石原と謳《うた》われてるんだ、やることは河本高級参謀よりずっと肌理《きめ》が微《こま》かい。満蒙領有はおそらくもう時間の問題だよ」

樋口貞次郎の妻・房江が盆に緑茶の湯呑《ゆの》みふたつを載せて店舗に現われたのはそれからすぐだった。亭主とちがって、まるまると太っている。今年五十七か八になるはずだ。房江が湯呑みを差しだしながら言った。

「お久しぶりですね、次郎さん、お元気そうで何よりです」

「お房さんこそ」

「いまはもう孫の顔を見たいためだけに生きてます」

貞次郎がさっさと引っ込めというふうに顎《あご》をしゃくった。房江が店舗から消えた。

貞次郎が手にした湯呑みを弄《もてあそ》びながら言った。

「あんたがここに来た理由はだいたい想像がつくよ。吉林お静のことを聞きたいんだろう？」

「まさにそのとおりです」

「わしは実際にこの眼で見たわけじゃない。だが、殺されかたは残酷きわまりなかったそうだ。葉文光は通化大賓館というところに泊ってた。十七、八名の配下とともにな。通化周辺に散らばってる緑林の徒を傘下《さんか》に収めるためだったらしい。その通化大賓館の広間で葉文光が宴を開いた。午後五時にな。そこを吉林お静の海鳥幇《かいちょうパン》が襲った」

「海鳥幇はたった八人しかいないんですよ」

「ふいをつきゃ何とかなると思ったんだろう、吉林お静はそういう女だからな。だが、それはふいでも何でもなかった。海鳥幇のなかに内通者がいたんだよ」

「わかりますか、そいつの名まえ？」

「賀宜明《がぎめい》というやつらしい。まだ十九だとか聞いた」

次郎は敦化の狗肉酒楼で吉林お静が褲子《クーズ》の股間《こかん》をまさぐった相手を憶《おも》いだした。小柄で頬のこけたあいつだ。あのとき、お静はこう言った。銃の腕はからっきしでね、ちゃんとした仕事ができるまでまだ何年も掛かるだろうよ。賀宜明が葉文光に寝返ったのは性的な玩具《がんぐ》としてだけ扱われていることに不満を持ったせいかも知れない。次郎はそう思いながら湯呑みの緑茶を舐《な》めた。

「葉文光は酒盛りをしていると思わせ吉林お静の海鳥幇を待ち受けていた。広間に飛び込んで来たのは賀宜明を除く七人だった。撃ちあいになった。広間で射殺されたのは海鳥幇の四人。葉文光のほうはひとりの犠牲者も出してない。吉林お静は生き残った他のふたりとともにその場で取り押さえられた」

「で？」

「葉文光は吉林お静を通化のなかを流れる渾江の畔《ほとり》に引き立てた。もう暗かったらしい。そこで葉文光は篝火《かがりび》を焚《た》かせた。観衆を集めるためだよ。通化に住む支那人や日本人、朝鮮人が集まって来た。まず海鳥幇のふたりの男が青龍刀で首を切り落とされた。つづいて、吉林お静が素っ裸にされた。篝火の炎に照らされながらな」

次郎はゆっくりと緑茶を飲み干した。

貞次郎が煙草を取りだした。それに火を点《つ》けてからつづけた。

「吉林お静は刀子で腹を切り裂かれた。篝火の炎に照らされて腸やら何やらが腹からはみだし、それが太股《ふともも》にまで垂れ下がったそうだ。目撃した支那人や日本人の話じゃ、それは実に凄惨《せいさん》な光景だったらしい。だがな、吉林お静は命乞《いのちご》いはおろか、悲鳴ひとつあげなかったらしい。肝っ玉の据わりかたがちがうんだな、やっぱり馬賊の攬把《らんば》を張るような女は」

次郎も肩窄児《チエンチアル》の衣嚢《いのう》から煙草を取りだした。

貞次郎が銜え煙草のまま言葉を継いだ。

「腹を切り裂かれて吉林お静はその場に崩れ落ちた。その股間にモーゼルの銃身が突っ込まれて、ずどんだよ。あとは体を刀子でばらばらに切り刻まれ、渾江に次々と投げ込まれていった。観《み》てた連中はみんな吐きそうになったと言ってる。しかし、葉文光がそこまでやらなきゃならなかった理由がわしには見当もつかん」

「総攬把だからですよ」

「どういう意味だね？」

「いくつもの緑林の組織を束ねる総攬把の最大の資質は冷酷さです。反抗する緑林組織は他の組織への見せしめの意味を籠《こ》めて徹底的に残酷な方法で潰《つぶ》す。そうしなきゃ総攬把は務まらない」

貞次郎が無言のまま頷いた。

燐寸を擦って次郎は銜えている煙草に火を点けた。

貞次郎が腕組みをしながらふたたび口を開いた。

「葉文光はな、吉林お静を殺すまえに弟の写真館で記念写真を撮っておるんだよ。わしはその焼き増しをもらって来た」

「見せてくれませんか、それを？」

「いきなりそう言われてもな」

次郎は思わず苦笑した。写真師は関東軍の特務機関と結びついている。見返りに何らかの情報が欲しいのだ。次郎は銜え煙草のまま言った。

「何をお知りになりたいんです？」

「巴石経の大豆畑を焼いたろ？」

「ええ」

「依頼主はだれだね？」

「唐化成」

「延吉に着くまえに匪賊《ひぞく》化した朝鮮人どもに逢《あ》わなかったか？」

「抗日救国義勇軍の連中のことですか？」

「そうよ、もったいぶってそんなふうに名乗る鮮人どもに？」

「晩飯を持て成された、抗日救国義勇軍の崔玄洋に」

「どこで？」

「延吉から馬で小一時間掛かる洞穴で」

「で？」

「このおれを日本人とは思わなかったらしい。人民のために日本帝国主義と戦おうと誘われました。そうすりゃ、緑林の徒は革命軍へと変質できるとね」

「それだけかね？」

「他には何もなかった」

　貞次郎が頷いて短くなった煙草を足もとのコンクリート床に落とし、それを下駄の歯で踏み潰した。痩せこけた体が立ちあがり、硝子の陳列ケースの奥に向かった。棚の抽斗《ひきだし》を開き、そこから四六判の写真を一枚取り出した。貞次郎がこっちに戻って来て、それを差しだしながら言った。

「これが通化の弟のところで撮った葉文光だ。焼き増しはまだ四枚残ってるから、これはあんたに進呈しよう」

　次郎はその写真を受け取って眼を落とした。葉文光の名まえはこれまで何度も耳にして来たが、姿を見るのははじめてだった。年齢は五十半ばだろう。濃い眉《まゆ》にがっちりとした顎の持主だった。肩幅の広いその体は龍袍《ロンパオ》らしきものに包まれている。それは清朝時代に皇帝が即位するときに用いる衣服なのだ。次郎は写真から視線をあげて言った。

「葉文光は何で龍袍を？」

「もちろん本物の龍袍じゃない。通化の弟の写真館で似せて作らせたものだよ。絹じゃなく木綿だしな。そういうものを着て記念写真を撮りたがる客も多いんでね」

「しかし、葉文光は満族じゃなく漢族のはずですが」

「派手な服なら何でもよかったんだろうよ。支那の歴史なんか何にもわかっちゃいないんだし」貞次郎がそう言って前歯のない口を開けて笑った。「葉文光はな、弟の吉三郎にこう言ったそうだ。張作霖が死んだんで、満州はまたむかしに戻る。緑林の徒がたがいに殺しあい、最後に生き残った者が第二の張作霖になる。この葉文光がそれになる。そのときはまた記念写真を撮ってもらう、とな。吉三郎の話じゃ、ただの法《ほ》螺《ら》じゃなく本気らしい」

「日本の満蒙領有論のことは何も気づいてないんですか、葉文光は？」

「字が読めないらしいんだよ、こいつはね。同じように学問がなかったが、張作霖は実によく他人の話に耳を傾けた。そこがこいつとまるっきりちがうんだ。葉文光が張作霖になろうとしても、なれるわけがない。こいつの頭のなかにあるのはひたすら勢力を拡大し、傘下に置いた緑林組織からどれだけ上納金を巻きあげられるかだけだよ。いまの東三省がどういう状況にあるのかまるでわかってない。しかし、警戒心の強さだけは並みじゃないと思う。小賢《こざか》しいかぎりだが、そういうことにたいする頭の回転は実にいいんだろうよ」

第三章　地を這《は》いずる野火

I

敷島《しきしま》太郎は昭和三年十二月二十九日の奉天の光景を生涯忘れることはないだろうと思った。出勤するとすぐに奉天城内で何らかの異変が生じているという情報がはいって来たのだ。即座に宋雷雨《そうらいう》の運転するフォードで総領事館を離れた。商埠地《しょうふち》自体にそれほどの変化は感じられなかったが、奉天城内に無数の青天白日旗が翻《ひるがえ》っていたのだ。昨日まで奉天軍の五色旗が掲げられていたどの公館にも国民党のその旗が。太郎は全身が強《こわ》ばって来るのを感じた。易幟《えきし》が断行されたのだ。旗を変える、つまり張学良《ちょうがくりょう》は蔣介石《しょうかいせき》の国民党に合流した。それとともに国民政府の呼称に倣《なら》って、奉天を瀋陽《しんよう》、奉天省を遼寧省《りようねい》と改称したのだ。それは何の予兆もなしに。これはいったいどういうことなのだ？　太郎はフォードの後部座席で、これまで総領事館にはいって来た情報をあらためて反芻《はんすう》してみた。

田中義一《たなかぎいち》内閣は張作霖《ちようさくりん》の葬儀に清国公使や関東庁長官などを歴任して来た男爵《だんしやく》・林《はやし》権助《ごんすけ》を列席させたあと、林久治郎《はやしきゆうじろう》奉天総領事とともに張学良の説得に取り掛かった。東三省が国民党と結びつくのを阻止するためだ。張学良はこの説得工作を撥《は》ねつけるような気配はまったく見せなかったという。ただ、林権助の、あなたの御父上とは親友だったという言葉にたいして、それでもわたしは漢民族ですと応じたらしい。張作霖爆殺が関東軍の犯行だったという事実はもう隠しようもない。それでも、張学良はそのことには触れようともしなかった。

思想家として急速に影響力を持ちはじめた満鉄東亜経済調査局の大川周明《おおかわしゆうめい》も張学良を訪ね、東三省に王道国家を実現し世界史に新しい頁《ページ》を開こうと進言している。張学良のそのときの反応も悪くなかったらしい。

奉天軍の軍事顧問をしている陸軍大佐・土肥原賢二《どいはらけんじ》とはよく揉《も》めていたという情報が総領事館には齎《もたら》されている。これから建設される満州帝国の皇帝に据えてやるという恩着せがましい態度に、張学良がときどき憤《いきどお》りの反応を見せたといわれているが、関東軍の特務機関が関係しているのだ、総領事館では真偽のほどは確かめようもない。

　太郎は奉天城内に翻る青天白日旗を確認して総領事館に戻った。張学良からの電報が総領事館宛《あて》に届いていた。三民主義を遵守《じゅんしゅ》し、国民政府に服従し、旗幟を改易す。そう打電されていたのだ。太郎は奉天城内で目撃した事実と張学良の易幟宣言を霞《かすみ》ヶ関《せき》に打電したあと、参事官室で煙草《たばこ》を喫《す》いつづけた。

　張学良のこの易幟は日本政府に新たな痛撃を与えるだろう。田中義一が五日まえに洩《も》らしたという言葉が、総領事館にはいっていた。張作霖横死事件には遺憾ながら帝国軍人関係せるもののあるごとく、目下鋭意調査中なるをもって、もし事実なりせば法に照らして厳然たる処分を行うべく、詳細は調査終了しだい陸軍大臣より奏上する。また三日まえの新聞各紙はこう伝えていた。田中首相は閣僚四人と議会対策について協議し、必要あれば軍法会議を開いて真相を明白にし列国の疑惑を解くべしとの意向を明らかにした。いずれにせよ、これらの流れは張学良易幟をまったく前提としていない。

　さらに元老・西園寺《さいおんじ》公望《きんもち》と枢密院《すうみついん》副議長・平沼《ひらぬま》騏一郎《いちろう》の張作霖爆殺をめぐる対立はそのまま田中義一孤立化の方向で動いている。易幟によってそれは決定的になるだろう。

民政党総裁・浜口雄幸《はまぐちおさち》は今度の易幟によって政友会攻撃に遠慮をしなくなるのはもう眼に見えている。田中内閣は枢密院からも帝国議会からも追い詰められていくのだ。これを乗りきることはまずできはしまい。

関東軍はこの易幟にたいしてどう動くのだろうか？　陸軍大学兵学教官だった石原莞爾《いしわらかんじ》中佐が定期異動で関東軍参謀として奉天に着任してからそろそろ三カ月が経《た》とうとしている。あの強烈な満蒙《まんもう》領有論者はいまのところまだ目立った動きは見せていない。

太郎は三本目の煙草を引き抜いて銜《くわ》えた。支那《しな》は日本人が考えるよりはるかに奥が深い。ロンドン勤務体験によってじぶんは知らず知らずのうちにヨーロッパ風に思考する癖がついてしまったのではないだろうか？　そう自問した。もっと支那を知らなきゃならない。何かが囁《ささや》いた。そのためには北京《ペキン》語をちゃんと習得しなきゃならない。そう考えながら太郎は銜えていた煙草に火を点《つ》けた。

そのとき机上の電話が鳴った。

受話器を取りあげると、上海《シャンハイ》総領事館の瀬古《せこ》さんからですと交換の声がした。瀬古勝久《かつひさ》は外務省への入省同期生で東京帝国大法学部卒だ。すぐにその声が響いて来た。

「忙しくてどうにもならない状態かね？」

「そうでもない、総領事からの指示はまだ何も出てないんでね」

「昼飯は食ったかね？」

「まだだよ」

「一緒にどうだね？」

「こっちに来てるのかね？」

「奉天ヤマトホテルにいる。張学良易幟の報はここに着いて知った」

「もうすぐ結婚するという噂《うわさ》を聞いたが」

「女房も一緒だよ。新婚旅行で満州に来た。しかし、昼飯の席は外させる。どうせ仕事絡《がら》みの話になるんだ、女にゃ聞かせられない」

　太郎は奉天ヤマトホテルの食堂で上海総領事館の参事官・瀬古勝久と向かいあった。このホテルは来年には奉天大広場に面したところに移る。現在、工事は最終段階にはいっていた。奉天駅に併設されたここでだれかと話しあうのはこれが最後かも知れない。ふたりともカレーライスと珈琲《コーヒー》を注文した。こうして顔を合わせるのは三年ぶりだ。勝久はモスクワ大使館勤務を経て上海へ赴任したが、語学の才能が抜群で、北京語の会話にはもうほとんど不自由しない。太郎はどういう女性と結婚したんだねとも聞かずに切り出した。

「張学良易幟を受けて、上海総領事館はどう動くと思う？」

「蔣介石評価の方向に傾くことはまちがいないよ。国民革命軍は五十万だった。それが馮玉祥《ひょうぎょくしょう》の西北軍・閻錫山《えんしゃくざん》の山西軍・李宗仁《りそうじん》の広西軍を合わせて七十万の兵力を呼び込んで国民革命軍を再編成し、北伐に乗り出した。そこに今度は張学良が易幟して奉天軍三十万が合流することになったんだ。これで北伐は完全に終了した。日本政府としても、もう蔣介石の国民政府を無視はできんよ」

「支那駐屯軍の動きは？」

「上海に駐屯してるのは海軍の陸戦隊だけだからな。関東軍みたいにむちゃなことはせんよ。フランス租界も共同租界も健在だ。国際的な監視もすさまじい。おかしな真似《まね》をすりゃ、一発で日本は窮地に陥る」

そのときカレーライスが運ばれて来た。

給仕が立ち去るのを待って勝久がつづけた。

「国民政府は南京に本拠を置いたが、財政的には上海に頼ってる。あんたも聞いてるだろ、武漢で国民党左派・汪兆銘《おうちょうめい》と決裂して南京に来たときの経済事情を？」

太郎はカレーライスを大匙《おおさじ》で掬《すく》いながら頷《うなず》いた。あのとき蔣介石の国民政府は三千万元の公債購入を上海の商工業・金融業界に要求した。そのやり口は実に荒っぽかった。新たに設置された江蘇省財政委員会や監察委員会がその権力によって公債の消化を強制したのだ。購入に二の足を踏む富裕な商人や資本家が突如として反革命罪で逮捕されたり路上で拉致《らち》され、莫大《ばくだい》な献金のあと釈放されるといった事件も頻発した。それを行ったのは杜月笙《とげつしょう》らの秘密犯罪結社・青幇《チンパン》だということはもう公然の事実となっている。太郎はカレーライスを咀嚼《そしゃく》しながら訊《き》いた。

「国民政府はまだ公債を？」

「今年は軍需公債四千二百万元だよ。つまりね、それだけ張学良易幟の意味はでっかい。何せ奉天軍が合流するんだからな」

「何を言いたいんだね？」

「国民革命軍は黄埔《こうほ》軍官学校の出身者によって運営されてる」黄埔軍官学校は、孫文が革命達成のためにはみずからの軍隊を持たなくてはならないという考えから広州近郊の黄埔に設立した陸軍士官の養成学校だ。初代校長には蔣介石。政治委員には現在共産党の幹部として活動中の周恩来《しゅうおんらい》や葉剣英《ようけんえい》が就任した。初期の軍事指導にはソ連のミハイル・ボロディンが当たっている。「黄埔軍官学校で教えられるのは貧弱な兵器で戦う方法だけだ。それに較《くら》べりゃ奉天軍は格がちがう。爆殺された張作霖の傀儡《かいらい》軍を育てるために関東軍が近代兵器がいかに重要かということを教え込んだ。奉天軍は陸海空軍で構成されてるだけじゃなく兵器廠《しょう》まで持ってる」

太郎は勝久が指摘しようとしていることが理解できた。四千二百万元という数字は兵士を養うだけで大半は消えてしまうのだ。新兵器購入にはなかなかまわらない。だが、奉天軍の合流はそれを補なって余りある。そう言いたいのだ。太郎はカレーライスを食い終えた。勝久も。給仕が珈琲を運んで来た。太郎はそのカップを持ちあげて言った。

「張学良易幟にたいして関東軍がどう動くかはまったく読めないんだよ。奉天総領事館はひたすら当惑するしかない」

「ほんとうのところはどうなんだね？」

「どういう意味だね？」

「さっき上海総領事館に電話を入れてみた」

「で？」

「青天白日旗が翻ったのは奉天城内だけじゃない。長春でも吉林でも通化でもハルビンでも。その数は一万を超えてるだろうということだ。それだけの青天白日旗を用意するには手間も時間も掛かる。張学良は何十軒もの衣料品店に旗の作製を命じたんだ。奉天総領事館も関東軍特務機関もそれに気づかなかったというのかね？」

太郎は勝久と別れて奉天総領事館に戻った。最後の質問には答えられなかった。確かに一万を超える青天白日旗を用意するにはそれなりの時間は掛かる。総領事館ではそういう動きをまったく感知していなかった。関東軍の特務機関はどうなのだ？　易幟をわざと放置して何らかの武力行動の口実にするつもりなのだろうか？　太郎はこういうときにこそ間垣徳蔵に来訪して欲しいと思うが、こちらからの連絡方法は何もない。参事官室にはいって煙草を喫ったが、どうにも落ち着かなかった。林久治郎総領事からの指令は何もない。じりじりとした時間が過ぎていった。その重苦しさに耐えられなくなった。太郎は参事官室を抜け、控えの間に出て受付に言った。

「エルムズに行ってる」

「いつお戻りです？」

「わからん。緊急事態が発生したらエルムズに連絡してくれ」

玄関を出ると、前庭で宋雷雨が運転席から降りて来てフォードの後部座席のドアを開けようとした。右手でそれを制し、総領事館から離れた。

イギリス人の経営するエルムズは歩いて三分ほどのところに位置している。ここは昼間は珈琲や紅茶を飲ませ、夜はウィスキーやブランデーを出す。奉天の商埠地で商社活動をする連中や、各国領事館の参事官級が客として集まる。使われるのは英語だけだ。奉天城内に住んでいる支那人はまず近づこうとはしない。

太郎はそのエルムズに足を踏み入れた。

客は店のなかに半分ばかりはいっている。

右隅の席でひとりが右手をあげた。アメリカ領事館の参事官アレックス・ミラーだった。年齢はほぼ同じで、ときどき一緒に飲む。太郎はその向かいに腰を落とし、給仕を呼んで紅茶を頼んだ。ミラーが煙草を取りだしながら言った。

「すごいことになってるんだろう、日本の総領事館じゃ？」

「事態の推移を冷静に見守ってるだけだよ」

「官僚的な言辞だね」

「身に染《し》みついてるだろう、たがいに」

「出向くのかね、総領事は午後四時に？」

「どこに？」

「奉天省政府礼堂で行われる易幟の式典に決まってるだろう？」

それも検討中だと答えたが、太郎はそんな式典が行われることさえ知らなかった。張学良は日本にはそこまで報《し》らせなかったのだ。関東軍が式典をぶっ壊すのを怖《おそ》れたのだろう。運ばれて来た紅茶に太郎は砂糖もミルクも入れずに飲みはじめた。

「今年いっぱいだよ、わたしはね」

「何がだね？」

「来年からモスクワの大使館勤務になる。もちろん、いったんアメリカの国務省でぶらぶらすることになるがね」

「残念だな、それは」

「冗談じゃない。わたしは清々してる。とにかく支那というのはわけがわからん。ここは底なし沼と同じだ。足を踏み入れりゃずぶずぶと沈んでいくだけだよ。支那人が何を考えてるかまるっきり理解できんしね」

太郎は紅茶を飲み干して立ちあがった。ミラーがわずかに頬を緩めた。エルムズに長居しない理由を読んだのだろう。日本の総領事館には易幟式典の招待通知が送られていないと踏んだにちがいない。太郎は勘定を支払ってエルムズを出た。

総領事館に戻ると、林総領事は外出中とのことだった。おそらく関東軍特務機関と何らかの協議を行っているのだろう。副領事室の扉を叩《たた》いた。どうぞという声が戻って来た。副領事・増尾《ますお》一茂《かずしげ》は今年四十五で、バンコク大使館から転任して来て間もない。太郎はなかにはいった。一茂がこっちに視線を向けて言った。

「緊急事態かね？」

「張学良の易幟式典が帥府《すいふ》の政府礼堂で四時に行われます。日本総領事館には通知が来ていませんが、各国の領事は出席するものと思われます」

「総領事は？」

「外出中です。だから副領事に指示を仰ぎに来ました」

「すぐに霞ヶ関に打電してくれ」

「わかりました」

「きょうは何が起こるかわからない。ずっと総領事館に詰めてて欲しい」

太郎はそれにもわかりましたと答えて参事官室に戻った。霞ヶ関に打電するまえに桂子に報らせなきゃならない。受話器を取りあげ、交換を呼んで自宅に繋《つな》がせた。桂子の声が出た。太郎はわずかに語勢を強めて言った。

「きょうは総領事館に泊まり込む」

「何かあったんですか？」

「張学良が易幟を発表した」

「易幟って？」

「旗を変えることだよ。奉天軍が国民党に合流した。事態が急変する可能性がある」

「あなた」

「何だね？」

「ううん、明日お話しするわ」

「気になるじゃないか、言えよ」

「さっき病院から帰って来た」

「どうした、体調でも悪いのか？」

「そんなんじゃない」

「病院に行ったんだろう？」

「おめでた」

「え？」

「妊娠ですって」

2

晩飯を食い終えて、敷島三郎は独立守備隊駐屯地から商埠地《しょうふち》に向かった。張学良の易幟《えきし》発表から二週間が経《た》っている。一月中旬の奉天の夜は深々と冷える。路傍には掻《か》き集められた雪が積っていた。この眼で見たわけじゃないが、黒龍江省《こくりゅうこう》のハルビンでは松花江から湧《わ》きあがる水蒸気が凍りつき、無数の銀粉のようになって大気のあいだで舞い狂っているだろう。三郎は軍服のうえから将校外套《がいとう》を羽織って商埠地の灯に向かって歩きつづけた。

易幟にたいして関東軍がどう動くのかはまだ何も聞かされていない。陸大兵学教官から関東軍作戦主任参謀に転任して来た石原莞爾中佐は強烈な満蒙《まんもう》領有論者だが、まだいかなる指針も発表していなかった。しかし、いずれ何らかの軍事行動が独立守備隊にも求められるだろう。

待つのだ、それを待つしかない。

張学良は易幟後ただちに東北政務委員会を組織し、その主席となった。この組織には父親・張作霖時代の旧派・緑林あがりは含まれていない。奉天城内はこれまでとはまったくちがった雰囲気に包まれつつある。歴史はこうやって変わっていくのだ。そう思う。ただ、張学良が今後満州をどうしていこうとしているのかは何も読めはしなかった。

三郎は商埠地の小料理屋・於雪《おゆき》に着いた。小あがりに座っている満鉄炭鉱部総務課に勤務する堂本誠二《どうもとせいじ》がここだよというふうに右手をかざした。兄の隣家に住むこの男に呼ばれたのだ。座卓を囲んでもうひとりが胡座《あぐら》をかいている。誠二とほぼ同年齢のようだが、逢《あ》ったことはない。三郎はふたりに向かって黙って敬礼をした。

「お待ちしてましたよ」女将《おかみ》の雪子がそう言って背後から外套を脱がしにかかった。「克彦《かつひこ》から何か連絡あります？」台湾軍に転属していった鳴海《なるみ》克彦中尉《ちゅうい》のことだ。「叔母のあたしにはまるっきりですけど」

「じぶんのところにも何もありません。しかし、中尉殿のことですから結構気楽にやってますよ、たぶん」

「いいですねえ」

「何がです？」

「台湾はこんなに冷え込むことはないだろうし」

三郎は外套を脱がされて小あがりに向かった。長靴を脱いで正座し、軽く頭を下げてから言った。

「お久しぶりです」

「膝《ひざ》を崩しなよ、三郎くん、わたしたちは上官じゃないんだし」

三郎はその言葉に胡座をかいた。

座卓のうえには大徳利二本と大きな鮃《ひらめ》の煮つけを盛った大皿が置かれている。まだ箸《はし》はつけられていない。

「好きなものを勝手に注文して欲しい」

「食事は兵営で済ませて来ました」

「それなら、まず一献」

三郎は座卓に伏せられていた猪口《ちょこ》を手に取った。誠二が大徳利の口をこっちに差し向けた。三郎は酒を受けて言った。

「いただきます」

「今年の夏過ぎにはきみも叔父さんになるね」

「兄から連絡がありました」

「頼まれてるんだよ、わたしは」

「何をです？」

「男でも女でも、子供が生まれたら名まえをつけてくれとね」

「死んだ父に似てるんです、兄は」

「どういう意味だね？」

「父は名まえなんかどうだっていいと考えてたと思うんです。だから、四人の息子に太郎、次郎、三郎、四郎とただ順番に名まえをつけた」

誠二が愉快そうに声をあげて笑った。三郎は注がれた酒を飲みはじめた。ひとしきり笑ったあとで誠二が言った。

「紹介しておこう。こちら、的場《まとば》雄介《ゆうすけ》くんだ。東洋拓殖会社で働いてる。わたしと同じく満州青年連盟に属してる」東洋拓殖会社、通称・東拓は満鉄同様、大日本帝国が朝鮮開発のために設けた国策会社で、いまは満州にも進出している。誠二の声が雄介に向けられた。「この青年がさっきまで話してた関東軍独立守備隊歩兵第二大隊の敷島三郎少尉だよ。兄さんは奉天総領事館の参事官をしてる」

三郎は雄介に向かって無言で会釈《えしやく》をした。満州青年連盟は二カ月まえに結成された。最初は満鉄の社員だけで占められていたが、すぐに他の日本人も加わりはじめた。三郎は誠二から手渡されたその結成宣言文をいまもはっきり憶《おぼ》えている。満蒙は日華共存の地域にして、その文化を隆《たか》め、富源を拓《ひら》き以《もっ》て彼此《ひし》相益し、両民族無窮の繁栄と東洋永遠の平和を確保するこそ我が国家の一大使命なり。そう記されていたのだ。日支と言わず、日華と記されたことで、満州青年連盟の姿勢が読み取れる。三郎はそれを憶いかえしながら誠二の新たな言葉を待った。

「このままでは満州はおかしくなる」

「張学良易幟のことですか？」

「選りに選って国民党に合流するとはね」そう言って誠二は猪口を空にした。「花々《ファファ》公子《ゴンズ》と呼ばれたあの二枚目の遊び人の考えることはまったくわからん」

「どうなると思います、これから？」

「それを知りたくてきみを招《よ》んだんだよ、三郎くん」

「じぶんは何の情報も持ってません」

「関東軍特務機関はほんとうに知らなかったのかね、易幟の動きを？　青天白日旗は一万本以上翻《ひるがえ》ったんだよ。それだけの旗を作るにはかなりの人手と時間が要る。特務の連中は何かがおかしいと思わなかったのかね？」

「じぶんには何もわかりません」

「とにかく満州青年連盟の理想は関東軍の協力なしには達成できない。しかし、関東軍はときどきあまりにもちゃちな行動を起こす。張作霖爆殺みたいなことをやらかす。

あれによってどれだけ満鉄の計画が狂ったか知れやしない。だから、情報そのものじゃなくとも軍内の雰囲気をきみから感じ取りたいんだよ」

三郎は黙って大徳利を引き寄せた。手酌で猪口を充《み》たした。誠二はいま眼のまえで張作霖爆殺を批難した。このじぶんがあれに関与したとも知らずに。三郎はそう思いながら猪口を舐《な》めた。

「わたしはね、敷島さん、堂本くんとは少々意見を異にしてるんですよ」これまで無言だった雄介が口を開いた。あらたまった口調だった。「わたしは張学良をただの花々公子とは考えてません。あれは相当手強《てごわ》い。関東軍にはもう情報ははいってますか？」

「どんな情報です？」

「張学良は昨夜、楊宇霆《ようういてい》と常蔭槐《じょういんかい》を処刑しました。御存じのように、楊宇霆は日本の陸軍士官学校を卒業し東三省兵工廠《へいこうしょう》の実権を握っていた奉天軍総参謀で、軍中央のなかには張作霖の後継に推す声も多かった。常蔭槐は黒龍江省長で東三省交通委員会副委員長でした。張学良はそのふたりを帥府《すいふ》一階の老虎庁という会議室に呼び、そこでいきなり射殺しました。わたしも一度覗《のぞ》いてみたことがあるんですが、あの会議室には虎《とら》の剝製《はくせい》が置いてある。それで老虎庁と呼ばれてるんです」

「なぜ張学良はふたりを？」

「ふたりがソ連の持ってる東支鉄道の権益を回収するように張学良に強要したからだそうです。ふたりがじぶんを洟《はな》たれ扱いすることにも張学良は怒ってた」

「何歳なんです、張学良は？」

「二十七です」

三郎は満州のどこかで馬賊として動いている兄の次郎とほぼ同じだと思った。猪口の酒を飲み干して雄介をあらためて見据えた。

「張学良はきょうの朝、東北政務委員会の十一人の委員を老虎庁に呼びつけ、ふたりの射殺死体を見せた。これが何のためだかはおわかりでしょう？　張学良の政治的決断への同調と政治的威信への服従を承認させたんです。ふたりの射殺によって満州はもうむかしの満州じゃなくなった。新しい時代にはいったんです。要するに張学良はじぶんの父親を殺されたという私仇や家仇を超えた存在になったと言ってもいい」

「だから、どうしろとおっしゃるんです、関東軍に？」

「どのように思われます、関東軍作戦主任参謀として赴任して来た石原莞爾中佐を？」

「尊敬してます。講演記録は何度も読んでますし」

「あのかたは強硬な満蒙領有論者ですね」

「それがどうしました？」

「敷島さんも満蒙を領有すべきだとお考えですか？」

「当然です」

「可能だと思われますか？」

「何がです？」

「満蒙領有」

「その日は近いと思ってます」

「赦《ゆる》すとお思いですか、国際世論がそんなことを？」

三郎は無言のまま煙草《たばこ》を取りだした。そういう問題についてはこれまで一度も考えたことがなかったのだ。燐寸《マッチ》を擦って銜《くわ》えている煙草に火を点《つ》けた。

「満州は資源の宝庫です。そこを日本が領有することを列強が容認すると思いますか？　わたしは東洋拓殖に来るまえは日本郵船で働いてた。アメリカやヨーロッパには何度も行きました。そういう国々と戦争になったとき、勝算はありますか？」

三郎はこれにも何も答えなかった。

雄介がわずかに声を落としてつづけた。

「国際情勢を考えれば、満蒙領有論は実現性が低い。危険過ぎるんです。満州青年連盟が唱える方法しか満州の未来はありません」

「五族協和の独立国？」

「そうです、それしかありえない。日・鮮・漢・満・蒙の五つの民族が一緒になって王道国家を創《つく》る。それなら、列強から文句を言われる筋合いはどこにもない。そうでしょう？　考えてもみてください。フランス革命は自由のための革命だった。ロシア革命は平等のための革命だった。しかし、自由と平等だけじゃどうにもならないことはいまの国際情勢が証明してる。博愛が欠けてるからです。王道政治を行う満州国を創れば、博愛の革命ができる」

「どうなるんです、日本の権益はそのとき？」

「日本の権益はもちろんそのままです。新国家の実質経営も日本人がやる。支那《しな》人や鮮人には無理ですからね。大和民族が主導して他の民族に光明を当てる。そうやって理想の国家を創りあげていくんです」

「しかし」

「いまは関東軍のなかは満蒙領有論一色でしょう。しかし、予言してもいい。そのうちかならず軍人さんたちも満州青年連盟の考えに同調してくれると思います」

三郎は猪口を舐めながら脱走した二等兵・藤里多助《ふじさとたすけ》の言葉を憶いだした。じぶんは満蒙領有には反対であります。高粱《コーリヤン》を栽培する回族・馬水偏《ばすいへん》の家の土間でそう言ったのだ。雄介の指摘したとおり、関東軍将校のなかでは満蒙領有論を疑う人間はいない。しかし、兵士のあいだではどうなのだろう？　三郎はそれを考えつつ雄介の新たな言葉を待った。

「満州に王道楽土の国家を創りあげるという満州青年連盟の理想にたいして張学良の今度の易幟は実に危険です。支那じゃいま各地で抗日の動きや日貨排斥の流れが起きはじめてる。国民党がそれを煽《あお》ってるのは確実です。つまりね、これまで軍閥割拠でばらばらだったこの大陸に支那人の民族主義が急速に育ちはじめてる。張学良の易幟はそれを強烈に推し進めることになるでしょう。この種の狭い民族主義は王道国家樹立の障碍《しょうがい》になる。いまや支那人とか日本人とかに拘《こだ》わるべきじゃない。黄色人種は日本を除いてずっと白色人種の植民地主義に悩まされて来た。いまこそ大アジア主義の観点に立つべきです。四年まえに死んだ孫文《そんぶん》もそう言ってたでしょう。これはアジア共通の願いなんです。そうは思われませんか？」

「いったい何を期待されてるんです、このじぶんに？」

「まず満蒙領有論一本槍《やり》じゃなく五族協和の王道国家樹立の流れが満州在留の邦人のなかには急速に拡《ひろ》がりつつあることを御認識願いたい。できれば、関東軍の将校の方々にもそれについて認知するよう御尽力いただければと思ってます」

雪子が盆を抱えて小あがりにあがって来たのはそれからすぐだった。小鉢が四つ載っている。烏賊《いか》の塩辛や春菊の煮浸しなどだ。雪子はそれを座卓のうえに並べながら言った。

「みなさん、お召しあがりにならないのね。お口汚しですが、どうぞ」だが、そのまま引きあげようとはしなかった。座卓のそばに正座してつづけた。「ついつい、みなさんのお話が聞こえてしまいました。あたしもじぶんの意見を言っていいかしら？」

三郎はどうぞと答えた。

誠二が手酌で猪口に酒を注ごうとした。

雪子がその徳利を受け取り、酌をしながら言った。

「あたし、的場さんのお話に賛成です」その眼はふだんの雪子からは想像できないほどきらきら輝いている。「弁護士の中野琥逸《なかのこいつ》先生を御存じ？」

三郎は黙って首を左右に振った。

誠二と雄介は知っているようだった。

「中野先生はよくここで会合を持たれるの。他にお客さんのいないときは、あたしもその会合に入れてもらえる。満州に王道楽土の国を創りあげるって計画、聞いてるだけでぞくぞくしちゃう」

三郎は短くなった煙草を灰皿のなかに押し潰《つぶ》した。

雄介が雪子の言葉を補足するように言った。

「大川周明という人を知ってますか？」

「いいえ」

「いまは満鉄東亜経済調査局で働いてるが、大変な思想家だよ。満蒙に王道国家を建設し、アジアの礎《いしずえ》にするという考えのもとに猶存社《ゆうぞんしゃ》とか行地社《こうちしゃ》という思想団体を日本で興《おこ》したんです。その傘下《さんか》に京都帝国大に猶興学会《ゆうきようがつかい》という組織が結成されました。その猶興学会の幹部のひとりが中野琥逸先生です。いま奉天で弁護士をしてるんですが、王道国家建設のために奔走しておられる」

「その人も満州青年連盟に？」

「ちがいます」

「べつの組織があるんですか？」

「いまはまだ組織化されてはいません。しかし、いずれ何らかの組織名を持つことになるはずです」

「どうして満州青年連盟に属さないんです？」

「満州青年連盟には満鉄社員を中心に国策絡《がら》みの大企業の若手が馳《は》せ参じてる。しかし、満州にいる日本人はそれだけじゃない。いま満州に住んでる支那人は約三千万、日本人は関東州を含めて二十四万。人口三十五万の奉天には日本人が二万二千人、日本国籍を持つ朝鮮人が七百五十ほど住んでる。満鉄中心の青年同盟とは利害の対立するところもある。しかし、目指すところは同じです。やがては合流することになるでしょうが、いまは別々に行動したほうがいい。それが個別に動いてる理由です」

三郎は新しい煙草を取りだして火を点けた。ここで話されていることは兵営のなかで聞く話とはかなりちがっている。駐屯地での話題は満蒙領有強硬論の石原莞爾参謀がいつどう動くかだけなのだ。このちがいはいったい何なのだ？　そう思いながら三郎は煙草のけむりを大きく吸い込んだ。

「軍人さんは満蒙領有一点張り。世間を知らないせいね」雪子が笑みを浮かべながら言った。「ここのお客さんはいまは日本人ばかりだけど、水商売だっていずれ支那人もお客にしなきゃやってけない。満蒙を領有したら、かならず支那人の反感を買う。それを避けるためにも五族協和の王道国家が必要。満蒙領有なんて軍人さんの面子《メンツ》のためだけでしょ？　あたしたち満州に住む民間人のことも考えてくれなくっちゃ厭《いや》」

3

敷島太郎は参事官室で東京から送られて来た新聞各紙に眼を通していた。どの新聞も満州某重大事件に関して田中義一が帝国議会で追及される記事で溢《あふ》れている。あれは完全に統帥権《とうすいけん》の干犯なのだ、当然だろう。明治政府発足以来、ある意味では田中義一は天皇の御稜威《みいつ》つまり威光をもっとも重視する首相だった。その御稜威の核たる統帥権の問題に曝《さら》されたのだ。どうあがいても、内閣は持ちこたえられないだろう。国際面では国家社会主義を叫ぶドイツのナチス党から初の大臣が誕生している。ヨーロッパが政治的に揺れ動きはじめた。そう思う。先の欧州大戦では連合国は戦争の原因をすべてドイツの責任として巨額の賠償金の支払いを押しつけた。戦後成立したワイマール憲法下ではすさまじい勢いでインフレが発生する。林檎《りんご》一個を買うにもぶ厚い札束が要るのだ。そんな状態にドイツ国民が甘んじられるはずもない。強権的な国家社会主義を主張するナチス党に何らかを期待するのは当然かも知れない。支那《しな》が揺れ、ヨーロッパが揺れる。そんな時代にはいったのだ。そう考えながら太郎は紙面から眼を離した。

明日《あした》からは元宵節《げんしょうせつ》がはじまる。天官地官水官の三官が下降するという伝承に基くこの祝日は陰暦に基くもので毎年開催期日が替わっていく。夜になると、さまざまな装飾を施した灯籠《とうろう》が火を点《と》もし、あちこちで爆竹が鳴らされる。満州では寒風と粉雪のなかでそれが執り行なわれるのだ。その光景は実に見応《みごた》えがある。

腕時計に眼をやると、針は五時七分を指していた。

太郎は机上に置かれている電話の受話器を取りあげて自宅に繋《つな》がせた。すぐに桂子の声が出た。太郎は通話孔に囁くように言った。

「どんな具合だ、体調は？」

「ふつうよ」

「悪阻《つわり》は？」

「たいしたことない」

「無理をするなよ」

「わかってる」

「食事は夏邦祥《かほうしよう》に作らせろ。それから、城内の市場じゃ上海あたりから運ばれて来る蜜柑《みかん》が山ほど売られてるはずだ。それは大量に買って来るように言え」

「心配しなくてもいいってば。だいじなときなんだから、あなたはお仕事のことだけを考えてて」

太郎は電話を切って煙草《たばこ》を取りだそうとした。そのとき、参事官室の扉が叩《たた》かれた。どうぞと声を掛けた。はいって来たのは参事官補の古賀哲春《こがてつはる》だった。太郎は取りだし掛けた煙草を引っ込めて言った。

「何か突発事態でも？」

「尚旭東《しようきよくとう》が逮捕されました、領事館警察に」

「だれだね、それ？」

「日本人馬賊です、本名・小日向白朗《こひなたはくろう》」

太郎はようやく憶《おも》いだした。小日向白朗は十六歳で満州に渡り緑林の徒に身を投じて頭角を表わした。もちろん、面識はない。しかし、馬賊の聖地たる千山《せんざん》の無量観《むりようかん》で修業を積み、尚旭東の他にふたつの支那名を持つとも聞いている。太郎は突っ立っている哲春の眼を見つめながら言った。

「何で逮捕されたんだね、領事館警察に？」

「奉天城の制圧容疑です」

「何だって？」

「奉天城の乗っ取りですよ」

「どういうことなんだね、それは？」

　哲春の説明を太郎は呆然《ぼうぜん》として聞きつづけた。いったい、何ということだ！　腹立たしさが込みあげて来る。それはあまりにも愚かしく杜撰《ずさん》なものだった。

　小日向白朗は配下の馬賊二千を率いて奉天城を包囲し、城内への突入を準備した。まず便衣隊が元宵節に浮かれる支那人たちのあいだを縫って発電所に接近し、これを爆破する。同時に、城内に潜入し公共物に火を放つ。つづいて城外に待機している一隊が大西門と小北門を破壊する。それが奉天城制圧の骨子だった。

「そんなことが可能だと本気で考えてたのかね？」

「小日向白朗の分析によれば、東北辺防軍は北大営に第二、第六旅約六千名。他に保安隊二千。支那人の戦意はきわめて低いんで、配下馬賊二千をもって不意を衝《つ》けば、かならず奉天城は制圧できる。領事館警察の取調べにはそう答えてます」

「配下の馬賊といっても支那人なんだろう？」

「日本人馬賊が十三名混じってます。その連中がそれぞれの持場で指揮を執ることになってた」

「馬鹿《ばか》げてる！」

「まったく馬鹿げてます」

「それが領事館警察に洩《も》れたのはどういう事情で？」

「小日向白朗は日本人馬賊十三名に出陣の前祝いとしてひとりあたり二百円を渡したそうです。そのなかに津田鶴城《つだかくじよう》という若い男がいた。そいつが満鉄附属地の妓楼《ぎろう》で痛飲したあげく、自慢たらしく日本人娼妓《しようぎ》にぺらぺらと計画を喋《しやべ》ったらしいんです。で、その妓楼の女将《おかみ》が領事館警察に通報した。それを察知した小日向白朗は配下の馬賊二千を奉天城外三十支里以遠に退かせて、本人は領事館警察に自首して出て逮捕されたんです」

「何のために小日向白朗は奉天城制圧を？」

「本人の説明によれば、満州をこのままにしてたら、国民政府の抗日運動の温床と化す、看過できない。まず張学良に一撃を加え、同時に腰抜け外交をつづける日本政府に警鐘を鳴らすためだと言ってるそうです」

「何歳になるんだね、小日向白朗は？」

「今年二十九歳だそうです」

太郎はゆっくりと腕組みをした。小日向白朗はじぶんと同世代なのだ。十六歳のときに渡満し馬賊集団に身を投じ、十数年で配下二千を抱えるに至った。弟の次郎も似たような人生を送っているのだろうか？　それにしても、小日向白朗の単純さには呆《あき》れかえる。張作霖爆殺が関東軍の謀略だったことはもう世界に知れ渡っているのだ。いま日本人馬賊が奉天城を占領したとなれば、日本は国際社会から袋叩きにされる。

太郎は哲春の眼を見据えたまま言った。

「総領事はどんな反応を示されてる？」

「激怒されてます。小日向白朗の奉天城制圧計画には支援団体がついてますしね」

「支援団体だって？」

「奉天銭荘《せんそう》会ですよ。両替え屋の団体です。連中は日本金票と奉天票を操って利鞘《りざや》を稼ぐ相場師でしょう。奉天で事件が起これば奉天票が大暴落する。それを見越して先売りすりゃ大儲《おおもう》けできる。それを狙《ねら》って小日向白朗に投資してるんです」

「どういう意味だね、それは？」

「いま闇《やみ》で売られてる拳銃《けんじゅう》の値段は新型九吋《インチ》モーゼルで原価三十六元、銃弾五百発つきで百二十元らしいんですがね、小日向白朗は纏めて二千挺を購入してます。その金銭は奉天銭荘会の幹部で手塚安彦《てづかやすひこ》という男が用意したんですよ」

「何を考えてるんだ、奉天銭荘会は。金銭さえ儲かりゃ日本がどうなってもいいとでも思ってやがるのか！」

「総領事は今度の件では絶対に関東軍に譲歩しないとおっしゃってます。小日向白朗を騒擾《そうじょう》罪で告発する手続きを取られた。こんなことを微罪で済ませれば、総領事館の権威は地に堕《お》ちますしね」

4

帝国議会は相変わらず満州某重大事件をめぐって紛糾しつづけている。軍中央が憲兵司令官・峯幸松《みねゆきまつ》を特派して調査させ、田中義一内閣も真相究明のために動いたが、すべては曖昧《あいまい》なまま推移しているのだ。そこを民政党の中野正剛《なかのせいごう》が舌鋒《ぜっぽう》鋭く突きはじめた。張作霖爆殺が関東軍の謀略だったことはもう隠しようもない。

ただ、それよりも世間の耳目を集めたのは説教強盗・妻木松吉《つまきまつきち》の逮捕で、号外も出た。狙った家々に忍び込み部屋の電球を取り除くと、家主の枕《まくら》もとに座り込んで煙草《たばこ》を喫《す》いだす。家主が気配に眼醒《めざ》めると延々と説教をはじめるのだ。戸締りの方法や番犬の選びかた。これらが講義され、悠々と立ち去っていくのだ。犯行の手口から漂泊しつつ生計を立てる山窩《さんか》出身者に容疑が絞り込まれ、西巣鴨《すがも》に住む妻木松吉が逮捕されたのだが、世間ではむしろ犯人称讃の声のほうが強かった。

三日まえの三月五日には旧労働農民党の代議士・山本宣治《やまもとせんじ》が表神保町の旅館で刺殺された。その場で取り押さえられたのは七生義団《しちせいぎだん》という右翼団体の黒田保久二《くろだほくじ》で、暗殺理由は治安維持法改定に帝国議会で強硬に反対したためらしかった。

だが、敷島四郎は新聞で報じられるそういうことにはもうほとんど関心がなかった。夜毎《よごと》肉欲をぶっつけあう真沙子《まさこ》との爛《ただ》れた暮しがつづいているのだ。かつての罪悪感は父の死後はるかに深化している。じぶんは父を結果的に死に追いやったのだ。その自責の念に、こころはもうずたずただった。精神はすぐにでも壊れようとしている。この煩悶《はんもん》から逃れるために真沙子の肉体を求めた。それが自責と煩悶をさらに強めていく。もはや救いなんか何もないのだ。そう思う。それが特高刑事・奥山貞雄《おくやまさだお》の呼びだしに応じた理由だった。時刻はそろそろ六時になろうとしている。待ち合わせ場所に指定されたのは最初に貞雄に逢《あ》ったとき連れ込まれた新橋駅裏の小料理屋だった。

四郎は告別式や納骨式以外にはほとんど霊南坂《れいなんざか》の家から出ていない。もちろん大学には通っていなかった。新宿で質入れした母方の祖父から贈られたスイス製腕時計もとっくに流れているだろう。路傍には昨夜降った雪が掻《か》き寄せられて積まれている。四郎はそのそばを通って小料理屋に近づき、その引戸を開けた。

貞雄との会食写真を撮った女将《おかみ》がいらっしゃいませと言ったが、もうこっちの顔は憶《おぼ》えていないようだった。奥山さんと逢うことになってるんですがと四郎は言った。女将が小あがりに案内し、その襖《ふすま》を開けた。

「あがってくれ」貞雄がぶ厚いレンズの向こうからこっちを見据えて言った。「きょうは鮟鱇鍋《あんこうなべ》だ」その声が女将に向けられた。「熱燗《あつかん》で二合徳利を二本」

四郎は会釈《えしやく》をして靴を脱いだ。失礼しますと言ってあがり、外套《がいとう》を脱いで正座した。

貞雄が煙草の灰を灰皿に落として言った。

「膝《ひざ》を崩しなよ。おれのまえで堅っ苦しくしてもしょうがあるまい」

四郎は無言で頷《うなず》き、胡座《あぐら》をかいた。

小あがりの襖が閉め切られた。

「冷えるな、とっくに三月にはいったってえのに」貞雄が腕組みをしながら言った。「春の兆《きざ》しさえ感じられねえ。まるでこれが時代の流れなんだというふうにな」

四郎はこの言葉にどう応じていいのかわからなかった。

貞雄が背広の内ポケットから封筒を取りだし、それを座卓のうえに置いた。その封筒をこっちに滑らせながら言った。

「開けてみな、おもしれえものがはいってる」

四郎はその封筒に指を差し入れた。はいっていたのは二葉の写真だった。それを引き抜いて眼を落とした。四郎はじぶんの胸がどきんと大きく鳴ったような気がした。そこに写っているのは死体だった。燭光座《しょっこうざ》にいた里谷春行《さとやはるゆき》と、木本繁雄《きもとしげお》の妻・多恵が撮影されている。ふたりとも喉《のど》を鋭利なもので搔き切られ、苦悶の表情を浮かべたまま死んでいた。四郎はうわずる声で言った。

「い、いつふたりは？」

「写真がおれのところに届いたのは一週間まえだよ。金沢署から送られて来た」

「ふたりは金沢に？」

「殺されたのは能登の七尾《ななお》近くの赤崎温泉だよ。ふたりは東京を離れたあと、多衛門《たえもん》座《ざ》という旅の一座にはいり、北陸をまわっていた。しかし、冬場は雪が深くて客は芝居どころじゃねえ。春が来るまで待とうと決めたんだろうさ、ふたりは七尾近くの温泉宿を塒《ねぐら》にした。そしたら、こうだ。両方ともすっぽり喉を搔き切られてくたばった。

だれが殺《や》ったかは想像がつくだろう？」

四郎はすぐに戸樫栄一《とがしえいいち》を憶いだした。あの元・旋盤工は新宿の追分バーでこう叫んだのだ。ぶっ殺してやる、ふたりとも！　だが、四郎は何も言わなかった。

「いまのところ何の証拠もねえが、殺ったのはおそらく戸樫栄一だ」貞雄がそう言ってふたたび腕組みをした。「あいつはいずれまた何かをやらかす。そのとき取っ捕まえて締めあげりゃ、この殺しも吐くだろうよ」

四郎はこの言葉を聞きながら煙草を取りだした。

貞雄が粘ついた笑みを頬に滲《にじ》ませて言った。

「喫うようになったのか？」

「え、ええ」

「煙草とも酒とも縁が切れなくなるだろうな。おまえは重過ぎる荷を背負い込んじまったんだし」

熱燗の二合徳利二本と摘みの小鉢が運ばれて来たのはそれからすぐだった。鮟鱇鍋もすぐに持って来ますからと言い残して女将が引きあげた。

「手酌でいこうや。たがいに差しつ差されつってえのは似合わねえし」

「はい」

「痩《や》せたな、おまえ」

「そうですか？」

「どうなんだい？」

「何がです？」

「真沙子の体だよ」

四郎は背なかの筋肉がびりっと顫《ふる》えるのを感じた。その直後に全身から血液がすうっと退《ひ》いていくような気がした。霊南坂で何が起きているのかを知られているのだ。行為はいつ目撃されたのか？　白昼、居間の長椅子《いす》のうえで営んでいるときか？　いや、そんなことはどうでもいい。とにかく、真沙子との関係は特高警察によって把握されているのだ。貞雄が厭《いや》な笑みを浮かべたままじっとこっちを見ている。四郎は掠《かす》れる声で言った。

「逮捕されるんですか、ぼくは？」

「何の罪でよ？」

四郎は思わずごくりと喉を鳴らした。

貞雄が徳利の口を猪口《ちょこ》に差し向けながらつづけた。

「おまえがいくら親父《おやじ》の女房と乳繰りあおうと姦通罪《かんつう》は適用できねえよ。亭主はくたばってるんだからな。どれだけ道義的に赦《ゆる》されねえことでも、法律は関知しねえ。それにしても真沙子も真沙子だよな。酷《ひで》え女だ、亭主の一周忌も済んでねえってのに、その息子を引きずり込むなんてな」

四郎は、最初に暴力で犯したのはこのじぶんなのだと言おうとした。しかし、言葉が出なかった。引き抜いた煙草にもまだ火を点《つ》けてはいない。四郎は黙って座卓のうえの空の猪口に眼を落としつづけた。

「飲みなよ。おまえが義理のお袋とどうなってようが、特高警察は何の興味もねえ。たとえ、それが犯罪要件を構成していようとだ。おれたち特高刑事は政治絡《がら》みのことしか関心はねえんだよ」

四郎は眼から勝手に涙が溢《あふ》れ出て来るのを覚えた。じぶんはなぜ泣きだしたのか？　真沙子との爛れた関係を特高警察に知られたせいか？　頬を伝わって座卓のうえにぽたぽたと落ちるのは恥辱の涙か？　ちがう。断じてちがう。逆だ。これはじぶんでは封じ込められなくなった秘密を他人に知られた解放感からくる歪《いびつ》な喜びの涙なのだ。四郎は口を開きかけたが、何を言いたいのかじぶんでもわからなかった。

「涙を拭《ぬぐ》え、みっともねえ」

「はい」

「飲めと言ったろう」

四郎は右手の甲で涙を拭った。

そのとき、襖が開き、女将が板前とともにはいって来た。鮟鱇鍋と七輪が持ち込まれた。女将が座卓をすこし動かし、七輪をそのそばに置かせて、鍋を載せながら言った。

「この鮟鱇の肝、最高ですよ」

四郎はその声がはるか彼方《かなた》で響いているように聞こえた。猪口に酒を注いだ。注文は熱燗だったが、もう温《ぬる》い。四郎はその酒をぐいと飲み干した。

女将が出ていくと、貞雄が囁《ささや》くような声で言った。

「おまえの苦しみは手に取るようにわかるよ。いくら無政府主義に傾倒してたとは言え、日本人なんだ、死んだ父親の女房と交合《まぐわ》うなんて常識じゃ考えられねえんだしな。頭のなかがぶっ壊れそうだろ？　その苦しみから逃れられる方法はひとつしかねえよ」

四郎は無言のまま新たな酒を猪口に注いだ。

七輪のうえの鮟鱇鍋が煮えはじめている。

「日本から消えることだよ、日本からな」

「どういう意味です？」

「おまえはもう早稲田に通っちゃいねえ。かりに通ったとしても、霊南坂と早稲田の往復じゃ真沙子と縁は切れねえよ。だから、思いきって日本から消え、支那《しな》で勉強しろ。上海の東亜《とうあ》同文書院《どうぶんしょいん》に行け」

「受かるわけないでしょう、そんなところに」

「もう手配済みなんだよ」

　東亜同文書院は日清戦争後に近衛《このえ》文麿《ふみまろ》の父・篤麿《あつまろ》によって東亜同文会として欧米列強の白色人種優越主義に対抗するために設立された専門学校で、日露開戦の三年まえ明治三十四年に現在のかたちを取った。よっぽど優秀でなければ入学はできない。選抜方法は四つあった。まず日本全国で行われる試験によって選抜される官費留学生。第二は満鉄や大手新聞社からの企業派遣生。三番目は一般入試を受ける私費留学生。この三つは主として支那の語学や文化や歴史を学ぶ。四番目は支那人学生だが、これは支那人を日本に取り込むために創設された。

「四月から上海に行け。入試を受ける必要はない。東亜同文書院のほうにはすでにある人から話をつけてある」

「だれです、ある人って？」

「上海に行きゃわかる。とにかく、東亜同文書院に入学する以外、おまえがいまの地獄から抜けだす途《みち》はねえ」

　四郎は鮟鱇鍋を食い終えて小料理屋を出た。貞雄はもう少し飲んでいくという。時刻はまだ八時にもなっていないと思う。新橋の駅裏はずらりと赤提灯《ちょうちん》が並んでいる。

　それにしても、ほんとうに東亜同文書院にはいれるのだろうか？　あそこは日支共存共栄の理念を掲げてはいるが、現実には支那への進出を目論《もくろ》んで創設された国策学校で、生徒は陸軍士官学校と並び宮城拝観の特権を与えられる。試験はとびっきり難しい。じぶんは次兄の次郎のように馬賊になれるほど肚《はら》は据わってはいない。ひとりじゃ途は拓《ひら》けないのだ。べつに宮城を拝観したいわけじゃないが、貞雄の言うとおり東亜同文書院にはいることが、現在の悶々《もんもん》とした日々から逃れられる方法かも知れない。しかし、現実に入学は可能なのか？　ある人から話をつけてあると貞雄は言ったが、それはだれなのだ？　考えれば考えるほど混乱して来るが、何をどう整理していいのか見当もつかない。そう思いながら四郎は新橋駅に向かって人混みのなかを歩きつづけた。

前方からふたりの兵士が歩いて来るのが見えた。まだ冷え込みは厳しいのに外套《がいとう》は羽織っていない。擦れちがおうとして四郎ははっとなった。兵士のうちのひとりは、新宿で遊び人ふうの男たちから庇《かば》ってくれた近衛《このえ》歩兵第三連隊の一等兵・諏訪《すわ》牧彦だった。向こうもこっちに気づいたらしい、やあと声を掛けて来た。

「こないだは御迷惑をお掛けしました」四郎はそう言って頭を下げた。「おかげで助かりました」

「あれからあのごろつきたちとは？」

「顔を合わすこともありませんよ。あのときはただの通りすがりでしたから」

「一杯飲《や》りませんか？」

「え？」

「日夕《にちゆう》点呼まであと二時間ばかりあるんで新橋に出て来たんです。紹介します。こちら、じぶんと同じ第三連隊の速水《はやみ》浩司《こうじ》一等兵。広島の出身です」

四郎は無言のまま浩司に向かって会釈した。日夕点呼とは消灯喇叭《ラッパ》が鳴るまえの点呼だと聞いたことがある。夕食の食缶返納とやらが終わるとそれまでは一応自由時間らしい。長いあいだ真沙子以外とは会話らしい会話をしたことはなかったし、きょうの貞雄の粘々した口ぶりもこっちの神経をおかしくする。たまにはまっとうな人間とまっとうな話がしてみたい。四郎は牧彦の一緒に飲ろうという誘いに乗ることにした。

連れていかれたのはすぐそばの立ち飲みの焼鳥屋だった。立て込んでいた。焼酎《しょうちゅう》に手羽先が出された。

「じぶんと速水一等兵はしょっちゅう話をしてる、一緒に寝起きしてますからね」牧彦がそう言って焼酎を舐《な》めた。「だから、たまには学生さんと話をしてみたい。兵隊なんて単純そのものですからね」

「学生はもっと世間知らずです」

「けど、学問がある」

「何の役にも立ちませんよ、そんなものは」

浩司が手羽先を口に運びながらじっとこっちを見た。牧彦とほぼ同年齢らしい。つまり、じぶんともだ。その眼がきらきらと輝いている。浩司が肉を嚥《の》み込み、焼酎を喉《のど》に流し込んで言った。

「どう思います、成り金どもの行状を？」

四郎はこの質問にどう応じていいかわからなかった。成り金とは日露戦争後にできた言葉で、投機によって財を成した連中を指す。その存在は大衆の羨望《せんぼう》と蔑視《べっし》の入り混じる複雑な対象だった。三井や三菱といった伝統的な財閥とちがい、金融恐慌《きょうこう》によって相当数の成り金が潰《つぶ》れていったが、投機取引を手控えた連中は生き残っている。

四郎はその眼を見つめかえしながら浩司の新たな言葉を待った。

「じぶんはあいつらをぶっ殺してやりたい」

「どうしてです？」

「成り金どもはこの大日本帝国を内から腐らせていく。金銭の力で日本の美徳を次々とぶっ壊してる。赦せない。そうは思いませんか？　じぶんの兄の許婚《いいなずけ》は成り金の後妻にはいった。金銭の魔力に引きずられてね。兄から悲しい手紙を受け取るたびに、じぶんは広島に帰ってその成り金を殺したくなる。そいつだけじゃなく成り金という成り金をね」

四郎はこれにもどう反応していいかわからなかった。燭光座で論議されたのは財閥の動きについてだった。憎むべきは財閥という曖昧模糊《あいまいもこ》とした存在であり、すべては抽象的に語られた。だが、浩司は兄の許婚を後妻にした成り金の人格に怒りを向け、その憎しみを成り金全体に敷衍《ふえん》しているのだ。四郎は黙ってコップの焼酎を飲み干した。

「成り金にたいしてだけじゃない、じぶんたちの第三連隊じゃ、みんないまの世のなかにむかむかしてますよ」牧彦が浩司に代わって言った。「このままじゃ大日本帝国は腐っていくばかりだ。だれもがそう感じてる。しかし、どうやればそれが防げるのかがわからない。問題はそこなんです」

四郎はこの言葉に、現在の日本のありかたに疑問を抱いているのは無政府主義者や社会主義者たちだけじゃないことを知った。兵士たちもそうなのだ。しかし、いまのじぶんにはもうそんなことはどうでもよくなっている。爛れきった状況から何とか逃げだしたいだけなのだ。四郎は胸の裡《うち》でじぶんを嗤《わら》うしかなかった。

「やめましょう、こういうしけた話は」牧彦がそう言って白い歯を見せた。「せっかくの酒がまずくなるだけなんだし」

5

一カ月ばかり領事館警察の拘置房に閉じ込められていた尚旭東こと小日向白朗を釈放し奉天から追い払って四日が経《た》つ。奉天城制圧を企図し二千名の馬賊を動かそうとしたこの日本人に林久治郎総領事は騒擾《そうじょう》罪を適用して厳罰に処すべしと主張したのだが、それが内外に波紋を呼んだ。総領事は朝鮮総督府警務局長や関東庁警務局長らと打ち合わせて、内務省、外務省、陸軍省に重罰論で対処するように働きかけたが、それが対支強硬論者たちの反撥《はんぱつ》を呼ぶ。

まず東京朝日新聞の論説委員・緒方竹虎《おがたたけとら》が小日向白朗を憂国の士と持ちあげ、奉天城制圧を試みざるをえなかったのはひとえに幣原喜重郎《しではらきじゅうろう》の軟弱外交への不満にあると論じた。さらに、強硬な擁護論を唱えたのは右翼の巨頭・頭山満《とうやまみつる》だった。陸軍省に直接乗り込んでこう叫んだ。騒擾罪を適用して小日向白朗を殺してしまうことは絶対に許されない、今後あのような有為の青年がふたたび生まれて来ると思うか！　陸軍省はこういう声にずるずると押されていった。

奉天総領事館にたいする暴力的な干渉がつづいて起こる。吉林特務機関長・林大八《はやしだいはち》が上海転属命令を受けて、奉天駅に途中下車して総領事館に立ち寄った。林久治郎総領事に面会を求め、このたび上海に赴任するのだが御真影を拝ませてもらいたいと言う。天皇の御真影は総領事館にしかない。総領事はその依頼を受けて奉安殿のまえに案内した。林大八はまず御真影を恭々《うやうや》しく拝したのちに、いきなり鉄拳《てっけん》を総領事に食らわせてこう言ったという。貴公は小日向白朗を騒擾罪で処刑したがっているらしいが、あのような志操溢《あふ》れた好青年を死なせるようでは日本の将来はどうなるのか？

それが気掛かりで奉天で途中下車し、いま陛下の御真影の御前《おんまえ》で貴公に一撃を与えた、以後こころせよ。これを機に関東軍内部からも小日向白朗擁護論が日増しに強くなって来る。

結局、林久治郎総領事が獲得できたのは小日向白朗にたいして三年間の大陸渡航禁止という総領事命令だけだった。しかも、この命令が遵守《じゅんしゅ》される保証はどこにもなかった。

小日向白朗はいまごろ朝鮮の釜山《ふざん》発の船に乗り、下関に向かっているだろう。内地に到着すれば歓呼の声で迎えられるにちがいない。

日本人はいま論理というものから遠ざかろうとしている。一時的な感情のみが行動の基盤になりつつある。

宋雷雨の運転するフォード車の後部座席でそう思いながら敷島太郎は煙草《たばこ》に火を点《つ》けた。法や論理が無視される風潮は九カ月ちょっとまえの張作霖爆殺からはじまったと思う。国家の基本たる統帥権《とうすいけん》が干犯されたのだ。それに較《くら》べれば、他のことはすべて些細《ささい》なものとしか映らないだろう。じぶんは情緒にたいする論理の優位性を信じつづけて来た。それがいま現実のまえに粉々にされようとしている。太郎は苦々しさとともに吸い込んだけむりを静かに吐きだした。

フォードは奉天大広場に向かって進んでいる。路傍に掻《か》き寄せられている残雪はもう残り少ない。三月も末なのだ、あと四、五日もすればそれもすっかり消え失《う》せるだろう。満州の大地に春が訪れようとしている。

フォードが奉天ヤマトホテルの車寄せに滑り込んだ。

奉天駅に併設されていたヤマトホテルは今年になって道路幅十五間の昭徳大街の先にある円形の奉天大広場に面した位置に移った。新築されたフリークラシック様式と呼ばれるこの四階建ての建築物は五年まえの設計競技一等となったものだが、それがようやく完成したのだ。格式はずば抜けている。御影石《みかげいし》の外壁は堂々としていた。玄関広間の天井からぶら下がるシャンデリアは派手じゃない。しかし、気品があった。

太郎はフォードを降りて新しい奉天ヤマトホテルに足を踏み入れ、その食堂に向かった。時刻は午後一時になろうとしている。客はまばらだったが、窓辺の席で手があがった。太郎はわずかに頭を下げて、かつては亡父に師事したこともある建築家の猪《い》口正輝《ぐちまさき》の席に近づいた。

「十カ月ぶりになるかな、太郎くん、忙しいところを済まん」

「いつから髯《ひげ》を？」

「半年まえからだよ。こうやって顎鬚《あごひげ》を伸ばすと、何となく建築家に見えるだろ？」

太郎は苦笑いしながら向かいの椅子《いす》に腰を下ろした。長く伸びた顎鬚には半分白いものが混じっている。今年四十三歳のはずだ。実年齢よりも老《ふ》けて見える。太郎はぶ厚い眼鏡の奥のその眼を見つめて言った。

「出張ですか、東京から」

「発《た》ったのは五日まえだよ。大連から営口《えいこう》に立ち寄り、さっき奉天に着いた」正輝が顎鬚を撫《な》でまわしながら言った。「去年につづいて満鉄からの依頼でね。建築家もただ設計の図面を描いてりゃいいという時代じゃない。まずは満州全体の観察だよ。ところで何を食う？」

「わたしは何でも」

正輝が右手をかざして給仕を呼んだ。ビーフシチュウをふたりぶん注文して煙草を取りだした。それに火を点けてあたりを眺めまわしながらつづけた。

「この新しい奉天ヤマトホテルはよくできてる。威風堂々としてるしね。ここを設計したのは小野木《おのぎ》横井《よこい》共同建築事務所だ、羨《うらや》ましい。しかし、わたしも負けちゃいないよ」

「ずいぶん張りきっていらっしゃいますね」

「当然だろう、いま日本は重大な時期にはいってる。何もしなかったら、あたら好機を逸するんだよ。いま関東軍は何を考えてる？」

「それはわたしのほうが知りたい」

「日本国内は一刻も早い満蒙《まんもう》領有を望んでる。豊富な地下資源と農村の余剰人口の処理場としての広さ。小日向白朗を英雄視する理由はそのまま満蒙領有期待論なんだよ」

「猪口さんも同じ考えですか？」

「もちろんだよ。しかし、わたしは満蒙を領有するだけでは満足できない」

「どういう意味です、それは？」

「満蒙に世界から驚嘆されるような都市を築くこと。世界の建築技術の集積とでも呼ぶべき都市を建設すること。それがわたしの夢だよ、夢。いまはそのためだけに生きてると言ってもいい」

　そのとき、ビーフシチュウとトーストが運ばれて来た。

　正輝が喫《す》いかけの煙草を灰皿に押し潰《つぶ》し、ビーフシチュウの深皿を手まえに引き寄せた。太郎もナイフとフォークを手にした。正輝がフォークを肉片に突き刺して言った。

「わたしはね、満鉄の依頼でこれから三カ月掛けて満州各地をまわる。都市というものはね、ただ建設すればいいというもんじゃない。その土地その土地の風景と調和しなきゃならない。もしその調和を乱すような聚落《しゅうらく》があれば、強引に排除してさえもね。満鉄からはそういう調査を頼まれてるんだよ」

太郎は満鉄の社長・山本条太郎《やまもとじょうたろう》が何を考えているか知らなかった。隣家の堂本誠二からも聞いてない。だが、いま正輝が口にしたのは満蒙領有を前提にしてのことなのだ。満鉄の幹部連中は何をどう進行させようとしているのだ？　太郎はそう思いながらビーフシチュウを食いはじめた。

「満鉄の依頼を受けて動いている建築家はわたしだけじゃない。他に五人いる。建築家の他にも歴史学者や人類学者などが満州を駆け巡りはじめた。調査旅行後すぐにというわけにはいかないが、何度かの論議を経て満州各地の都邑《とゆう》計画みたいなものが纏《まと》められるだろう。期待しててくれ」

6

敦化《とんか》に着いてほぼ二週間が経《た》つ。

すでに四月にはいっているが、風の冷たさはまださして緩んではいない。春とは名ばかりで、路傍の花が咲きはじめるまであと一カ月は掛かるだろう。

昨夏に間島《かんとう》地方での一連の仕事を終えたあと、青龍《せいりゅう》同盟には何の依頼もない。敷島次郎は敦化の常宿・敷東旅館を拠点として配下たちとともにほとんど無為な日々を過していた。妓楼《ぎろう》・寒月梅《かんげつばい》の朴美姫《ぼくみき》を抱き、その日その日の気分で食事処《しょくじどころ》や酒楼を変える。それだけだ。そろそろ敦化には飽きが来ているが、緑林の徒が何の依頼もないのにどこかへ移動する意味はまったくない。次郎は敷東旅館の一室の寝床台で仰向けになり、煙草《たばこ》を喫いつづけていた。

時刻はまもなく午後四時になろうとしている。

寝床台のそばでは猪八戒《ちょはっかい》が踞《うずくま》っていた。

部屋の扉が叩《たた》かれたのは短くなった煙草を灰皿のなかで揉《も》み消したときだった。はいってくれと次郎は声を向けた。足を踏み入れて来たのは金銭収支や武器弾薬補塡《ほてん》を担当する軍需の高芳通《こうほうつう》だった。

「どうした、何か用か？」

「きょうは寒月梅にはあがらないんですか？」

「毎日じゃ体が保《も》たんよ、朴美姫は激しくてな」

「保たないのは攬把《らんぱ》の体だけじゃありませんぜ」

「何を言いたい？」

「青龍同盟の資金のほうも。そろそろ何か仕事をしないと」

次郎は頷《うなず》きながら寝床台で半身を起こした。緑林の徒は表面的には義や信で結びついているが、それは金銭的な裏づけがあってのことだ。資金不足がつづけば、かならずばらばらになる。いずれにせよ、今後の青龍同盟の展望について配下たちに何らかの見解を示す時期に来ているのだろう。次郎は立ちあがって芳通に言った。

「辛東孫《しんとうそん》はどうしてる？」

「湖水望ですよ」これは寒月梅の斜向かいにある妓楼だ。「搬舵《パントウ》はあそこに新しくはいった十四歳の娘にぞっこんなんでね。呼んで来ますか？」

「そこまでは必要ない。東孫とは晩飯後に話をする」

「晩飯は山東料理の雲華庭《うんかてい》だと糧台が言ってました」

「集合は何時だと言ってた？」

「六時です」

次郎は頷いてぴっと口笛を吹いた。寝床台のそばで寝そべっていた猪八戒が体を起こした。芳通が部屋から出ていった。次郎も大掛児《ターコオル》を引っ掛けて猪八戒を連れて部屋を離れた。二週間の空白で体がなまっている。すこし歩きたかった。次郎は敷東旅館の玄関を抜け、門柱に向かって体を運んでいった。

馬を繋《つな》いだ柵《さく》のそばを通って敷東旅館を離れたとき、箱柳のそばに大掛児を羽織った人影がひとつ佇《たたず》んでいるのが見えた。明らかに出て来るのを待ち受けていたのだ。背が低く、顴骨《けんこつ》が突き出ている。猪八戒がそっちに向かって唸《うな》り声を発しはじめた。次郎はそれを制した。箱柳のそばにいた男がこっちに歩み寄りながら言った。

「青龍攬把ですな？」

「そのとおりだが」

「おれは時大格《じたいかく》。長春から来た」

「葉文光《ようぶんこう》からの遣いかね？」

「そう考えてくれ」

次郎は大掛児の奥の肩窄児《チエンチアル》の衣嚢《いのう》から煙草を取りだした。海鳥幇《かいちょうパン》の吉林お静が東辺《とうへん》道《どう》の通化で葉文光に殺されたという話を聞いてから八カ月が経つ。そして、その後青龍同盟には仕事の依頼がない。長春からの遣いが何しに来たのかだいたいの想像はつく。次郎は落ち窪《くぼ》んだその眼を見据えながら煙草に火を点《つ》けた。

「張学良が易幟《えきし》してから東三省はおかしくなる一方だと総攬把は考えていらっしゃる。父親は馬賊だったのに、そのことを忘れて国民党の言いなりになろうとしてるとね」

「で？」

「緑林の徒は団結して張学良に対抗しなきゃならんのだよ」

「そう言ってるのかね、葉文光が？」

「ああ」

「それで青龍同盟は葉文光の傘下《さんか》にはいれと？」

「総攬把はそう望んでおられる」

「断わる」

「何だと？」

「断わると言ってるんだ、青龍同盟は青龍同盟で勝手にやっていく」

大格がゆっくりと顎を撫でまわした。表情にはかすかな動揺《たじろ》ぎの色が滲《にじ》み出ている。拒絶されるとは想《おも》ってもいなかったのだろう。大格が声を落として言った。

「知らないのかね、去年通化で何があったのかを？」

「海鳥幇が裏切り者ひとりを除いてみな殺しにされた。海鳥老大《ラオター》は素っ裸にされて切り刻まれ、渾江《こんこう》に投げ棄《す》てられた」

「それを承知のうえで総攬把の申し入れを断わるのか？」

「時大格」

「何だ？」

「くどいぞ」

「後悔するぞ、青龍攬把、あんたは時代がまったく読めていない。緑林の徒が総攬把のもとで団結すりゃ、関東軍はちゃんとした扱いをしてくれるようになるんだ。あんたはそのことが何もわかってない。待っているのは実に虚《むな》しい死だけだ。この東三省の荒野のどこかで骸《むくろ》となって腐れ果てていく。総攬把の提案を断わるのはそういうことを意味するんだ、忘れるな」

　六時きっかりに次郎は山東料理の雲華庭に着いた。猪八戒は敷東旅館に残して来てある。敦化にはもう何十遍も来ているが、ここを訪れるのははじめてだった。むかしは回族経営者の烤羊肉の店だった。もうじき建設に取り掛かる予定の満鉄培養線を見越して、済南《さいなん》かどこかの商人が買い取ったのだろう。なかに足を踏み入れると、満州では珍しく白酒だけを飲ませる櫃《き》台処《だいしょ》が設《しつら》えてあり、奥に六席の大きな円型の食台があった。青龍同盟の配下たちはもう揃《そろ》っていた。二手に分かれて食台を囲んでいる。東孫が右手をかざした。次郎はその隣りに近づき、大掛児を脱いで背《せ》凭《もた》れに掛け、そこにゆっくりと腰を下ろした。

「料理はすでに注文してあります」東孫が白酒の瓶の口をこっちに差し向けながら言った。「青龍攬把は食い物への拘《こだ》わりがないんで」

次郎は盃《さかずき》にその白酒を受けた。

この席には延吉《えんきつ》近くの大豆畑の焼払い命令に従わなかった謝小二《しゃしょうじ》も座っている。あれ以来、配下の動静を秘《ひそ》かに監視させる稽査《けいさ》の辺毅中《へんきちゅう》に、この副糧台にはとくに眼をつけておくようにと命じていたが、逃亡の気配などのおかしな報告は届いていない。

次郎は白酒を舐《な》めて東孫に低い声を向けた。

「さっき葉文光の遣いに逢《あ》ったよ、時大格という男にな」

「傘下にはいれという要求ですか？」

「そのとおりだよ」

「で？」

「もちろん断わった」

東孫は何も言わずにこっちを見つめつづけた。

次郎は盃を飲み干して言った。

「葉文光は張学良易幟以来、相当危機感を強めてるらしい。あいつのもとに団結すりゃ緑林の徒は関東軍の恩恵を受けられると考えてるんだ。葉文光は通化で龍袍《ロンパオ》を着て記念写真を撮った。あれは関東軍にたいする猟官運動の一環だったのかも知れん」

「青龍攬把」

「何だね？」

「おれだって葉文光は嫌いです、しかし」

「遠慮せずに言ってくれ」

「青龍同盟の懐《ふところ》は相当厳しくなってる」

「わかってる、高芳通から聞いた」

「何とかしないと」

「考えてるんだ、おれもそこのところをな。緑林の徒はもう戦闘力さえ貯《たくわ》えときゃ注文が飛び込んで来るという時代じゃない。そのうちに、どうすればいいか結論を出す」

食卓のうえに料理が運ばれて来たのはそれからすぐだ。豚肉や鶏肉、野菜炒《いた》め類が並べられたが、魚介類だけは山東料理と銘打っているにもかかわらず海のものじゃなく鯰《なまず》や鯉《こい》などの淡水魚だった。ここは内陸部の敦化なのだ、それはしようがないだろう。

だれもが大皿から小皿に料理を取り分けはじめた。

しかし、小二だけは手を出そうとしなかった。

次郎は小皿に向けた箸《はし》を休めて小二に言った。

「どうした、食欲がないのか？」

「さっき時大格という男に逢われたとおっしゃいましたね？」

「それがどうした？」

「頬骨の張った背の低い男でしたか？　年齢は四十前後で眼が落ち窪んでる？」

「そのとおりだが」

「やっぱりあの時大格なんだ！」

「落ちつけ、小二、大声を出すな」

「す、すみません」

「説明してみろ、時大格がどうだと言うんだ？」

「あいつはむかし、吉林省の巡警部隊にいました」

「で？」

「十三年まえの夏です。おれは十歳だった」

次郎はその声を聞きながら豚肉と豆苗《とうみょう》の豆板醬《トウバンジヤン》炒めに手をつけた。それを食いながら盃にじぶんで白酒を注いだ。

「おれはただの小作人の倅《せがれ》です。親父《おやじ》は高粱《コーリヤン》を作るふつうの農夫でした。そこに時大格が四人の部下を率いて押し入って来た。緑林の徒を匿《かくま》ってるだろうと親父に難癖をつけたんです。親父は緑林の徒なんか知らないと答えた。そしたら、時大格はいきなり拳銃《けんじゅう》で親父の頭を撃ち抜いた」

次郎は白酒を舐めて鯉の餡掛《あんかけ》を小皿に取り分けた。

小二が声を強めてつづけた。

「それだけじゃない、時大格は悲鳴をあげたおれのお袋に襲い掛かった。服をひん剝《む》いて強姦《ごうかん》したんです。十歳のおれと、幼いふたりの妹のまえで。親父の死体のすぐそばで！　犯し終わると、時大格は部下たちにも姦《や》れと命じた。四人が次々とお袋の腹のうえに乗っ掛っていった」

「それで、お袋さんは？」

「時大格たちが家から出ていってからは一言も口を利《き》かなくなった。たぶん、気がふれたんでしょう。それから一カ月ほどして眼を醒《さ》まさなくなった。死んだんです。どんな病気だったかはわからない。とにかく、死んだんですよ」

円卓ではもう咀嚼《そしゃく》の音は響いていない。

だれもが黙って小二を見ている。

「十歳だったおれは幼いふたりの妹に手伝わせて裏庭に親父の遺体を埋めた。その一カ月後には母親の遺体をね。幼い妹たちはそれがどういうことだったのかもわからなかったはずですよ」

「時大格に逢ったら殺すつもりか？」東孫が低い声を小二に向けた。「おまえがどれほど憎んでても、敦化には決まりがある。緑林の徒はここじゃ殺しあいはやらないという決まりがな」その声が一段と厳しくなった。「殺したきゃ、どこか他で殺せ。もし敦化で時大格を殺したら、おれたち青龍同盟はおまえを始末しなきゃならなくなる」

雲華庭の支配人が近づいて来たのはその直後だった。次郎は一瞬、大声をあげている小二に静かにして欲しいと注意しに来たのかと思った。だが、そうじゃなかった。支配人が低い声でこっちに言った。

「青龍攬把でいらっしゃいますね？」

「それがどうしたんだね？」

「面会人が来てます」

「だれだね？」

「朴美姫という寒月梅の娼妓《しょうぎ》です。控えの間で待ってます」

次郎は立ちあがって円卓を離れた。櫃台処のそばを通って控えの間に向かった。時刻はそろそろ六時半になろうとしている。雲華庭にかぎらず敦化の餐庁《さんちょう》はこれからどこも立て込んで来る。控えの間に敵娼《あいかた》が立っていた。次郎はそのまえに歩み寄って言った。

「どうした、美姫、何かあったのか？」

「お客さんから言伝《ことづ》てを頼まれた」

「だれから？」

「馬白承《ばはくしょう》という男性。知ってる？」

次郎は黙って頷いた。

馬白承は英明会《えいめいかい》という馬賊集団を率いた回族の攬把だった。回教徒が緑林の徒を形成するのは珍しい。以前、青龍同盟は依頼主の要請に応じて二度ほど英明会と戦闘を行なったことがある。だが、個人的な恨みはまったくない。恨みもないのに殺しあわなきゃならないのは緑林の徒の宿命なのだが、依頼主を納得させさえすればそれでいいのだ、戦闘ではたがいに手を抜きあった。

英明会が潰《つぶ》れたのは三年近くまえだと聞いている。総攬把・葉文光の支配下にはいらなかったのが理由らしい。

「食事が終わったら来てくれって」

「どこに？」

「寒月梅」

「おまえの部屋にじかに行けばいいのか？」

「うん」

「ひとりだったか、馬白承は？」

「もう配下はひとりもいないんだって」

次郎は白承のぎらぎらした眼を憶《おも》い浮かべた。配下数を維持できなくなった馬賊の攬把は落魄《らくはく》をつづけていく以外に途《みち》はない。もうまともな仕事にはつけないし、かつて殺した人間の遺児や友人たちからつけ狙《ねら》われるのだ。組織を潰された緑林の徒は人目を避けながらこっそり生きていくしかなくなる。いつかじぶんもそういうことになるだろう。そのことだけは覚悟しておかなきゃならない。それにしても白承は何歳になったろう？　もう五十を越えているはずだ。次郎は美姫に向かって言った。

「馬白承に伝えておけ。食事が終わったら、かならず寒月梅に出向くとな」

「わかった。けど」

「何だ？」

「あの男性、ほんとうにしつこいよ。いい齢《とし》してるのに、何遍も何遍もだもん」

　次郎は配下たちの待つ円卓に戻った。小二の興奮はもう完全に収まっていた。東孫も黙々と鯉の餡掛を白飯の碗《わん》に載せて食っている。だが、全体的な気まずさは相変わらずだ。次郎は溶き卵入りの白湯《パイタン》を喉《のど》に流し込んで東孫に言った。

「馬白承を憶《おぼ》えてるか？」

「もちろんですよ、葉文光にぶっ潰された英明会の回族攬把」

「いま寒月梅にあがってる」

「で？」

「おれに逢いたがってる」

「何のために？」

「わからん」

「逢うんですか？」

「断わる理由は何もない」

「気をつけてくださいよ、組織を失った緑林の徒は何をやらかすか知れたもんじゃない」

次郎は黙って白飯の碗を引き寄せた。

そのとき、ふいに小二の表情が強《こわ》ばった。

次郎はゆっくりと首を後ろにまわした。

人影がひとつ、雲華庭にはいって来ていた。時大格だった。こっちを見たが、会釈《えしやく》をしようともしなかった。連れはいない。大格は櫃台処のまえの丸椅子《いす》に腰を落とした。大掛児を脱ぎ、拳銃を収めた弾帯を腰から外した。次郎はそれを眺めながら腕組みをした。雲華庭にはいって来たのが大格だということを知っているのはじぶんと小二だけなのだ。他の配下たちは大格とは面識がない。大格が弾帯を櫃台処のうえに置き、その向こうに立っている料理人に何かを注文した。

次郎はその背なかから小二のほうに眼を移した。

小二の体が小刻みに顫《ふる》えはじめている。

次郎はその左隣に座っている稽査の辺毅中に低い声で命じた。

「小二から拳銃を取りあげろ」

毅中が無言で頷き、小二の足もとに置かれている弾帯を掴《つか》んだ。それをじぶんの左側の足もとに置きなおした。

他の配下たちはようやく何か異変が起きていると感じ取ったようだった。だれもが箸を置いて小二を見つめた。

小二の体の顫えが大きくなった。

「落ち着け、小二、興奮するな」次郎は押し殺した声で言った。「ここが敦化だということを忘れるな」

その瞬間に小二が立ちあがった。座っていた椅子が板張りの床に転がった。腰帯から刀子の刃が引き抜かれた。

「やめろ、小二！」

小二が床を蹴《け》った。その体が櫃台処に向かってふっ飛ぶように動いた。

次郎はふたたび振り返った。

大格はもうこっちに視線を向けていた。櫃台処のうえの弾帯が引き寄せられている。

小二が刀子を振りかざしてそっちに突進していった。大格が拳銃を引き抜いた。回転式のコルトだった。

小二の刀子の切先がその胸に向かって突っ込んでいった。

コルトの銃口から黄色い閃光《せんこう》が噴き出した。同時に雲華庭のなかに乾いた炸裂音《さくれつおん》が跳ねかえった。

小二の体が仰向けに板張りの床に叩きつけられた。

大格がコルト拳銃を握りしめたままゆっくりと丸椅子から腰をあげた。銃口からはまだ硝煙が漂いだしている。大格の視線がこっちを捉《とら》えた。

次郎は立ちあがって小二に近づいた。東孫や他の配下たちも円卓を離れて歩み寄って来た。次郎は小二を眺め下ろした。

小二の額の真んなかに真っ赤な穴がぽつんと開いていた。銃弾は正確にそこを撃ち抜いたのだ。目は瞠《みひら》かれたままだ。その眼差《まなざ》しはどこか遠くを眺めているようだった。

「こいつはおれを殺そうとしたんだ、敦化での決まりを破ってな！」大格が怒鳴るように言った。「しかたなく撃ち殺したが、責めを負わなきゃならねえ理由はねえぞ。いったい、何なんだ、こいつは？」

「十三年まえを憶えてないか？」次郎は視線を大格に移して言った。「忘れたとは言わせないぞ、大格、おまえは巡警部隊に所属してた」

「それがどうした？」

「おまえは四人の部下を連れて農家に押し入った。緑林の徒を匿ってると難癖をつけて、その家の主人を射殺し、その妻を強姦した。憶えがあるだろう？」

「知らねえ」

「それを十歳の男の子が見てた。幼いふたりの妹もな」

「知らねえと言ってるだろう！」

「その十歳の男の子がいまおまえが撃ち殺した謝小二だ」

大格がこの言葉に黙り込んだ。

沈黙がつづき、あたりに漂っていた硝煙の臭《にお》いが消えていった。

大格が左手で大掛児を摑み、櫃台処の向こうで竦《すく》みきっている料理人に言った。

「こんなところで晩飯なんか食っちゃいられねえ。注文は取り消しだ。おれは帰る」

料理人が無言のまま慌《あわただ》しく顎《あご》を浮き沈みさせた。

大格が雲華庭から出ていった。

次郎は渇いた唇を舐《な》めてから東孫に言った。

「小二の死体をどこかに埋めてやってくれ。それから芳通に命じろ。雲華庭には迷惑をかけた、何らかの補償金を支払ってやれ、とな」

「青龍攬把」

「何だ？」

「恵まれませんね、青龍同盟は副糧台に最近ずっと」

次郎は雲華庭を出て、そのまま寒月梅に向かった。夜風が頰を撫《な》でる。街は赤や青の角灯で色づいている。謝小二の死にたいして巡警部隊が調査に来ることはまずありえない。敦化はそういう場所なのだ。糧台の田月馳《でんげつち》がまた新しい副糧台を探すことになるだろう。次郎は寒月梅にはいり、美姫の部屋の扉を叩いた。それが引き開けられた。なかに足を踏み入れた。美姫が裳襦《チマチョゴリ》を纏《まと》って立っている。その向こうの寝床台に白承が腰を下ろしていた。このかつての回族攬把は褲子《クーズ》こそ穿《は》いていたが、上半身は裸のままだった。部屋のなかは炕《カン》でむんむんするほど暖かかった。次郎は大掛児を脱ぎ、部屋の壁に背なかを凭せかけて言った。

「おれに話があるんだってな？」

「だから、来てもらったんだ」

「どんな話なんだね、いったい？」

白承はすぐには切りだそうとしなかった。ぎらぎらした眼はむかしと変わらない。しかし、肌の艶《つや》がすっかり消えていた。肉も落ちている。首筋から上半身にかけて皮膚に皺《しわ》がより、それがたるんでいた。この老人臭さは三年間の落魄の日々の結果なのだろう。白承が美姫に向かって顎をしゃくりながら語勢の弱い声で言った。

「男同士の話がある、女には聞かせられん。しばらく消えててくれ」

美姫が頷いて部屋から出ていった。

次郎は煙草を取りだして、それに火を点けた。

「ふしぎなもんだよ」白承がそう言って、じぶんの股間《こかん》を指差した。「落ちぶれると、こっちのほうだけはやけに元気になる」

「白承攬把」

「揶揄《からか》わんでくれ。おれはもう攬把なんかじゃない」

「話というのを聞きたいんだがな」

「英明会を葉文光にぶっ潰されたが、最後にもう一花を咲かせてみたいんだよ」

「どういうことだね？」

「ほぼ三カ月後に熙洽《きこう》が金銭を運ぶ。何の金銭だか知らんが、朝鮮銀行券で二十万円ほどな」熙洽は満族の旗人のひとりで、清朝王室の血を引いている。日本の陸軍士官学校を卒業し、現在は吉林省の参謀を務めている。「一度でいいから二十万という大金を拝んでみたい。だが、いまのおれはこのざまだ。だから、あんたに聞いてもらいたいんだよ」

次郎はその眼を見つめながら煙草を喫いつづけた。

白承が腕組みをしながらふたたび口を開いた。

「二十万は長春から吉林に向けて列車で運ばれるらしい。軍用列車じゃない、ふつうの列車だ。もちろん何らかの偽装が行われるだろう。しかし、列車に載せられることだけは確かなんだ。興味はないか？」

「その列車を襲えと？」

「二十万が運ばれるんだぞ。おれはもう緑林の徒を抱えていない。しかし、あんたには青龍同盟がある」

次郎はゆっくりと寝床台のそばの置台に歩み寄った。そのうえに置かれている陶製の灰皿を手にして、そこに煙草の灰を落とした。

「どうなんだね、青龍同盟の財政はいま？」

「苦しい」

「だったら、この話に興味がないはずがない。おれは熙洽の側近のひとりをよく知ってる。貸しがあるんだ。英明会はそいつのために九人もの人間を殺してやったんだからな。情報はその側近からはいる。何日の何時何分発の列車の何輛《りよう》目に二十万が積まれるかがな」

「警護の数もか？」

「当然だ、警護が多過ぎりゃ諦《あきら》めるしかない」

次郎は頷いて短くなった煙草を灰皿のなかで押し潰した。白承がじっとこっちを見ている。眼からぎらぎらしたものが消え、すがるような眼差しになっていた。次郎は灰皿を置台に戻して言った。

「引きつづき詳しい情報を入手してくれ」

「おれを青龍同盟の搬舵にしてくれるか？」

「無理だ」

「え？」

「撥舵は辛東孫が務めてる」
「なら、おれは？」
「青龍同盟の特別顧問として迎え入れる。しかし、仕事は二十万強奪の一度きりだ。一度攬把を張った人間で誇り高いやつは他人の配下なんかやってられない。あんたが葉文光の要求を蹴った理由もそれだろう？」

7

敷島三郎は夕食のあと兵営の将校宿舎で、上海で投函《とうかん》された手紙の封を切った。差出人は弟の四郎だ。なぜ上海からなのか訝《いぶか》しがりながら便箋《びんせん》に眼を落とした。

謹啓
三郎兄は相変わらず持前の一本気な御性格で御活躍のことと思います。さて、このたび小生は上海の東亜同文書院に入学し、寮生活をすることと相なりました。早稲田では真面目《まじめ》な学生ではありませんでしたが、今度はこころを入れ替え、必死で北京語の習得に励み、実学も身につけていく所存であります。

東亜同文書院の校舎は共同租界の虹橋路《こうきようろ》にあり、その威容はなかなかのものです。それにしても、上海に着いたときはその風景に圧倒されました。ここはまるで西欧の街です。共同租界やフランス租界には十数階のビルディングが建ち並び、洋風のレストラン、シネマ館、キャバレー、ダンスホールなどが軒を連ね、夜は眩《まぶ》しいネオンの海に変わります。

しかし、その輝きの裏側には得体の知れない闇《やみ》が拡《ひろ》がっていることも見逃がせません。黄浦江《こうほこう》に停泊する無数のジャンク船は離れて見れば、なかなか趣きがありますが、近寄れば不潔きわまりなく腐臭さえ漂っています。棚戸区《ほうこ》と名づけられた貧民街もまた悲惨です。掘っ立て小屋が並び、痩《や》せこけた苦力《クーリー》や野鶏《イエジー》と呼ばれる立ちん坊の小銭で春を鬻《ひさ》ぐ女たちが棲《す》んでいるのです。その数がどれぐらいなのか見当もつかず、とにかくすさまじいまでの不潔さが街に溢《あふ》れかえっています。

上海に着いてまだ日が浅いので、これぐらいのことしか書けませんが、三郎兄が上海を訪れるときは前もって東亜同文書院の寄宿舎宛《あて》に御一報ください。街をご案内いたします。また小生も満州に足を伸ばすことがあるやも知れません。そのときは宜《よろ》しく願います。

敬具

昭和四年四月二十七日

四郎　拝

兄上様

追伸

義母は霊南坂で独り住まいをすることになりましたが、もともと気丈な性格なので心配はないと思います。小生も義母から、よけいなことは考えず東亜同文書院でしっかり勉強するように、と励まされました。また馬賊になったという次郎兄の消息がわかったら御一報ください。東京を出奔したのが小生十歳のときなので、その相貌《そうぼう》すら朧《おぼろ》になりましたが、ぜひとも再会して話を聞いてみたいと思います。

三郎はこの文面を三度読んだ。東亜同文書院は同文同種のふたつの民族が共同してアジアの発展を図るというのがその目的で、まず南京に設立されるが、すぐに上海に移転した。学生は最初は官費留学生だけだったが、いまは企業からの派遣と私費留学も認めている。いずれにせよ、入学試験は帝国大学並みの難関なのだ。四郎はよくそこにはいれたものだ。そう思いながら三郎は便箋を折りたたみなおして封筒に収めた。早稲田にもろくに通っていなかったのだ、官費じゃなくもちろん私費組だろう。四郎が手紙で書いたように、義母は気丈な性格だし、まだ若い。霊南坂での独り暮しを心配する必要はない。とにかく、燭光座《しょっこうざ》とかいう無政府主義色の強い劇団に身を置くより四郎のためにはずっといい。石原莞爾中佐が関東軍参謀に赴任して以来、満蒙《まんもう》領有計画にどれぐらいの進展があったのかはわからない。だが、いずれ、関東軍が動かなきゃならないときが来る。そのとき、流暢《りゅうちょう》な北京語を喋《しゃべ》れる日本人は多ければ多いほどいい。東亜同文書院は支那《しな》の言語と文化を習得させるために設立されたのだ。四郎も無政府主義とかいうわけのわからないものと縁を切り、大日本帝国のために役に立ってくれるかも知れない。

三郎はそう考えながら煙草《たばこ》を取りだした。

四郎は次郎兄に再会して話をしてみたいと書いて来たが、このじぶんもだ。憶《おぼ》えているかぎりでは、実に喧嘩《けんか》早かったが、暴力が兄弟や友人たちに向けられたことはただの一度もない。そして、ときどきやけに淋《さび》しそうな表情を見せることがあった。あれは何だったのか？　まだ十四歳だったじぶんはそれを考えようともしなかった。新橋の花街でやくざを半殺しにしてから十年、歳月は次郎兄をどう変えたのだろう？　馬賊として放浪するこの満州の大地はどんなふうに見えているのだろう？　四郎ならずとも、聞いてみたいことは山ほどある。

銜《くわ》えていた煙草に火を点《つ》けたときだった。部屋の扉が叩《たた》かれた。はいれと声を掛けた。

「失礼します」はいって来て敬礼したのは当番兵の栗山一夫《くりやまかずお》上等兵だった。「中隊長殿がお呼びであります」


中隊長室にはいると、熊谷誠六《くまがいせいろく》は事務机の向こうで湯呑《ゆの》みを手にしていた。酒の臭《にお》いがあたりに漂っている。事務机のそばには日本酒の一升瓶が置かれている。誠六はいかにも上機嫌そうだった。

「お呼びですか、大尉殿《たいいどの》」敷島三郎はそう言って敬礼をした。「また緊急事態の発生でも？」

「そうしゃっちょこ張るなよ、敷島少尉、緊急事態どころか嬉《うれ》しい情報が飛び込んで来たんだよ」

「何ですか？」

「とにかく、酒につき合え。そこに補助椅子《いす》があるし、書類棚のうえに湯呑みが載ってる。それを持って来て向かいに座れ。おぬしと飲みたい」

三郎は命じられるとおりに補助椅子を事務机のまえに引き出し、湯呑みを机のうえに置いた。一升瓶が持ちあげられ、酒が注がれた。誠六が湯呑みをかざした。何のために乾杯するのかわからなかったが、三郎もそれを持ちあげて、かちんと合わせた。

「民政党が帝国議会でぎゃあぎゃあ喚《わめ》き立て、田中首相はそろそろ内閣総辞職せざるをえなくなってるらしい。あと一カ月半もすりゃ田中内閣は終わりだぞ。しかし、田中退陣には議会で追及を受けたことより、もっと重大な理由がある」

「何です、それは？」

「満州某重大事件について天皇陛下の逆鱗《げきりん》に触れたらしい。峯幸松憲兵司令官を派遣して張作霖爆殺は関東軍の謀略だとほぼ断定されたのに、田中首相は軍中央の思惑に配慮して、事件の真相をうやむやにしたまま天皇陛下に奏上した。それに御立腹されたんだ。まえに言ったこととちがうじゃないか、おまえの言うことはわからない。もうおまえの顔は見たくない。陛下は田中首相にそう叱咤《しった》されたらしい」

三郎はその言葉を聞きながら湯呑みの酒を飲みはじめた。

今夜の誠六の舌はやけに滑らかだった。

「田中首相は退陣することになるだろうが、結局、最後の最後まで関東軍と軍中央を守り通してくれた。ある意味じゃ河本大作《こうもとだいさく》高級参謀のやったことは統帥権《とうすいけん》の干犯だ。

奉勅命令の伝宣なしに爆破しちまったんだからな。だが、その咎《とが》めは重くなかった。軍法会議も開かれなかった。河本高級参謀は予備役にまわされるだけなんだよ。現場の指揮を執った東宮鉄男《とうみやかねお》大尉は岡山の歩兵第十連隊に転属になった。それで、満州某重大事件は落着した」

「いい情報とはそのことですか？」

「そうじゃない、そうじゃない、そんなことじゃない」

「何です？」

「後釜《あとがま》にすごいのが赴任して来る」

「どなたです？」

「板垣征四郎《いたがきせいしろう》大佐」

三郎は無言のままその眼を見つめた。

誠六が湯呑みの酒を飲み干して心地よさそうに言った。

「知ってるか、おぬしは二葉会とか木曜会とかってのを？」

「名まえだけは」

「最初は先の大戦の戦後処理のためにドイツのバーデンバーデンに集まった陸士第十六期の三人の少佐の会合にはじまる。永田鉄山《ながたてつざん》少佐、小畑敏四郎《おばたとししろう》少佐、岡村寧次《おかむらやすじ》少佐。

これにあとから東條英機《とうじょうひでき》少佐が駆けつけた。いまじゃみんな大佐に昇進してるがね。この四人が長州閥の解消・人事刷新・軍制改革・総動員体制について誓いあった。今年の一月には河本大作大佐や土肥原賢二大佐もその集まりに加わった。板垣征四郎大佐もだ。それが二葉会だよ」

「木曜会はどうなんです？」

「集まってる幕僚将校の名簿は重なってる。二葉会に名まえを連ねてない主だったところは石原莞爾中佐や鈴木貞一《すずきていいち》少佐だよ。この木曜会と二葉会が近々合体して一夕会《いっせきかい》を名乗る。目的はただひとつ、満蒙問題の解決だよ」

「それで？」

「おぬし、長州の血を引いてるんだよな？」

「そうですが」

「日本帝国陸軍は長州閥が創《つく》った。しかし、おぬしには耳が痛かろうが、長州出身にはもう人材が残ってない。一夕会はな、これまでの長州閥をぶっ壊すことになるだろうよ」

「わたくしはいっこうにかまいません」

「そう気色ばむなよ。一夕会がなぜ陸士第十六期卒に引っ張られるかわかるか？　長州は当時のプロイセンを範として明治二十九年に陸軍幼年学校を作ったろ？　つまり、これで幼年学校・陸士・陸大という軍人の教育体制が完全に整ったんだよ。陸士第十六期はな、その整備された幼年学校出身者なんだ。つまり、長州閥はじぶんたちの創った軍人教育制度によって、皮肉にもじぶんの首を絞められるようになった」

「大尉殿」

「何だね？」

「酔ってられますか？」

「この程度の酒で酔うわけがないだろう？」誠六がそう言って笑った。「とにかく、陸士第十六期が先頭に立つ幕僚将校たちが今後の大日本帝国を変えていく。しかし、問題がひとつあるんだよ。一夕会の将校たちはただひとりを除いて日露戦争を経験してない。あの激烈な戦いに加わっていなかったことが妙な負い目になってるんだよ」

「どなたですか、そのただひとりとは？」

「板垣征四郎大佐。日露戦争に参加して負傷されてる」

三郎は黙って湯呑みの酒を飲み干した。誠六が一升瓶の口を向けて来た。右手を伸ばしてその酒を受けた。

「知ってるか、帝国陸軍内じゃ知謀の石原・胆力の板垣と呼ばれているのを？　このふたりが満州で一緒に組むんだ、こんなところ強いことはない。満蒙領有が一気に現実化するのは、まずまちがいない」

「いま石原参謀はどこに？」

「まだ旅順の司令部にいる。板垣大佐が高級参謀に着任してから、本格的に動きだすつもりだろうよ」

三郎はその言葉を聞きながらちびちびと酒を飲みつづけた。時代はさらに大きく動こうとしているのだ。これから起ころうとするのは張作霖爆殺の比じゃないような気がする。空になったじぶんの湯呑みに酒を注ぐ誠六を眺めながら三郎はそう思った。

「ところで、おぬし」誠六がこっちを見据えなおして言った。「結婚せんか？」

「わたくしが、ですか？」

「おぬしの他にだれがいる？」

三郎は突然の切りだしにどう反応していいかわからなかった。

誠六が事務机の抽斗《ひきだし》を開けた。そこから大判の封筒を取りだした。それをこっちに差し向けて言った。

「開けてみろ」

三郎は封筒のなかに指を差し入れた。写真が一枚はいっていた。それを取りだして視線を落とした。振袖《ふりそで》姿の若い女が写っている。表情はまだあどけない。何となく嫂《あによめ》の桂子に似ていた。三郎はその写真からふたたび誠六に眼を向けた。

「どうだ、なかなかの別嬪《べっぴん》だろう？」

「え、ええ」

「おれの末の妹だよ。名まえは奈津《なつ》。齢《とし》は十六だ」

三郎はもう一度、写真に視線を落とした。

誠六が声を強めてつづけた。

「親父《おやじ》は相当の精力家でな、おれのところは九人兄妹だ。おれは六男。妹が三人いる。奈津は末っ子だ。確か、おぬしのところは九州の血もはいってるんだったよな？」

「祖母が佐賀の出身です」

「なら、ちょうどいい。おれのところも佐賀だ、軍人一家でな、親父もそうだったし、五人の兄貴も帝国陸軍と帝国海軍にはいった。ふたりの妹も軍人に嫁いだ。おぬしは奈津を娶《めと》ってやってくれ」

「し、しかし」

「いますぐにとは言わん。奈津はまだ女学校に通ってる。満蒙問題が解決するころには一人前の女になってるだろう。そのとき、おれは奈津を満州に呼ぶ。そしたら、見合いをしておぬしは奈津と結婚しろ」

「大尉殿」

「何だ？」

「それは命令ですか？」

「野暮な質問はするな。そんなことをどうして命令できる？　おれはおぬしを義理の弟にしたいだけだよ。それとも、おぬしには惚《ほ》れた女がいるのか？」

「い、いません」

「それなら、何の問題もないじゃないか。奈津はまだ十六だが、十八、九になったころを想像してみろ。その写真よりはるかにいい女に成長してるはずだ。いったい、何の不服がある？」

8

田中義一内閣が総辞職し、民政党の浜口雄幸内閣が一週間まえに成立した。帝国議会での追及よりも、満州某重大事件をうやむやの裡《うち》に葬《ほうむ》り去ろうとしたことが天皇の逆鱗《げきりん》に触れ、それで持ち切れなくなったのだという。現実には馘首《かくしゅ》なのだ。明治十八年の内閣制創設以後、天皇によって内閣が崩壊したのはこれがはじめてだ。いずれにせよ、帷幄《いあく》上奏なしに行われた張作霖爆殺は軍事行動には当たらず、刑法第百二十六条が適用されるはずだ。それにはこう規定されている。人の現在する汽車を顚覆《てんぷく》または破壊した罪を犯し、よって人を死に致したる者は死刑または無期懲役に処す。つまり、死刑判決を免れない高級参謀・河本大作や独立守備隊大尉《たいい》・東宮鉄男を助命することと引き替えに、田中義一は内閣を総辞職したのだ。替わって成立した浜口内閣では外務大臣に幣原喜重郎が復帰した。

田中内閣の事実上の外相といわれた外務政務次官・森恪《もりかく》によってがたがたになった、国民政府との関係修復のためだと思う。それだけじゃない。列強はいま軍縮問題をめぐってぎすぎすしている。そのためにも国際協調路線の幣原喜重郎の再登場が必要とされたのだろう。

それはともかくとして、敷島太郎は浜口内閣の成立によって仕事がしやすくなったと感じていた。もちろん問題は山積している。易幟《えきし》して東北辺防軍司令長官となった張学良は排日の動きを激化させつつある。父親の張作霖も関東軍にたいして刺戟《しげき》的な行動をいくつも行なって来た。それが傀儡《かいらい》の域を越えているという判断のもとに爆殺されたのだ。だが、張作霖の排日の動きはいつも恣意《しい》的であり突発的だった。これに較《くら》べて張学良の排日は基本姿勢なのだ。たとえば、先月六月には奉天一帯に拡《ひろ》がる四千五百万坪の日本人経営の榊原《さかきばら》農場を突っ切る軽便鉄道を張家の先祖を祀《まつ》る北陵に結びつけるために敷設《ふせつ》しようとした。それだけじゃない。満鉄に独占されている国内の鉄道輸送に対抗する手段を講じはじめた。同時に領事裁判権回収や日本の警察権回収などを訴える国民外交協会との連携を強力に推し進めている。そして、奉天軍重鎮のふたり楊宇霆と常蔭槐を帥府《すいふ》の老虎庁で処刑した表向きの理由はソ連権益の東支鉄道の利益の回収を強要されたためだったにもかかわらず、張学良は蔣介石の要請を受けてそれに取り掛かっているのだ。もうすぐ東北辺防軍はソ連との国境に向けて動くだろう。太郎はそう思いながら参事官室で帝国陸軍関係の資料に眼を通しはじめた。

板垣征四郎大佐が五月に関東軍高級参謀に着任し、石原莞爾参謀はいま北満参謀旅行に出掛けている。もちろん、これはふつうの旅行じゃない。満蒙《まんもう》をいかに領有するかという明確な目的を持つ視察活動なのだ。陸軍内部では知謀の石原・胆力の板垣といわれているらしい。だとすれば、満蒙領有の具体的な計画は石原莞爾が立案し、実行に移すのは板垣征四郎なのだろう。

太郎は昼食も摂《と》らずに資料に眼を凝らしつづけた。

山形県鶴岡で旧庄内藩士の三男として生まれた石原莞爾は陸大卒業後、漢口の中支派遣隊司令部附を経て、軍事研究のためドイツのベルリン駐在武官となる。若いころは辛亥《しんがい》革命に強い共感を覚えるが、孫文と袁世凱《えんせいがい》の妥協や軍閥割拠を見て漢民族は近代国家を建設する能力に欠けると判断するようになった。それが満蒙領有論の根拠なのだ。陸大兵学教官を務めたあと関東軍参謀作戦主任として満州に赴任しているが、北満参謀旅行の折りに列車内で『国運転回の根本国策たる満蒙問題解決案』を講じた。外務省は極秘にその内容を入手したが、それには概《おおむ》ねこう論じられている。

一、満蒙問題の解決は日本の活《い》くる唯一《ゆいいつ》の道なり。⑴国内の不安を除くためには対外進出によるを要す。⑵満蒙の有する価値は偉大なるも日本人の多くに理解せられるにあらず。満蒙問題を解決し得ば支那《しな》本国の排日また同時に終熄《しゅうそく》すべし。⑶満蒙問題は正義のため、日本が進んで断行すべきものとす。

二、満蒙問題解決の鍵《かぎ》は帝国陸軍これを握る。満蒙問題の解決は日本が同地方を領有することによりはじめて完全達成せらる。対支外交即対米外交なり。すなわち前記目的を達成するために対米戦争の覚悟を要す。もし真に米国にたいする能《あた》わずんば速やかにその全武装を解くを有利とす。

三、満蒙問題解決方針。対米戦争の準備ならば、すぐに開戦を賭《と》し、断乎《だんこ》として満蒙の政権を我が手に収む。満蒙の合理的開発により日本の景気は自然に恢復《かいふく》し、失業者また救済せらるべし。

岩手県の盛岡で旧南部藩の名門の四男として生まれた今年四十四歳の板垣征四郎は、日露戦争に歩兵第四連隊附将校として出征。陸大卒業後、中支派遣隊司令部附や関東戒厳司令部附などを経て、先の大戦では青島攻略戦に参加している。満蒙に関しては強硬な領有論者だが、目立った論考は発表していない。ただ、四十歳の石原莞爾が満蒙領有をソ連にたいする防衛線として想定しているのに較べ、板垣征四郎はそれをシベリア突入のための進発地と考えているらしいことが資料のなかに散見される。

しかし、東北出身のこのふたりの軍人のちがいは満蒙領有後の展望についてじゃなく、その性格の差にあるだろう。知謀の石原・胆力の板垣という陸軍内での評判はそこにあるにちがいない。

石原莞爾は酒や煙草《たばこ》とは無縁で、若いころはともかく、いまは妓楼《ぎろう》にもあがらない。国柱会《こくちゅうかい》という宗教団体に属しているのだが、この組織は純正日蓮《にちれん》主義を唱えている。国柱会は不受不施《ふじゅふせ》派の流れを汲《く》む田中智学《たなかちがく》によって創設された。幕末に日蓮宗の主流となった現実妥協路線を徹底的に批判して還俗《げんぞく》し、日蓮主義の本質は政治にありと唱えてこの団体を創《つく》りあげたのだ。国体という概念も田中智学によって産みだされた。詩人の宮沢賢治《みやざわけんじ》も多大な影響を受けた。石原莞爾も田中智学に心酔している。趣味はドイツの駐在武官時代に覚えたカメラ、ライカでの撮影ぐらいだ。俸給のほとんどは書物の購入に費し、その読書量は膨大らしい。他人を傷つけるような言葉を平気で吐くが、舌鋒《ぜっぽう》は核心を衝《つ》くので言われたほうは黙り込むしかないという証言めいた内容も資料には記載されている。

清濁併せ呑《の》むと評される板垣征四郎はこれとは逆に、若い将校たちとしょっちゅう酒席をともにし、大いに飲み大いに芸妓《げいぎ》と愉《たの》しむという。特筆すべきは部下たちの意見具申を吟味することなくほとんどそのまま司令部へあげるというのだ。それが下級将校たちに慕われる理由だろう。

太郎は資料を読み終えて腕時計に眼をやった。針は六時七分を指している。桂子の妊娠が判明してから、通いだった阿媽《あま》の夏邦祥を住み込みに切り替えている。きょうは特別の用があるわけじゃないが、早々に帰途につく必要もなかった。太郎は煙草を取りだして火を点《つ》けた。

いずれにせよ、今後の満州は石原莞爾と板垣征四郎のふたりの動向によって左右されるのだ。これからは関東軍の内部事情から眼を逸《そ》らすことができない。

太郎は銜《くわ》え煙草のままひとりで苦笑いした。じぶんは外交官なのだ。それなのに、赴任地の事情よりも自国の軍部の動きに気をつけなきゃならない。このことをどう理解すればいいのだろう？　じぶんを嗤《わら》うしかない。太郎は煙草のけむりに思わず噎《む》せ込んだ。

七時ちょっと過ぎに太郎は奉天総領事館を離れた。張学良易幟直後とちがい、商埠《しょうふ》地《ち》はかつての賑《にぎ》わいを取り戻している。買物客がぶらつき、洋車《ヤンチョ》が動きまわっていた。人口三十五万のこの都市は、ふたたび満州の中心地としての機能を回復させて来たような気がする。宋雷雨の運転するフォードが満鉄附属地にはいった。ここはもう易幟があったことすら忘れているように落ち着いている。太郎はフォードを降りて自宅に戻った。

阿媽の夏邦祥が晩飯を食卓に並べはじめた。住み込みになったので、会話の機会が多くなっている。邦祥の日本語能力は格段に進歩したし、太郎はじぶんの北京語の会話もかなりうまくなったと思う。食卓に並んだのは支那料理と日本料理が半々だった。太郎は桂子と向かいあってその料理に箸《はし》をつけた。あと二カ月もすれば子供が生まれて来る。男の子でも女の子でもいい。とにかく健康であれば、それでいい。太郎は味噌汁《みそしる》を啜《すす》ってから言った。

「どうなんだ、体調は？」

「毎日同じことを訊《き》くのね。大丈夫よ、あたしはこのとおり元気ですし、お腹《なか》の子もすくすく育ってる」

「心配なんだよ、はじめての子は」

「ねえ、あなた」

「何だね？」

「お姉さんから手紙が来た。あとでお見せします」

末弟の四郎から手紙が来てもう二カ月以上経《た》っている。上海の東亜同文書院の寄宿舎暮しをしているらしいが、無政府主義と縁が切れたかどうかは書かれてはいない。

「お義父《とう》さまの一周忌も済んだことだし、お姉さんは茶の湯を習いはじめたんだって。週に一度、近くの華族の奥さまが教えてくださるそうよ」

「そりゃあいい。お義母さんはあの若さなんだ、ひとりで霊南坂の家に引き籠《こ》もってたら、こころがおかしくなっちまう」

玄関の呼び鈴が鳴ったのはその直後だった。

邦祥が台所からそっちに向かった。太郎は豚肉と野菜の炒《いた》めものを口に運び、白飯の碗《わん》を引き寄せた。邦祥が食堂に戻って来て日本語で言った。

「お客さまです、旦那《だんな》さま、ぜひとも御眼に掛かりたいと」

「だれだね？」

「名乗られません」

太郎は箸を置いて立ちあがった。食卓を離れて玄関に足を運んだ。背が低く小太りの男が三和土《たたき》に立っている。まだ若い。年齢は二十四か五だろう。薄鼠《うすねず》色の背広を纏《まと》い、鳥打帽を被《かぶ》った男がぺこりと頭を下げた。太郎はその顔を見据えながら言った。

「失礼だが、どなたです？」

「こういう者です」男がそう言って名刺を取りだした。それが手渡された。満州日報奉天支局記者・寄居雄児《よりいゆうじ》。名刺にはそう印刷されている。「以後、御見知りおきを」

「どういう御用件です、満州日報の記者さんがこのわたしに？」

雄児はすぐには答えようとしなかった。三和土から奥のほうをちらりと眺めやった。何かを気にしているようだった。雄児がわずかに声を落として言った。

「ちょっと外に出ませんか、中国人には聞かれたくないもんで。べつに遠くまでというわけじゃない、ここの庭先でいいんです」

太郎は頷《うなず》いて下駄を履き、玄関から前庭に出た。支那人を中国人と呼んだ瞬間にだいたい想像できる。この若い日本人は孫文の三民主義に相当傾倒しているのだ。雄児が失礼しますと言って煙草を取りだした。太郎は腕組みをしながら言った。

「何なんです、支那人には聞かれたくない話って？」

「わたしは大連の本社からここの支局に転勤して来たばかりです」雄児がそう言って銜えている煙草に火を点けた。「御存じのように満州日報の記者連中には満州青年連盟の共鳴者が多い。けど、わたしはちがいます」

「五族協和には反対だと？」

「満州青年連盟は表面的にはそう唱えてますが、本質的には満蒙領有論の伴走組織です。五族協和は建て前でしかない」

「満蒙は領有すべきじゃないと？」

「敷島さんはどうなんです、満蒙は領有すべきですか？」

太郎はこれには何も答えなかった。

雄児が銜え煙草のままつづけた。

「ロンドン勤務の長い敷島さんならおわかりのはずだ、そんなことをしたら国際世論がどうなるかぐらいいね。日本は列強から袋叩《ふくろだた》きにあって潰《つぶ》れますよ。田中内閣で実質的に外交を取り仕切ってた森恪政務次官に替わって再任された幣原喜重郎外相はそのことを骨の髄まで知ってる」

「それがどうだと言うんです？」

「これまでの取材でわかってるんです。石原莞爾中佐は去年作戦主任参謀に就任した直後に満鉄の幹部連中に豪語してるんです、旅順に派遣されて来たからには満州をぺろりと食ってみせる、とね。それだけじゃありません。軍中央じゃ参謀本部第二部支那課の連中を次々と満州に送り込む方針らしいんです」

太郎はこの言葉を聞きながらじぶんも煙草を取りだした。陸大の卒業生は参謀要員として陸軍省、参謀本部、教育総監部などの軍中央に配属される。支那課に入れられて見習を終えると、二年間支那に留学し、その後は支那課と各地の駐在武官を往復するのが通例なのだ。そして、軍閥の割拠する大陸で三国志的な権謀術数を身につける。

太郎は銜えた煙草に火を点け、そのけむりをゆっくりと吸い込んだ。

「五月に高級参謀に着任した板垣征四郎大佐は部下の意見具申をまったく吟味せず、何でも聞いて上層部に呈示することが度量の大きさの証《あか》しと考えてる凡庸な軍人です。つまり、石原中佐が突っ走れば、板垣大佐がそのまま受け入れるという構造が関東軍のなかにできあがった。知謀の石原に胆力の板垣、この実態はそういうことです。気になることは他にもまだいろいろある」

「たとえば？」

「満州青年連盟の変質です。張学良の満鉄並行線建設計画にぴりぴりしはじめてる。五族協和の独立国家創設構想の路線はまだ変えてはいないけど、満州青年連盟は国粋主義的な傾向をどんどん強めてるんです。はっきり言いましょう、独立国家創設はもはや満蒙領有の同義語に等しい。状況はどんどん煮詰まりつつあるんです。満州はもうすぐ大変なことになるでしょう」

「どういうふうに？」

「具体的にはまだわかりません。しかし、状況が沸騰点《ふっとうてん》に達すれば、張作霖爆殺の比じゃない、夥《おびただ》しい量の血をこの満州の大地は吸うことになりますよ」

「寄居さん」

「はい」

「何のためにそんな話をこのわたしに？」

「敷島さんは幣原外相のお考えに近いかただと、わたしは勝手に考えてるんですよ。国際世論を一顧だにしようとしない関東軍のでたらめなやりかたには少なからず憤慨されてるとね」

「で？」

「ときどき、お逢《あ》いできればと思ってます」

「そして、国家機密を流せとでも？」

「とんでもない、そんな危険な行為を敷島さんに求めたりはしない。参事官というお立場は充分に理解してるつもりです。ただ、奉天総領事館にわたしが赴いて、敷島さんに取材を申し込んだとき、門前払いなんかは食わせないで欲しい。お願いしたいのはそれだけですよ」

9

上海にやって来て二カ月半が経《た》った。

北京語も相当上達したように思う。

敷島四郎は東亜同文書院の寄宿舎の寝台に仰向けになり、煙草《たばこ》を喫《す》いつづけていた。時刻はもうすぐ九時になろうとしている。天井からぶら下がる白熱灯に黄金虫がぶち当って乾いた音を立てた。東亜同文書院には予期しなかったことがひとつある。ここは大陸進出を目的として設立されたにもかかわらず校風が実に自由だった。官費留学生や満鉄などからの企業派遣生、それにじぶんのような私費留学生も、憚《はばか》らずに日本政府批判を行うのだ。講師たちにもそれを助長するような傾向さえある。日本国内ならすぐに特高刑事に眼をつけられるだろう。しかし、ここは治安維持法の埒外《らちがい》にあるのだ。四郎は半身を起こし、短くなった煙草を枕《まくら》もとの灰皿で押し消した。

部屋の窓側の机についていた同室の佐伯達也《さえきたつや》が、読んでいた書籍を閉じてこっちを向いた。広島出身でひとつ齢下《としした》のこの小柄な男は官費留学生だが、親は酒蔵を経営し潤沢な金銭が送られて来る。達也が椅子《いす》からゆっくりと腰をあげて言った。

「出掛けようよ」

「どこへ？」

「イギリス管轄《かんかつ》区租界だよ」

「四馬路《スマロ》のダンスホールかい？」

「決まってるだろ、ダンスホール・ベルサイユ。いい女がごろごろ集まってるんだし」

「やめとくよ」

「支那《しな》の女と寝りゃあ寝るほど北京語は上達するんだぜ。上海語だって覚えられる。それとも、女にゃ興味がないってのかい？」

「懐《ふところ》が淋《さび》しいんだよ、きみとちがってな」

達也はそれ以上誘おうとはしなかった。

東亜同文書院は共同租界の虹橋路に建てられている。ここは米英と日本が共同管理しているが、中区と呼ばれる蘇州河《そしゅうが》以南はこれまでの歴史的経緯からイギリスだけが管理している。同じ共同租界でも、蘇州河以北よりもずっと華美で享楽《きょうらく》施設が整っているのだ。だが、そういう施設はイギリス人経営とは限らない。支那人を含め各国の商人がそれぞれ競い合っている。黄浦江沿いを南に進むと気象信号塔にぶつかり、その先がフランス租界となるのだが、享楽施設はイギリス管轄区よりずっと少ない。ダンスホール・ベルサイユはイギリス管轄区の中心地・四馬路にあった。アール・デコ様式の内装が施されているが、経営者は日本人だった。若い支那人の女たちが客を求めて集まって来る。達也に連れられて一度だけ覗《のぞ》いたことがあるが、猥雑《わいざつ》な雰囲気には圧倒された。黄浦江に浮かぶ各国の軍艦から若い将校たちが繰りだして来る。商社の連中もいた。眼つきが鋭く得体の知れない連中も集まっている。酒と女と音楽。その喧噪《けんそう》は東京では絶対に味わうことができない。

達也がそれじゃあと言い残して部屋から出ていった。

四郎は寝台を離れ、書棚から孫文の書いた『三民主義』を取りだした。これを読むのは語学力を磨くためだけじゃない。孫文の国民党を受け継いだ蔣介石が今後どう動くのかを予見する手掛かりになると思うからだ。しかし、ページは進まなかった。脳裏にまた浮かんで来たのだ、真沙子の面影が。上海に着いてからどれだけこれに苦しめられたろう？　四郎は『三民主義』を閉じて、ふうっと溜息《ためいき》をついた。

霊南坂の家で上海行きを告げたとき、真沙子は何も言おうとしなかった。ただ泣いた。さめざめと泣きつづけた。荷物を纏《まと》めて大阪に向かおうとしたときも、愚痴も恨み言も口にはしなかった。涙に濡《ぬ》れる眼で無言のまま玄関から見送っただけだ。それが別れだった。

神戸の港から上海に向かう船に乗り込んだとき、四郎は半年以上にわたる背徳と自責の呪縛《じゅばく》からいったん解き放たれたような気がした。だが、それはただの錯覚だった。甲板に立ったときに受ける海風が一刻《いっとき》忘れさせてくれただけだったのだ。上海に着くと、涙に溢れた真沙子の眼が脳裏にちらつきだした。

それを記憶から追い払おうと、四郎は東亜同文書院での勉学に打ち込んだ。早稲田の学生だったころはただの一度も経験したことのない集中力で北京語を学び、支那の歴史や文化の習得に励んだ。

しかし、それは昼間だけのことだった。

夜になると、また真沙子の面影が浮かんで来るのだ。とくに、消灯後が顕著だった。憶《おも》いだすのは涙の瞳《ひとみ》だけじゃない。吸いつくような白い肌。弾力に溢《あふ》れた乳房。湿った吐息。それらすべてだ。あのままふたりで情欲の地獄のなかで暮したほうがよかったのだ！　寄宿舎の寝台のうえで何度もそう思った。世間からどれだけ指弾されてもいい、どうして真沙子とともに闇《やみ》のなかに溶けて消えていかなかったのだろう？　背徳と自責の呪縛から逃げだすための上海行は、そのまま未練と喪失感へと変質していった。消灯後はいつも悶々《もんもん》として眠りに落ちるのが遅くなる。

達也のようにダンスホールで支那の女を漁《あさ》らないのは懐具合のせいだけじゃない。たとえ一夜の戯《たわむ》れにせよ、真沙子の存在が他の女を寄せつけない。

四郎は何度も思う。霊南坂の家を出て上海の東亜同文書院に留学すると告げたとき、どうして真沙子はこのじぶんを責め立ててくれなかったのだろう？　なぜ罵《ののし》ってくれなかったのだろう？　そうしてくれれば、打ちのめされた気分で上海行きの船に乗り込めたのだ。侮蔑《ぶべつ》の言葉がひとつでもあれば、未練を断ち切る便《よすが》となったかも知れない。それなのに、無言のままの濡れた瞳。ああ、もうよそう、こんなふうに考えることこそ卑怯《ひきよう》だ。四郎は何度同じ思考回路を辿《たど》ったか知れやしない。

達也はおそらく今夜はもう戻っては来ないだろう。この寄宿舎には門限なんかない。

東亜同文書院の学生は完全に大人として扱われているのだ。寄宿舎制度は敷かれていても、それは経済的な負担を減らすためで、規制らしい規制は受けない。

今夜はひとりでこの部屋にいる。照明を落とせば、暗闇のなかに真沙子の面影が浮かびあがるのはわかりきっている。くたくたになって眠り込むまでその記憶ともつれあうことになるだろう。

四郎はそう思いながら新しい煙草を取りだした。一本引き抜いて銜《くわ》えたとき、部屋の扉が叩《たた》かれた。どうぞ、と言って四郎は煙草に火を点《つ》けた。

はいって来たのは隣室の綿貫昭之《わたぬきあきゆき》だった。京都帝大を卒業後、満鉄にはいり、大連で二年間働いたあと派遣学生として東亜同文書院に来た。北京語はもう学習する必要がないほど流暢《りゅうちょう》だった。四歳年長のこの昭之にたいして四郎は敬語を使う。昭之が部屋の扉を閉めずに声を向けて来た。

「佐伯くんは？」

「出掛けました、イギリス管轄区に」

「ダンスホール・ベルサイユにかい？」

「そう言ってました」

「好きだね、まったく」

四郎は苦笑いしながら煙草のけむりを大きく吸い込んだ。

昭之が机のうえの書籍に眼を向けて言った。

「明日の予習でもしてたのかい？」

「そういうわけでもありませんけど」

「閑かい？」

「え、ええ」

「これからある日本人と飲むことになってる。閑なら一緒にどうだい？」

「どこでです？」

「共同租界でもフランス租界でもない。閘北《ざほく》の支那人街の飲み屋だよ。ここから歩いて一時間半ぐらいだ。帰りは洋車を拾えばいい」

「いいんですか、ぼくが一緒でも？」

「その日本人とわたしは特別な話があるわけじゃない。酒を飲みながら今後の日本と支那の関係について話すだけだ。むしろきみが同席してくれたほうが話が弾む」

四郎は昭之とともに東亜同文書院寄宿舎を出て楊樹浦《ようじゅほ》港《こう》方面に向かった。生暖かい夜風が静かに頰を撫《な》でる。いつ雨が降ってもおかしくないような天候がここ三日ばかりつづいているのだ。誘われて四郎は内心安堵《あんど》していた。酒に酔えば真沙子の幻影に苛《さいな》まれることはないのだ。反吐《へど》を吐くほど飲みたい。四郎はそう思いながら東部日本小学校の校舎のそばを通り過ぎた。

「日本人のほとんどは上海が好きになる。しかし、わたしはそうじゃない」肩を並べる昭之がそう言って煙草に火を点けた。「確かに租界の繁華街はネオンで輝いてる。虚栄の巷《ちまた》の灯火は人のこころを惑わせる」煙草のけむりがふうっと吐き出された。「けど、人間の理想はこんなところじゃ育たない。満州に行ったことはないと言ってたよな？」

「三人の兄は満州にいますけどね」

「上海に較《くら》べりゃ、まず夜がちがう。澄みきった夜空に月が皓々《こうこう》と輝く。星屑《ほしくず》の瞬《またた》きにはこころが洗われる。一度でいいから満州に行ってみるがいい」

「そのつもりですよ」

「上海はいわばバベルの塔だ。人間の傲慢《ごうまん》を象徴するような都市だよ。ここは金銭を産み、消費を産む。九十年近くまえに阿片《アヘン》戦争終結のために締結された南京条約で無理やりに開港させられてから、洋風建築が建ち並ぶとともに支那人のすさまじい貧民窟《くつ》ができあがった。かたや何でも揃《そろ》う店があり、かたや路傍で野垂れ死にする群れがある。異常だよ、ここは。わたしたち満州青年連盟はそんなことはしない。五族協和の王道楽土を創《つく》りあげる」

前方にコンクリート塀に囲まれた拡《ひろ》がりがぼんやりと見えた。

昭之がいったん足を停めて話題を変えた。

「共同租界はここまでだ。この道路を渡ったら、閘北の支那人街にはいる。道路の向こうに建ってるあの工場、何だかわかるかい？」

「いいえ」

「三友実業毛巾廠《しょう》だよ。タオルを作ってる。日本の総領事館はずっとあそこを監視しつづけてる」

「どうしてです？」

「あそこで働いてる連中には反日分子が多いらしい。共産党員が紛れ込んでるという噂《うわさ》もある。わたしは接触を試みてるんだが、いまのところ相手にされてない」

「どうして接触を？」

「わたしたち日本人は、満州で張学良を見誤った。まさか易幟《えきし》するなんて想像もしてなかった。ひとえに情報不足のせいだ。だから、三友実業の反日分子とやらに逢《あ》って何を考えているのか感触だけでも摑《つか》んでおきたいんだよ」

四郎は何をどう言っていいのかわからなかった。東亜同文書院では、じぶんが燭光《しょっこう》座《ざ》という無政府主義色の濃い劇団に属していたことを喋《しゃべ》っていない。そして、上海に来たからといって、日本を盟主とする大アジア主義に転じたわけでもないのだ。昭之がふたたび歩きだした。四郎は肩を並べて共同租界と閘北地区を分断するその道路を横切った。

三友実業のコンクリート塀に沿って進むと、大通りから枝分かれするいくつもの狭い路地から青白い光が放たれているのが見えた。カーバイト・ランプだった。四郎は昭之に促されてその路地のひとつに足を踏み入れた。蒜《にら》と大豆油《だいずあぶら》の臭《にお》い。煎《せん》じ薬と腐敗物と人間の汗の臭い。それらが路地のなかに立ち込めている。カーバイト・ランプの明かりに照らされる人影の動きは緩慢だった。屋台で売られる饅頭《まんじゅう》や鶏腿焼《とりももやき》。道端に置かれた床几台《しょうぎだい》に横たわる半裸の痩《や》せた男たち。四郎は昭之とともにその路地を歩きつづけた。青白いカーバイト・ランプの光がやがて赤く変色していった。朱色に塗られた電球が路地を照らしだしているのだ。屋台の立ち並ぶ夜市から売春街に踏み込んだらしかった。

痩せた支那人の女がふらつきながらこっちに近づいて来た。野鶏《イエジー》と呼ばれる立ちん坊なのだ。年齢はまったく読めない。何か言った。理解できなかった。北京語じゃなく上海語が使われたのだろう。四郎は相手にしなかった。女がぺっと唾《つば》を路地に吐き棄《す》てた。

「癮《いん》だよ、こいつは」昭之が低い声で言った。「阿片じゃなくモルヒネを打ってるんだろう、阿片は結構高くつくんでね」

「饐《す》えた臭いがする」

「風呂《ふろ》にはいってないんだろうよ、たぶん一年近くね。このあたりは阿片窟だし売春窟だ。そして、何よりもまともな神経じゃとても住めない貧民窟なんだよ」

「どこまで歩くんです、綿貫さん、今夜は？」

「あと三、四分我慢してくれ。ここにいる連中はべつに襲って来やしない。他人を襲うほどの気力も残っちゃいないんだよ」

連れていかれたのはそこから三分ばかり歩いた路地沿いの小さな酒楼だった。ちっぽけな看板が掛かっていた。それには観夢亭と記されている。龍《りゅう》の透かし彫りを施した朱色の入口を抜けると、客席が四つ設けられていたが、客はひとりもいなかった。しかし、なかはこれまで歩いて来た路地とは比較にならないほど清潔だった。薔薇《ばら》の香りがかすかに漂っている。支配人らしき四十半ばの太った女が出て来て、北京語で挨拶《あいさつ》してから昭之に言った。

「大人《ターレン》は奥の小房でお待ちです」

四郎は昭之の背なかにつづいた。

小房の扉を開けると、便衣を纏《まと》ったがっしりした体格の男が待っていた。年齢は四十前後だろう。額から左頬にかけて刃傷の痕《あと》がくっきりと刻まれている。寄宿舎で昭之は日本人と飲むと言ったが、それはこの男のことなのだろうか？　とても日本人には見えない。螺鈿《らでん》細工の食卓にはすでに料理と酒が並べられている。四郎は黙って頭を下げた。その男も無言のまま会釈《えしやく》をかえした。

「紹介しますよ、こちらは東亜同文書院の学生で、敷島四郎くん。寄宿舎じゃわたしの隣室にいます」昭之がその男にそう言ってから声をこっちに向けた。「こちらは間《ま》垣徳蔵《がきとくぞう》さん。わたしはいろいろお世話になってる。きょうも興味深い話が聞けるだろう」

小房の席に着くと、徳蔵がたがいに手酌で飲《や》ろうと言った。料理も勝手に摘んで欲しいと。四郎は紹興酒をコップに注いで舐《な》めはじめた。卓上の料理に手を出すつもりはない、酒だけが飲みたかった。昭之と徳蔵は最近の満州情勢について喋りだしている。興味はない。話されているのは上海の邦字紙に書かれていることばかりだったのだ。卓上には紹興酒の瓶が四本置かれていたが、四郎はすぐにそのうちの一本を空にした。昭之と徳蔵は酒精度の高い白酒をちびちびと舐めつづけている。四郎は新しい紹興酒の栓を開けた。徳蔵がひんやりとした笑みを刃傷のある頬に滲《にじ》ませて声をこっちに向けた。

「きみの観察眼を試してみたいんだがね、四郎くん、この観夢亭にはいって来たとき応対した支配人はどんな女だと思う？」

「と言いますと？」

「年齢はいくつぐらいだと思った？」

「四十半ばだと思いましたが」

「三十七歳だ。肌の艶《つや》を見落としてる」

「すみません」

「国籍は？」

「支那人じゃないんですか？」

「ちがう」

「日本人なんですか？」

「ちがう」

「朝鮮人？」

「安南人だ、ベトナム人ともいう。名まえはグエン・チ・ティン。仏領インドシナのハノイからやって来た」

「ぼくはありませんね、観察眼が」

「べつにかまわんよ、きみは次郎くんみたいに馬賊になりたいわけじゃないんだろうからな」

かすかに感じはじめていた酔いがこの言葉に吹っ飛んだ。頰の肉がひくっと顫《ふる》えたかも知れない。強《こわ》ばる声で言った。

「知ってるんですか、次郎兄さんを？」

「ときどき逢う。満州の鄙《ひな》びた町でね。次郎くんだけじゃない。太郎くんにも三郎くんにも逢う。敷島家の四兄弟はそれぞれに才能がある。その才能を祖国のために使ってもらいたいと思ってね」

四郎は鮟鱇鍋《あんこうなべ》を囲んで特高刑事・奥山貞雄が吐いた言葉を憶いだした。四月から上海に行け。入試を受ける必要はない。東亜同文書院のほうにはすでにある人から話をつけてある。そう言ったのだ。そのある人というのはこの徳蔵なのかも知れない。四郎は声をうわずらせて言った。

「知りあいなんですか、特高の奥山さんと？」

「古いつきあいだよ」

「上海にぼくを呼び寄せたのは間垣さんなんですね？」

徳蔵はこれには何も答えようとしなかった。こっちを見据えたまま黙って白酒を飲み干した。

「何者なんですか、間垣さん、あなたはいったい？」

「想像に委《まか》せるよ」

「馬賊になった次郎兄さんとも逢ってるんだ、特務なんですね？ 関東軍の特務機関の人間なんですね、そうでしょう？」

「そう思いたきゃ思うがいい」

「言ってください、ぼくに何をさせようと言うんです？ 断わっておきますけどね、ぼくは特務機関の言いなりなんかにはならない！」

「四郎くん」

「何です？」

「わたしにきみと義理の母について喋らせたいのかね？」

四郎は全身の血が凍りつくような気がした。すべてを把握されているのだ。自殺するか、それともこの男を殺さないかぎり、徹底してしゃぶり尽くされるだろう。喉《のど》の奥がひくひくと顫えて来る。四郎は昭之に視線を向けた。今夜の出逢いは完全に仕組まれていたのだ。閑なら一緒にどうだと誘ったが、これは偶然じゃない。昭之は徳蔵の要請でこのじぶんをここに引っ張りだしたのだ。昭之がこっちの視線を避けるように眼を逸《そ》らせた。四郎は唇を開いたが、何をどう言っていいのか見当もつかなかった。

「いますぐきみにしてもらいたいことは何もない。ひたすら東亜同文書院で北京語を習得してくれ」徳蔵のこの声はどこか遠くで響いているような気がする。「北京語がぺらぺらになりゃ、きみは大日本帝国のためにいろんなことができる。願わくば、上海語もね。わたしはそれを待ってる。よけいなことは考えずに、いまはただただ勉学に励んでくれ」

10

高粱《コーリヤン》の長い葉先が南からの風に揺らいでいる。それは濃緑色の海で波打つようだった。敷島次郎は広大なその高粱畑を見下ろせる小高い丘のうえに風神を進め、青龍《せいりゅう》同盟の配下たちと消滅した英明会の回族攬把《らんば》・馬白承を率いて長春からの列車が現われるのを待っていた。猪八戒は風神の脚もとにいる。白承は敦化で二十万円を積んだ列車は三カ月後だと言ったが、二週間ほどずれ込んでいた。襲撃地点をここに設定したのは、蛇行する松花江の流れのせいで鉄路が大きく曲がりくねっているからだ。列車は速度を落とさざるをえない。

「ほんとうにやるんですか、青龍攬把、おれは気が進まないけど」搬舵《パントウ》の辛東孫が轡《くつわ》を並べて来て言った。「おれだけじゃない、他の配下たちもそう思ってる」

「やると言ったら、やる」

「しかし」

「青龍同盟の財政は逼迫《ひっぱく》してるんだ。立て直すにはやるしかない！」

東孫が気圧《けお》されるように黙り込んだ。

青龍同盟の配下たちはいま十三人しかいない。敦化で葉文光の配下・時大格に射殺された副糧台・謝小二の補充はしていないのだ。それだけじゃなかった。八門《はちもん》の南工《なんこう》雨《う》を失っている。次郎がこの手で殺したのだ。八門は緑林の徒の仕事の成否を八卦《はっけ》で占う。吉林省参謀・熙洽《きこう》が運ばせる二十万円強奪を配下たちに発表したとき、工雨の八卦は凶と出た。だが、次郎は決行をみんなに命じた。もともと占いなんか信じたことはなかったが、緑林の徒としての慣習で八門を受け入れただけなのだ。工雨の脱走はその直後に起こった。八門としての誇りを傷つけられたと感じたのだろう。脱走はもちろん誓約違反なのだ。次郎は稽査の辺毅中に工雨の処理を命令した。だが、それは拒否された。工雨は八門としての仕事を無視されたので同盟を抜けただけなのだ、誓約違反には当たらないと言うのだ。しかたなく次郎は猪八戒とともに工雨を追い、松花江の畔《ほとり》で撃ち殺した。青龍同盟はこの戦力低下も補っていない。

いずれにせよ、青龍同盟はがたがたになって来ている。じぶんも攬把としては相当おかしくなって来た。稽査としての任務を拒否した毅中に何の処分もしていないのだ。緑林の徒の規律が崩れかけている。煕洽が運ばせる二十万円を何としてでも強奪して財政を再建し、青龍同盟をもう一度ちゃんと機能するようにしなきゃならない。

次郎は背後を振りかえって白承を呼んだ。轡を並べて来た。次郎は他の配下たちに聞こえるようにわざと大声で言った。

「二十万円は四輛《りよう》目に積まれてるんだな？」

「そうだ」

「警護は四名だったな？」

「そうだ」

「警護は何輛目に乗ってる？」

「現金と同じ四輛目だ」

次郎は右の手綱だけを引き寄せ、風神の向きを変えた。配下たちがじっとこっちを見ている。次郎は怒鳴るように言った。

「聞いたろ、みんな！　現金も警護も四輛目だ。最初に四輛目の扉を引き開けたやつ、最初に四輛目に乗り込んだやつ、このふたりには特別褒賞金《ほうしょうきん》を支払う！」

だれも何も言おうとしなかった。

次郎はふたたび風神の向きを変えて高粱畑を眺め下ろした。濃緑色の海は相変わらず静かに波打っていた。澄みきった上空で番《つがい》の野鳥が戯《たわむ》れ飛んでいる。次郎は小さな空咳《からせき》をひとつした。

鉄路の彼方《かなた》に黒く長いものが見えたのはそれからすぐだった。それにつづいて蒸気機関の音が聴こえて来た。列車の影も走行音もまだまだ小さい。それでも、次郎はじぶんの心臓の高鳴りを感じた。緑林に身を投じてからこんなことははじめて経験する。これが逸《はや》りなのか焦《あせ》りなのか見当もつかない。列車の汽笛が響いた。

長春からの列車が蛇行する鉄路に速度を落とした。

次郎は拳銃嚢《けんじゅうのう》からモーゼルを引き抜いた。その右腕を大きく振って馬の腹を蹴《け》った。

「襲撃開始！」東孫の声が響いた。

次郎は猪八戒とともに高粱畑に向かって駆け降りていった。濃緑色の海に風神を乗り入れた。青龍同盟の配下たちや白承がつづいて来る。蹄《ひづめ》の音が鼓膜を顫《ふる》わせる。次郎は満州の波打つ大地を走りつづけた。

午後の陽光がやけに眩《まぶ》しい。

汽笛がまた鳴り響いた。


長春からの列車はますます速度を落としていった。大地はかなりの登り勾配《こうばい》となっている。蒸気音は喘《あえ》ぐようだ。汽笛がまた鳴った。七輛編成のその列車は三輛目までが客車で、後部の四輛が貨車だった。

次郎は馬白承や青龍同盟の配下たちとともに高粱畑のなかを走りつづけた。先頭を突き進むのは猪八戒で、その走りは疾風を思わせるほどだった。蒸気機関車に繋《つな》がれたすぐ後ろの三輛の乗客たちは、もうもちろん馬賊集団の接近に気づいているだろう。もう一度汽笛が鳴った。列車の速度がさらに落ちた。次郎は最後尾の貨車に追いついた。

それを追い越し六輌目を抜いた。五輌目を通過し、四輌目に接近した。朝鮮銀行発行の二十万円の札束を積載したその貨車と並走しはじめた。

人影がひとつ、馬の背から貨車に飛び移った。稽査の毅中だった。貨車の中央にある引戸の把手《とつて》に右手を掛け、左手で施錠板《せじようばん》を開いた。解錠桿《かいじようかん》が現われた。それを押しさえすれば鉄板製の引戸が開くのだ。解錠桿を押す腕に力が込められるのがわかった。

糧台の田月馳が引戸に近づいた。最初に貨車に飛び込むつもりなのだ。列車の速度に合わせて馬の脚を緩めた。

「開かねえ、どうしても開かねえ！」ふいに毅中が叫んだ。「内側から細工してやがるんだ、解錠桿はびくともしねえ！」

次郎はこの言葉に背後を振りかえった。青龍同盟の配下たちの表情に動揺《たじろ》ぎは感じられない。何としてでも二十万円を強奪しなきゃならないことはだれもがわかっているのだ。次郎は大声でみんなに命じた。

「客車に乗り移れ！　連結器を外せ。貨車を機関車から引き離せ！　ただし、抵抗しないかぎり乗客はひとりも殺すな！」

列車に並走するために緩められていた馬群の脚がふたたび速められた。青龍同盟の配下たちが四輛目を追い越し、三輛目の客車に近づいていった。

その直後に車輪がすさまじい軋《きし》み音を立てた。それは鉄路全体をのけぞらせるほどの響きだった。蒸気機関車に制動が掛かったのだ。七輛編成の列車が二十米《メートル》ほど走って止まった。

次郎は機関車のそばを走り過ぎてから手綱を引いた。風神の首をかえした。青龍同盟の配下たちも。次郎はそれとともに五輛目と六輛目、それに七輛目の引戸が開くのを見た。

そこから馬に乗った人影が次々と飛びだして来た。一瞬、次郎は何が起きているのかわからなかった。三輛の貨車から大地に飛び降りたのは二十人ほどだった。馬体は小さい、乗っているのはどれも蒙古《もうこ》馬なのだ。だれもが拳銃を握りしめている。そのうちのひとりに次郎ははっとなった。それは葉文光の配下・時大格だったのだ。思わずモーゼルの銃口をそっちに向けた。

大格に照準を合わせようとしたとき、ぎりっという擦過音を聞いたような気がした。三輛目の客車の窓が一斉に引き上げられたのだ。そこからめまぐるしく銃声が跳ねかえった。

四輛目の貨車の引戸に貼《は》りついている穀中の側頭部から真っ赤なしぶきがあがるの

が見えた。その体が鉄路のそばに転がり落ちた。月馳の胸からも血液が飛び散った。

次郎は三輌目の客車の窓のひとつに向けてモーゼルの引鉄を引いた。それとともに乗っている風神が嘶《いなな》きながら前脚をあげた。銃声はもう切れ間がない。青龍同盟の配下たちも応射しているのだ。立ちあがっていた馬が前脚をふたたび大地に着けた。列車のまわりは硝煙で朧《おぼろ》だった。次郎は手綱を右に引き、叫ぶように言った。

「撤退！」

風神の腹を蹴って鉄路のそばから高粱畑のなかに突っ込むと、五騎か六騎がついて来るのがわかった。他の配下たちは列車のそばで殺されたか、負傷して鉄路の砂利床に転がっているらしい。とにかく、波打つ緑の海のなかを走りはじめた。

二十米《メートル》ほどの距離をおいて無数の蹄の音が追って来る。後方からのその銃声は鳴り熄《や》みそうもない。

次郎は背後を振りかえった。

追って来るのは三輌の貨車から降りて来た二十騎ばかりで、だれもが銃口をこっちに向けている。そこから閃光《せんこう》が放たれていた。二十万円の警護ではなく、青龍同盟の殲滅《せんめつ》に転じたらしい。

一列横隊になったその中央に大格がいるのがわかった。そして、その隣には白承がいた。次郎はそれで何がどうなったかを理解した。視線をもとに戻そうとしたとき、斜め後ろでうっという呻《うめ》きが聞こえた。

軍需の高芳通が高粱畑のなかに転がり落ちるのが見えた。

だが、かまってはいられなかった。

次郎は緑の海のなかで風神を進めつづけた。

前方を猪八戒が飛ぶように走る。

南からの風がわずかに強まっている。


高粱畑が途絶え、白砂が現われた。

その向こうに松花江の流れが見える。

蒙古馬は耐久力があっても、脚力はふつうの大馬《ターマー》よりずっと遅い。ましてや、コサック馬にはるかに及ばない。

もう追って来る蹄の音は聴こえなかった。

次郎はそこで風神の動きを緩めて、後ろを振りむいた。ついて来ているのは搬舵の東孫だけだった。鉄路を離れて高粱畑に飛び込んだとき、一緒にいたのは五人だったか六人だったかはっきりしない。しかし、じぶんと東孫と猪八戒だけが残った。次郎は溜息《ためいき》をつき、松花江の流れのそばまで来て風神の鞍《くら》から離れた。

東孫もそこで白砂のうえに降りた。左の太股《ふともも》が真っ赤だった。被弾したのだ。褲子《クーズ》がべとべとに濡れ、陽光に輝いている。東孫がごほごほと咳込んでから言った。

「見ましたか、青龍攬把、あいつを？」

「あ、ああ」

「売りやがった！　馬白承の老いぼれは青龍同盟を葉文光に売りやがった！」

「東孫」

「何です？」

「太股の具合はどうだ？」

東孫はすぐには答えようとしなかった。

次郎はそのそばに歩み寄って言った。

「太股に異物感はあるか？」

「なくはない」

「弾が残ってるんだ、太股のどのあたりだね？」

「内側のほうがおかしい」

次郎は刀子で抜いてやるとは言えなかった。そこは大動脈や大静脈が流れているのだ、素人《しろうと》の手に負えるものじゃない。松花江の流れでひとまず傷口を洗えとも口にできなかった。もし出血が止まり掛かっているのなら、そのままにしておいたほうがいい。次郎は無言のまま渇いた唇を左手の甲で拭《ぬぐ》った。

「とりあえず馬に水を飲ませなきゃならない」東孫がそう言って手綱を曳《ひ》き、馬を流れのそばまでつれていった。「馬だってこんなふうに走りつづけたのははじめてだろうし」

次郎も風神の手綱を曳いて流れに歩み寄った。

二頭の馬が松花江の水を飲みはじめた。

東孫が肩窄児《チエンチアル》の衣嚢から煙草《たばこ》を取りだし、火を点《つ》けた。

次郎は腰を屈《かが》め、両手で松花江の水を掬《すく》って飲んだ。喉を潤《うるお》してから煙草を取りだし、それを銜《くわ》えて言った。

「青龍同盟はおれとあんたしかいなくなった。もう組織とは言えない。その責任はすべておれにある。八門の占いを無視しただけじゃない。誇りを傷つけられて脱走した南工雨を殺したんだ。その結果がこうだ、最低だよ、おれは」

「残ってるのはおれと攬把だけじゃない」

「どういう意味だ？」

「猪八戒がいる。それに風神も」

「揶揄《からか》わないでくれ。それにもうおれを攬把とは呼ばないで欲しい。その資格はないんだから」

東孫が黙って煙草のけむりを吐きだした。

次郎は銜えている煙草に火を点けた。

「おれたちが確実にこなさなきゃならない仕事がひとつある、報酬なしに」東孫がそう言って眩《まぶ》しそうに太陽を見あげた。「青龍同盟を裏切った馬白承はどんなことがあっても殺さなきゃならない」

「殺すのは白承だけじゃない。時大格も葉文光もかならず殺す」

「無理だよ、そのふたりは」

「白承は急に裏切ったわけじゃない」

「何だって？」

「葉文光とのあいだにどんな取引があったのかはわからない。しかし、最初からこの予定だったんだ。おそらく、あの列車には熙洽の金銭なんか積まれてなかった。あれは青龍同盟を潰《つぶ》すための作り話だったろう」

東孫がじっとこっちを見据えた。

次郎は銜え煙草のままつづけた。

「白承と大格は同じ時期に敦化にいた。まず大格がおれに葉文光の傘下《さんか》にはいれと勧めて来た。それを断わると、今度は白承が熙洽の二十万円強奪の話を持ち掛けた。長春からの列車に引きつけて殲滅するために。要するに、葉文光は服従か消滅かの選択を青龍同盟に迫ったんだよ。おれがその罠《わな》に引っ掛かってこのざまになった」

「そんなにじぶんを責めることはない。だれだって失敗はするんだし」

「とにかく、おれは決めた」

「何を？」

「馬白承だけじゃなく、時大格と葉文光も生かしちゃおかない」

東孫が短くなった煙草を足もとに落とした。それを右の鞋底《くつぞこ》で踏み潰そうとした。体重が左に掛かった。太股に痛みを感じたのだろう、東孫が頬を歪《ゆが》めた。

「乗れるかね、馬に？」

「も、もちろん」

「二時間ほど松花江を遡《さかのぼ》れば海龍子《かいりゅうし》という小さな郷があるはずだ。とりあえず、そこに行こう。獣医ぐらいはいるだろう。あんたの太股にはいってる弾を抜いてもらわなきゃならんのでな。それに、腹も減ってる」

松花江沿いの河原をゆっくりと進みはじめてからほぼ一時間が過ぎたとき、次郎は背後でどさりという鈍い音を聴いた。振りかえった。東孫が白砂のうえに転がり落ちていた。その周囲を猪八戒がくんくんと鼻を鳴らしながら駆けまわっている。次郎は風神を降りて言った。

「どうした、東孫、大丈夫か？」

東孫はしかし、何も言おうとしなかった。白砂のうえに横倒しになったままわずかに右膝《ひざ》を曲げようとしていた。左脚の褲子はべっとりと濡《ぬ》れている。太股からの流血は止まってはいなかった。

次郎はそのそばにしゃがみ込み、東孫の上半身を抱き起こした。額も頬も砂まみれだった。午後の陽光に曝《さら》されているのに、顔は蒼白《そうはく》だった。血の気を失いかけている。

次郎は嗄《しゃが》れる声で言った。

「もうすこしだ、東孫、あと小一時間で海龍子の郷に着く」

「終わりだよ、青龍攬把、おれはもう」

「弱音を吐くな。あんたはこんなことでくたばるほど軟弱《やわ》じゃない」

「慰めはいい、おれにはわかってる」

「何が？」

「血が流れ過ぎた」

次郎は白砂のついた瞼《まぶた》を開いてこっちに向けられたその眼を見つめた。輝きが消えかけていた。確かに東孫の言うとおりなのだ、失血死直前の状態にある。意識を失わないように肩を揺すれば、太股からの流血は増えるだろう。次郎は思わずごくりと喉を鳴らした。

「頼みがあるんだが」

「何だい？」

「鞍嚢《あんのう》に金銭《かね》がはいってる。これまでおれが貯《た》めた金銭が」

「で？」

「おれには息子がひとりいる」

「どこに？」

「通化」

「何歳だね？」

「十七歳になったはずだ。おれが十六のときに通化近くの農家の娘を強姦《ごうかん》して産ませた息子だ。女は産後の肥立ちが悪くてくたばった。息子は女の叔母に預けられた」

「息子の名まえは？」

「辛雨広《しんうこう》」

「女の叔母は通化で何を？」

「渾江のそばの市場で野菜を売ってる」

「鞍嚢のなかの金銭を通化に住んでるあんたの息子に届ければいいんだな？」

「頼めますか？」

「あたりまえだ、心配しないでくれ」

東孫はこっちに向けていた眼をわずかに逸《そ》らせた。太陽でも眺めているようだった。

その口からか細い声が洩《も》れた。

「おもしろかったよ、青龍攬把」

「何が？」

「あんたと一緒に組めて」

次郎は何をどう言っていいかわからなかった。東孫は長春からの列車襲撃には気が進まないと言った。それを無視して強行した結果、こんな事態に陥ったのに、そのことについて批判もしなかったし愚痴も零《こぼ》さなかった。それだけじゃない。失血死寸前にこういう科白《せりふ》を吐いたのだ。次郎は喉の奥がぐいぐい締めつけられて来るような気がした。

東孫の鞋先《くつさき》がぷるぷると小刻みに顫えはじめた。

突然、上半身がぐいとのけぞった。唇が大きく開き、黄ばんだ歯が剝《む》きだされた。それきりだった。その体はもう二度と動こうとはしなかった。

猪八戒がくんくんと鼻を鳴らして近づいて来た。長い舌が伸び、砂まみれの東孫の顔を舐《な》めはじめた。

次郎は東孫の上半身を抱いたまま身動《みじろ》ぎもしなかった。

東孫の顔からすべての砂が消えていった。

次郎はようやく東孫の瞼を伏せさせ、顎《あご》のしたに左手を宛《あてが》って大きく開いた口をぐいと閉じさせた。そのとき、松花江の川風がすうっと河原を吹き抜けていった。東孫の髪がそれに揺れる。死者の表情にはもう緑林の徒の面影はまったく残っていなかった。次郎はその体を白砂のうえに横たえた。

だが、立ちあがる気にはなれなかった。

その場で胡座《あぐら》をかき、肩窄児の衣嚢から煙草を取りだした。青龍同盟はこれで完全に消滅した。はっきりしているのはそれだけだ。いまは何も考えたくない。すさまじい脱力感が全身を蔽《おお》っている。ふうっと溜息をつき、煙草を銜えて火を点けた。

松花江の水面で何かが跳ねるのが見えた。おそらく鯰《なまず》だろう。

上空では番《つがい》の野鳥がいまも戯れながら翔《と》んでいる。

川風がまた河原を吹き抜けていった。

第四章　夜の哭声《こくせい》

I

路上に積もった雪が二月の強風に地吹雪となって舞いあがる。前首相・田中義一《たなかぎいち》が急死してからそろそろ半年が経《た》つ。死因は狭心症の発作だと発表されたが、自殺説が絶えない。維新政府発足後、あれほどの天皇中心主義者の総理大臣はいなかった。それが満州某重大事件で天皇を激怒させ、ついには総辞職に追い込まれたのだ。その心情を察すれば、自殺だったとしても何の不思議もない。地吹雪の唸《うな》りは田中義一の冥界《めいかい》からの啜《すす》り泣きのような気さえする。敷島《しきしま》太郎は宋雷雨《そうらいう》の運転するフォードで総領事館に向かっていた。去年の十一月末には再登場した幣原喜重郎《しではらきじゅうろう》外相の期待を担《にな》って国民政府との関税協定交渉にあたっていた佐分利貞男《さぶりさだお》公使が一時帰国中、箱根の富士屋ホテルで拳銃《けんじゅう》による謎《なぞ》の死を遂げた。自殺だったのか他殺だったのか、いまも真相は明らかにされていない。とにかく、この半年のあいだに不可思議なことが起こり過ぎている。フォードが満鉄附属地から商埠地《しょうふち》にはいった。路面は氷雪で滑りやすく、雷雨は速度をあげずに注意深く進んでいった。きょうの冷え込みも相当厳しくなるだろう。

総領事館に着き、参事官室にはいって太郎は日本から送られて来た新聞各紙に眼を通しはじめた。生糸の相場が急速に下落しつつある。これは明らかに去年の十月二十四日のニューヨーク株式市場大暴落の影響だろう。

このことと関東軍の動きがどう絡《から》みあって来るのかは軽々には判断できない。張学良《ちょうがくりょう》は去年の七月、蔣介石《しょうかいせき》の要請を受けて東支鉄道回収のためにソビエト連邦にたいする戦争を開始した。十一月、東北辺防軍八万はソ連との国境付近と東支鉄道各地で戦闘を展開したが、極東ソ連軍によってハイラルや満州里、綏芬河《すいふんが》などで徹底的に打ちのめされた。結局、十二月、米英仏の仲介でハバロフスク会議議定書に署名し、東支鉄道運営をこれまでどおりのソ連権益として認めた。

国民政府駐独公使・蔣作賓《しょうさくひん》はドイツ人の知人にこう洩《も》らしたとベルリン大使館から

打電されて来ていた。理由もなくソ連を挑発し理由もなく投降した、こんな愚かなことで国際的地位は地に墜《お》ちた。いずれにせよ、張学良の東北辺防軍は兵力の割には戦闘力に乏しいことがはっきりしたのだ。ニューヨーク株式市場大暴落後の動きが今後どうなっていくかにかかわらず、関東軍は満蒙《まんもう》領有に自信を深めたにちがいない。

それでも張学良は排日運動を停止してはいない。去年は日本人経営の本渓湖《ほんけいこ》石灰製造工場を武装巡警部隊に襲わせ、設備を破壊したうえで工場閉鎖を命じた。次いで奉天一帯に拡《ひろ》がる四千五百万坪の榊原《さかきばら》農場を横断する軽便鉄道敷設《ふせつ》を一層推し進め、大《だい》石橋《せっきょう》の滑石《かっせき》鉱山を襲撃して坑道を破壊。一方では吉林と海龍を結ぶ鉄路を完成させ、満鉄を挟んで東西二本の鉄道を走らせはじめた。おそらく、張学良は今年もっと攻勢を強めて来るだろう。

これにたいして関東軍参謀・石原莞爾《いしわらかんじ》中佐は対ソ作戦計画のための北満参謀旅行後に発表した『国運転回の根本国策たる満蒙問題解決案』で、満蒙を領有すれば支那《しな》の排日はそれによって終熄《しゅうそく》すると論じた以外は目立った動きをしていない。ただ、満鉄庶務部の調査課長・佐多《さた》弘治郎《こうじろう》、ロシア係・宮崎正義《みやざきまさよし》、法制係・松木俠《まつきたもつ》と頻繁に接触しているという。このことが何を意味するのか、いまのところわかっていない。

太郎は煙草《たばこ》を取りだして火を点《つ》けた。そのけむりを吸い込んだとき、机上の電話が鳴った。受話器を右耳に宛《あて》がうと、声は受付からだった。間垣《まがき》さまがお越しです。そう言った。太郎はお通ししてくれと言うしかなかった。

受話器を置いて一分も経たないうちに間垣徳蔵《とくぞう》が現われた。大掛児《ターコオル》と呼ばれる支那の外套《がいとう》を羽織っている。応接の長椅子《いす》を勧めると、徳蔵は大掛児を脱ぎながら言った。

「暖かいですな、総領事館のなかは。外の寒さは応《こた》えますぜ。風の冷たさに額がちんちんと音を立てる」

「何なんですか、御用件は？」

「そんな突慳貪《つっけんどん》な言いかたはやめてくれませんかね。これまでずいぶん情報を提供して来たつもりだ」そう言って煙草を取りだした。「これからもたがいに持ちつ持たれつという関係で行きましょうや。日本人同士、啀《いが》みあう理由はどこにもない」

太郎は銜《くわ》え煙草のまま黙って向かいに腰を落とした。

徳蔵が銜えている煙草に火を点けてつづけた。

「すくすく育ってますか、明満《あきみつ》くんは？」

「おかげさまで」

「逞《たくま》しく成長して欲しい、何せ三十年後の満州を背負っていく子ですからね」

太郎は何も言わなかった。去年の八月、桂子が長男を出産した。母子ともに異常はなく、すべてが順調に進んで来た。名付け親は隣家に住む満鉄炭鉱部総務課の堂本誠《どうもとせい》二《じ》で、息子は明満と命名された。明日の満州とか明るい満州という願いが込められているのだろう。太郎は意味性の強過ぎるこの名まえがあまり好きじゃなかった。しかし、名付け親になって欲しいと酔った勢いで頼んだのだ、拒否するわけにもいかなかった。

「去年の七月に逢《あ》ったよ」

「だれにです？」

「上海で四郎くんに」

太郎はこの言葉に喉《のど》が急速に渇いて来るような気がした。徳蔵はこれで敷島家の兄弟四人とすべて面識を持ったことになる。いったい、こいつは何なのだ？　何のためにそんなことをする？　だが、質問するわけにもいかなかった。太郎は煙草のけむりを吐きだして言った。

「どんな具合でした、四郎は？」

「元気そうだったよ。しかし、早稲田とはわけがちがう。何せ名にし負う東亜同文書院だからね。勉強のほうは相当しごかれる」

「しごかれたほうがいいんですよ、あいつはね」

徳蔵の頰がじんわりと緩んだ。笑ったのだ。額から左頰にかけて刻まれている刃の傷痕《きずあと》が歪《ゆが》んで見えた。徳蔵が長椅子に深く掛けなおしながら言った。

「特務のほうで摑《つか》んだ情報をひとつ提供しよう」

「何です？」

「閻錫山《えんしゃくざん》がもうすぐ反蔣介石の戦いを起こす。これに馮玉祥《ひょうぎょくしょう》と李宗仁《りそうじん》が追随する」

「ほ、ほんとうですか？」

「九割九分まちがいない」

　太郎はその眼を見据えなおした。北伐を終了した国民革命軍は大別すると四つの軍事組織から構成されている。蔣介石の第一集団軍は江蘇《こうそ》省や浙江《せっこう》省など五省を基盤とする約五十万の軍隊だ。馮玉祥の第二集団軍は約四十万で、西北系軍と呼ばれる。閻錫山の第三集団軍は約二十万で、山西派と称される。李宗仁の第四集団軍は約十万で広西派の呼び名を持つ。国民革命軍が北京に入城し、かつての首都を北平と改称した時点で俗にいう軍閥混戦の時代は終わったと考えていたが、そうじゃなかったらしい。

　太郎は徳蔵の新たな言葉を待った。

「また殺しあいがはじまるんだよ、支那人はひとつに纏《まとま》るなんてありえないんだからな」徳蔵がそう言って実にうまそうに煙草を喫《す》った。「問題は張学良だよ。易幟《えきし》したと言っても、東北辺防軍はかたちを変えた軍閥のひとつに過ぎん。蔣介石と三派連合軍との戦争がはじまったら、三十万の兵力を持つ張学良がどっちにつくかで勝敗の帰《き》趨《すう》は決まる」

「どっちにつくと思います？」

「これから奉天参りがはじまるんだよ。蔣介石も閻錫山も奉天に政客を送り込んで来る。張学良を引っ張り込むための説得工作が行われるんだよ。関東軍は張学良を見くびり過ぎてた。あれはただの花々公子《ファファゴンズ》なんかじゃない、実に頭の切れる男だ、すべて計算し尽して態度をはっきりさせる」

太郎は短くなった煙草を灰皿のなかに押し潰《つぶ》した。蔣介石と三派連合軍との戦いがはじまったら奉天総領事館は忙しくなる。勝敗の帰趨だけが問題じゃないのだ、それに関東軍の動きが絡んで来るのは眼に見えていた。もうすぐ睡眠時間を削らなきゃならなくなるだろう。太郎は渇《し》いている唇をゆっくりと右手で拭《ぬぐ》った。

「きょう来た目的はそれを報らせるためじゃない」徳蔵の声がわずかに強まった。

「ぜひとも頼みたいことがあってね」

「何です？」

「峰岸容造《みねぎしようぞう》という男が領事館警察に拘束されてる」

「だれなんです、それ？」

「大陸浪人と称してるが、要するにごろつきだよ。去年総領事館を悩ました尚旭東《しょうきょくとう》つまり小日向白朗《こひなたはくろう》とは格がちがう。度胸もなきゃ志もない。榊原農場に集って来たただの銀蠅《ぎんばえ》だと思ってくれ」

「何をしたんです？」

「奉天城内で巡警部隊のひとりに殴りかかって取り押さえられ、領事館警察に引き渡された。そういうやつだから、でっかい仕事には向いてないが、いくつか使い途《みち》はあるだろう。参事官が責任を持つということにして釈放して欲しい」

「それくらいなら簡単にできます」

「商埠地の於雪《おゆき》という小料理屋、知ってるね？」

「え、ええ」

「釈放するとき、わたしが今夜八時にそこで待ってると伝えて欲しい」

昼食を摂《と》ってから太郎は領事館警察に向かって歩きだした。いつごろから降りはじめたのか知らないが、商埠地に粉雪が舞い狂っている。風は額や頬を突き刺すようだった。警察署は総領事館から徒歩で四分ほどだ。署長の川路富市《かわじとみいち》とはときどき一緒に飲む。年齢は五十を越えているが、外観も態度も四十前後にしか見えない。太郎は署内にはいり、署長との面会を求めた。

富市が出て来て甲高い声で言った。

「やけに冷え込みますな。薩摩《さつま》出身のわたしには厳し過ぎる。まだうだるような暑さのほうがいい。敷島さんは？」

「どっちも厭《いや》です」

「でしょうな。ところで、きょうは？」

「峰岸容造という男が拘束されてると聞いてますが」

「拘置房にいますよ。四時間ほどまえに奉天城内から引き渡された」

「釈放していただきたいんです」

「どういうことです、それ？」

「理由は訊《き》かないでください。巡警部隊のひとりに殴りかかっただけでしょう？　べつにたいした罪じゃない。釈放に関する責任はすべてわたしが負います」

富市が背後を振りかえり、警官のひとりに峰岸容造を出してやれと命じた。太郎は無言のまま頭を下げた。富市が屈託のない声で言った。

「近いうちにまた一杯飲《や》りませんか？」

「ぜひとも飲りましょう」

「明満くんはどうです？」

「順調に育ってます」

そのとき、警官に連れられて三十半ばの男が現われた。巨漢だった。体重は三十貫近くあるだろう。大掛児を羽織っている。眉《まゆ》が濃く、頬は不精髯《ぶしょうひげ》に覆《おお》われていた。

「こいつですよ、こいつが峰岸容造」富市がそう言って、その声を容造に向けた。

「身許《みもと》引受人が現われたんで、釈放してやる。奉天総領事館の参事官、敷島太郎さんだ。礼を言え」

「おれはべつに臭い飯を食いつづけてたっていいんだぜ」

「なら、拘置房に戻るか？」

「待ってくださいよ」急に容造の口ぶりが変わった。「せっかく出してくれるってんだから出ますよ」

太郎はあらためてその眼を見据えた。小日向白朗とは直接顔を合わせたことはない。だが、奉天に赴任して来てから大陸浪人と称する何人もの男に逢って来た。そのほとんどが大物気取りで、大陸については何でも知っているような態度を取る。だが、その実、職歴らしい職歴は何もなく、結局、満州にいる日本人に寄生する以外に生き抜く術《すべ》を持たなかった。そして、大言壮語は内面の臆病《おくびょう》さを隠す蓑《みの》でしかない。いま眼のまえにいる容造はその代表的な例に見える。馬賊となった弟の次郎も、詰まるところは同じなのだろうか？　そう思いながら太郎は外套の襟を立てた。

「すみませんな、榊原《さかきばら》農場にはいって来た巡警部隊のひとりを見かけたもんで、ついついやらかしちまったんですよ」

昨年の六月から張学良は榊原農場を横断する軽便鉄道を敷設しようとして来た。それは父・張作霖《ちょうさくりん》の陵墓に通じる鉄路だった。この広大な土地はもともと清朝の神聖な陵寝禁地で、一般人の立入りは禁止されていた。辛亥《しんがい》革命で清国が消滅すると、当時の東三省督弁がここに溥豊農場公司を設立して商租権を取得する。それに奉天軍閥の張作霖が反発したが、その混乱のなかでどういう経緯を経てか同志社大学出身の榊原政雄《まさお》という日本人が純益一割五分を地租として支払う条件で商租権を獲得したのだ。太郎はこの日本人に二度ほど逢ったことがある。身長は六尺以上あるだろう。風貌《ふうぼう》は得体の知れなさを感じさせた。その榊原政雄が張学良の軽便鉄道計画を阻止するために農場の事務所にこんな看板を掲げた。

天下の国士を求む。われらの重大な権益は無法なる支那側により蹂躙《じゅうりん》されんとす。諸士来たりて、われらと行動を共にせよ。　無法免許指南所　所主　榊原政雄

こうして榊原農場に二百人以上の通称・大陸浪人たちが集まって来た。東北辺防軍と大陸浪人たちの衝突必至と見た関東軍は独立守備隊一個中隊を出動させ、軽便鉄道撤去をいったん強行した。

事態が一応の収拾を見たあとも大陸浪人たちは榊原農場に残っている。そして、張学良はいまもその建設を諦《あきら》めていない。作業はいつ再開されるかわからなかった。それが大陸浪人たちが居つづける理由なのだ。容造もそのうちのひとりだろう。

太郎は顎《あご》をしゃくって言った。

「出ましょう、ここを」

「出て、どこに？」

「出るだけですよ、いつまでもここにいてもしょうがないでしょう」

ふたりで肩を並べ、領事館警察の署内から、舞い狂う粉雪のなかに足を踏み出した。冷えきった風がまた額や頰を突き刺した。

「どうして総領事館の参事官がおれの身許引受人になったんだね？」

「頼まれたんですよ、間垣徳蔵という人に」

「間垣の旦那《だんな》か、あの人には世話になってる」

「どういうふうにです？」

「おれを榊原農場に紹介してくれたのも間垣の旦那だし、どうやったら食えるかを教えてくれたのもあの旦那だ。おれは頭があがらねえよ。おれだけじゃねえ、何の世話にもなってない連中だって、あの旦那の言うことには口答えできねえ気分になるってんだよ。どうしてなのかな？」

太郎は思わず苦笑いした。それはじぶんも同じなのだ。徳蔵と言葉を交わすと、どうしても抗《あらが》えない気分にさせられる。容造の釈放も参事官の職務とは何の関係もない。それなのに徳蔵の要求を断わらなかった。なぜなのだ？　いや、答えはわかっている。じぶんは徳蔵に、暗黙裡《り》に操られつづけているのだ。いつかこの流れを敢然と断ち切らなきゃならない。太郎はそう思いながら凍りついているような唇を舐《な》め、容造に言った。

「於雪という小料理屋を知ってますか？」

「知ってる。けど、店のまえを通っただけだ。なかにはいったことはない」

「今夜八時、あそこで間垣さんがあなたを待ってる」

六時過ぎに太郎は自宅に戻った。桂子が明満を抱いて出迎えた。太郎はその頬にそっと指で触れた。笑った。阿媽《あま》の夏邦祥《かほうしょう》に言わせると、這い這《はは》いができるようになるのはあと四カ月後ぐらいで、よちよち歩きは七、八カ月後になるらしい。いずれにせよ、明満の顔を見ると、満州をめぐる複雑な状況にぎすぎすしていた神経が緩み、解き放たれたような気分になる。そのたびに子供を持つというのはこういうことなのだと思う。太郎は居間にはいって外套を脱いだ。

「先にお風呂《ふろ》になさいます？」邦祥が外套を受け取りながら言った。この阿媽は明満が生まれてから一段と日本語がうまくなった。「それとも、お食事に？」

「沸かしてあるのかい、風呂は？」

「ええ」

「それなら先に一風呂浴びる」

「お寒うございましたか、外は？」

「今年一番の冷え込みだろう。雪はたいしたことなかったが、とにかく風がね」

「そうでございましたか。あたしも奥さまもきょうは一歩も家のなかから出てませんもので」

太郎はネクタイを緩めながら浴室に向かった。服を脱いで浴槽に身を沈めた。湯加減はちょうどよかった。濡《ぬ》れ手拭いで何度も顔を撫《な》でまわした。冷えきった外気のことはもう忘れた。明満が生まれてから桂子とは寝室をべつにしている。抱きたくなると、深夜じぶんの部屋に呼び寄せるのだ。もう十日近く営みをしていない。今夜あたり明満が寝静まる頃あいをみて桂子の部屋の扉を叩《たた》くことになるだろう。体が暖まったところで浴槽を出て、手拭いに石鹼《せっけん》をなすりつけはじめた。そのとき、じぶんの腹が見えた。相当弛《たる》んで来ている。これまで気づかなかったが、かなり太って来たのだ。もうすぐ三十二歳になる。中年太りはしようがないだろう。太郎はそう思いながら体を洗い終え、もう一度湯に浸《つか》ってから浴室を出た。

新しい下穿《したば》きと浴衣《ゆかた》、縕袍《どてら》がきちんと折りたたんで揃《そろ》えられている。邦祥は住み込みになって一週間ほどでこうして着替えを用意するようになった。桂子が教えたのだ。これからもっともっと日本流のやりかたに馴染《なじ》んでいくだろう。

太郎は浴衣の帯を締め縕袍を羽織って食堂に足を踏み入れた。食卓にはすでに料理が並べられている。野菜の煮浸しや酢豚、若布《わかめ》の味噌《みそ》汁《しる》や沢庵《たくあん》漬などが。これも邦祥が桂子に教えられて調理したものだ。和食の出来栄《できば》えはもう日本人並みになっている。

太郎は椅子に腰を下ろしながら邦祥に言った。

「食べながら一杯飲りたい」

「ウィスキーになさいます？」

「日本酒がいい。熱燗《あつかん》で頼むよ」

桂子が明満を抱いたまま向かいに腰を落とした。太郎は酢豚の皿を引き寄せた。桂子がむずかる明満をあやしながら言った。

「姉さんから手紙が来ました」

「何と書いてあった？」

「あとでお見せしますけど、元気でやってるみたい。茶道だけじゃなく、生け花もってみたいそうよ。池坊《の》にするか小原流にするか迷ってるんですって」

熱燗の徳利とぐい呑みが食卓に運ばれて来た。

太郎は手酌で日本酒をぐい呑みに注いだ。

邦祥が食卓のそばに突っ立ったまま桂子に言った。

「奥さまもお食事を済ませてくださいな。おぼっちゃまはあたしがあやしますから」

桂子が頷《うなず》いて明満を邦祥に預けた。

太郎は酢豚を肴《さかな》に日本酒を飲みはじめた。

居間の電話が鳴ったのはそれからすぐだった。

桂子が立ちあがってそっちに向かった。あら、お久しぶりという声につづき、桂子がこっちを呼んだ。

「あなた、三郎さんから電話ですよ」

太郎は居間に足を運び、桂子から受話器を受け取った。

三郎の声はふだんと変わりがなかった。

「転属命令が出ました」

「どこに？」

「憲兵隊です」

太郎は一瞬黙り込んだ。天保銭組つまり陸大卒の高級将校が憲兵隊の幹部を務めるのはよくあることだ。しかし、三郎のような尉官《いかん》が憲兵隊に転属になるというのは事情がまったくちがう。それは軍内での昇進速度を抑制されることになる。憲兵隊は原則として戦闘そのものには参加しないのだ。軍内および軍部にたいして批判的な民間人の監視が主たる任務となる。そのことは死んでも靖国《やすくに》神社に祀《まつ》られない可能性を意味するのだ。三郎はそれをどう思っているのだろうか？　しかし、いくら兄弟とは言え、そんなことを口にするわけにはいかなかった。太郎は静かに言った。

「公主嶺《こうしゅれい》に移るのか？」独立守備隊司令部はそこに置かれている。「奉天から公主嶺に転任するのか？」

「ここに残ります。軍籍も変わりません。奉天駐屯地の憲兵隊附になっただけです。宿舎は変わりますが」

「昇進したのかね？」

「中尉になりました」

「三郎」

「はい」

「たまにはここに顔を出せ」

「時間ができたら伺います。明満くんの成長ぶりも見たいですし」

八時過ぎに隣家の堂本誠二から電話が掛かって来て、閑だったら遊びに来ないかと誘われた。大連から出張して来た満鉄の後輩と家で飲んでるのだという。太郎は縕袍姿でもかまわないかと訊いた。もちろんだ、ただ一緒に飲むだけなんだから。誠二はそう答えた。太郎はそのまま隣家に向かった。ふたりの子供は二階に上げられたらしい、居間では誠二と三十前後の男と妻の安江《やすえ》の三人だけが長椅子に腰を落としている。紹介されて背広姿のその男が名刺を差しだした。それには南満州鉄道興業部農務課主任・別府《べっぷ》泰作《たいさく》と印刷されていた。誠二がスコッチ・ウィスキーを勧めながら言った。

「別府くんはね、博多出身なんだよ。わたしの二年後輩でね、九州帝大を出て満鉄にはいって来た」

安江が台所から酒肴《しゆこう》のチーズを運んで来た。

泰作が硝子《ガラス》コップを弄《もてあそ》びながら声を向けて来た。

「どう思われます、石原莞爾中佐の北満参謀旅行の報告を？」

「関東軍満蒙領有計画のことですか？」

「そうです、あれにたいする奉天総領事館の見解を聞いておきたいんですけどね」

太郎はあの報告によって石原参謀の従来の方針がとくに変わったとは思わなかった。ただ顕著になったのはふたつだ。まず、長春またはハルビンに総督府をおき、大・中将を総督とする軍政を布く。次に、日本人は大企業の経営および知能を用うる事業に、鮮人は水田の開拓に、支那《し》人は小商業労働に、おのおのその能力を発揮し共存共栄の実を挙ぐべし。太郎は琥珀《こはく》の液を舐めて言った。

「あの領有計画がうまくいくかどうかは、他の列強の思惑しだいでしょう」

「領有なんて無理ですよ、米英が認めるわけがない」

「五族協和の独立国家樹立でないと？」

「それ以外に方法はないでしょう」

「独立国家樹立論はかたちを変えた満蒙領有論だと言う連中もいますよ」

「だれがそんなことを？」

脳裏にあったのはもちろん満州日報奉天支局の記者・寄居雄児《よりいゆうじ》の言葉だったが、太郎はそれは口にしなかった。褞袍の袖《そで》から煙草を取りだしながら話題を変えた。

「あなたも満州青年連盟に？」

「もちろん属してます」

「満鉄の若手のほとんどが連盟に？」

「そういうわけでもありません。満鉄東亜経済調査局のなかにべつの動きもあります。笠木良明《かさぎよしあき》という人物が中心なんですがね、大アジア主義に基いて五族協和の王道楽土を建設すべきだと唱えてるんです。国家の目的は理法を体現するところにあると主張してます。理法とは仏法、法華経《ほけきよう》を基礎とした仏法のことらしいんですが、関東軍の将校のなかには共鳴者も多い。満州の在留邦人の支持も集めはじめてる。奉天で弁護士を開業してる中野琥逸《なかのこいつ》という人物も笠木良明とともにその動きに加わってます」

太郎は銜えている煙草に火を点けて誠二を眺めやった。その表情には好奇の色は微《み》塵《じん》も滲《にじ》み出ていない。誠二にとっては聞き慣れたことなのだろう。もしかしたら、中野琥逸という弁護士とも面識があるのかも知れない。太郎は煙草のけむりを大きく吸い込んだ。

「満州青年連盟はべつに宗教色はありません。日蓮《にちれん》宗にも興味はない。しかし、五族協和の王道楽土建設という最終目標は同じなんで、笠木良明を中心とするその動きと連動できると思ってます」

「具体的にはいま何を？」

「思案中としか答えようがありません」泰作はそう言ってコップを弄びながら脚を組み替えた。「ところで、敷島さん、もうお逢いになりました？」

「だれに？」

「甘粕《あまかす》さんに」

「まだです」

「わたしもまだ逢ってないんですよ、同じ満鉄にいるというのにね」

関東大震災のどさくさのなかで無政府主義者・大杉栄と伊藤野枝を絞殺し、わずか六歳の橘宗一まで殺害したと噂《うわさ》される元憲兵大尉・甘粕正彦《まさひこ》は第一師団軍法会議で懲役十年の判決を受けたが、三年後には釈放された。その後フランスに渡る。熱《ほとぼり》を冷ますためだったろうが、渡航先にフランスが選ばれた理由はどの新聞も明らかにしていない。いずれにせよ、去年の七月に満州に現われ、秋には妻と一緒にもう一度渡満して来て奉天に居をかまえた。現在の肩書は満鉄東亜経済調査局奉天主任だった。

何しろさまざまな噂に包まれた人物なのだ、奉天総領事館では甘粕正彦についての情報を集めている。だが、その実像は摑みかねていた。まず大杉栄殺しは俗にいう主義者への個人的な憎悪《ぞうお》に駆られてのことだったのか、それとも極秘裡に軍部の指令を受けてのことだったのか？　これについてはいくら公判記録を読んでもはっきりとしない。甘粕正彦は橘宗一だけは絶対にこの手では殺していないと言い張るだけで、あとは黙秘に近い状態で判決を受けているのだ。奉天総領事館は結局、大杉栄たち三人の殺害に関しては判断を下せないでいる。

ただ服役中に甘粕正彦にたいする義捐金《ぎえんきん》があちこちから集められている。醵金者《きよきん》のなかに永田鉄山《ながたてつざん》や東條英機《とうじようひでき》といった現在の一夕会《いつせきかい》の重鎮の名まえがあった。そして、甘粕正彦は多額の借金を負っていた。それは関東大震災の直後に負ったもので、管轄《かんかつ》内の罹災《りさい》民救助や家を失った部下たちの当座の費用に充《あ》てられていたのだった。義捐金の一部はその返済に充てられている。

釈放されて渡仏するが、その日々は悲惨なものだったという証言者も多い。パリやオルレアンでの暮しは鬱々《うつうつ》として愉《たの》しんでいない。ベルリンの国際無政府主義者大会出席のために日本を脱出しパリに渡った大杉栄とは対照的だった。戯《たわむ》れに賭博《とばく》に手を出したとは聞いている。しかし、高級娼婦《しょうふ》たるムーランルージュの踊り子を追いまわした大杉栄とはちがう。娼婦と遊ぶようなこともなかったのだ。ヨーロッパが肌に合わなかったのだろう。自由・平等・博愛などという言葉は日本から駆逐しなければならない。甘粕正彦は帰国後にそう洩らしたらしい。

その甘粕正彦が満鉄東亜経済調査局主任として奉天で暮しはじめた。それが何を意味するのか太郎は判断できなかった。甘粕正彦は出獄直後に東京朝日新聞の記者にこう語っているのだ。満州みたいな誇大妄想狂の集まっているところなんかに行きたくない。しかし、フランスから帰ったあとは大川周明《おおかわしゅうめい》が理事長を務める東亜経済調査局には頻繁に足を運んでいるのだ。渡満して来たのは高級参謀・板垣征四郎《いたがきせいしろう》の意が働いているという噂もあったが、それもはっきりしない。いずれにせよ、あの甘粕正彦が満鉄から俸給を受け取りながら奉天に居をかまえていた。

「甘粕さんが満州で何をやるのかわからないけど、満州が新時代を迎えるための準備は着々と進んでます」泰作は相変わらず硝子コップを弄びつづけている。「片倉衷大《かたくらただし》尉の名まえは聞いたことがあるでしょう、ずば抜けた処理能力を持つと噂されるあの少壮将校が参謀見習として関東軍に赴任して来ます」

「石原参謀に心酔してると聞きましたが」

「だと思います。石原参謀は頭が良すぎて、上官だろうと何だろうと、反応の鈍い相手を面罵《めんば》するようなところがある。教祖的要素の強い人間にはありがちな傾向なんでしょうけどね。そのために疎《うと》まれることが何度もあったと聞いてます。片倉大尉はそれを補佐しますよ。いずれにせよ、石原参謀はふたつの駒《こま》を手に入れた。まえから関東軍には石原参謀の言うことなら何でも従う直情型の花谷正少佐《はなやただし》がいますからね。胆力の板垣、知謀の石原、直情の花谷、処理の片倉。関東軍はすべての役者が揃った。あとは待つだけです」

「何を？」

「何かをですよ」

「どういう意味です？」

「わたしはね、今度の恐慌《きょうこう》はこれまでの金融恐慌の比じゃないと思ってる。ウォール街の株式市場の大暴落なんですからね、これはアメリカだけじゃ収まらない。世界大恐慌に発展せざるをえないと思ってます。日本も酷《ひど》いことになりますよ。たぶん、農村じゃ娘の身売り程度じゃ済まなくなる。そのとき、満蒙を求める声がこれまでとは比較にならないほど大きくなると思う。関東軍がそれに応えなきゃ、政府は国内世論を抑えきれなくなっていく」

「で、何かとは？」

「それが何だかはわからないけど、何かをね」

太郎は煙草の灰を灰皿のなかにはたき落とした。

泰作がコップのウィスキーを飲み干してつづけた。

「石原参謀は何かの機を捉《とら》えて一気に満蒙領有に持っていこうとするでしょう。満州青年連盟は何とかそれを阻止しなきゃならない。満蒙領有なんて国際世論が赦《ゆる》すわけがないんですから。五族協和の独立国家樹立しか方法はありません」

2

長白山《ちょうはくさん》のなだらかな山裾《やますそ》は雪で真っ白に蔽《おお》われている。彼方《かなた》に見える頂《いただき》の向こうは日本領となった朝鮮なのだ。樹氷となった樹々《きぎ》の梢《こずえ》が午後一時の陽光をきらきらと跳ねかえした。三月ももう半ばだというのに、寒さは一向に衰えそうもない。

敷島次郎《じろう》は辛雨広《しんうこう》とともに馬を進めつづけた。

前方を猪八戒《ちよはつかい》が走っている。

次郎は辛東孫《とうそん》に頼まれた金銭《かね》をその息子の雨広に渡してからも通化を離れなかった。東孫の鞍囊《あんのう》のなかには六千六百三十円の金銭がはいっていた。横浜正金銀行券で四千三百円、朝鮮銀行券で二千三百三十円。この額は帝国陸軍給与令で定められた大将の一年ぶんの俸給よりわずかに多いが、青龍《せいりゆう》同盟の搬舵《パントウ》として七年近く働いた結果がこれなのだ。次郎はその札束を雨広に渡してからも、通化の中央を流れる渾江《こんこう》の畔《ほとり》にある水宮旅荘《すいきゆうりよそう》に滞在しつづけた。そこは海鳥幇《かいちようパン》の老大《ラオター》・吉林お静《しず》が宿泊していたところだった。

　雨広がその水宮旅荘を訪ねて来たのは金銭を渡した三日後で、青龍同盟の配下にして欲しいと申し込んで来た。金銭のほとんどは育ててくれた大叔母に進呈したので市場の仕事はもう手伝わなくていい。じぶんも父親のように緑林の徒として生きていきたい。十七歳の雨広は思い詰めたような表情でそう言った。青龍同盟は消滅した。次郎はそう言って断わった。だが、雨広はしつこかった。何度も水宮旅荘に足を運んで来た。断わりつづけると、最後は拳銃《けんじゆう》の扱いかただけでもいいから教えてくれと言う。次郎は根負けして承諾するしかなかった。雨広はモーゼル拳銃と大馬《ターマー》を買い込んで来た。

それ以来、こうやってときどき通化を離れ、山のなかにはいる。日帰りのときもあるし、今度みたいに天幕を担《かつ》いで来ることもある。

猪八戒がふいに脚を速めた。

大地の雪は寒さに引き締まっている。

軍用犬シェパードはそのうえを飛ぶように動いた。

次郎は風神《ふうじん》の腹を蹴《け》って雨広に怒鳴るように言った。

「追え、逃がすな！」

傍らを雨広の馬が抜いていった。

それを追って樹々のなかにはいり込んだ。

雨広の馬の速度が弱まった。

銃声が響いたのはその直後だった。

次郎は手綱を引き風神の脚を緩めさせた。

樹氷のあいだに真っ赤な斑点《はんてん》が見えた。猪八戒が白い毛に蔽われた肉塊を咥《くわ》えあげた。野兎《のうさぎ》のその毛並みは腰の部分が赤く穢《よご》れていた。

「やりましたよ、青龍攬把《らんば》、おれはとうとうやった！」モーゼル拳銃を握りしめた雨広の声は弾みきっていた。「走ってる野兎を仕留めたんだ、馬に乗ったまま！」

次郎は苦笑いするしかなかった。攬把と呼ぶのはやめろ、もう組織なんか率いてない。何度そう注意しても、雨広はこの言葉を使う。もう好きなように呼ばせるしかない。次郎は野兎を咥えてこっちに戻って来る猪八戒を眺めながら雨広に言った。

「みごとなもんだよ。馬に揺られながらあんなちっちゃな動く標的を仕留めるなんて、何年馬賊をやっててもめったにできるもんじゃない」

「けど、まぐれかも知れない」

「もしかしたら、おまえには才能があるのかも知れん、銃のな」

「ほ、ほんとうですか？」

「そういうふうに考えりゃ、励みになるだろう」次郎はそう言って右の手綱だけを引いた。「そろそろ通化に引きあげるぞ。二日も天幕暮しをしたんだ、炕《カン》の効いた部屋で眠りたい」

通化の町に着いたのは夜八時過ぎだった。青い月影が渾江の冥《くら》い水面に浮かんでいる。次郎はその畔で辛雨広と別れた。水宮旅荘の玄関まえの柵《さく》に風神を繋《つな》ぎ、猪八戒とともになかにはいった。

水宮旅荘には餐庁《さんちょう》は設けられていない。ここは寝るためだけの宿だった。だが、部屋のなかの炕は汗ばむほど効いている。

次郎は部屋にはいって大掛児《ターコオル》を脱ぎ、寝床台に横たわった。猪八戒がそのそばに寝そべった。芯《しん》から冷えきっていた体がしだいしだいに暖まって来る。次郎は煙草《たばこ》を取りだして火を点《つ》けた。

二年前の夏、間島《かんとう》地方で大豆畑を焼いて以来、収入はまったくない。懐《ふところ》がだんだん淋《さび》しくなって来ている。だが、青龍同盟は消滅したのだ。そろそろ糊口《ここう》を凌《しの》ぐ方法を考えなきゃならない。

次郎は煙草を喫《す》い終えて、ふたたび大掛児を羽織り、猪八戒とともに部屋を出た。

通化の目抜き通り・東昌路にはあらゆる店が犇《ひし》め《》き合うように建ち並んでいる。料亭。妓楼《ぎろう》。薬局。雑貨。銭荘。浴池。剪髪《せんぱつ》。八卦《はっけ》。煙館。その種類と量は敦化《とんか》や延吉《えんきつ》の比じゃない。通化は木材や石炭の集積地なのだ。日本人もしょっちゅう押し掛けて来る。次郎はその東昌路のなかほどに位置する小料理屋・真砂《まさご》に猪八戒とともに足を踏み入れた。

ここは松江出身の姉妹が経営している。姉が二十九歳の成瀬《なるせ》初子《はつこ》。妹が二十六歳の梅子《うめこ》。二年まえに満州に渡って来たが、北京語はまだ喋《しゃべ》れない。その必要もいまはなかった。集まって来る客は日本人ばかりなのだ。仕入れも日本人業者から行なっている。

次郎が晩飯をここで摂《と》るようになったのは、べつに和食が恋しいからというわけじゃない。顔を合わせて三度目に初子と体の関係ができたからだった。姉妹とも最初は次郎の隻眼《せきがん》を気味悪がったようだった。しかし、吉林お静のことで話が弾み、すぐに打ちとけた。三度目にここを訪れたとき、初子が梅子に店を委《まか》せ、水宮旅荘の部屋について来た。それからは三日か四日に一度、閉店後に来るようになった。初子には妙な癖がある。営みのあと、だらりとなったこっちの陰茎をぐいと引っ張りながらかならず言うのだ。こいつが憎らしいんだよね、こいつが！　あたしはこいつのために満州くんだりまで流れて来ちまったんだものね！　次郎はそれについて具体的なことは耳にしてなかったし、訊《き》く気もない。

小料理屋・真砂はカウンターと四畳半の小あがりがあるだけの小さな店で、ふだんはたいてい小あがりで通化に住む日本人が鍋《なべ》を囲んでいる。だが、今夜はカウンターにひとりいるだけだった。延吉の樋口写真館の弟・吉三郎《きちさぶろう》がひとりで猪口《ちょこ》を傾けている。

次郎は会釈《えしやく》してその傍らに腰を落とし、初子に言った。

「猪八戒に何か食わせてやってくれ」

「鶏の臓物があるけど」

「それでいい。煮込んで飯のうえにぶっかけて出してやってくれ」

初子が頷《うなず》いて厨房《ちゆうぼう》に向かった。

梅子が猪口を差しだしながら言った。

「燗《かん》は人肌？」

「熱燗にしてもらうよ、今夜はな」次郎はそう言って猪口を受け取った。「料理は適当に見繕ってくれ。最後は茶づけを頼む」

吉三郎が無言のままじぶんの徳利の口をこっちに差し向けて来た。延吉の貞次郎《さだじろう》より三つか四つ齢下《としした》のこの写真師が葉文光《ようぶんこう》の龍袍《ロンパオ》姿を撮影したのだ。次郎はどうもと頭を下げてその酒を受けた。吉三郎がごほごほっと咳《せき》をして言った。

「一カ月ほどまえからだよ、ここに来るようになったのはね。何ともやりきれなくてな」

「繁盛《はんじよう》してるみたいじゃないですか、通化の樋口写真館も」

「商売はね」

「他に何がやりきれないんです？」

「何となく体調が悪くてね、何をやるにせよ、どうにも気合いがいまひとつはいらん」吉三郎がそう言って、またごほごほっと咳をした。「こうやってすぐに咳が出るんだよ。たぶん、結核だと思う」

「診せたんですか、医者に？」

「通化にはろくな医者はおらんよ」

「大連か奉天には？」

「女房も倅《せがれ》どももそんなことは望んでおらん。入院なんてことになりゃべらぼうな金銭が掛かる。そのままくたばればただの無駄だ。あんたみたいに大陸浪人まがいのことをやってりゃべつだが、満州で根を下ろそうとしてる日本人は子孫の繁栄をまず考えなきゃならんのだよ。そのためには財政的な基礎をがっちりと固めとかなきゃならん。満州の状況がどうなろうと、それに対応できる基盤をね。要するに、金銭を貯《た》め込まなきゃならんのだよ。体調不良を理由に奉天や大連に出向いて入院するわけにもいかん」

二合徳利と牛筋の煮込みがカウンター越しに差し出された。

次郎は徳利の口を吉三郎に向けた。

「勧めないでくれ、わしは手酌で飲《や》る。心配なんだよ、飲み過ぎがな」吉三郎がそう言ってじぶんの徳利を引き寄せた。「ところで、読んだかね、昨日の満州日報？」

「いいえ」

「蔣介石の国民革命軍に馳《は》せ参じた山西派の閻錫山がいよいよ立ちあがるらしい。近々、中華民国陸海空軍総司令に就任すると言ってる。それに西北系軍の馮玉祥と広西派の李宗仁が合流する。支那《しな》じゃまた支那人同士の殺しあいがはじまるんだ。満州の未来はますます明るくなった」

「それで？」

「国民党は関東軍の動きにはしばらく何の手も出せん」吉三郎はそう言って猪口に唇をつけた。だが、日本酒を啜《すす》りはしなかった。「葉文光はそこのところが視《み》えてたんだろうな、だから龍袍を着て、わしに写真を撮らせた」

「関東軍にたいする猟官運動の一環として？」

「張学良が易幟《えきし》しても、結局は満蒙《まんもう》は日本に領有される。それなら、関東軍に協力してかわいがられたほうがいい。そういう計算が働いたんだよ。葉文光は龍袍姿の写真を関東軍に見せ、満蒙領有のために積極的に利用してもらいたがってるんだろう」

「樋口さん」

「何だね？」

「葉文光はまた通化を訪れるような話をしてましたか、撮影に来たとき？」

「そんなことは一言も口にしなかった。しかし、葉文光の配下のひとりがいま通化に来てる」

「何というやつです、それ？」

「名まえは確か時大格《じたいかく》」

次郎は手にしていた猪口をゆっくりとカウンターのうえに置いた。敦化の雲華庭《うんかてい》で副糧台《ふくりょうだい》の謝小二《しゃしょうじ》を射殺し、馬白承《ばはくしょう》と組み、青龍同盟の抹殺工作に動いた男がいま通化に来ている。全身が粟立《あわだ》って来るような気がした。次郎はその興奮を抑えながら言った。

「何しに来たんです、その時大格という男は？」

「わからん。しかし」

「何です？」

「張作霖が爆殺されてから、東三省の巡警部隊はもう何の力も持ってはおらん。緑林の徒を取り締まる気力さえない。時大格は葉文光の命を受けて、巡警部隊に代わる組織を作りに来たんだと思う」

「通化のどこに泊まってます、時大格は？」

「通化大賓館だよ。吉林お静が葉文光を殺しに飛び込んだ、あそこ」

そのとき、初子がアルマイトの深皿に猪八戒の餌《えさ》を盛って厨房から出て来た。

次郎は徳利と猪口を眼のまえから押しのけるようにして言った。

「勘定をしてくれ。猪八戒が餌を食い終えたら出掛ける」

「まだ飲みはじめたばかりじゃないのよ」

「野暮用ができた」

「どんな？」

「女が知る必要のないことだ」

「ねえ、次郎さん」

「何だね？」

「殺すよ、あんたを。もし通化であたし以外の女ができたのなら」

次郎は真砂を出ると、いったん水宮旅荘に戻った。これまでの宿泊料の支払いをすべて終えた。玄関まえの柵から風神の手綱を解き、それに乗った。猪八戒とともに渾江沿いをゆっくりと進んだ。相変わらず青い月影が冥い水面に浮かんでいる。前方に玉皇山大橋《ぎょくこうざん》が見えた。辛雨広はそこから一支里先の四合院に大叔母とともに住んでいる。四合院は満州に多く見られる住居で、院子《いんし》と呼ばれる中庭を取り囲む四棟が単位となっていた。時刻はそろそろ十時になろうとしている。この寒さなのだ、人影はまったくない。次郎はその四合院のまえで馬を降りた。

手綱を曳《ひ》いて院子のなかに進んだ。この四合院は建てられてもう百年近くが経《た》っているだろう。傷《いた》みが激しく、月光に照らされる屋根瓦《がわら》はいまにも崩れ落ちそうだった。通化に来たとき、ここで東孫から頼まれた金銭を雨広に渡したのだ。院子に新たに作られた柵に繋がれた雨広の馬がこっちの気配に嘶《いなな》いた。

雨広がその直後に扉を開けて飛びだして来た。右手にモーゼル拳銃を握りしめている。まだ眠ってはいなかったのだ。こっちを見た。雨広がモーゼルを腰の拳銃嚢に収めながら言った。

「どうしたんです、青龍攬把、何かあったんですか？」

「頼みたいことがある」

「何です？」

「ここじゃ話せん」

雨広が無言のまま柵から馬を離し、その手綱を曳いた。次郎は院子から出た。四合院を抜けて馬に跨《また》がった。雨広も鐙《あぶみ》に足を掛けた。猪八戒が渾江に向かって歩きだした。ふたりでそれを追った。渾江から吹きつける夜風が頰を刺す。雨広が痺《しび》れを切らしたように言った。

「何なんです、頼みたいことって？」

「通化大賓館に時大格という男が泊まってる。そいつを大賓館の門の外まで呼びだして欲しい。吉林省巡警部隊通化警処の人間が逢《あ》いたがってると伝えろ。そうしたら、時大格はかならず出て来る」

「何なんです、そいつは？」

「緑林の徒だよ」

「で？」

「私怨《しえん》がある、おれには」

「どんな私怨です？」

「雨広」

「はい」

「それを説明しなきゃ、おれの頼みは聞けないか？」

「そ、そんなことはありません」

「なら、黙っておれの言うとおりにしてくれ」

雨広が低い声でわかりましたと答えた。十七歳のこの若者には父親の東孫がどういう経緯で死んだかはきちんと説明していない。その必要はないと思ったからだ。緑林の徒同士の争いで戦死したとだけ伝え、臨終寸前に頼まれたと言って金銭を渡したのだ。雨広はそれ以上質問しようとしなかった。

玉皇山大橋のそばをふたりで通り過ぎた。

彼方《かなた》に赤い洋灯《ランプ》がぼんやりと滲《にじ》んでいるのが見えた。

あれが通化大賓館なのだ。吉林お静はあそこに飛び込み、捕えられて素っ裸にされ、切り刻まれた肉を向かいの渾江の流れのなかにばら撒《ま》かれた。その現場が近づいて来る。

次郎はその門柱のまえで風神を降り、そばに設けられている柵に手綱を結わえつけた。雨広も無言のままそれに従った。門柱に据えつけられた通化大賓館と記された洋灯が、その不安そうな表情を照らしだしている。門扉《もんぴ》は開け放たれていた。奥から胡《こ》弓《きゅう》の音色が聴こえて来ている。宴が行われているのかも知れない。次郎は大掛児の内側の肩窄児《チエンチアル》の衣嚢から煙草を取りだしながら言った。

「呼んで来てくれ、時大格を」

雨広が黙って背を向け、胡弓の音色に向かって歩きだした。

次郎は煙草を銜《くわ》えて、それに火を点けた。

四度目のけむりを吐きだしたとき、門柱の向こうにふたつの人影が現われた。雨広と肩を並べて大格がゆっくりと歩いて来た。

次郎は銜えている煙草をぺっと吐き棄《す》てた。

ふたつの影がさらにこっちに近づいた。

次郎は大掛児の内側から刀子を引き抜いた。

大格が通化大賓館の門から踏みだして来た。

次郎はぴっと口笛を吹いた。

それとともに猪八戒が大地を蹴《け》った。その肉塊が飛んだ。軍用シェパードが大格に襲い掛かった。肩口を咬《か》んだまま大掛児の影と重なりあって大地に転がった。

次郎はそのそばに駆け寄った。猪八戒は大格の肩から牙《きば》を離そうとはしなかった。鈍い唸《うな》り声は地を這《は》うようだった。次郎は右膝《ひざ》を大地について刀子を大格の首筋に宛《あてが》い、もう一度ぴっと口笛を吹いた。

猪八戒の牙がようやく肩口から離れた。

大格はぽっかり口を開けてこっちを見あげている。

次郎は低い声で言った。

「忘れたとは言わさんぞ、このおれを」

洋灯に照らされた大格の眼はようやく事情を察したようだった。

次郎はわずかに声を強めた。

「葉文光はいまどこだ？」

「長春」

「馬白承は？」

「知らない。しかし」

「何だ？」

「五月の末には敦化に行くと言ってた」

「何のために？」

「敦化の娼妓《しょうぎ》が忘れられないらしい」

次郎は静かに下唇を舐《な》めた。刀子を握る手に力を込めたのはその直後だ。切先をぐいと突き刺した。刃に抵抗はほとんど感じなかった。喉《のど》からしぶきがあがった。生暖かいものがこっちの頬を濡《ぬ》らした。大格の体が小刻みに痙攣《けいれん》したが、それも長くはなかった。洋灯の光に照らされて、大地の白い雪のうえに拡《ひろ》がった血液が真っ赤に映えている。次郎は刀子を握りしめたまま立ちあがり、首を右にまわした。

通化大賓館からは相変わらず胡弓の音が聴こえて来ている。

門柱のそばには雨広が立っていた。洋灯はその表情を照らしてはいない。しかし、雨広が呆然《ぼうぜん》としているのは手に取るようにわかった。

「行くぞ、雨広、馬に乗れ！」

だが、雨広はすぐには動こうとしなかった。

次郎は怒鳴りつけるように言った。

「ぐずぐずするな、さっさと馬に乗れ！」

「ど、どこに行くんです、馬で？」

「どこでもいい。面倒に巻き込まれたいのか？　とにかく、ここから離れるぞ！」

玉皇山大橋のそばを駆け抜けたところで次郎は風神の脚を緩めた。雨広が轡《くつわ》を並べた。そのまま渾江沿いを進み、雨広の住む四合院近くまで来て次郎は言った。

「これで別れだ」

「何ですって？」

「おまえは家に帰れ」

「どこへ行くんです、青龍攬把は？」

「わからん」

「顔が血まみれですよ」

「どこかで洗い落とす」

「おれは家には帰らない」

「どうするつもりだ？」

「どこまでも青龍攬把と一緒についていく」

「馬鹿《ばか》げたことを」

「とにかく、四合院で血を落としてください。おれが湯を沸かす」

「腰を抜かすよ、おまえの大叔母はおれのこんな顔を見たらな」

「隣りの棟が空いてるんです。一家で大連に出稼ぎに行ってる。おれはそこの鍵《かぎ》を預ってるんです。そこなら大叔母と顔を合わすこともない」

頬をべっとりと濡らしている時大格の血液は雪で擦《こす》ったところできれいに落ちるはずもないのだ、次郎はその提案を受け入れることにした。雨広の住む四合院に向かった。院子の柵にふたりとも馬を繋いだ。雨広が衣嚢から鍵を取りだして隣りの棟の扉を開けた。次郎は猪八戒とともにそのなかに足を踏み入れた。雨広が壁に掛けられた洋灯に火を点けた。なかがぼんやりと明るくなった。頬がやけにぱりぱりとする。次郎はそこを右手で撫《な》でてみた。大格の血が固りはじめている。

雨広が土間に置かれている甕《かめ》から盥《たらい》に水を汲《く》み、それを竈《かまど》のうえに置いた。そばに積み重ねられている高粱《コーリヤン》の枯葉を竈口に押し込み、燐寸《マッチ》で火を点けた。竈からのけむりは床下を這い炕となって部屋を暖めるのだ。雨広が竈のそばを離れながら言った。

「すぐに湯が沸きますから」

次郎は頷きながら壁際《かべぎわ》に置かれている木箱のうえに腰を落とした。

雨広が腕組みをしながらまた口を開いた。

「どうして殺したんです、時大格というあの男を？」

「私怨だと言ったろ」

「そんな説明じゃ済みませんよ。おれは人殺しの手伝いをさせられたんですからね」

次郎はその眼をじっと見た。大格を殺した直後のあの動揺《たじろ》ぎは微塵《みじん》も感じられない。この妙な落ちつきは十七歳とはとても思えなかった。大叔母に育てられたというが、実際には年端《としは》も行かないころから自活に近い暮しを強いられて来たせいだろう。もう隠し通せそうにはなかった。次郎は東孫が殺されたときの事情を説明しはじめた。

雨広がそれを聞き終えて言った。

「だったら、時大格はおれの私仇であり家仇だったということですね?」

次郎は無言のまま頷いた。

雨広が言葉を選ぶようにしてつづけた。

「おれは親父《おやじ》の顔を憶《おぼ》えていない。大叔母に言わせれば、三歳か四歳のころまではときどき逢いに来てくれたそうだけど、おれには記憶がないんです。だから、親父が戦死したと言われても、ぴんとは来なかった。けど、血が繋がってることは確かだ。つまり、時大格も馬白承も葉文光もおれの私仇です。家仇です。生かしておけば、辛家の恥になる」

「どうするつもりだ?」

「殺します」

「雨広」

「はい」

「理由が何であれ、人殺しがどういうことか、わかってるか?」

「わかりません。けど、殺さなきゃならない。それが親父を殺された人間の義務です。もし知っていれば、時大格もこの手で殺した」

「無理だ」

「何がです？」

「おれは十八のときに人を殺しかけた。しかし、もしほんとうに殺してしまったとしても、それはただの弾みだった。殺そうと思って殺すのとはわけがちがう」

「けど、おれは殺《や》る」

「具体的にはどうやって？」

「青龍攬把も馬白承と葉文光を殺すつもりなんでしょう？」

「それがどうした？」

「おれは青龍攬把にどこまでもくっついていきます。私仇なんです、家仇なんです、馬白承と葉文光のどちらかはこのおれに殺させてください。まえにも言ったでしょう、市場で野菜を売るなんて飽き飽きした。あんなもの、男の仕事じゃない。おれは緑林の徒となります、馬賊として生きる。親父がどうだったか知らないけど、お願いします、このおれを鍛えてください」

3

きょうは東亜同文書院の授業はない。日曜日なのだ。敷島四郎は寄宿舎に晩飯は不要だと言い残してイギリス管轄区《かんかつく》に向かった。静かに吹き抜ける五月の風が心地いい。ユダヤ人墓地のそばで洋車《ヤンチョ》を拾った。イギリス管轄区に特別な用があるわけじゃない。久しぶりに洋食を食いたくなっただけのことだ。気晴らしを兼ねている。貧民窟《くつ》の奥の観夢亭で逢《あ》って以来、あの間垣徳蔵からは何の連絡もない。しかし、特高刑事・奥山貞雄に斡旋《あっせん》させてじぶんを上海に呼び寄せたのは額から頬にかけて刃傷の刻まれた特務機関のあの男なのだ。今後何を要求されるのかは見当もつかなかった。徳蔵に引き合わせた満鉄からの派遣学生・綿貫昭之とは、あれから挨拶《あいさつ》以外には口を利《き》いていない。たがいに態度が余所余所《よそよそ》しいのがわかる。あえてそれを正す気にはなれなかった。最初から徳蔵の意を受けて接近して来たのだ、そんな昭之の機嫌をどうして取る必要があるだろう？　とにかく、四郎はその後雑念を追い払うように北京語や支那《しな》の近代史にたいする勉学に勤《いそ》しんだ。いまでは喋《しゃべ》るのにも読むのにもまったく支障がない。

だが、夜だけはちがった。相変わらず真沙子の幻影が勝手に脳裏を浸す。あの眼。あの肌。あの肢体。あの吐息。何もかもがくっきりと焼きつき、頭のなかから離れはしない。どういうわけだか、二週間まえから同室の佐伯達也が消えた。いまは部屋にはじぶんしかいないのだ。四郎は夜毎《よごと》真沙子の幻影を想《おも》い浮かべながら自慰に耽《ふけ》る。霊南坂に宛《あ》てて何度も手紙を書こうと思ったが、それに耐え得たのはまだかろうじて残っている矜持《きょうじ》のせいだろう。

四郎は共同租界の虹口《ホンキユウ》の外虹橋のそばで洋車を降りた。ここから歩いてイギリス管轄区に向かうのが好きなのだ。黄浦江に日本の軍艦・出雲《いずも》が係留されているのが見える。四郎は百老匯路《ブロードウェイ》をぶらぶらと歩きつづけた。蘇州河を渡り外灘《ワイタン》にはいった。時刻は午後五時になろうとしている。四郎はサッスーン・ハウスのそばを通り過ぎた。

去年竣工《しゅんこう》したこの十一階建ての摩天楼は上海の不動産業を支配するユダヤ系のサッスーン財閥の所有物で、五階から十階までがキャセイ・ホテルとして使われている。最上階は財閥の総帥《そうすい》ビクター・サッスーンが自宅として使っているらしい。

四郎はこの摩天楼を眼にするたびに複雑な思いがするのだ。じぶんは無政府主義に傾倒して来た。財閥が政府と組んで労働者から汗を搾《しぼ》り取っているという認識は緩んでないつもりだ。にも拘《かか》わらず、財閥が搾取《さくしゅ》によって造りあげたこの摩天楼に顫《ふる》えるような美を感じるのはなぜなのだろう？　四郎はこの自問に答えることができない。

黄浦江の川風が静かに頰を撫《な》でる。

まだ陽が高いのだ、酔客の姿は見えない。だが、イギリス管轄区には買物客たちが溢《あふ》れかえっている。支那の混乱はここでは無縁のことらしい。

中華民国陸海空軍総司令に就任した閻錫山は反蔣介石派の将領として馮玉祥や李宗仁とともに戦闘を開始した。上海の地元紙はこれを中原大戦と称している。黄河の中流や下流域は中原と呼ばれ、そこで戦闘が行われているからだ。蔣介石軍は五十万、反蔣軍は七十万。国民革命軍のなかは真っぷたつに分かれていた。

勝敗の帰趨《きすう》は現在のところ厳正中立の立場を採っている張学良の東北辺防軍がどう動くかに懸かっていると上海の地元紙は書いている。それにしても四郎にはこの中原大戦を他人事のように報じる支那人の神経が解《げ》せない。国民党を中心とする国民政府は首都を南京に置き、南京に近いこの上海を蔣介石は財政的な基盤としている。だが、ここに住んでいる支那人たちの反応は実に冷静だった。蔣介石軍の勝利を望む声は東亜同文書院にも聞こえて来ない。

これが孫文の遺志を受け継いだ国民党の訓政の実態なのかも知れない。四郎はぼんやりとそう思う。建国の過程では国民党が一貫して褓母《ほぼ》の役割を任じなければならいと訓政綱領には書いてある。つまり、訓政は三民主義による憲政のための前段階なのだ。四郎は訓政綱領にこう書かれていたことを憶《おも》い出す。

国民革命によって産み出された中華民国の人民は政治的知識と経験において幼稚であり、その程度は実に生まれたばかりの嬰児《えいじ》に等しい。中国国民党はこの嬰児を産んだ母であり、すでに産んだからには、これを保養し教育することによって革命の責任を果たさなければならない。

つまり、国民政府は国民に何の期待もしていないのだ。四郎は考える。日本も明治維新のころはこうだったのだろうか？　いずれにせよ、上海の支那人たちが中原大戦に無関心だということに変わりはない。

邦字紙は先月の二十二日に浜口雄幸内閣が締結したロンドン海軍軍縮会議の条約について軍中央と揉《も》めはじめたと報じている。軍令部は海軍省の決定を統帥権の干犯だと騒いでいるのだという。日本の未来がどうなっていくのかはさっぱりわからない。

四郎は外灘の黄浦灘路から四馬路へと足を運んだ。まだそれほど腹は減っていない。内山書店に立ち寄って陽が翳《かげ》るのを待つつもりだった。四馬路はいわばイギリス管轄区のみならず共同租界全体の目抜き通りなのだ、支那人が洋車を曳《ひ》き、着飾ったヨーロッパ人が闊歩《かっぽ》する。銀行や商社のビルの玄関口にはターバンを巻いたインド人が門衛として警護に当たっていた。内山書店に近づいたとき、四郎は背後から北京語で声を掛けられた。

「敷島さんじゃありません？」

振りかえると、太った女が立っていた。だれなのかはすぐにはわからなかった。四郎はじっとその表情を見た。憶いだした。そこにいるのは綿貫昭之が間垣徳蔵に引き合わせた観夢亭の女支配人グエン・チ・ティンだった。

「きょうは東亜同文書院の授業は休みですか？」チ・ティンはそう言ってから、ようやく気づいたような表情になった。「そう言えば、きょうは日曜日ですものね。あんなところに店を構えてると、曜日さえ忘れてしまう。困ったもんです」

「イギリス管轄区に来ることもあるんですね」

「珈琲豆《コーヒーまめ》を買いに来たんです。お酒のあと、飲みたがるお客もいますから」チ・ティンは笑いながら言った。最初に逢ったときは四十半ばだと思ったが、徳蔵が指摘したとおり肌の艶《つや》やかさが三十七歳という年齢を証明している。「きょうは観夢亭も休みなんです。月に二度店を閉めることになってる。もし時間がおありなら一緒に食事しません？　もちろん学生さんに奢《おご》らせやしませんよ」

四郎はチ・ティンとともに四馬路のマキシムというフランス・レストランで葡萄酒《ぶどうしゅ》を飲みながらコース料理を食い終えた。どの料理も艶やかな盛りつけで、どれも酷《こく》があり、経験したことのない味だった。仏領インドシナ出身のチ・ティンはフランス料理に慣れているのだろう、素材や調理法を教えてくれた。そして、ここの料理はたいしたことはないとつけ加えた。四郎は感心しながら聞くしかなかった。

「敷島さんはしょっちゅう遊びに来るんですか、四馬路に？」

「たまにです」

「ベルサイユというダンスホールがあるんですけどね」

「一度だけ覗《のぞ》いたことがあります」

「一緒につきあってくれません？　ずいぶん流行《はや》ってるらしいんです。あたしの商売の参考にしてみたい」

四郎は頷《うなず》いて立ちあがった。

ダンスホール・ベルサイユはマキシムから歩いて三、四分のところにある。明和洋行という日本人経営の商社ビルの一階にあり、入口は大理石造りだが、いかにも安っぽい印象を与える。

四郎はチ・ティンとともになかにはいった。寄宿舎の同室者・佐伯達也とまえに来たときと同じだ、ピアノのそばに五十過ぎのフランス女が立ちシャンソンを唄《うた》っている。時刻はまだ七時にもなっていない。客の姿はまばらだった。四郎はチ・ティンと店の右隅にあるテーブル席に着いた。

このベルサイユは四十人ばかりの女を抱えていると、まえに達也から聞いた。店は六時に開き、明けがた近くに閉まる。女たちの半分が日本人、残りが朝鮮人と支那人で、それが入れ替わり立ち替わりして接客に勤めるのだ。経営者は日本人だが、店には顔を出さなかった。

支那人の給仕が注文を取りに来た。

チ・ティンがブランデーをふたつ頼んだ。

女たちは席にやって来ようとはしない。女連れなので遠慮したのだろう。ブランデーが運ばれて来た。店内には切なそうなシャンソンの唄声が流れつづけている。

「静かねえ。これで儲《もう》かるのかしら？」

「もうすぐうるさくなりますよ」

「寝るの、女たちは客に求められたら？」

「そうだと聞いてます」

「敷島さんは？」

「ぼくは女性を金銭で買う気にはなれない」

ベルサイユが客で立て込みはじめたのはそれからほぼ三十分後だった。最初の一団は背広を着た日本人たちだ。商社の連中だろう。その次にイギリス海軍の制服を着た八人がやって来た。

四郎は煙草《たばこ》を取りだして火を点《つ》けた。

店のなかはあちこちで吐きだされる紫煙に、すべてがぼんやりと滲《にじ》んで見える。そのなかでもうすぐ体をぴったり寄せあったダンスがはじまるだろう。

煙草を喫《す》い終えたとき、十人近い日本人がはいって来た。軍服を纏《まと》い、軍刀をぶら下げていた。上海に駐留する海軍の陸戦隊の連中らしい。軍人たちが一番奥のテーブルを囲んだ。

四郎は低い声でチ・ティンに言った。

「出ませんか、そろそろ」

「どうして？」

「もうすぐごたごたしはじめます」

「どういう意味、それ？」

「女をめぐって日本とイギリスの軍人が揉《も》めます、こないだもそうだったし」

「どういうふうに揉めるんです？」

「ちょっとした小競《こぜ》りあいになると思う。拳銃《けんじゅう》をぶっ放すような事態にはなりませんけどね。怒鳴りあいにはなる」

「観《み》たいわ」

「え？」

「日本人がイギリス人を怒鳴りつけるところをこの眼で観てみたい」

「どうしてです？」

「いまは白人がのさばってるけど、いずれアジアはアジア人のものになる。間垣さんがそう言ってた。いつのことになるのか知らないけど、あたしはそうなって欲しい。だから、イギリス人が日本人に怒鳴られてどうするか観ておきたいんです」

「間垣さんはいまも観夢亭に？」

「あの人は一年に一遍ぐらいしか上海にはやって来ません。いまはずっと満州にいると思う」

海軍陸戦隊の日本軍人たちが軍靴《ぐんか》でがたがたと床を踏み鳴らし、手にしている軍刀を振ってがちゃがちゃと音を立てはじめたのは、ダンスホール・ベルサイユにはいってから十五、六分経《た》ってからだ。店の中央に設けられている広いフロアではイギリスの軍人たちが女の体を抱き締めるようにして踊っている。日本の軍人たちの席に女は五人しかついていない。陸戦隊のひとりが日本語で叫んだ。

「女が足りん、女が！」

ピアノの音とシャンソンの唄声が、これにぴたりと熄《や》んだ。

三十半ばの女が慌《あわただ》しくその席に向かった。年齢から察するに、ベルサイユの副支配人か何かをやっているのだろう。叫び声をあげた陸戦隊の軍人に向かって日本語で取りなすように言った。

「あと三十分もすれば女たちが押し掛けて来ますよ。まだ宵の口なんだし、もうしばらくお待ちくださいまし」

「ふざけるな」そう言って三十前後の男が立ちあがった。「金銭《かね》をふんだくるくせに、客を待たせるのか？」

「すぐにやって来ますって」

男はその女を相手にしようとはしなかった。席を外してフロアに向かった。その背後に四人の男がつづいた。ピアノの音と唄声が消えているのだ、海軍の制服を着たイギリス人たちはいまは踊るのをやめている。女たちもそのそばに突っ立ったままだ。五人の日本人が黙って女たちの手を摑《つか》んだ。

イギリス人たちが何か言った。四郎は聞き取れなかった。それに英語は読めても会話能力はないに等しい。しかし、想像はできる。おそらく、何をするつもりだと問い質《ただ》したにちがいなかった。

「おまえらはもう充分に愉《たの》しんだじゃねえか！」日本人のひとりが大声をあげた。「今度はおれたちの番なんだ、がたがた言わせねえぞ！」その声が女たちに向けられた。摑んでいる手を引き寄せながら怒鳴るように言った。「毛唐どもの相手なんかやめて、おれたちのところに来て酌をしろ！」

イギリス人たちが気色ばんだ。日本語は理解できなくても、日本人たちが何をしようとしているのかわかったのだろう。四郎はそれを眺めながら新しい煙草を取りだした。イギリス人たちが怒声を発しながら日本人と女たちのあいだに割ってはいった。

女たちの手が陸戦隊の連中から離れた。

日本人のひとりが軍刀の柄《つか》に手を掛けながら言った。

「やる気なのか、おまえら！」

女たちが悲鳴をあげた。

客席に残っていた日本人たちがフロアに飛びだして来た。女たちが悲鳴をあげながら壁際《かべぎわ》に散った。陸戦隊の連中が表情を強《こわ》ばらせてイギリス人たちと向かいあった。

四郎は銜《くわ》えていた煙草に火を点けた。

軍服を着たふたりの日本人が飛び込んで来たのはその直後だった。ひとりがフロアでイギリス人たちと向きあっている陸戦隊の連中に向かって言った。

「きさまら、それでも名誉ある大日本帝国の軍人か？　恥を知れ、恥を！　すぐにこの店から立ち去れ！」

陸戦隊の連中が無言のままベルサイユから出ていった。

ピアノがふたたび演奏されはじめた。

シャンソンの唄声もまた流れて来た。

チ・ティンが低い声で言った。

「何と言ったんです、あの日本の軍人？」

「退去を命じたんですよ」

「だれ、飛び込んで来たあのふたり？」

「駐在武官ですよ、上海総領事館附か上海公使館附の。上海には憲兵隊がありませんからね。たぶん、店が通報したんだ、海軍陸戦隊の連中が暴れてると」

「ねえ、もう一杯飲まない？」

「いいですよ」

チ・ティンが右手をあげた。給仕が来た。ブランデーを二杯注文した。それが運ばれて来るのを待ってチ・ティンが言った。

「知ってます、佐伯達也という東亜同文書院の学生さんを？」

「ぼくの同室者です」

「寄宿舎に帰って来てないでしょう」

「どうして知ってるんです」

「観夢亭の近くに孤虎路《ここう》と呼ばれる一画がある。そこは阿片窟《アヘンくつ》です」

四郎はブランデーグラスを手にしたままチ・ティンを見つめた。昭之に観夢亭に連れていかれる途中で観た貧民窟を憶いだした。阿片窟であり売春窟だと説明されたあの一画が孤虎路と呼ばれているのだろう。四郎は琥珀《こはく》の液をわずかに舐《な》めてチ・ティンの言葉を待った。

「佐伯さんはその孤虎路に入り浸ってる。あそこで売られてるのは安物の阿片とモルヒネなんです。孤虎路に入り浸れば、すぐに廃人同然になっちゃう」

「行きましょう」

「どこに？」

「孤虎路」

「何しにです？」

「佐伯くんをそこから救いださなきゃならない」


ベルサイユを出て四郎は洋車に乗り込み、チ・ティンとともに四馬路を離れた。共同租界を通り過ぎ、閘北《ざほく》の支那人街にはいった。三友実業毛巾廠《しょう》のコンクリート塀が途切れたところで洋車を降りた。夜風に頰を撫でられながら歩きだすと、すぐにカーバイト・ランプの明かりが見えて来た。立ち並ぶ屋台では饅頭《まんじゅう》や鶏腿焼《とりももやき》が売られている。その夜市の通りを通過すると、野鶏《イエジー》たちが上海語で声を掛けて来た。ここが孤虎路なのだ。四郎は傍らのチ・ティンに低い声を向けた。

「孤虎路のどこに入り浸ってるんです、佐伯くんは？」

「紫虹煙館《しこうえんかん》」

「どこにあるんです、それは？」

「この先の路地を左に曲がったところ」

四郎は饐《す》えた臭《にお》いのする路地に足を踏み入れた。紫色の角灯がぼんやりと灯っている。それには紫虹煙館と記されていた。二階建てのその建物はいかにも古めかしい。

四郎はそのまえで足を停め、チ・ティンに言った。

「ここで待っててください」

チ・ティンが無言のまま頷いた。

四郎は紫虹煙館のなかにはいった。天井からは赤く塗られた電球がぶら下がっている。八十近い老婆《ろうば》が出て来た。何か言った。上海語だろう。四郎は北京語を向けた。

「上海語はわからないんです。北京語でお願いします」

老婆がいったん奥に引っ込み、四十前後の女を連れてふたたび玄関に現われた。その女が笑みを浮かべて北京語で言った。

「阿片ですか、モルヒネですか？ 阿片はトルコ産やインド産みたいな高いものは置いてませんけど」

「人を探しに来たんです」

「どういう意味です、それ？」

「佐伯達也という日本人が客として来てると思いますが」

「いらっしゃいますよ」

「逢わせてください」

「どうするつもりです、逢って？」

「とにかく逢わせてください」

女は一瞬迷惑そうな表情をした。しかし、拒否はしなかった。来てくれというふうに顎《あご》をしゃくった。

四郎はその背なかにつづいて二階にあがった。階段がみしみしと軋《きし》んだ。女が部屋のひとつの扉を開けた。四郎はそこに足を踏み入れた。

天井から紫色に塗られた裸電球がぶら下がっている。壁には蓮《はす》の花のうえに仰向けに横たわる素っ裸の女を描いた絵画が掛けられていた。甘酸《あまず》っぱい臭いが漂っている。これが阿片の臭いなのだろう。

その部屋の隅に置かれた長椅子に達也が横たわっていた。顔を合わすのは二週間ぶりだ。びっくりするほど痩《や》せこけている。ほとんど食っていないにちがいない。長椅子にはもうひとりいた。痩せた女が扇子で達也を煽《あお》いでいる。年齢はいくつぐらいなのか見当もつかなかった。四郎は思わずごくりと喉を鳴らした。達也が微塵《みじん》の輝きもない眼をゆっくりとこっちに向けた。

「帰ろう、佐伯くん」四郎は動揺《たじろ》ぎながら言った。「こんなところにいたら廃人になっちまう」

「なってもいいよ」

「何だって？」

「気持がいいんだ」

四郎は長椅子に向かって右足を踏みだした。

達也が力のない笑みを浮かべてつづけた。

「こんなに気持がいいなら、どうなってもかまわないよ。いまも雲のうえに横たわったままふわふわと浮かんでるようだよ」

「阿片がそうさせてるだけだろ？」

「もうそんな金銭はない」

「どういう意味だよ？」

「モルヒネで充分なんだよ。安いモルヒネでね」

「とにかく帰ろう、寄宿舎に」

「帰らないよ。きみもやってみればいいんだ、阿片を。いきなりモルヒネじゃきついだろうけど、阿片ならほんとうに夢心地になれる」

「帰るんだ、佐伯くん」

「厭《いや》だね。もう東亜同文書院なんてどうでもいいんだから」

四郎は達也の右の手首を摑んで引っ張った。

達也が間延びした声で言った。

「やめてくれよ、ここにいたいんだから」

「帰るんだよ！」

「離せったら、手を」

四郎は手首を摑む腕に力を込めた。

部屋のなかにふたりの男が飛び込んだのはそのときだった。両方とも四十過ぎで、ひとりが上海語で何か言った。四郎は北京語しかわからないと応じた。その支那人が北京語に切り替えた。

「おれたちの客をどうするつもりだ？」

「連れて帰ります、東亜同文書院の寄宿舎に」

「客は厭がってるじゃねえか！」

「モルヒネで気がおかしくなってるだけです」

「そんなこと、おれたちの知ったことかよ！」

「阿片もモルヒネも違法でしょう！」

「それがどうした？」

四郎は一瞬言葉を失った。この開き直りはいったい何なのだ？ そう思いながらその眼を見つめた。

「ここの経営者は杜月笙大人《とげつしようターレン》と蘭譜《らんぷ》をかわしてる」

杜月笙は上海の暴力組織・青幇《チンパン》の首領で阿片を扱って財を成し、反共組織・共進会を結成して蔣介石を財政的に支援した。現在はフランス租界工部局委員や上海商会連合会長などの要職を占めるだけじゃなく、阿片と賭博《とばく》の資金洗浄のための中匯《ちゆうかい》銀行を経営している。蘭譜とは紅色の紙に書かれた結盟の書で、これをかわすことは義兄弟の契《ちぎ》りを意味した。

「要するに、おれたちは何でもできるってことだよ」

「しかし」

「阿片もモルヒネも禁煙局の許可が要る。けどな、ここじゃそんな許可は取ってねえ。おまえの言うとおり違法なんだよ。だが、それがどうした？ 人殺しも違法だ。しかし、おれたちゃそれもできる。死体となって黄浦江に浮かびたいか？　そうしてやってもいいんだぜ。とにかく、その日本人から手を離せ。さっさとここから消えやがれ！　総領事館に駆け込みたきゃ駆け込め。ただ領事館警察がここに来るまえにその日本人は喉《のど》を掻《か》っ切られて死ぬ。話はそこまでだ。失《う》せろと言ったら失せやがれ！」

四郎はひとりで二階から降り、紫虹煙館を出た。チ・ティンが待っていた。路地には何人もの野鶏が所在なさげに立っている。四郎はチ・ティンに低い声で言った。

「ぼくは無力です。佐伯くんを助け出せなかった。脅されて、こうやって逃げだして来た。惨《みじ》めです。ぼくはぼく自身を軽蔑《けいべつ》する」

「そんなに深刻にならないでくださいな」

「しかし」

「ここはこういうところなんです。理屈なんか通りゃしない。まっとうに生きようとすりゃするほど馬鹿《ばか》をみる」

「グエンさん」

「何です？」

「近くに飲むところはありますか？」

「観夢亭にいらっしゃればいい。きょうは休みですし、ふたりで一緒に飲みなおしましょう」

四郎は頷いてチ・ティンとともに歩きだした。敗北感が脳裏に拡《ひろ》がっている。酔わなきゃいられない気分だった。夜風に吹かれながらところどころ赤い灯の滲む路地を進んでいった。観夢亭に近づいた。チ・ティンが玄関に掛けられた南京錠《ナンキンじょう》を外した。四郎はその背なかにつづいて観夢亭の暗がりのなかにはいった。

チ・ティンが室内灯を点けて言った。

「二階のあたしの部屋で飲みましょうよ、商売じゃないんだし」

四郎は間垣徳蔵と顔を合わせた小房のそばを通って階段を昇った。チ・ティンが二階の突き当たりの部屋の扉を開け、戸口のスウィッチを入れた。天井からぶら下がる小さなシャンデリアが点灯された。部屋は広かった。十二畳ぐらいあるだろう。床には赤い絨毯《じゅうたん》が敷き詰められ、右隅には寝台が置かれている。調度品は贅《ぜい》が凝らされていた。螺鈿《らでん》細工の卓を挟んでゴブラン織の長椅子がふたつ。そのうちのひとつを指差され、四郎はそこに腰を下ろした。

チ・ティンが飾り棚からブランデー瓶とふたつのグラスを取りだして卓上に置いた。

四郎は煙草を取りだした。琥珀の液をグラスに注ぎ、チ・ティンが飾り棚のうえの壁掛けを指差しながら言った。

「あれ、何だかわかる？」

「刺繡《ししゅう》でしょう？」

「そうだけど、刺繡の絵」

「戦いの絵ですね」

「どんな戦いだかわかる？」

「わかりません」

「バクダン江の戦い。千年近くまえ、ベトナム軍が支那を破って独立したときの戦い。いまはフランスの植民地にされてるけど、いつかまたベトナムは独立する」

四郎は煙草を銜えて燐寸《マッチ》を取りだした。

チ・ティンがその手を制すようにして言った。

「やったことある、阿片？」

「ありませんよ」

「あたしはときどき吸う」

「どうするんです、癮《いん》になったら？」

「なりゃしないわよ。月に一度か二度なんだし。それにね、癮になるのは安物を吸うから。あたしが持ってるのはペルシャ産の最高級品。試してみる？」

「冗談じゃない」

「癮なんかにならないことはこのあたしが保証する。間垣さんもここで阿片を吸った。癮なんかになってないでしょ？ 間垣さんは関東軍の特務としてばりばり仕事をしてる。阿片がどんなものか知らなきゃ支那人のこころはわからない」

「ぼくは阿片なんかに興味はない」

「あたしはこれからやるわ。ブランデーを飲んでペルシャ産の阿片をやると、ほんとうに最高。佐伯さんみたいにあんなところでモルヒネをやれば、抜けられなくなるけど、月に一度か二度、最高級品を吸うのは絶対に平気。飲《や》らないのなら、敷島さんはそこでブランデーだけを飲んでればいい」

四郎は呆然《ぼうぜん》としてチ・ティンを眺めつづけた。

チ・ティンが飾り棚の抽斗《ひきだし》を引き開けた。

そのなかに阿片がはいっているのだろう。

四郎は魔都と呼ばれる上海の奥の院の扉が静かに開けられたような気がした。そのなかにじぶんがすっと引き入れられそうな感覚に捉《とら》われた。

解　説

馳　星　周

あれはもう、何年前のことになるのだろうか。近所のスーパーマーケットで買い物をしていると、先輩作家であり軽井沢町民としても先輩である藤田宜永《よしなが》さんに声をかけられた。

しまったと思いつつ（藤田さんは話が長いので有名なのだ）、後輩としてはそんな心の内はおくびにも出さず、笑顔を浮かべて藤田さんに挨拶《あいさつ》した。

「馳、聞いてるか？　船戸のおっちゃん、癌《がん》だって」

藤田さんはいつもとは違い、深刻な顔つきでそう言った。わたしには彼の言葉がうまく理解できなかった。

「船戸のおっちゃんが？　まさか」

「いや、本当だ。胸腺《きようせん》癌とかいう珍しい癌で、末期だって診断されたって」

「マジ？」

そんなふうに話ははじまり、結局、軽井沢では完全に浮いている男ふたり、鮮魚売り場の前で一時間近く話し込んでしまったのだった。

藤田さんと別れ、レジに並びながら心はあちこちをさまよっていた。

おっちゃんが末期癌？　あのおっちゃんが？　健康に留意した生活なんぞとは無縁なのはわかるが、まだ若すぎるだろう。

覚悟はしておけよ——別れ際《ぎわ》に藤田さんはそう言った。

喪服を着て上京することになるのか。わたしは憂鬱《ゆううつ》な思いを抱えてスーパーを後にした。

その後、上京する機会があり、逢坂剛さん、北方謙三さん、大沢在昌《ありまさ》さんらと会った。話題は船戸のおっちゃんのことばかりだった。

余命一年弱。おっちゃんは医者にそう宣告されたらしい。

みな一様にショックを受けているようだった。彼らはライバルであると同時に、同期の戦友のような仲でもあったのだ。おっちゃんは、そんなライバル兼戦友たちから愛されていた。

わたしは世代も違うし、デビューも遅い。それでも船戸のおっちゃんのことは愛していた。

わたしが作家としてデビューした直後、編集者が声をかけ、知り合いの作家たちが集まって麻雀《マージャン》大会をやったことがある。わたしは学生時代、内藤陳さんが経営する『深夜＋《プラス》1』という新宿ゴールデン街の飲み屋でバイトをしており、あの当時は夜な夜な、冒険小説やハードボイルドの書き手たちが集まって飲んでいた。だから、みなわたしのことを知っていたのだ。

深夜にまで及んだ麻雀大会は、船戸のおっちゃんのほぼひとり負けで終了した。その後、近所の酒場で飲んでいると、酔っぱらったおっちゃんがたわごとをほざいた。

「おまえらはそんなんだから麻雀がダメなんだ」

数時間前にひとり負けしたくせに、そんなことは覚えちゃいないと言わんばかりにまくし立てるのだ。どの口が言うのか！——その場にいた全員が呆《あき》れて笑ってしまった。

また別の夜、深夜三時過ぎに電話が鳴り、妻がその電話に出た。わたしは飲みに出かけていて不在だった。

馳はいるか？——開口一番おっちゃんはそう言ったらしい。その声は明らかに泥酔《でいすい》していた。妻がわたしの不在を告げると、おっちゃんはそんなことはかまわないという感じでとうとうと喋《しゃべ》りだした。おっちゃんの電話は二時間近く続いたらしい。ちなみに言っておくと、おっちゃんは妻と一切面識がなかった。

また別のある日、仕事中のわたしのもとに、おっちゃんから電話がかかってきた。

「馳君。ひとつ頼みがあるのだがな」

その声を聞いた瞬間、わたしは身構えた。普段はわたしのことなど呼び捨てにするのだ。それが「君」付けである。大いに怪しい。

「君が某週刊誌でやってる連載な、あれ、あと半年ぐらい延ばしてくれんか。やってくれたら大いに感謝する」

その週刊誌の小説連載だが、わたしの小説が終わったあとは、船戸のおっちゃんの連載がはじまる予定だった。当時、この手の話は作家の間では珍しくもなんともなかったが、連載を半年延ばせというのはさすがにべらぼうだった。

「半年？　馬鹿《ばか》言わないでくださいよ。できるわけないじゃないですか」

「いや、できる。馳君の有り余る才能ならそれぐらい、わけはない」

鉄面皮とはこれを言う。

「できないよ。できたとして、見返りはなに？」

「見返り？」

「こういうのは普通バーターでしょうが。おっちゃんの頼みを聞いたら、おれはなにをしてもらえるのよ？」

「だから、感謝すると言っておるだろうが」

一事が万事、この調子なのだ。でたらめで寂しがり屋。なにを言われてもされても憎めない。

わたしでさえ、こうした想い出話をはじめたらキリがない。おっちゃんの戦友たちならば語り尽くせぬほどの想い出が胸一杯に詰まっているだろう。お通夜のような重苦しい雰囲気のまま、我々は別れた。

船戸のおっちゃんが、そう遠くない将来、逝《い》ってしまう。それはなかなかに辛《つら》い現実だった。

しかし、一年が経《た》ち、二年が過ぎても訃報《ふほう》が届くことはなかった。

わたしは上京する回数が極端に減り、軽井沢で隠遁《いんとん》生活を送っているかのような状況になっていた。船戸のおっちゃんの近況を知るには、先輩作家たちか編集者たちから話を聞く他はない。

誤診だったんじゃないのか。全然元気だぞ——ある作家は言った。

癌もおっちゃんには勝てないってことかな——別の作家は言った。

病気が発覚する前から、船戸のおっちゃんは『満州国演義』という大河小説を書きはじめていた。

あれを終わらせるまでは死んでも死にきれないんじゃないですかね——ある編集者が言った。

実際、おっちゃんはその『満州国演義』を上梓《じょうし》し続けていた。全何巻になるのかはわからないが、なるほど、これを書き終わらせなければという執念がおっちゃんを生かしているのだなと思った。作家ならば、充分に理解できる。

そうこうしているうちに、船戸のおっちゃんが病魔と闘っているのだという現実が希薄になっていく。二年が経ち、三年が経ち、四年が経ち、それでも訃報は届かず、『満州国演義』の新刊が発売されるだけなのだ。

癌も船戸のおっちゃんには勝てなかったのだ。勝手にそう思い込んでいた。

しかし、件《くだん》の編集者の言葉は当たっていた。

『満州国演義』を完結させた後、船戸のおっちゃんは本当に旅立ってしまったのだ。執念で自分で書きはじめた物語を完結させ、そして、力尽きた。

最初にこの原稿を依頼されたとき、わたしは作品論を書こうと思っていた。

訃報に接してもなお、作品論を書こうと思っていた。

それこそが、船戸のおっちゃんへの手向けに相応《ふさわ》しいと考えていたからだ。

しかし、『満州国演義』の第一巻である『風の払暁《ふつぎょう》』を読みはじめてすぐ、自分には作品論などは書けないと気づいた。

船戸のおっちゃんが執念で書き綴《つづ》った大作は、馬賊の話からはじめられる。黄沙《こうさ》でけぶった大陸の大地を馬賊の群れが馬で駆けていく。なんと船戸与一的なはじまりなのだろう。この男はどこまで船戸与一なのだろう。脈絡のない思考が脳裏に渦巻き、視界が涙で滲《にじ》んで本を読み進むことができなくなってしまった。

船戸のおっちゃんの死を知ったのは、インターネットのニュースサイトでだった。すぐに親しい編集者に確認した。

その時は、わたしは平然としていた。来る時が来てしまったのだ。それだけのことだ。悲しいし、残念ではあるが、船戸のおっちゃんは『満州国演義』を終わらせて逝ったのだ。ある意味、大往生ではないか。

そう思った。

だが、解説原稿を書くために『風の払暁』を読みはじめた途端、激しい喪失感に襲われたのだ。

書いた小説もそして本人自身も砂塵《さじん》が似合う人だった。アスファルトや摩天楼ではなく、海でもなく森でもなく、荒れ果てた大地が似合ったのだ。

その男の遺作、執念で書き上げた最後の作品もまた、黄沙吹き荒れる大陸の大地からはじまるのだ。

できすぎだろうよ、船戸のおっちゃん。格好良すぎるぜ、そんな柄じゃないのに。

砂塵が似合う作家は砂塵を描いて逝った。

『満州国演義』の前半は、太平洋戦争に突入する前の日本を描いて、その様相は現在の日本とあまりに酷似している。

理性ではなく情緒に流れる世論。声の大きいものの意見がまかり通り、目的のためには手段を選ばずという輩《やから》が跋扈《ばっこ》する。

在特会やネトウヨといった声のでかい反知性主義者が大きな顔をし、目的達成のためには数の力に頼って憲法解釈を無理矢理変えて恥じることのない安倍政権。

まるで双子を見ているかのようではないか。

七十数年前の情緒に支配された日本は破滅へとひた走った。現代の日本はどこに向かおうとしているのだろう。

小説家とは予言者でもある。

船戸のおっちゃんは、安倍晋三が返り咲くとはだれもが思ってもいない時期に、二十一世紀の日本が、戦前と同じ空気に侵されていくなどとはだれもが考えていなかった時期にこの小説を書きはじめた。

してやったりの顔が脳裏に浮かぶ。

満州事変から敗戦までの長い年月を、船戸のおっちゃんは主人公たる敷島《しきしま》家の四兄弟の視線を通すことで立体的に描いた。

現代の我々日本人は、そうした複眼的視点を持ち得ているだろうか。かつてのような近視眼と狭い視野でカタストロフィに向かって突進しているのではないか。『満州国演義』を読むということは、現代の日本について思いを巡らせることでもある。

悲惨な歴史を繰り返してはならぬと歯を食いしばるのか、あるいは結局歴史は繰り返すのだとただただ傍観するるか。

優れた予言者たる小説家が紡《つむ》いだ物語は、それを読む者を激しい渦の中に叩《たた》き込む。

いつもそうなのだ。いつもそうだったのだ。

砂塵の中から現代社会に向けられる冷徹な視線と強固な意志。

それが船戸のおっちゃんが紡ぐ物語の核であり、揺らぐことはついぞなかった。

敷島四兄弟と同じように、今を生きる我々も激しい波濤《はとう》に飲みこまれ翻弄《ほんろう》され、蹂《じゅう》躙《りん》されてゆく。

『満州国演義』はそう予言する。

七十年前の近現代を描きながら、同時に現代を描く。優れた小説はそういうものだ。最終刊を読み終え、本を閉じ、いい小説の読後に必ず感じる余韻に浸りながら、また、哀《かな》しみがよみがえった。

もう船戸のおっちゃんの新作を読むことはできないのだな。

しかし、よく書いた。よく書ききった。

『満州国演義』は孤高の作家、船戸与一に相応しい遺作だ。ひとりでも多くの読者の目に触れんことを、心から願う。

（二〇一五年六月、作家）

本書には、現代の観点からは差別的と見られる表現がありますが、作品の時代性に鑑みそのままとしました。（編集部）

この作品は二〇〇七年四月新潮社より刊行された。

阿川弘之著
山本五十六
新潮社文学賞受賞（上・下）

戦争に反対しつつも、自ら対米戦争の火蓋を切らねばならなかった連合艦隊司令長官、山本五十六。日本海軍史上最大の提督の人間像。

阿川弘之著
米内光政

歴史はこの人を必要とした。兵学校の席次中以下、無口で鈍重と言われた人物は、日本の存亡にあたり、かくも見事な見識を示した！

安部龍太郎著
下天を謀る
（上・下）

「その日を死に番と心得るべし」との覚悟で合戦を生き抜いた藤堂高虎。「戦国最強」の誉れ高い武将の人生を描いた本格歴史小説。

浅田次郎著
五郎治殿御始末

廃刀令、廃藩置県、仇討ち禁止――。江戸から明治へ、己の始末をつけ、時代の垣根を乗り越えて生きてゆく侍たち。感涙の全6編。

安東能明著
撃てない警官
日本推理作家協会賞短編部門受賞

部下の拳銃自殺が全ての始まりだった。警視庁管理部門でエリート街道を歩んでいた若き警部は、左遷先の所轄署で捜査の現場に立つ。

安東能明著
出署せず

新署長は女性キャリア！　混乱する所轄署で本庁から左遷された若き警部が難事件に挑む。人間ドラマ×推理の興奮。本格警察小説集。

池波正太郎著

真田太平記（一〜十二）

天下分け目の決戦を、父・弟と兄とが豊臣方と徳川方とに別れて戦った信州・真田家の波瀾にとんだ歴史をたどる大河小説。全12巻。

池波正太郎著

人斬り半次郎（幕末編・賊将編）

「今に見ちょれ」。薩摩の貧乏郷士、中村半次郎は、西郷と運命的に出遇った。激動の時代を已れの剣を頼りに駆け抜けた一快男児の半生。

伊集院 静著

海峡
—海峡 幼年篇—

かけがえのない人との別れ。切なさを嚙みしめて少年は海を見つめた——。瀬戸内の小さな港町で過ごした少年時代を描く自伝的長編。

加藤 廣著

神君家康の密書

仕掛けあう豊臣恩顧の大名たち、影で糸を引く徳川家康の水も漏らさぬ諜報網。戦国覇道の大逆転劇に関った、三武将の謀略秘話。

北方謙三著

武王の門（上・下）

後醍醐天皇の皇子・懐良は、九州征討と統一をめざす。その悲願の先にあるものは——。男の夢と友情を描いた、著者初の歴史長編。

北方謙三著

陽炎の旗
—続・武王の門—

日本の〈帝〉たらんと野望に燃える三代将軍・義満。その野望を砕き、南北朝の統一という夢を追った男たちの戦いを描く歴史小説巨編。

今野敏著
武打星
武打星＝アクションスター。ブルース・リーに憧れ、新たな武打星を目指して香港に渡った青年を描く、痛快エンタテインメント！

今野敏著
隠蔽捜査
吉川英治文学新人賞受賞
東大卒、警視長、竜崎伸也。ただのキャリアではない。彼は信じる正義のため、警察組織という迷宮に挑む。ミステリ史に輝く長篇。

近藤史恵著
サクリファイス
大藪春彦賞受賞
自転車ロードレースチームに所属する、白石誓。欧州遠征中、彼の目の前で悲劇は起きた！　青春小説×サスペンス、奇跡の二重奏。

佐々木譲著
ベルリン飛行指令
開戦前夜の一九四〇年、三国同盟を楯に取り、新戦闘機の機体移送を求めるドイツ。厳重な包囲網の下、飛べ、零戦。ベルリンを目指せ！

佐々木譲著
エトロフ発緊急電
日米開戦前夜、日本海軍機動部隊が集結し、激烈な諜報戦を展開していた択捉島に潜入したスパイ、ケニー・サイトウが見たものは。

佐々木譲著
ストックホルムの密使（上・下）
一九四五年七月、日本を救う極秘情報を携えて、二人の密使がストックホルムから放たれた……。〈第二次大戦秘話三部作〉完結編。

佐藤賢一著　双頭の鷲（上・下）

英国との百年戦争で劣勢に陥ったフランスを救うは、ベルトラン・デュ・ゲクラン。傭兵隊長から大元帥となった男の、痛快な一代記。

志水辰夫著　行きずりの街

失踪した教え子を捜しに、苦い思い出の街・東京へ足を踏み入れた塾講師。十数年分の過去を清算すべく、孤独な闘いを挑むが……。

髙村　薫著　神の火（上・下）

苛烈極まる諜報戦が沸点に達した時、破天荒な原発襲撃計画が動きだした――スパイ小説と危機小説の見事な融合！　衝撃の新版。

髙村　薫著　レディ・ジョーカー（上・中・下）
毎日出版文化賞受賞

巨大ビール会社を標的とした空前絶後の犯罪計画。合田雄一郎警部補の眼前に広がる、深い霧。伝説の長篇、改訂を経て文庫化！

手嶋龍一著　ウルトラ・ダラー

拉致問題の謎、ハイテク企業の陥穽、外交官の暗闘。真実は超精巧なニセ百ドル札に刻み込まれた。本邦初のインテリジェンス小説。

手嶋龍一著　スギハラ・サバイバル

英国情報部員スティーブン・ブラッドレーは、国際金融市場に起きている巨大な異変に気づく――。全ての鍵は外交官・杉原千畝にあり。

秋尾沙戸子著

ワシントンハイツ
—GHQが東京に刻んだ戦後—
日本エッセイスト・クラブ賞受賞

終戦直後、GHQが東京の真ん中に作った巨大な米軍家族住宅エリア。日本の「アメリカ化」の原点を探る傑作ノンフィクション。

NHKスペシャル取材班著

日本海軍400時間の証言
—軍令部・参謀たちが語った敗戦—

開戦の真相、特攻への道、戦犯裁判。「海軍反省会」録音に刻まれた肉声から、海軍、そして日本組織の本質的な問題点が浮かび上がる。

久保正行著

現着
—元捜一課長が語る捜査のすべて—

筋読み、あぶり出し捜査。偽装・アリバイ崩し。人質立てこもり・身の代金誘拐との対峙。ホシとの息詰まる闘いを描く、情熱的刑事論。

佐藤優著

自壊する帝国
大宅壮一ノンフィクション賞・
新潮ドキュメント賞受賞

ソ連邦末期、崩壊する巨大帝国で若き外交官は何を見たのか？ 大宅賞、新潮ドキュメント賞受賞の衝撃作に最新論考を加えた決定版。

将口泰浩著

キスカ島　奇跡の撤退
—木村昌福中将の生涯—

米軍に「パーフェクトゲーム」と言わしめたキスカ島撤退作戦。5183名の将兵の命を救ったのは海軍兵学校の落ちこぼれだった。

蓮池薫著

半島へ、ふたたび
新潮ドキュメント賞受賞

二〇〇八年二月、僕は、二十四年間囚われていた北朝鮮と地続きの韓国に初めて降り立った。ソウルで著者の胸に去来した想いとは。

新潮文庫最新刊

小野不由美著
残穢
山本周五郎賞受賞
何かが畳を擦る音、いるはずのない赤ん坊の泣き声……。転居先で起きる怪異に潜む因縁とは。戦慄のドキュメンタリー・ホラー長編。

川上弘美著
なめらかで熱くて甘苦しくて
それは人生をひととき華やがせ不意に消える。わきたつ生命と戯れながら、恋をし、産み、老いていく女たちの愛すべき人生の物語。

唯川恵著
霧町ロマンティカ
別れた恋人、艶やかな人妻、クールな女獣医、小料理屋の女主人とその十九歳の娘……女たちに眩惑される一人の男の愛と再生の物語。

真山仁著
黙示
小学生が高濃度の農薬を浴びる事故が発生。農薬の是非をめぐって揺れる世論、暗躍する外国企業。日本の農業はどこへ向かうのか。

窪美澄著
アニバーサリー
震災直後、望まれない子を産んだ真菜と、彼女を家族のように支える七十代の晶子。変わりゆく時代と女性の生を丹念に映し出す物語。

船戸与一著
風の払暁
—満州国演義一—
外交官、馬賊、関東軍将校、左翼学生。異なる個性を放つ四兄弟が激動の時代を生きる。満州国と日本の戦争を描き切る大河オデッセイ。

風《かぜ》の払《ふつ》暁《ぎょう》

満州国演義一

新潮文庫　ふ－25－10

平成二十七年八月一日発行

著者　船《ふな》戸《ど》与《よ》一《いち》

発行者　佐藤隆信

発行所　株式会社　新潮社

郵便番号　一六二―八七一一
東京都新宿区矢来町七一
電話　編集部(〇三)三二六六―五四四〇
　　　読者係(〇三)三二六六―五一一一
http://www.shinchosha.co.jp

価格はカバーに表示してあります。

乱丁・落丁本は、ご面倒ですが小社読者係宛ご送付ください。送料小社負担にてお取替えいたします。

印刷・大日本印刷株式会社　製本・加藤製本株式会社

© Yoichi Funado 2007 Printed in Japan

ISBN978-4-10-134320-4 C0193